고선영 판타지 장편소설

체[0]지
Change

3

체인지 3
고선영 판타지 장편 소설

초판 1쇄 찍은 날 § 2001년 12월 24일
초판 1쇄 펴낸 날 § 2001년 12월 31일

지은이 § 고선영
펴낸이 § 서경석

편집장 § 문혜영
편집책임 § 권민정
편집 § 장상수 · 박영주 · 김희정
마케팅 § 정필 · 강양원 · 김규진

펴낸곳 § 도서출판 청어람
등록번호 § 제1081-1-89호
등록일자 § 1999. 5. 31
어람번호 § 제1-0190호

주소 § 경기도 부천시 원미구 심곡1동 350-1 남성B/D 3F (우) 420-011
전화 § 032-656-4452 팩스 § 032-656-4453
E-mail § eoram99@chollian.net

ⓒ 고선영, 2001

값 7,500원

ISBN 89-5505-212-X (SET)
ISBN 89-5505-215-4 04810

※ 파본은 본사나 구입하신 서점에서 교환하여 드립니다.
※ 저자와 협의하여 인지를 붙이지 않습니다.

고선영 판타지 장편소설

체인지
Change

3

1부 Change of Destiny
슬픈 엇갈림

Change Of Destiny 3
슬픈 엇갈림

- 7 • 제1장 즉위식, 그리고 단죄
- 43 • 제2장 세리아의 질투
- 85 • 제3장 유령 소동!
- 141 • 제4장 4월의 신부
- 159 • 제5장 스파이가 된 라비스
- 205 • 제6장 바닷가에서
- 229 • 제7장 왕비의 일기장
- 259 • 제8장 인페르디아 전쟁
- 305 • 제9장 떨어지는 꽃잎
- 331 • 에필로그
- 339 • 외전

Change Of Destiny　제1장
즉위식, 그리고 단죄

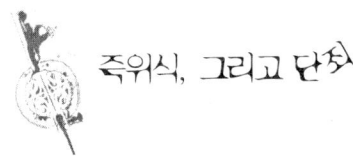
즉위식, 그리고 단죄

우중충하고 칙칙한 하늘, 기분 나쁜 기색이 끈적하게 묻어나는 공기, 이곳은 말로만 듣던 마계라는 곳이었다.

나는 일행들과 함께 다소 황폐해 보이는 들판으로 떨어졌다. 얼굴을 잔뜩 찡그리며 힘들게 일어나는데, 내 뒤로 줄줄이 잇달아 마계로 들어오는 이들을 보고는 눈을 동그랗게 떴다.

솔직히 내가 마계의 문으로 들어올 때는 앞뒤 생각할 겨를 없이 무작정 뛰어들었던 것인데, 물론 미카엔이 마계에 있었기에 나는 더 더욱 들어왔지만 이렇게 나를 따라서 많은 이들이 이곳으로 들어오게 될 줄은 생각하지 못했다.

"우아악~!"

"에구구~!"

"엄마아아~!"

"우에에엑~!"

무척이나 다양한 비명 소리가 잇달아 들려오는 것을 듣고 나는 황급히 자리를 비켜섰다. 그러자 내가 있던 곳으로 사람들이 차곡차곡 쌓이기 시작하는 것이었다.

"저런! 밑에 있는 사람들… 정말 아프겠다."

나는 혀를 쯔쯧 차며 밑에 깔린 이들을 동정했다.

"너! 설마 날 따라온 거야?"

그때 아사벨라가 나에게 다가와 입을 열었다. 나는 마계로 오면서 바로 일루전을 해지했기 때문에 지금은 라비스의 모습이었다.

아무튼 아사벨라는 놀라움 가득한 얼굴로 그렇게 나에게 물어왔다. 그녀는 화려한 드레스가 흙이 묻어 더러워져 있음에도 털 생각을 하지도 못하고 있었다.

"음… 글쎄."

나는 애매하게 답하고는 주위를 둘러보았다. 이곳 마계도 밤중인지 주위는 어두운 편이었다. 하늘에는 보름달이 언뜻언뜻 보이는 듯하였으나 두꺼운 구름에 가려 거의 자취를 감추고 있었다. 하지만 이곳의 달빛은 인간계보다는 무척 강하고 밝았는지 그다지 주위는 어둡지 않았다. 간혹 보이는 보름달이 무척 커 보이는 듯했다.

'휴~ 그러나저러나 미카엔은 어디서 찾지?'

마계까지 오긴 왔지만 막상 광활한 이곳에서 미카엔을 찾자니 무척 암담해졌다. 드넓은 모래사장에서 조그만 바늘 하나를 찾는 격이 될 테니 말이다.

우리는 얼마쯤 길을 걸었다. 이곳에는… 온갖 마물들이 가득했다. 얼마 걷지 않아 이름도 모를 다양한 마물들이 도처에서 마구 튀어나왔고, 우리는 그때마다 잡다한 마물들을 퇴치하느라 힘을 빼기 시작했다. 그래도 우리에게는 뛰어난 마법사들과 검사들이 많이 있었기에 아직까지는 그다지 위험이 없었다. 지금까지는 그저 한두 마리씩 튀어나왔던 것이다. 거의 50여 명이 되는 우리 일행들은—아마도 50여 명 정도 빨려 들어온 후 게이트는 닫힌 듯하였다—마스터 노마법사의 디텍트 능력으로 빙계 마나의 기운을 지닌 존재를 찾아 길을 걸었다.

"마스터님, 정말 이 근처에 전하가 계시는 것 맞아요?"

"그러네. 전하는 그리 멀지 않은 곳에 계신 것 같은데, 어째 전하가 계신 곳으로 가까이 갈수록 상급 마물들이 많아지고 그 수도 많아지는 것 같아 걱정이구먼. 앗! 조심하게!"

마스터 마법사의 외침에 앞을 바라보니… 허억!

다양한 형태의 마물들이 꾸역꾸역 이곳으로 몰려오고 있었다. 저렇듯 많은 마물들이 한꺼번에 몰려오고 있다니… 정말 절망스럽기 짝이 없는 상황이었다. 마물 한두 마리 퇴치하는 것 정도야 모두가 힘을 합하면 어렵지 않게 해낼 수 있는 일이었으나, 저런 마물 떼는 정말 어려웠다.

"꺄악~!! 정말 싫어! 돌아가고 싶어! 이곳을 나가게 해줘!"

아사벨라의 발악 소리가 무진장 크게 들려왔다. 귀가 다 얼얼할 정도였다. 그녀는 누런 침을 질질 흘리며 길다랗고 날카로운 손톱과 발톱을 가진 마물들을 보며 질린 얼굴을 했다. 하긴, 나 역시 저 많은 마물들의 모습에 숨이 탁 막히는 느낌이었다.

"쿠에엑~!"

기이한 외침 비슷한 소리를 내며 마물들은 우리에게 달려들었다.

"샤르! 모두 통구이로 만들어 버려!"

그러자 샤르는 거대한 불꽃의 모습으로 나의 앞에 나타나더니 무척 질색인 표정을 지어 보였다.

"우엑! 저렇게 더럽게 생긴 것들과 싸우라고? 정말 모두 못생겼군."

샤르는 그렇게 투덜대더니 경쾌한 몸짓으로 마물들에게 몸을 날렸다. 아젠샤르는 바람 속성의 실드로 나를 보호하며, 그 역시 마물들을 상대했다. 하지만, 앗! 아멘시타… 그가 없었다. 그리고 보니 이곳엔 그가 몸담을 만한 것이 없었다.

마계에는 순수한 동물들이나 식물들이 없었기 때문이다. 이곳에도 식물들이 있긴 하지만, 모두 기형적인 형태의 식인 식물이거나 어두운 기운을 가진 식물이었다.

일행 중 마법사들은 모두 공격 마법을 마물들에게 퍼붓거나 검을 쓰는 자들을 보호하였다. 하지만 마물들은 인간의 냄새를 맡았는지 끝없이 몰려왔고 우리들은 조금씩 지쳐 갔다. 처음에는 마스터 마법사를 비롯한 뛰어난 마법사들이 있었기에 우리는 마물들을 조금씩 처리해 나갈 수가 있었지만 마법사들의 마력은 한계가 있었다.

마물들의 살점이 사방으로 튀었다. 마법 공격으로 인해 어느 정도 행동이 둔해진 마물들을 기사나 검사들이 도륙해 나갔다. 그러나 질긴 피부를 가진 마물들을 베는 것은 많은 체력을 요하는 일이었던지라, 검을 쓰는 자들 역시 이내 지쳐 가고 말았다.

역한 냄새가 진동을 하였다. 얼마 안 있어 우리 일행 중에서도 피해가 점점 속출하기 시작했다. 마법사들이 걸어준 실드가 깨져 마물들의 직접적인 공격에 노출된 이들 중에는 마물의 길고도 날카로운 형태의 발톱에 허리가 반쯤은 그대로 댕강 잘린 이도 있었다.

아사벨라는 비명을 지르느라 바빴다. 그녀는 기절하기도 어려웠는지, 내가 보아도 안쓰러울 지경으로 안색이 파리해져 있었다. 그녀의 옥타브 높은 비명 소리는 지금 우리의 상황이 무척 안 좋은 방향으로 흘러가고 있다는 것을 암시하고 있었다.

젠장! 정신이 하나도 없었다. 저 구석에서는 마물들 틈에 끼어 카이엔을 비롯한 기사들이 자신의 검과 하나가 되어 몸을 움직이고 있는 것이 보였다. 어디서 튀겼는지 피로 얼룩져 지저분해진 그들의 얼굴은 모두 필사적인 모습이 되어 있었다. 그리고 기이하게도 정령들의 힘은 평소보다 약해져 있는 것 같았다. 아마도 순수한 자연의 기운을 받을 수 없는 마계에서는 힘을 크게 쓸 수 없었던 모양이었다.

우리가 있던 곳은 점점 시체가 쌓여갔다. 어둡고도 죽음의 기색이 감도는 땅을 핏물이 한껏 적시기 시작했다. 아니, 적시다 못해 이제는 흘러내렸다. 붉은빛의 핏물은 땅에 닿으면서 그 색이 죽어 검게 변하였다. 그리고 마물들의 색을 알 수 없는 핏물이 같이 흘렀다.

나는 모든 공격 마법을 쉬지 않고 써댔다. 이젠 마법사들 중에서도 피해가 나기 시작했다. 이곳은 정말 어지러웠다. 살육의 장면들이 내 눈앞을 빠르게 스쳐 지나갔다. 울고 싶었고 역한 느낌에 당장이라도 구토를 하고 싶었다.

이곳 살육의 장면은 마치 음악처럼 흘러갔다. 마치 바네사 메이의 '악마의 트릴'이 바이올린의 템포 빠른 음향으로 연주되고 있는 것 같았다. 본래의 경쾌한 느낌을 배제한 찌릿한 전율 버전으로서, 마법사들의 도움을 받으며 검을 쓰는 용병이나 기사들이 세차게 검을 휘두를 때마다 그 장면들은 모두 하나의 음률이 되어 빠르게 지나가는 것 같았다. 황당한 비유가 되겠지만.

나는 뭔가 알 수 없는 전율에 휩싸여 나도 모르게 마법을 무자비하게 쓰게 되었다. 그로 인해 모든 마나를 소모하고 지친 몸이 된 나는 아직도 우리를 향해 이빨을 벌리고 발톱을 휘둘러 대는 마물들을 절망적으로 바라보았다.

독성이 담긴 마물들의 침과 발톱의 공격을 받아 피부의 일부분이 퍼렇게 변색된 자들도 있었다. 카이엔의 동료인 듯한 어떤 거칠어 보이는 용병은 자신의 팔을 미련없이 잘라 버렸다. 어떤 마물에게 팔을 물렸던 것이다. 어차피 마계의 독은 치명적이고 치유가 불가능하다는 것을 알고 있던 그는 독이 몸 전체에 영향을 주는 것을 막고 싶었을 것이다.

아, 마계란 곳이 이렇듯 마물이 들끓는 지옥 같은 곳이었던 것일까.

그때 엔젤라가 덩치가 적어도 5미터는 되어 보이는 상급 마물에게 몸이 찢기는 것이 눈에 들어왔다.

"엔젤라!"

그것을 본 나는 하얗게 질린 얼굴로 그녀의 이름을 외쳤다. 그리고 그녀에게 무작정 뛰어가려 했다. 그러나 누군가가 이런 나를 만류하려는 듯 나의 팔목을 거세게 잡았다. 그는 엔카루스였다.

마물에 대한 분노로 이성을 잃고 있던 나는 그 분노가 엔카루스에게 쏠리는 것이 느껴졌다.

"너! 이게 다 네 탓이야!"

나는 그를 살기 어린 눈으로 노려보며 외쳤다. 그러자 나의 외침이 그에게 무언가 타격을 주었던 듯 나를 잡고 있던 엔카루스의 손에서 스르르 힘이 빠져나갔다. 그런 그의 손길을 뿌리친 나는 방금 전 누군가가 떨어뜨린 롱 소드를 주워 들고는, 그녀를 죽이고 나서 또다시 다른 이에게 공격을 하고 있는 마물에게로 달려들었다.

나의 시야가 붉게 보였다.

"죽여 버릴 거얏!!"

검술의 '검' 자도 모르는 주제에 나는 무작정 그 마물에게로 찔러 들어갔다. 분노로 인해 상황 판단력을 상실해 버린 나였다. 엔젤라는 내가 마법사들의 탑에 있는 동안 친하게 지냈던 여인이다. 그녀는 처음 마법사들의 탑에 가서 뭐든지 낯설어하고 있던 나에게 그래도 따뜻하게 대해주었던 소녀 같은 여인이다. 아, 그녀가 주근깨에 신경을 쓰곤 했던 것이 기억난다.

　타악—!

　그 마물은 아주~ 간단한 몸짓으로 내가 가진 검을 향해 팔을 한 번 휘둘렀다. 그러자 내가 들고 있던 롱 소드는 저만치로 정말 허무하게 날아가 버렸다.

　그 마물이 나에게 입을 벌렸다. 마물의 입 안에서 징그럽고 거대한 혀가 꿈틀거렸다. 마물의 거대한 송곳니에서 누런 침이 뚝뚝 떨어졌다. 공포로 인해 나의 머리 속이 백지화되어 도망갈 생각도 미처 못하게 된 순간이었다.

　마물들을 상대하는 것에 정신이 팔려 있던 정령들은, 자신들의 보호 안을 이탈하여 마물의 공격을 받기 직전이 된 나의 모습을 보고는 아찔한 표정들을 지어 보였다. 나를 보호하는 실드를 치는 역할을 하며 마물들을 공격하고 있던 아젠샤르 역시 내가 자리를 이탈하는 것을 보지 못한 모양이었다.

　아젠샤르는 재빨리 나를 구하기 위해 마물에게 공격성을 담은 바람의 힘을 날리려 했다. 하지만 그들이 나를 구하기도 전에 나는 저 마물의 입 안에 들어가 생을 마감할 것만 같았다. 아찔한 순간이었다. 나는 질끈 눈을 감았다.

　하지만 그때!

　"쿠에엑~!!"

　마물의 비명 소리가 들렸다. 나는 눈을 번쩍 떠보았다. 그러자 괴물의 머리 부분에 화려한 형태의 장검이 박혀 있는 것이 눈에 들어왔다. 그 검은 검신의 시작 부분까지 완벽하게 박혀 있었다.

　"미카엔!"

쓰러지는 마물의 뒤로 녹색 빛을 띤 진득한 피를 뒤집어쓴 미카엔의 모습이 눈에 들어왔다. 나는 그를 보며 매우 반가운 얼굴을 해 보였으나 그의 표정은 매우 화가 난 표정이었다.

"누가 이곳에 사람들을 잔뜩 몰아온 것이냐?"

그는 누구를 질책하는 것인지 모를 태도로 살벌한 기세로 외쳤다. 그의 그런 모습에 나는 찔끔해 보였다. 미카엔의 눈길이 내 쪽으로 옮겨졌다. 그의 무서운 질책에 제 발 저린 도둑의 심정이 된 나는 그가 나를 질책하고 있다고 생각했다.

나는 얼른 입을 열지 못하며 그를 바라보았다.

"정말 황당하군! 설마 나를 구하기 위해 이곳으로 이렇게 마물들의 먹잇감을 몰아가지고 왔다는 것은 아니겠지?"

"미카엔……."

"라비스, 네가 주도하여 이곳으로 온 것이냐?"

그의 목소리는 처음보다는 차분해져 있었지만 여전히 차갑고도 냉랭한 어조였다. 조금 전의 지옥 같은 상황에서도 약한 모습만은 보이지 않았던 내가, 나도 모르게 그의 어조 하나로 감정이 심하게 흔들리고 상처를 입는 듯했다. 아! 어째서 내가 이런 모습을 보이는 걸까.

"쿠아악~!!"

그때 중급 이상은 되어 보이는 마물 한 마리가 내 쪽으로 덤벼들었다. 하지만 나는 그대로 몸이 굳은 듯 미동도 할 생각을 갖지 못했다.

미카엔은 그 마물을 보더니 무분별한 형태로 드래곤 피어를 내뿜었다. 그러자 마물들을 비롯한 우리의 일행들은 모두 똑같이 힘을 잃고 쓰러졌다. 그의 드래곤 피어가 모든 존재에게 똑같이 영향을 주었던 것이다. 나 역시 근원을 알 수 없는 극심한 공포를 느끼고는 몸을 지탱하고 있던 힘을 잃고 그의 앞에서 쓰러졌다.

미카엔은 쓰러지는 나의 오른쪽 팔을 한 손으로 붙잡았다. 그러자 나는 무릎을 꿇고 축 늘어진 형태로 그에게 팔을 잡힌 모습을 하게 되었다. 나의 온몸이 부들부들 떨려왔다. 공포로 인하여 이대로 의식이 희미해질 것만 같았다.

그는 나를 무심한 눈길로 잠시 내려다보더니 입을 열어 뭔가 마법 시동어인 듯한 한 단어를 외쳤다. 나는 극심한 공포로 인하여 그가 말하는 단어를 제대로 알아들을 수가 없었다.

잠시 후 거대한 마나의 기운이 느껴지더니 그의 주위에서부터 시작된 은빛의 빛줄기들이 사방으로 뻗어 나가기 시작했다.

파앗—!

그것들은 마법사들이나 기사들을 피해 정확히 마물들의 몸을 통과했고 마물들은 그대로 하얗게 얼어붙었다. 저것이 무슨 마법인지는 알 수가 없었으나 궁극의 마법 중 하나임은 틀림없었다.

"미… 카엔?"

나는 간신히 그의 이름을 내뱉었다. 그러자 다시 그의 은보랏빛 눈동자가 나를 향했다.

"오늘은 두 개의 만월이 뜨겠군. 이곳은 태양이 뜨지 않는 대신 두 개의 달이 떠오르거든. 그 두 개의 만월로 인하여 오늘은 마력이 최고조가 되는 날이 될 것이다. 이렇게 마력이 최고조가 되는 날… 나는 게이트가 봉쇄되어졌다 하더라도 충분히 인간계로 향한 차원 게이트를 열 수 있다. 멍청한 그 마족은 게이트만 봉쇄하면 내가 못 빠져나갈 것이라 생각했던 거지."

미카엔은 눈을 내리깔았다. 그의 눈빛이 슬퍼 보였다.

"…그리고 나의 아버지가 돌아가셨다, 라비스. 내가 이곳에 왔었을 때 그분은 이미 차가운 시체가 되어 있었지. 이미 어두운 기운이 오랫동안 시체에 침투하였기 때문에, 그분은 좀비가 될지도 몰랐기에 나는 그대로 화장(火葬)을 했어."

아마도 미카엔을 상대하기 위해서 마물들은 이곳으로 잔뜩 몰려왔던 모양이었다. 어쩌면 이 마물들은 어떤 존재에 의해 조종을 받고 미카엔을 공격하고 있었는지도 모르겠다. 그 존재는 어딘가에서 숨어 나타나지 않고 있는 마족 중 하나일 수도 있었다. 그리고 그 마족은 키리아의 수족 중 하나일지도 몰랐다. 그러다 우리는 그 마물들의 일부분에게 재수없게 걸려 당했던 것이고……

역시 나는 아무것도 모르는 주제에 어리석은 행동을 했던 것이다. 저들을 마계까지 이끌어 온 것은 나였다. 물론 그것이 나의 의도가 아니었다 하더라도 그들은 나를 쫓아 마계로 들어온 것이니.

나는 자신이 옳다는 자만심에 사로잡혀 있던 내 스스로를 탓했다. 미카엔을 감히 내가 구하겠다고 생각했었으니… 내가 설치지 않아도 미카엔은 너무도 뛰어나기에 모든 것을 잘 해결할 수 있었는데… 너무도 무모했던 나를 탓했다.

나는 한동안 무릎을 꿇은 채 고개를 숙이고 있었다. 내 스스로를 자책하고 여전히 무력한 자신을 탓하며…….

그렇게 약간의 시간이 지나고…….

우리는 마계의 어느 동굴에 와 있었다. 나는 샤르를 시켜 몇 개의 모닥불을 피우도록 하였다. 아까 미카엔에 의해서 드래곤 피어로 정신이 나갔던 일행들은 간신히 정신을 차려 미카엔을 따라 이곳까지 오게 되었다.

그들은 미카엔이 조금 전에 공포를 자아내는 어떠한 마법을 썼을 거라 지레짐작을 하였다. 미카엔이 설마 드래곤 피어를 썼을 거라 생각을 못하는 것이었다. 미카엔을 아주 어렸을 적부터 지켜봐 왔던 킬린

같은 경우는, 미카엔이 드래곤이라는 것은 정말 말도 안 되는 일이라고 생각했을 것이다.

그가 만약 드래곤이라면, 미카엔의 나이인 스물넷의 나이는 갓 태어난 헤츨링(드래곤의 새끼)의 나이나 마찬가지이기 때문이었다. 헤츨링은 미카엔과 같은 궁극의 마법은 절대로 쓰지 못한다. 적어도 성룡이 되어야 용언을 쓰고 궁극의 마법을 저절로 익혀 나가게 되는데, 성룡이 되려면 적어도 600년은 있어야 했다.

나는 멍해진 얼굴로 허공을 응시했다. 정령들의 걱정스런 눈길이 느껴졌다. 그때 미카엔이 조용히 내 쪽으로 다가왔다. 미카엔이 이곳으로 다가오자 기사들과 마법사들은 얼른 자리를 비켜섰다. 아마도 그들은 미카엔에게 잠재적인 두려움을 갖기 시작하였을 것이다.

미카엔이 길다랗게 흘러내린 나의 앞머리를 쓸어 올려주었다. 하지만 나는 그의 부드러운 손길에 움찔하였다.

"아깐 너에게 화를 내어서 미안하다. 그냥 나도 모르게 감정이 격해져서……."

"제가 잘못한걸요. 이들을 마계로 끌어들인 것은 저예요. 그리고… 전하께서는 아버지이신 국왕 폐하를 마족에게 잃으셨으니 감정의 절제를 잃으신 것은 당연해요. 저들 앞에 드래곤 피어를 보이셨다는 것은 전하는 그만큼 자제력을 잃으셨다는 거니깐요."

나의 대답에 미카엔은 잠시 침묵을 지켰다. 그리고는 다시 입을 열어…

"그래… 그랬었군. 아, 이제 슬슬 일어나야 하겠어! 이곳 마계의 두 번째 달이 떠오르는 시각이다. 자세한 얘기는 로히얀스로 돌아가서 하자."

내가 미카엔이란 호칭 대신 전하라는 호칭을 쓴 것을 미카엔은 미처 눈치 채지 못했는지, 아니면 그냥 알면서도 넘어간 것인지 그는 그렇게 간단하게 말하고는 자리에서 일어났다. 그리고 나는 그의 그런 모습을 한동안 고요한 눈길로 지켜보았다.

우리는 미카엔의 힘으로 연 차원 게이트를 통하여 다시 로히얀스의 왕성으로 돌아오게 되었다. 나를 위하여 그곳까지 가게 되어 많은 피해를 입은 마법사들의 탑 마법사들에게 나는 정말 면목이 없었다.
그들은 엔젤라와 또 다른 한 명의 마법사를 잃었고 몇 명이 크고 작은 부상을 입었다. 그들 중 불구가 된 자들도 있었다. 나는 마스터 마법사에게 미카엔의 말을 전하며 사죄의 말을 하기 위해 입을 열었다.
"마스터님, 정말 죄송하게 되었습니다. 엔젤라와 다른 한 분의 죽음은……."
"그것은 자네가 자책할 일이 아니네. 라비스 양, 우리 마법사들의 탑 일원들은 사악한 마물이나 몬스터들을 퇴치하는 의무를 가지고 있지. 그들의 죽음은 결코 헛되지는 않아. 물론 나 역시 그들의 죽음이 가슴이 아프나 이것 또한 그들의 운명이지 않겠나? 그들의 시체는 화장을 하여 이렇게 그들의 뼛가루를 다시 아스탄샤로 가져가 그들의 고향에 뿌려질 수 있을 테니, 그들은 자신의 죽음이 헛되다 생각하지 않을 걸세. 이것이 우리의 운명이며 영광이 된다네."
"흐흑, 하지만 전 엔젤라나 그분들께 정말 죄송합니다. 훌쩍. 그리고… 마스터님, 황태자 전하께서 마법사님들께 많은 보상을 해주신다고 하니 부상을 입으신 마법사님들이 모두 완쾌되실 때까지 왕성에서 쉬었다가 가세요."
사실 그들을 끌어들인 것은 나였기 때문에 나는 죄책감으로도 괴로웠지만 무엇보다 한동안 친하게 지냈던 동료들이었기에 정말 슬픔이 컸다. 뿐만 아니라 피해 입은 왕실의 기사들이나 그 밖의 이들에게도 나는 깊은 죄책감을 가졌다.

그렇게 마법사들의 탑 마법사들과 그 외에 이번 일에 도움을 주었던 이들은 얼마간 왕성에서 손님으로서 묵으며 미카엔에게 그에 합당한 보상을 받았다.

나는 다시 백합 별궁으로 돌아가게 되었다. 루이스가 맨발로 뛰어나와 나를 맞으며 눈물을 흘렸지만, 나는 그녀만큼 반가워하며 인사를 나눌 수가 없었다. 그동안 과도하게 마법을 쓴 후유증과 나에 대한 자책감, 그리고 슬픔 등이 복합되어 며칠 간 무척 앓았기 때문이었다.

"으흑, 라비스님. 그동안 어떻게 지내셨기에 이렇게 야위었어요? 무심하신 라비스님, 속이 새카맣게 타 들어가도록 라비스님을 걱정하는 저를 생각해 주셨어야지요. 그동안 왜 연락 한 번 하지 않으셨어요?"

내가 침대에 누워 있는 내내 루이스는 대성통곡을 하며 코를 팽~ 풀어대었기에 나는 계속 잠을 설쳐야 했다. 그리고 미카엔은 그동안 왕성의 일을 바쁘게 수습해 나갔다. 마족으로 인해 희생당한 몇몇 고위 관직의 중신들을 다시 등용하고 해를 입은 자들에게는 적절한 보상을 했다.

키리아는 어디론가 도망가 자취를 감추었고 엔카루스와 아모르 자작, 자작의 부인은 왕성 지하 감옥에 하옥되어 왕실 재판을 받았다.

아사벨라 역시 자작가의 일원으로서 같이 죄를 받아야 했으나 그녀에게는 밝혀진 죄가 없었고, 이제 왕이 될 미카엔의 부인(측실)인 것을 감안하여 그저 무기한 근신형이 가해졌다. 물론 미카엔의 허락이 다시 떨어지면 풀릴 수 있는 그녀였지만, 그때가 언제가 될지는 모르는 일이었다. 하지만 나는 미카엔이 그리 냉정하지는 않을 거라 믿었다.

아무튼 그녀도 왕실 재판에는 출석을 해야만 했다. 아사벨라로서는 정말 불행한 일이었다. 나는 아사벨라가 나를 도와주었던 일을 증언해 주기 위해 재판장에 출석을 하였다. 미카엔은 최종 판결을 내리는 왕실 재판관의 위치에 앉아 있었는데, 그가 앉은 자리가 까마득하게 높아 보여, 나는 새삼스레 그의 권위와 위엄을 깨달아야만 했다.

아사벨라는 자신의 가족이 사형만은 면하게 하기 위해, 미카엔에게 간청하였으나 그때마다 재판을 진행하는 진행자에 의해서 엄하게 꾸짖음을 들었다. 나는 그녀가 정말 안타깝게 느껴졌다.

오늘이 세 번째 열리는 재판이었는데 오늘은 미카엔의 결정이 내려지는 날이어서 정말 불안하였다.

두 번째 열리는 재판에서는 미카엔보다 아래에 위치한 자리에 앉아 있던 세 명의 재판관이 반정을 일으킨 자작 가족에게 사형을 선고했지만, 오늘은 로히얀스의 최고 권력자 미카엔의 최종 판결에 의해서 어떻게 바뀔지 모르는 일이었다.

나는 제발 미카엔이 너무 냉정하지 않기를 바랬다. 하지만 죄는 분명하였고 그것은 가장 무거운 죄인 반역죄인지라 극형은 어차피 당연한 일일지 몰랐다.

잠시 후 미카엔의 입이 무겁게 열렸다. 그의 얼굴이 무척 피곤해 보였다. 이들에게 판결을 내려야만 하는 미카엔 역시 괴로운 심정일 것이다.

"나는… 간악한 마족과 결탁하고 적국인 루젠다르 왕실과 내통하여 반정을 일으킨 죄와 로히얀스의 국왕 폐하를 배신하고 그분을 죽음에 이르게 한 죄, 로히얀스의 최고 관리들을 마족의 희생 양으로 죽음에 이르게 한 죄, 로히얀스의 백성들을 기만하고 황태자인 나를 기만한 죄, 그리고 신성한 왕실을 모독한 죄를 물어 로히얀스의 아모르 자작가 가족에게 사형을 선고하고 그들의 작위를 영구히 박탈하겠다."

미카엔의 위엄있는 목소리가 재판장에 울려 퍼지자 아사벨라를 비롯한 몇몇 사람들의 얼굴이 하얗게 질렸고, 재판장 안에 참석한 이들의 웅성거림이 들려왔다.

재판을 받던 자작 부인은 그대로 그 자리에 기절을 하였고 아사벨라는 몸을 미세하게 떨었다. 그녀의 얼굴 표정이 점차 표독스럽게 바뀌어갔다. 하얗게 질린 그 얼굴은 눈물 한 방울 흘리지 않으나 그녀는 자신의 입술을 무자비하게 깨물었는지 붉은 피가 살짝 엿보였다.

왕실 기사는 아사벨라를 호위해 가는 것인지 끌고 가는 것인지 모를 태도로 그녀를 데리고 갔다. 정말 이번 일이 안타깝게 생각되었지만, 미카엔은 나라의 군주로서 당연한 판결을 내린 것이었기 때문에 나로서는 어쩔 도리가 없었다.

자작가의 가족은 앞으로 일주일 후에 사형이 집행된다고 하였다. 교수형으로서.

나는 그날 엔카루스에게 면회를 갔다. 무거운 죄를 지은 이들이 하옥되는 왕실 지하 감옥으로 말이다. 면회로 오는 곳이지만 무진장 꺼려지는 장소였다.

나는 간수에게 5분 간의 면회 시간을 부여받고, 엔카루스가 홀로 갇혀 있는 감옥 앞으로 다가갔다. 내가 가까이 다가가자 엔카루스는 고개를 들어 보였다.

"라비스? 후후훗… 네가 나를 보기 위해 이런 곳까지 몸소 나타나실 줄은 몰랐군. 아무튼 영광이라고 말해야 하나? 마지막이라도 네 아리따운 모습을 볼 수 있으니……."

"넌 왜 그래야만 했지? 넌 그렇게 미카엔의 자리가 탐이 났던 거냐? 네 부모님을 이용해 가면서 그렇게… 엔카, 너로 인해서 상처받을 이들은 생각 못한 거야? 네 동생은? 그녀가 앞으로 어떻게 살아가야 할지 생각 안 해봤어? 네가 저지른 일이 이런 결과가 될 줄은 생각 못했던 거야?"

"지금 내 가족까지 걱정해 주는 거냐? 그래! 네 말이 맞아! 난 미카엔, 그 자식의 자리가 탐이 났어! 그 지위와 권위, 그리고 아름다운 부인까지! 난 내 가족 따윈 어떻게 되어도 상관없어! 하하… 내 말을 듣고 넌 지금 내가 죽일 놈이라고 욕을 하고 있을 테지? 후훗… 맞아. 난 원래 그런 놈이니깐."

그는 그렇게 말하고는 자리에서 일어나 철창으로 막아진 나와의 경계 쪽으로 성큼성큼 다가왔다. 그리고 두 손으로 철창을 꽉 붙잡으며 어둠으로 가리워진 그의 얼굴을 가까이 드러냈다. 그의 검은 눈동자가 이글이글 타오르는 것 같다고 생각했다.

"난 언젠가 다시 올 거다, 라비스. 그가 가진 것들을 빼앗으러!"

"뭐, 뭐야? 설마 귀신이 되어 매일 이곳에 나타나겠다는 것은 아니겠지?"

나는 그의 모습에 움찔하며 뒤로 물러났다. 다시 돌아온다니… 사형을 앞둔 사형수가 그런 말을 하면 왠지 공포 영화가 생각난다.

내가 그렇게 떨리는 목소리로 그에게 말하자, 그는 잠시 멈칫하더니 이내 폭소를 터뜨리기 시작했다.

"하하하하~!! 라비스. 그것도 좋은 방법 중 하나이겠군. 크큭, 유령이 되어 매일 이곳에 나타난다라… 한번 고려를 해보지! 하하하……."

그의 웃음소리가 왠지 공허하게 들려왔다. 그리고 그것은 나의 가슴을 아프게 했다.

그 후로 또다시 며칠이 지나갔다. 메마르게 느껴지는 나날이었다. 사형 집행이 이루어지는 그날. 나는 왕성 안이 떠들썩해짐을 의아하게 생각하며 나를 위한 보약(?)을 가지고 들어오는 루이스에게 입을 열었다.
"무슨 일 있어? 창밖을 보니 군사들이 많이 왔다 갔다 하던데."
"엔카루스가 탈옥을 했대요!"
"뭐엇? 그게 정말이야? 자작과 그 부인은?"
그러자 루이스는 고개를 가로저으며 답했다.
"엔카루스만 감쪽같이 사라졌다는군요. 정말 알 수 없는 일이에요. 철통같은 왕실의 지하 감옥에서 감쪽같이 사라질 수 있다니!"
정말 귀신 곡할 노릇이었다. 도대체 어떻게 그가 탈옥을 한 것일까? 그것도 감쪽같이! 혹시 아사벨라가 도움을 주었던 것일까? 하지만 그것은 힘든 일이었다. 아사벨라 역시 감시를 당하고 있었고 자유롭지 못한 몸이었다. 만약 그녀가 도움을 주었다면 그녀의 부모님들도 도망칠 수 있도록 도움을 주었을 것이다.
그렇다면 키리아가 나타나서 그를 빼갔던 것일까? 그것도 힘들었다. 왕실의 지하 감옥은 많은 결계와 탐지 마법이 걸려 있는데, 키리아가 마법을 써서 들어왔다면 금방 왕실 마법사들이 알아챌 수 있었을 것이다.
흐음… 그러면 엔카루스는 땅으로 꺼졌단 말인가? 아니면 하늘로 솟아… 아니지! 지하 감옥이니 하늘로 솟는 것은 좀…….
나는 여러 각도에서 추리를 해보았지만 도저히 그가 탈출할 수 있었던 방법에 대해서는 알 수가 없었다. 게다가 사형이 있는 그날에 탈옥을 했다니!
'아! 그리고 보니 미카엔도 인페르디아 왕성 지하 감옥에 있는 나를 구할 때 간단히 구했었지. 물론 드래곤의 능력을 가졌으니 그에게는 손쉬웠다고 치자. 그러면 고위 마족인 키리아에게도 손쉬운 일일까? 아니야. 그렇게 쉽지는 않을 거야. 난 그때 미카엔이 지하 감옥으로 들어오는 경로를 보지 못했고, 다시 돌아갈 때는 정신을 잃고 있었으니⋯ 어쩌면 그도 우여곡절 끝에 나를 구했었을지도 모르지.'

 나는 지하 감옥의 간수 중에 엔카루스와 긴밀하게 내통하는 이가 있을 수도 있겠다고 생각했다. 그러면 마법을 굳이 쓰지 않고도 어찌어찌해서 탈옥을 할 수도⋯⋯. 그렇다면 그는 왜 자신의 부모를 구하지 않았을까? 그의 부모까지 구하려면 더욱 들킬 염려가 커지기 때문이었을지도 모른다.

 '⋯그래서 그가 나에게 다시 돌아온다니 어쩐다니 말을 했던 것일까?'

 그가 한 말이 마음에 걸려 나는 불안해졌다. 그가 이번 일과 같은 뭔가 황당하고도 간 큰 짓을 또 벌이게 될 것만 같았기 때문이었다.

 "하지만 자작과 그의 부인은 조금 전에 예정대로 처형이 되었다는군요."

 나도 오늘 정오에 그들의 교수형이 있다는 것을 알고 있었으나 그들이 처형되는 장면은 별로 보고 싶지 않았기에 그냥 방 안에서 틀어박혀 있었다. 누군가의 고통스런 죽음을 보는 것은 정말 끔찍하기 짝이 없는 일이기 때문이었다.

 내가 그렇게 생각에 잠겨 있는데 어떤 시녀가 호들갑스러운 목소리로 방문 밖에서 외치는 소리가 들려왔다.

 "루이스님! 라비스님! 전하께서 이곳으로 오고 계십니다!"

 그러자 루이스는 회갈색 눈동자를 번뜩 빛을 내며 생기가 도는 얼굴로 나에게 입을 열었다.

 "오오! 라비스님~ 전하께서 라비스님을 찾으신답니다. 호호. 전하께서는 정말 라비스님을 사랑하시는 것 같아요. 이번 기회에 그분에게 사랑을 더욱 얻어서 왕비 자리까지 한번 노려보세요. 혹시 알아요? 전하께서 신분을 초월하는 사랑을 선택하실지. 호호호~"

그녀의 너무 앞서 가는 발언에 나는 얼굴을 찌푸렸다.

"루이스! 너무 김칫국부터 마시지 마!"

"네? 김칫국이라뇨? 김칫국이 뭐지요? 전 그걸 마신 적이 없는… 아! 이럴 게 아니라 어서 전하를 맞으러 나가요, 라비스님!"

루이스는 미카엔이 온다는 말에 나보다 더 좋아한다. 사실, 미카엔은 그동안 여러 가지 일로 마계에서 돌아온 후 나를 한 번도 찾지 않았었다.

"루이스 혼자 가. 난 그동안 이곳에서 책이나 볼 거야."

"라비스니임!!"

갑자기 커다래진 루이스의 목소리에 나는 눈을 들어 그녀를 다시 바라보았다. 그러자 아까와는 사뭇 다른 무시무시한 루이스의 얼굴이 나의 눈에 들어왔다. 그녀는 거부할 수 없는 위압감이 어린 눈빛으로 나에게 무언의 협박을 보내왔는데, 새삼스레 그녀를 처음 봤을 때가 생각이 나서 나는 흠칫하였다.

그녀는 콧김을 내뿜으며 자신의 존재감을 과시하였다. 나는 그런 그녀를 보고는 한 마리의 거대한 코뿔소를 연상하였다.

'에휴~ 알았어. 나가면 되잖아.'

그렇게 속으로 투덜대며 나는 미카엔을 그동안 애타게 기다리던 부인 중의 한 명으로서 극진히(?) 그를 맞아야만 했다. 쳇!

미카엔과 내가 침실 안으로 들어서자 루이스는 호호~ 거리며 방을 나갔고, 나는 어색한 태도로 미카엔에게 차를 대접했다. 내가 어색했던 이유는 미카엔이 그답지 않게 어색한 기색으로 자리하고 있기 때문이었다.

"너에게 할 말이 있어서 지나가는 김에 잠깐 들렀어."

"말씀하세요."

그러자 미카엔은 한동안 뜸을 들였다. 그러다가 나에게 선언하듯이 입을 열었는데 나는 내심 불안하였다. 그가 하려는 말이 대충 짐작이 갔기 때문이었다.

"곧 있으면 나의 즉위식이 있을 거다. 그와 함께 나는 너를 왕비로 맞을 것을 선포할 생각이야. 나의 정식 아내가 되어줘."

'흐음… 루이스가 괜히 김칫국을 마신 것이 아니었구나.'

왕비라… 여느 여자 같았으면 무진장 좋아했을 일이었다. 이것은 가문의 경사이자 영광이었다. 크로시벨 가 사람들은 나의 후광에 힘입어 왕실로 진출할 수 있을 테니. 하지만 나는 미카엔을 생각하는 나의 마음을 한 여자가 남편을 사랑하는 것으로 머물게 하고 그 한 감정으로 내 자신을 가두어 버리고 싶지가 않았다.

그를 생각하고 사랑하는 한 인간으로서, 그렇지 않으면 그의 한 명의 신하로서 그를 생각하고 싶었다. 아, 뭐라고 나의 감정을 정의 내려야 할지… 일명 충심이라 해야 하나?

어쩌면 여자의 몸과 마음으로서 그를 사랑하려는 나의 감정을 부정하고 있는 것일지도 몰랐다. 자아 충돌로 그런 것은 아니다. 이제는 라비스로서의 나를 인정하고 있는 나였으니. 나는 그의 말 한마디에 감정이 휘둘려 나약한 모습을 보였던 그때 마계에서의 일을 떠올렸다. 한없이 강한 미카엔의 앞에서 너무도 무력했던 나… 그때는 정말 내 자신이 초라해 보였다.

내가 만약 왕비가 된다면 과연 어떠할까?

왕비로서의 자질과 자격이 나에게 있을까. 그리고 미카엔과 나는 무작정 결혼을 하는 것으로 행복해질 수 있을까. 나는 언제까지든 그를 순수한 마음으로 사랑할 수 있을까. 하아, 머리 속이 복잡하다. 뭐가 이리도 복잡한 걸까?

　나를 향한 미카엔의 감정이 언젠가 변질될까 두려워하는 나의 모습을 나는 원하지 않는다. 내가 미카엔에게 의존하고 그에게 종속되는 이상, 나는 그런 모습을 보일지도 몰랐다.

　어쨌든 내가 얼굴을 굳히자 미카엔은 슬슬 불안해졌는지 그 역시 얼굴이 굳어졌다.

　"전하, 전 왕비가 될 자격……."

　"됐어!"

　내가 말하려는 내용을 미카엔은 눈치를 채었는지 재빠르게 나의 말을 끊었다. 하긴, 그로서는 듣기 싫은 대답이 될 테니… 미카엔은 그렇게 나의 말을 끊는 말을 하더니 다시 말을 이었다.

　"…그만 말해. 네 뜻은 오늘 저녁 연회에서 나에게 전하도록 해. 오늘 나는 크리스털 궁에서 연회를 열 생각이야. 여러 가지 불미스런 일로 인해 침체된 왕실 분위기를 회복할 겸. 그때 나를 위해 드레스를 입고 가장 아름다운 모습으로 나와줘. 만약 네가 나오면 나는 첫 번째 춤 상대로 너를 택할 것이고, 너를 나의 정실 부인으로 공표할 생각이야. 그것이 싫다면 난 네 뜻을 인정하고 다른 여인을 부인으로 맞이할 거야."

　그는 그렇게 몇 번의 호흡이 필요한 말을 단숨에 내뱉고는 자리에서 일어났다. 그는 내가 대답할 시간도 주지 않으려는 듯, 그렇게 성급히 일어나 가겠다는 말을 하고는 방을 나가기 위해 벌컥 문을 열어젖혔다. 그러자 지금까지 미카엔의 말을 엿들었던 듯 루이스가 방문 밖에서 에구머니나~!! 하며 자지러지는 외침을 내었다. 그것을 본 미카엔은 잠시 당황한 표정을 짓더니 그녀를 꾸짖는 것을 미처 잊어버렸는지 그대로 자신의 갈 길로 갔다.

그렇게 미카엔이 사라지자 루이스는 무척이나 흥분한 얼굴로 침실 안으로 뛰어 들어왔다. 그녀의 육중한 발걸음으로 인해 내가 서 있는 바닥의 진동이 느껴졌다. 그래서 나도 모르게 뒷걸음질을 치며 그녀를 바라보는데……

"오호호홋~!! 라비스니임~!!"

그녀의 기괴한 웃음소리와 흥분으로 인해 간드러지는 목소리에 나는 순간 소름이 끼치는 것을 느꼈다. 그녀답지 않은 고 옥타브의 음성에 뭔가 불길함이 느껴졌기 때문이었다.

'헉! 왠지 불안하다. 루이스의 저 웃음소리……'

루이스의 회갈색 눈동자가 번뜩이고 있었다. 아마도 그녀는 미카엔이 나에게 정식으로 청혼을 한 것으로 인해 저렇듯 흥분을 하는 모양이었다.

"드디어 폐하께서 라비스님을 정비로 맞으시겠다는 말씀을 하셨군요. 아! 이렇게 기쁜 일이… 호홋~ 라비스님은 이제 왕비 전하가 되는 거라구요. 돌아가신 남작 부인이 살아계셨더라면 얼마나 기뻐하셨을까? 아! 이럴 게 아니라 얼른 라비스님이 입으실 드레스를 골라놔야 하겠군요."

루이스는 들뜬 얼굴로 그렇게 말하며 방을 나갔다. 아마도 그녀는 이 방을 나간 순간, 가장 아름다운 드레스를 고르기 위해 온갖 수선을 피울 것이다. 하지만 나는 그 순간부터 고심을 하기 시작했다.

로히얀스의 왕비가 된다라……

어차피 반대는 있을 거다. 하지만 미카엔은 왕이 될 것이고 미카엔이 자신의 주장을 굽히지 않는다면 아무리 고위 귀족들이나 중신들이라 해도 미카엔을 말리기는 힘들 것이다. 그는 왕이니깐.

나는 한숨을 내쉬었다. 그리고 자리에서 일어나 침실 안을 서성거렸다.
'아, 그냥 자유롭게 사는 것이 낫지 않을까? 어느 것에도 묶이지 않고……'
어차피 이 세계에서 나에게 남은 삶을 마감해야 한다면, 멋지고 판타스틱하게 나름대로 나의 뜻대로 사는 것이 나을 듯했다. 종속적이고 안주된 삶은 별로 내키지가 않았다.
게다가 얼마 전까지만 해도 소년으로서의 삶을 살아왔었던 나인데 당장 여자로서 미카엔의 정식 부인이 되어야 한다는 것은… 나는 어느 정도의 시간이 필요했다. 내가 완벽한 여자임을 인식하고 적응할 수 있는 시간이 말이다.
또한 나는 미카엔의 강함과 범접할 수 없는 위엄에 내심 경외감을 가지고 있었다. 하지만 그와 동시에 그것은 나를 초라하게 만들었다.
만약 왕비가 된다면 미카엔과 같은 위엄을 갖을 수 있을 것이다. 하지만 그것은 단지 왕의 부인으로서 갖는 위엄일 뿐이었다. 그리고 미카엔의 빛에 가리워져서 나는 내 자신을 발전시킬 수가 없을 것이다. 내가 생각하기에 그랬다.
나는 프레야 왕비가 아니었다. 그녀는 자신의 카리스마와 힘으로 거의 모든 것을 굴복시켰고 국왕보다 그녀의 위엄이 더 빛이 났지만 나는 그러지 못할 것이다. 미카엔은 홀로 서 있는 것만으로도 충분히 빛이 나기 때문에 나는 결국 왕비가 된다 하더라도 그의 종속자가 되고 말 것이다.
"그러면 연회에 나가지 말아야 할까?"
그렇다면 미카엔은 다른 여인을 왕비로 맞을 것이다. 그리고 그는 실망감도 들겠지만 나에게 화가 날지도 모르는 일이었다. 그는 나의 근본적인 문제까지 이해할 수 없을 테니 나의 행동에 대해 의문이 들

것이다. 뭐가 문제 될 것이 있다고 자신을 거부하는지에 대해.

어쩌면 그가 왕비를 맞고 나면 나에게서 마음이 떠나갈지도 모르는 일이었다. 그 역시 지치고 말 테니.

역시 그건 가슴 아픈 일이었지만 나는 한 인간으로서 순수하게 그를 사랑하고 싶었다. 마치 정령들이 그의 주인을 사랑하고 모시는 것처럼.

어쩌면 이것은 나의 욕심일지도 몰랐다. 아! 내가 어리석은 것일까? 미카엔은 한동안 나로 인해 괴로워할지도 모른다. 하지만 그는 언젠가 그런 괴로운 감정들을 잊을 것이다. 그리고 나 역시…….

나는 그저 그의 곁에서 항상 존재하는 자가 되고 싶었다. 그리고 내 자신을 그와 대등할 수 있도록 발전시키고 싶었다. 그렇게만 될 수 있다면… 왕비가 되어도 나는 결코 나약한 여인의 모습으로 미카엔에게 의존하지 않고, 내가 가지고 있는 순수했던 그 모든 마음들을 잊지 않고 살아갈 수 있을 듯했다.

아, 나도 지금 나의 감정들이 이해가 가지 않는다. 그런 나를 미카엔이 이해해 줄 수 있을까?

그렇게 나만의 생각에 빠져 있는데 문득 루이스가 상기된 모습으로 침실로 들어왔다. 그새 꽤 많은 시간이 흐른 모양이었다.

"라비스님!"

그녀의 목소리는 여전히 들떠 있었다. 나는 이토록 우울한데 말이다. 내가 왕비가 된다는 것이 그녀에게는 그렇게 중요한 일일까? 그녀의 손에는 무엇보다 화려하고도 우아한 드레스가 들려 있었다. 정말 아름다운 드레스였다.

나는 우울한 얼굴로 그녀를 바라보았다. 그녀는 기대감에 너무도 부풀어 있어 그녀에게 실망감을 안겨다 줄 이 말을 하기가 정말 미안하게 느껴졌다.

"루이스, 미안해. 난 아무래도 연회에 갈 수 없을 것 같아. 그는 다른 여인을 왕비로 맞을 거야. 그러니 기대 같은 것은 갖지 마."

나를 바라보는 루이스의 상기된 얼굴이 점점 굳어져 갔다. 그녀는 드레스를 들고 있던 손에 힘이 빠진 듯 아름답고도 우아하던 그 드레스를 바닥에 털썩 떨어뜨리고 말았다.

까만 하늘에 엄지손톱만한 반달이 떠올랐다. 흠, 반달이라기보단 반달과 보름달의 중간에 가까운 모양을 가진 예쁘지만 어설픈 반달이었다.

조금 전 끊임없이 들려오는 루이스의 잔소리에 짜증이 치밀었던 나는 그녀를 억지로 방 밖으로 내몰고 나서 베란다에 나와 있었다. 막상 연회에 나가지 않으니깐 불안감도 생기고 신경도 날카로워지게 되는 듯했다.

나는 이브닝 드레스 차림에 따뜻해 보이는 숄을 걸친 모습을 하고서 숨을 내쉴 때마다 입 안에서 새어 나오는 하얀 김을 바라보았다. 아직은 밖의 공기가 몹시도 차가웠다.

근처에서 마차가 지나가는 소리가 들려왔다. 아마도 크리스털 궁으로 향하는 귀족의 마차인 듯싶었다. 나는 살짝 입술을 깨물었다. 왜 이렇게 초조해지는 것일까.

나는 저편으로 위엄있게 자리하고 있는 황태자궁에 눈길을 주었다. 수많은 창문 사이로 불빛들이 새어 나오고 있었다. 나를 기다리고 있을 미카엔의 모습이 내심 궁금해진다. 그렇게 멍한 얼굴로 얼마간의 시간을 보냈다. 차가운 공기로 인해 나의 귓불이 붉게 상기되고 양 볼이 얼 때까지.

그럼에도 나는 추위를 느끼지 못하고 있었다.

"라비스……."

갑작스럽게 들려온 목소리에 나는 화들짝 놀라며 뒤를 돌아보았다. 그러자 화려한 연회복을 입은 미카엔의 모습이 눈에 들어왔다. 그의 은은한 빛을 발하는 은빛 머리카락이 문득 바람에 휘날렸다.

"미카엔?"

"왜, 오지 않는 거지?"

"난 미카엔의 부인이 되고 싶지 않아요."

"그럼 네가 되고 싶은 것이 뭐야?"

"난… 미카엔의 수호 정령이 되고 싶어요. 나를 왕비라는 직위 대신 미카엔에게 도움이 될 수 있는 측근 관리직으로 임명해 주세요."

미카엔은 한동안 입을 다물었다. 그의 눈동자가 달빛을 받았다. 그는 하얗게 쌓인 순결한 눈과 고귀한 달빛을 닮은 존재였다. 만약 그가 달 밝은 밤에 눈이 쌓인 곳에 서 있다면, 그는 그 장소와 동화되어 아름다운 은빛을 뿌리며 사라질 것 같다는 느낌을 주는 이였다.

그가 잠시 침묵을 지키자 나의 불안감과 초조함은 더욱 짙어졌다.

"내가 다른 여자를 아내로 맞이하고 그녀를 사랑해도 너는 아무렇지도 않아?"

"……."

그의 질문에 나는 침묵을 지켰지만, 나의 마음으로는 그에게 말하고 있었다. '아마도 괴로울 거예요. 내가 미카엔을 생각했던 것만큼. 하지만 나는 지금 내 앞에 보이는 행복을 잡지 않을 거예요. 내가 바라는 것은 아무런 의미 없는 금방 퇴색될 행복이 아니에요. 미카엔은 이런 나를 이해할 수 있나요?' 라고.

"그래! 네 뜻 알겠어. 이젠 너에게 화를 내는 것도 지치는구나. 나는 너를 이해할 수 없지만 언젠가 너를 이해할 수 있는 날이 오겠지. 내가 너를 사랑하는 만큼 네 의지를 존중해 주겠어. 훗~ 예전 같았으면 내가 뭐라 하든 내가 내키는 대로 행동했을 텐데. 이젠 그런 것도 어려워졌어. 너에게 그러한 결정에 대한 이유를 묻고 싶지만 넌 대답을 회피하겠지? 이젠 나는 황태자의 신분이 아닌 이 나라의 왕이 될 거다, 라비스. 그만큼 나는 너에게 소홀해지게 될 거야. 내가 해야 하고 생각해야 할 일들이 많아. 사랑하는 소녀로 인해 고민하는, 그럴 여유가 나에게 없다는 말이다. 라비스, 내가 사랑하는 아름다운 소녀… 네가 나의 부인이 되는 것을 거절하겠다면 나는 더 이상 너를 붙잡지 못하겠다. 네 청을 들어주지. 그리고 측실이라는 애매한 신분… 필요하다면 풀어주겠다."

그는 그렇게 말하고는 은빛 여운을 남기며 사라졌다. 방금까지만 해도 그가 서 있던 공간이 다시 쓸쓸해 보이는 허공이 되었다. 마치 지금까지 내가 허상을 본 것 같았다. 아니면 잠시 꿈이라도 꾼 것 같은 묘한 상실감이 나의 가슴속에 자리했다.

그는 나에게 직접적으로 화는 내지 않았지만 그의 말 한마디 한마디에는 보이지 않는 실망감과 상실감, 그리고 나에 대한 분노가 느껴졌다. 왠지 나를 다신 여자로서 보지 않겠다는 말을 무지하게 돌려서 말한 것 같기도 했다.

이상하게 나의 가슴이 아파왔다. 이것은 나의 어떠한 감정을 의미하는 걸까.

"절대 후회하지 않아. 미카엔, 나도 너처럼 보이지 않는 위대함이 될 거야."

나는 주먹을 꽉 쥐며 흔들리는 나의 맘을 억지로 부여잡으려는 듯 그렇게 중얼거렸다.

그렇게 며칠이 지나 드디어 미카엔의 즉위식… 다시 말해, 대관식이 있는 날이 되었다. 나는 예복용의 화려하지만 경건한 느낌이 드는 정숙한 드레스를 입고는 연회만 주목적으로 이루어지는 크리스털 궁이 아닌, 왕성 밖에 위치한 위대한 창조신 아덴의 신전으로 향했다.

오늘은 이곳의 신 아덴도 축복을 하는지 겨울이 가고 봄이 다가오는 환절기인 지금… 하늘은 너무도 청명하였다. 이곳의 주술사나 점술가들도 미카엔이 왕으로서 다스리게 될 로히얀스가 앞으로 번영하게 될 길조라며 미카엔의 즉위를 축복하였다.

주변 국가들도 각자 사신들을 보내어 미카엔의 즉위를 축하하는 말을 하였다. 그리고 현재 사이가 별로 좋지 못한 루젠다르와 인페르디아에서도 형식적이나마 사신들을 보내왔다.

많은 귀족들이 앞 다투어 이곳에 얼굴을 들이밀기 위해 노력을 하였고, 유명한 인사나 초청 예술가들도 참석을 하였다. 하여튼 유명하고 대단한 인간들이 한자리에 모여 바글바글하였다.

새하얀 대리석으로 지어진, 마치 궁성과도 같은 우아하고도 아름다운 건축물 아덴의 신전은 화려하기도 했지만 은은한 멋을 풍기고 있어 단순히 예배만 보러 오는 것이 아니라 관광으로도 꽤나 볼거리인 곳인 듯했다.

게다가 한 나라의 수도에 위치한 가장 위대한 신을 모시고 있는 신전답게 그 스케일도 어마어마하게 커서 신전이 이렇게 화려해도 되는 건가 하는 생각도 들었다. 하지만 나를 따라 나온 내 전속(?) 경호원 에드는 이렇게 말했다.

"라비스님, 이곳은 단순한 신전으로서만 아니라 왕실 역대 대관식이나 결혼식 같은 성스런 행사가 이곳에서 치루어지기 때문에, 이 화려함은 그 격식에 맞추어진 것뿐입니다."

신전 안으로 들어선 나는 누가 누군지도 모르는 이들과 정신없는 인사를 나누어야만 했다. 잘 알지도 못하면서 친근하게 말을 건네오는 이들… 나 역시 아스탄샤에서 갈고닦은 귀족들 대하는 뻔뻔한 대처 법으로 그들을 대했다.

나는 혹시 아사벨라도 참석을 했는지 눈을 굴려 찾아보았으나 그녀는 보이지가 않았다. 그녀는 그 일이 있은 후 자신의 궁에서 틀어박혀 한 번도 그 모습을 보이지 않고 있었다. 하긴 그녀는 근신형에 묶여 있으니 이런 곳에 모습을 드러내기 어려울 것이다. 그러다 나는 미카엔의 첫 번째 측실 유리스와 마주쳤다. 오랜만에 보는 그녀였다.

그녀는 짙은 밤갈색 머리칼을 우아하게 틀어 오려 몇 가닥의 머리칼을 고데기로 말아 어깨 위로 늘어뜨린 모습을 하고 있었는데, 역시 한 나라의 국왕이 되는 이의 첫 번째 측실답게 화려하고 고급스런 차림을 하고 있었다. 그러나 그녀는 외모가 너무도 평범하고 눈에 띄지 않는 성격 탓인지 그런 그녀의 차림에도 불구하고 식장 안에서 그다지 존재감을 부각시키지 못하고 있는 듯했다.

나는 그녀를 보고는 반갑게 아는 척을 하였으나 그녀는 여전히 쭈뼛쭈뼛하는 모습을 보였다. 그녀는 내심 나에게 보이지 않는 부담감과 거부감을 가지고 있는 듯했다. 내가 사근사근하게 말을 검에도 불구하고 그녀는 국왕의 첫 번째 측실로서 가지고 있을 자신의 권위를 나의 앞에 내보이지 못하는 것 같았다. 잠깐 그녀를 대해본 바로는 그렇게 느껴졌다.

그리고 나는 다니엘 남작과 몇 달 만에 처음으로 대면하게 되었다. 나는 그동안 지은 죄가 있어 그와 눈이 마주쳤을 땐 나도 모르게 찔끔해야 했다. 보수적이고 전형적인 귀족의 성격을 가진 그가 그동안 가출하고 사고나 치고 다녔던 자신의 딸을 어떻게 대할지는 뻔하였다.

나를 호위하고 있던 에드가 남작을 먼저 발견하고는 인사를 해 보였다. 그러자 남작은 에드의 인사를 무심하게 받고는 나에게 가까이 다가와 입을 열었다.

"오랜만이구나, 라비스."

그가 내민 딸에 대한 첫인사였다. 생각보단 부드러운 말소리에 나는 경직되었던 긴장을 풀었지만 그에게 뭐라고 답변 인사를 해야 할지 몰라 잠시 당황한 얼굴로 버벅거렸다. 그에게 아버지란 느낌을 갖을 수 없었기에 무척이나 그가 낯설었고 어색했다. 물론 그는 나의 친아버지가 아니니 이런 감정은 당연한 것일지도 모르지만 나의 육체 안에 잠재된 그 무언가의 영향도 컸다.

남작은 말을 이었다.

"몇 달 못 본 사이에 조금 더 성숙해진 것 같구나. 그리고 야윈 것 같기도 하고… 갈수록 네 어미를 닮는 것 같구나."

그는 생각 외로 가출 건에 대한 내용은 언급하지 않았다. 그저 조금 변한 나의 모습에 대해 말할 뿐이었다. 그래도 이 사람은 자신의 딸에 대해 아주 냉정하게 생각하고 있지는 않구나 하는 생각이 들었다.

"건강해 보이시는군요, 아버지······."

무지 어색한 인사였다. 특히 아버지란 단어에서는 더욱더 어색했다. 내가 그렇게 말하자 다니엘 남작은 보일 듯 말 듯한 미소를 머금더니 한참을 나를 바라본 뒤에 다른 귀족과 인사를 나누기 위해 몸을 돌렸다.

잠시 후 대관식이 거행되기 시작했다. 굉장히 많은 이들이 각자 자리에 앉았고 옷을 곱게 차려입은 한 여신관이 소프라노로 성스러운 느낌이 도는 노래를 불렀다. 아마도 성가인 듯했다.

아아, 축복을 받으리.
하늘과 땅의 아버지 아덴의 축복을 받으리.
그의 권능이 그대에게 닿으리라.

그 여인의 노래로 시작하여 그 뒤에 위치해 있던 소년 소녀 성가대가 합창으로 성가를 부르기 시작했다. 그동안 들떠 있던 분위기는 그 성가로 인해 엄숙해졌고 경건해졌다. 주위에서는 이제 잡담 소리가 들려오지 않았다. 숨소리도 들려오지 않았다.

하늘과 땅의 아버지 아덴의 축복이
그대에게 내린다네.
세상 만물의 아버지 아덴의 축복이
그대에게 내린다네.

곧 이곳의 대신관인 듯한 노인이 모습을 드러내었다. 그는 금빛으로 치장된 예식용 신관복을 걸치고 있었다. 그리고 미카엔의 모습도 보였다. 어느 때보다 위엄있는 모습으로.
미카엔은 대신관 앞에 서더니 무릎을 꿇는 자세를 취해 보였다. 이것은 대신관에게 예를 갖춘 것이 아니라 창조신 아덴에게 예를 갖춘 것이었다. 미카엔과 대신관이 있는 곳으로 다가오는 또 한 명의 신관이 눈에 들어왔다.
그 신관은 앳된 소년이었는데 꽤나 맑고 순수하게 생긴 외모를 가지고 있었다. 그 신관은 무언가를 조심스레 들고 있었다. 그것은 미카엔이 쓰게 될 왕관이었다.
'흠, 신전에서 대관식에 쓸 왕관을 보관하고 있었던 모양이군. 저걸 보관하고 있으려면 꽤나 힘들었을 텐데. 왕관에 박힌 보석만 해도 엄청나니깐, 저것을 탐을 내는 이들이 있기 마련이니…….'

곧 왕관은 대신관의 손으로 옮겨지게 되었고, 그것을 위로 번쩍 치켜든 대신관은 뭐라뭐라 위엄있게 읊어대기 시작했다. 그 내용은 신성했지만 지루하기도 했기에 나는 대충 흘려들었다.

'저 무거운 걸 오랫동안 들고 있으면 팔이 아플 텐데…….'

나는 아무런 안면도 없는 대신관의 안위까지 걱정해 주며 하품을 했다.

잠시 후 왕관은 미카엔의 머리 위에 씌워졌다. 그동안 지루했지만 그 순간만큼은 왠지 감동스럽기도 했다. 미카엔은 자리에서 일어나 양측에 꽉꽉 들어찬 청중(?)들을 향해 몸을 돌렸다.

나는 많은 이들 사이로 껴 있었기 때문에 미카엔이 나를 보지 못할 거라 생각하며 그를 바라보았다. 왕관을 쓴 그는 정말 왕 같았다. 아! 그는 이제 왕이지.

그때 미카엔의 눈길이 내 쪽을 향했다. 그리고 정확히 나의 눈과 마주쳤다. 그 많은 인파가 있음에도 불구하고 한 번에 나와 눈을 정확히 마주친 미카엔의 능력에—혹시 디텍트 능력일까?—나는 내심 감탄을 하며 그에게 미소를 지어 보이려 했다. 그러나 그는 내가 미소를 짓기도 전에 눈길을 나에게서 거두었고 위엄있는 목소리로 입을 열었다.

"나 미카엔 투르타 텐 마르실리드 로히얀스는 전능하신 아덴의 의지와 선왕의 의지를 받들어, 이 순간 이후로 로히얀스의 국왕으로서 모든 의무를 다해 로히얀스를 위대한 동쪽의 나라로 번영시킬 것을 이곳에 계신 아덴께 맹세한다!"

이로써 미카엔은 왕이 되었다. 왠지 더욱더 드높아진 그의 모습에 나는 기묘한 감정이 들었다. 이것으로 미카엔은 나와는 전혀 다른 위치에서 서 있는 존재가 된 것이었다. 내가 감히 마주 볼 수 없는 위대한 존재 말이다.

나는 그의 위엄있는 모습을 오래도록 바라보며 나의 가슴속에 깊이 각인시켰다.

그리고 백합궁으로 돌아온 나는 그동안 못하던 마법 공부를 하다가 내가 이 백합 별궁으로 들어온 순간부터 시중을 들어왔던 앤시아에게 한 소식을 들었다.

"라비스님, 내일 대관식 축하 연회에 왕비로 간택된 영애가 참석한다는군요."

"그 영애가 누구인데?"

"그건 아직 몰라요."

사실 연회 체질이 아니었던 나는 그냥 조용히 쉬려고 했었지만 내심 미카엔의 부인이 될 여인이 누구인지 궁금하였다. 그래서.

"앤시아, 나 내일 크리스털 궁으로 갈 거니깐 미리 준비 좀 해줘."

나는 그렇게 말하고는 책을 덮었다. 벌써 저녁 시간이 한참 지났다. 하지만 식사하고 싶은 생각이 별로 없던 나는 일찍 잠이나 자야 하겠다고 생각했다. 왠지 기분이 저조했다.

내가 옳은 결정을 한 건지 아직도 흔들렸지만 마음을 다잡았다. 그러다 예전 생각이 났다. 미카엔을 처음 만났을 때, 내가 마법을 보여달라는 말에 꽃으로 눈을 내리게 했던 미카엔의 모습… 그리고 매일 밤 찾아오는 미카엔에게 론티아 꽃잎 차를 먹여서 잠들게 했던 일들… 쿡쿡! 지금 생각하니깐 웃음이 나왔다.

그러다 마족에게 독이 스민 상처를 입어 몹시 아팠을 때 나를 치유하기 위해 모든 일을 제치고 환상의 섬인 시리우스 섬에 동행해 주었던 일이 생각나자 나도 모르게 눈가가 촉촉해졌다.

어쩌면 지금 나는 내 생각만 하는 것일지도 몰랐다. 하지만 모든 것을 마음 내키는 대로 살아갈 수는 없었다.

'나도 그처럼 높아질 수 있을까? 오늘 그의 모습은 너무도 높아 보였어. 이대로는 태양을 바라보는 해바라기가 되고 말 거야. 그처럼 나도 태양이 될 수 없다 해도, 그와 같은 공간에서 숨을 쉬는 구름이 되고 바람이 되고 싶어. 아니, 그렇게 될 거야!'

태양은 언제까지나 빛이 나지만 해바라기는 짧은 순간을 그 태양만 바라보다 시들어 버린다. 나는 해바라기가 되고 싶지 않았다. 그것은 정말 비참하다.

그때 백합궁으로 중앙 궁성의 한 시종이 찾아왔다. 그는 국왕의 측근 상급 시종인 복장을 한 무척 딱딱하게 생긴 중년의 남자였다.

"폐하의 명입니다. 지금 이 순간부터 라비스 크로시벨님은 폐하의 비서관으로 임명되었습니다. 그리고 그와 동시에 폐하의 측실 신분이 풀어졌음을 알려드립니다."

Change Of Destiny 제2장
세리아의 질투

세리아의 질투

"케헥! 루이스~ 나 죽기 싫어~ 내가 왕비 자리를 찬 것을 이런 식으로 보복하는 것은 아니겠지?"

내가 이러한 비명 섞인 외침을 하는 이유는 크리스털 궁으로 가기 위한 채비를 하는 중에 루이스가 코르셋으로 나의 허리를 무자비하게 졸랐기 때문이었다. 아, 정말 그녀의 팔 힘은 장난이 아니었다.

"굴러 들어온 장미빛 영광을 차다니! 지금 라비스님은 제정신인가요? 전 그 생각만 하면 자다가도 벌떡벌떡 일어나고는 합니다."

"흐응~ 그래? 그것 참 안됐군. 루이스가 잠을 설치다니."

"…그러는 의미에서 라비스님! 오늘 연회에 입고 갈 드레스는 저것으로 하도록 해요!"

그녀의 말에 나는 시녀가 들고 들어오는 드레스에 눈길을 주었다. 그것은 연녹색의 공단 드레스였는데 치마는 굉장히 풍성하였고 우아하면서도 심플하였다. 그리고 알맞게 파여진 가슴 선은 작은 물결 모양으로 처리가 되어 있었고, 그 가장자리가 은사로 기하학적인 무늬가 수놓여 있었다.

"흐음… 저걸 입으면 완전히 봄 처녀가 되겠네."

"호호~ 예쁘죠? 왕실 재단사에게 심혈을 기울여서 제작하도록 한 드레스랍니다. 연녹색이라면 화사한 봄 분위기도 풍기고… 유행은 앞서 가야 하는 법이죠!"

나는 그 드레스를 입고 전신 거울 앞에 섰다. 그러자 연녹색의 드레스와 에메랄드가 박힌 머리 장식 핀으로 인해 나의 화려한 외모에 상큼함이 더해지고 있는 모습이 눈에 들어왔다. 황금빛과 녹색빛이 이리도 잘 어울린다는 것은 오늘 절실하게 느낀 바였다.

나는 커다란 눈을 깜빡이며 나의 얼굴을 직시했다. 녹색 계열의 차림에 맞추어서 화장을 한 나의 얼굴이 이제는 화려하다 못해 빛이 나는 듯했다.

"화장을 너무 눈에 띄게 한 거 아냐?"

"화장은 그다지 진하게 하지 않았는데요? 라비스님은 화장을 안 해도 예쁘시니, 오히려 자연스럽게 해야 아름다우셔서 적당히 한 건데 뭐가 불만이지요?"

뭐가 불만이냐? 라는 말투에 나는 그만 수그러든다. 사실 지금 나의 모습은 너무 아름다워서 지금의 내 육체는 과연 인간의 자식이 맞는지 의심이 들 정도였다. 그래서 나는 불만이었다. 그렇지 않아도 눈에 띄는 외모가 화장으로 인해서 더욱 두드러져 보이면 나는 정말 불편하게 느껴졌기 때문이었다.

'차라리 적당히 생겼으면 내가 이 고생을 안 하는 건데…….'

"…그러고 보니 라비스님은 그때 수면제로 자살 소동을 벌이고 난 후에 정말 많이 달라지셨어요. 성격도 달라지셨지만 외모도 더욱 아름다워지셨으니깐 말이에요. 호호~ 정말 불가사의한 일인 것 같아요. 한 번 죽을 고비를 넘기시더니 전에는 외모만 예쁘장하셨는데 이제는 모든 면에서 신비한 아름다움마저 느껴지는 것 같아요. 지난 반 년 사이에 많이 성장하신 느낌이에요."

하긴, 내가 보아도 반 년 전의 모습과 지금 나의 모습은 약간 차이가 있었다. 외모가 바뀌었다기보다는 풍기는 분위기가 한층 빛을 발한다고나 할까? 무언가를 끌어당기는, 보이지 않는 매력이 나에게 있는 듯해 보였다. 이런 식으로 말하면 자화자찬같이 들리지만 말이다.

어쨌든 모든 준비를 마친 나는 크리스털 궁까지 이동하기 위해 백합궁을 나와 대기하고 있는 마차로 걸음을 옮겼다. 기다리고 있던 마부가 나를 보고는 마차의 문을 열어주었다. 나는 마부의 도움을 받아 마차에 오르다 고개를 돌려 백합궁을 바라보았다.

백합궁이라는 이름을 가진 황태자궁의 별궁 중 하나⋯ 그다지 화려한 면모를 가진 건축물은 아니지만, 은은한 멋을 풍기고 있는 어느 귀족의 저택처럼 보이는 고풍스런 건축물이었다. 이곳에서 내가 지내온 시간은 그다지 긴 시간은 아니지만 그래도 역시 정이 붙은 곳이었기에, 여기 백합궁에서 지내는 것도 오늘이 마지막이라는 것이 조금은 아쉽게 느껴졌다.

내일이면 나는 중앙 궁성으로 거처를 옮기게 될 것이다. 이제 나는 측실이 아니고 국왕의 비서관 중 하나가 될 테니.

나는 마차 안으로 올라탔고 마차는 곧 출발하여 크리스털 궁 앞으로 당도했다.

크리스털 궁에는 어느 때보다 귀족들이 많이 모여 있었다. 그 이유는 미카엔의 즉위를 축하하는 의미도 있었지만 앞으로 왕비가 될 여인이 모습을 드러내는 자리이기도 했기 때문이었다.

내가 크리스털 궁의 홀 안으로 들어서자 각자 화려함의 극치를 자랑하고 있던 귀족들의 눈길이 나에게 쏠리는 것이 느껴졌다.
"폐하의 세 번째 측실께서 오셨군요."
"아! 이젠 라비스님은 폐하의 측실이 아니잖습니까?"
"그렇군요. 하지만 정말 뜻밖입니다. 전 폐하께서 곧 라비스님을 왕비로 맞으신다는 공표를 하실 줄 알았습니다. 그나저나, 이번에 왕비로 간택되신 분은 대체 누구일까요?"
나에 대한 귀족들의 잡담이 들려왔다. 의외로 많은 귀족들이 내가 왕비가 될지도 모른다는 추측을 하고 있었나 보다. 하긴, 나는 신분이 되지 않았으나 미카엔이 각별히 나를 총애하고 있다는 것은 저들도 너무나 잘 알고 있는 사실이니 그렇게 생각하는 것은 당연했다. 게다가 그동안 돌았던 소문들도 있었으니······.
그렇게 나에 대한 얘기는 그런 식으로 시작하여 다양한 각도의 추측으로서 저들의 도마 위에 올려져 요리되고 있었다. 하지만 나는 그들의 숙덕거림을 무시하였다.
"아! 아사벨라~"
나는 오랜만에 모습을 드러낸 아사벨라의 모습에 반가워하며 그녀를 불렀다. 그녀의 근신이 드디어 풀린 것일까. 아사벨라는 며칠 사이 많이 수척해 있었다. 하지만 그녀는 여전히 오만한 모습을 잃지 않고 있었다. 귀족들 사이에서는 그녀에 대한 얘기도 꽤나 오르내리고 있었다.
아사벨라는 화려하게 치장한 모습으로 나를 돌아보았다. 그녀의 차림은 여느 때보다 더욱 화려해 보였다. 아마도 자신의 초라한 모습을 저렇듯 화려함으로서 감추려 하는 마음이 있었던 듯했다.
그녀의 직모의 짙은 흑발과 눈동자 색으로 인하여 그녀의 인상은 더욱 차갑고 오만하게 보였다. 게다가 결코 평범해 보이지 않는 그녀의 화장법은 더욱 그녀의 인상을 강하게 보이게 했다.

"너 폐하의 비서관으로 임명되었다며?"

"응."

"훗~ 정말 의외인데? 이번에 누가 왕비로 간택되었는지 알고 있어?"

"아니. 아사벨라는 누구인지 알고 있어?"

내가 그렇게 묻자 아사벨라의 입꼬리가 살짝 올라갔다.

"글쎄… 하지만 곧 알게 되겠지. 그리고… 너! 나한테 친한 척 좀 하지 마! 재수없으니깐."

그녀는 별 생각 없이 나에게 답하다가 자신이 나에게 친근한 모습으로 대하고 있다는 것을 깨달았는지 그렇게 매몰차게 말하고는 나에게서 고개를 돌렸다. 그러다 나는 귀족들의 웅성거림이 더 커지는 것을 느끼고는 귀족들의 눈길이 일제히 한 방향으로 모아진 곳에 눈길을 주었다. 그러자 나의 눈에 한 소녀가 눈에 들어왔다. 그녀는 붉은 머리칼을 가진 소녀였는데 인상이 왠지 익숙하였다.

"흥! 내가 그럴 줄 알았지. 저 여자는 예전 황태자비의 여동생이야. 황태자비의 아버지인 베른 공작이 이번에도 자신의 두 번째 딸이 폐하의 부인이 되도록 힘을 쓴 것이 분명해."

아사벨라는 붉은 머리의 소녀를 보며 가증스럽다는 듯이 입을 열었다. 붉은 머리 소녀는 우리 쪽으로 다가왔다.

"당신이 라비스 크로시벨인가요?"

그녀는 나에게 다짜고짜 물어왔다. 그녀는 황태자비와 약간 닮아 있었지만 연약한 인상의 그녀와는 다르게 이 소녀는 진한 붉은 머리를 가진 소녀답게 제법 말괄량이 기질이 다분해 보였다. 게다가 호박색 눈동자를 가진 그녀의 눈빛은 제멋대로인 성격을 가지고 있는 듯해 보여 나는 왠지 모를 불길함이 느껴지기도 했다.

"네, 맞습니다만……."

"훗! 정말 소문대로 미인이시네요. 제 언니에게서 라비스님에 대한 얘기를 들은 적이 있어요. 전 예전 황태자비 전하의 여동생인 '세리아'라고 합니다. 이번에 폐하의 정실로 간택이 되었지요. 폐하께서 한때 라비스님을 총애하셨다지요? 하지만 지금은 그분의 부인이 아니시니… 저는 더 이상 폐하께서 라비스님을 총애하는 일로 걱정을 하지 않아도 되겠군요. 하지만 혹시 모르니 그분께 꼬리 칠 생각은 말아요."

초면에 저렇게 당돌한 발언을 하다니! 듣자 하니 정말 기분이 나빴다. 꼬리를 치다니… 내가 강아지인가? 내가 왜 미카엔에게 꼬리를 친단 말인가?

"저런, 소심하시군요. 벌써부터 라비스님의 미모에 겁을 집어먹으셨나요? 폐하의 총애를 얻지 못할까 봐?"

아사벨라가 내 대신 그녀에게 입을 열었다. 여전히 비꼬는 기색이 현저한 말투였다. 그러자 세리아는 붉어진 얼굴로 씩씩거리며 그녀에게 외쳤다.

"정말 무엄하군요! 감히 누구에게 그런 발언을 하는 거죠? 난 이 나라의 왕비가 될 거란 말입니다."

"호호~ 누가 세리아님이 왕비님이 되지 않을 거라고 말했나요? 전 단지 왕비가 되실 분답지 않게 소심하신 것 같다고 말씀드렸습니다."

"이, 이… 무엄한! 건방진 계집 같으니! 천박한 반역 집안의 계집 주제에……."

세리아는 아사벨라의 비꼼에 대범한 대처를 하지 못하고 쉽게 발끈을 하고 말았다. 그리고 아사벨라의 아픈 곳을 건드리는 경솔한 발언을 하였는데… 그 순간.

짜악~!

뺨을 때리는 소리가 회장 안에 울렸다. 정말 경쾌하기 짝이 없는 울림이었다. 잡담을 나누던 귀족들의 눈길이 세리아와 아사벨라에게로 쏠렸다. 귀족들의 웅성거림이 더욱 커졌다. 귀부인들은 자그만 장식용 부채로 입을 가리며 수선스럽게 '어머나!' 하는 소리를 내었다.

세리아는 붉은 손자국이 난 한쪽 뺨에 손을 가져가며 몸을 부들부들 떨고 있었다. 자신의 분노를 주체하지 못하는 것이다.

왕비로 간택된 영애로서 처음 모습을 내미는 자리에 이런 망신을 당하게 되다니, 그녀로서는 화가 나기도 하겠지만 무척 수치스럽기도 할 것이다. 게다가 그녀는 자신의 남편 될 자의 측실에게 뺨을 맞은 것이니 그 수치스러움은 더욱 클 듯했다.

"역시! 멍청한 것은 그 황태자비나 너나 똑같군!"

아사벨라가 그렇게 외치자 세리아는 금방이라도 울음을 터뜨릴 것 같은 얼굴로 입을 열었다.

"가만두지 않겠어! 감히 나에게 손찌검을 하다니! 일러 버릴 거얏!"

그녀는 아사벨라에게 받은 모욕과 많은 귀족들 앞에서 당한 망신으로 인해 그렇게 울먹거리는 목소리로 유아틱하게 외치더니 그대로 회장 밖으로 뛰쳐나갔다. 그런데 고자질을 하겠다면 누구에게 하겠다는 것일까? 자신의 아버지? 아니면 미카엔일까?

회장 안에 있던 나이 든 귀족들 중에 몇몇은 이런 세리아의 모습을 보고는 고개를 절레절레 흔드는 모습을 보였다.

나는 속으로 한숨을 내쉬며 아사벨라에게 입을 열었다.

"아사벨라, 왕비가 될 여자에게 손찌검을 하다니, 경솔했어."

"될 대로 되라지!"

예전 같았으면 그렇게 발끈을 하여 자신의 위에 있는 자에게 그런 경솔한 짓을 하는 그녀가 아니었는데, 방금 그녀의 태도는 자제력을 많이 잃은 태도였다. 하긴, 나 같아도 아사벨라의 입장이었다면 가만히 있지 못했을 것이다.

그 일이 있은 후 세리아는 아사벨라를 벼르기 시작하였고—물론 벼르기만 했다—나는 중앙 궁성으로 거처를 옮겨 미카엔의 비서관으로서 일을 배우기 시작하였다. 거의 매일같이 미카엔의 개인 비서인 비서관장에게 혼이 났지만 나는 빨리 일을 터득하기 위해 나름대로 노력을 하였다.

그리고 또 한 가지 나에게는 피곤한 일이 있었는데, 그것은 세리아였다. 그녀는 아직 결혼식 전, 그러니깐 왕비로서 즉위하기 전임에도 불구하고 아예 거처를 중앙 궁성으로 옮기고는 나를 감시하는 태도를 보였다. 혹여 내가 미카엔에게 꼬리라는 것을 칠 것을 염려해서 그러는 모양이었다.

하지만 그런 세리아의 염려에도 불구하고 나는 미카엔의 얼굴을 좀처럼 볼 기회가 없었다. 나는 아직 보조 비서관이었고 그와 직접 대면할 일이 없었기 때문이다. 아! 한 번은 그를 잠깐 볼 기회가 있었지만, 그는 거의 사무적인 태도였다.

그러던 어느 날 저녁.

나는 비서관장님이 출타 중인 관계로 내가 대신 서류를 미카엔에게 제출해야 할 일이 생겼다. 사실 정식 비서관도 아니고 보조 비서관일 뿐인 내가 비서관장이 국왕에게 제출해야 할 서류를 대신 맡을 수는 없는 일이었으나, 국왕의 개인 비서관인 그는 나에게 그 임무를 맡겼다. 아마도 그는 내가 국왕의 총애를 받던 측실이었음을 염두에 두고 그렇게 행동한 듯했다. 그럴 필요는 없었는데 말이다.

아무튼 푸른빛의 실크 리본으로 머리카락의 절반을 살짝 묶고 어깨 너머로 자연스럽게 늘어뜨린 나는 국왕의 비서관 복장인 제복같이 생긴 약간 달라붙는 바지와 금빛 단추가 많이 달린 상의를 입고서 서류 뭉치를 들고 미카엔의 집무실을 찾아갔다. 처음엔 미로와 같은 중앙 궁성의 구조에 많이도 헤매었지만 이제는 어느 정도 익숙해져 있었다.

집무실로 가는 도중 한 시녀가 나를 힐끔 보고는 어디론가 달려가는 모습이 나의 눈에 띄었다. 이상하게 생각되었지만 나는 깊이 생각하지 않았다. 그리고 집무실 문 앞에 다다른 나는 자꾸 긴장하려는 얼굴을 침착함으로 가장하며 표정 관리를 한 다음, 문 앞에서 시립한 시종에게 입을 열었다.

"폐하의 개인 비서관이신 스미스님의 대신으로 온 보조 비서관 라비스 크로시벨입니다. 지금 폐하를 뵈올 수 있나요?"

내가 그렇게 묻자 회색 빛 콧수염을 멋지게 기른 노년의 상급 시종은 고개를 끄덕이더니 집무실 문을 향해 입을 열었다.

"폐하, 보조 비서관인 크로시벨 양이 폐하를 뵙기를 청합니다."

그는 그렇게 말하고는 미카엔의 허락이 떨어지기를 기다렸다. 그러나 아무리 기다려도 안에서는 미카엔의 답변이 들려오지 않았다. 그러자 시종은 미카엔이 못 들었으리라 짐작하고는 다시 목청을 가다듬고 외쳤다.

"폐하! 보조 비서관인 크로시벨 양이……."

시종이 말을 다 마치기도 전에 안에서 미카엔의 목소리가 들려왔다.

"나중에 스미스에게 직접 다시 오라고 해라!"

그러자 시종은 내 쪽으로 고개를 돌리고는 난처한 얼굴을 해 보였다. 미카엔은 나를 보는 것을 거부한 것이다. 나의 얼굴은 굳어졌다. 왠지 기분이 나빴다. 어째서 나를 보는 것을 거절한 것일까. 나는 그저 그에게 보고를 하러 온 것일 뿐인데…….
 그가 이렇게 나를 보는 것을 거부하는 이유가 짐작되지 않는 것은 아니었으나 막상 그에게 거절당하고 나자 기분이 상하는 것은 어쩔 수가 없는 일이었다.
 "죄송하지만, 나중에 스미스님께 다시 오도록……."
 시종이 나에게 입을 열었지만 이번에도 그는 말을 다 끝맺지 못했다. 왠지 화가 난 나는 그만 집무실 문을 박차고 안으로 들어갔기 때문이었다. 시종은 얼굴이 사색이 되어 나를 말리려 했지만 이미 때는 늦어 있었다.
 안으로 들어선 나는 당당하게 미카엔이 앉은 책상 앞으로 다가갔다.
 "미… 아니, 폐하! 왜 저를 보려고 하지 않는 것이죠?"
 나는 그렇게 외치며 그의 책상 위에 서류들을 탁 내려놓았다. 그리고는 다시 그에게 입을 열었다.
 "여기… 제가 폐하께 보고드릴 내용입니다. 스미스님께서는 출타 중이어서 오늘 중으로는 보고가 힘들어 저에게 맡기셨어요. 제가 대신 폐하께 보고를 하는 것은 별 문제가 없다고 생각되는데, 제가 잘못한 건가요?"
 내가 그렇게 말하자 미카엔은 나를 표정없는 얼굴로 올려다보더니 천천히 입을 열었다.
 "크로시벨 비서관? 내가 누구이고 이곳은 어떤 장소인지 알지 못하는가? 지금 그대가 한 행동은 무척 건방지기 짝이 없는, 스스로의 신분을 자각하지 못한 행동임을 크로시벨 비서관은 알지 못하는 것 같군. 지금 그대의 신분은 내가 사랑하던 부인이 아니라 보조 비서관일 뿐이다."
 그는 신하를 대하는 태도로서 나에게 그 건방짐을 질책하였다. 하긴 나는 국왕의 집무실을 허락도 없이 침입한 것이니 그에게 이런 질책을 듣는 것은 당연했다. 그는 국왕이고 나는 엄연한 비서관인데 내가 그것을 무시한 것이니 말이다.

순간적으로 상한 기분을 다스리지 못하고 건방진 행동을 한 내가 어리석었다. 하지만 그의 냉랭한 태도가 나는 너무도 생소하게 느껴졌다. 그는 나에게 한 번도 이러한 태도를 보인 적이 없었다. 마지막으로 그가 백합궁으로 왔던 순간조차도 그는 평소 모습이었다. 그는 그 이후로 완전히 돌아선 것일까?

나는 잠시 놀라움으로 커졌던 눈을 살며시 내리깔았다. 그에게 충격 받은 듯한 나의 눈빛을 보이기 싫었기 때문이었다.

나는 그에게 담담한 어조로 입을 열었다.

"죄송합니다, 폐하. 용서하세요. 이것은 아르카닐 시의……."

"됐어. 이것은 내가 나중에 검토할 테니… 미안하지만 이 서류들을 서류 번호대로 정리 좀 해주겠어?"

그는 그렇게 말하며 자리에서 일어났다. 그리고 잠시 쉴 생각인지 그는 걸음을 옮겨 나를 스쳐 지나가려 했다. 그런데 그때 그의 말에 뭉치로 쌓여 있는 서류들을 정리하려던 나는 집무실의 창가에 뭔가 어른거리는 것이 눈에 들어왔다. 그것은 한 마리의 덩치 큰 박쥐였다. 저 박쥐는 왜 창가에서 어른거리고 있는 것일까? 왠지 신경 쓰이는 박쥐이다.

그러다 그 박쥐는 살짝 열려 있던 집무실의 창문 사이로 날아 들어오더니 쏜살같이 나에게로 날아왔다.

"꺄악~!"

나는 그것의 난데없는 공격에 팔로 얼굴을 가리고 뒷걸음을 쳤다. 그러나 무엇에 걸렸는지 나의 몸은 뒤로 기우뚱하였다.

이제 그의 앞에서 볼썽사납게 넘어지겠구나 하는 생각이 드는데, 뒤로 넘어가던 나의 몸은 허리에 어떤 힘이 받쳐지더니 다시 앞으로 기울었다. 나는 눈을 들어 나의 허리를 잡아 끌어안은 미카엔을 바라보았다. 그는 넘어지려는 나를 붙잡으려다 이런 식으로 나를 끌어안게 된 모양이었다.

나는 다시 눈을 돌려 유유히 빠져나가는 시커먼 박쥐를 바라보았다. 그것은 창밖으로 쏙 빠져나가더니 나에게 한번 눈길을 주었는데, 그것의 얼굴은 웃는 인상을 하고 있었다.

박쥐가 미소를 지을 줄도 알던가? 나는 눈을 가늘게 뜨고 박쥐를 노려보았다.

'설마, 설마? 저것은 아멘시타……? 대체 무슨 짓을 꾸민 거지? 아멘시타, 나중에 너 주우겠어!!'

정말 타이밍을 기묘하도록 잘 맞춘 아멘시타였다. 무슨 목적으로 이러한 짓을 했는지 충분히 짐작이 갔다. 그러다 나는 미카엔의 팔에 힘이 들어가는 것이 느껴졌다. 그로 인해 어설프게 그에게 끌어안긴 모습을 하고 있던 나는 더욱 그의 품에 안긴 꼴이 되어버렸다.

아, 이게 난데없이 무슨 일인지… 지금 이 포즈는 상당히 로맨틱한 분위기가 감도는 모습이었다. 아아, 이런 난감한 상황이 되고 말다니!

나는 어색한 모습으로 그의 품을 빠져나오려 했다. 하지만 내가 그렇게 빠져나가려 하자 미카엔은 팔에 힘을 단단히 주어 나를 더욱 세게 당겨 끌어안아 버렸다.

'흑! 분위기가 요상하게 변해 버렸잖아. 진짜 아멘시타 가만 안 둬!'

나는 그렇게 속으로 투덜대며 다시 미카엔에게서 빠져나오기 위해 몸에 힘을 주었다. 하지만 나는 꼼짝할 수도 없었다.

'아! 힘 딸려…….'

결국 나는 미카엔의 품 안에서 낑낑대는 모습을 보이게 된 셈이었지만 포기하지 않고 계속적으로 그에게서 빠져나가기 위해 힘을 썼다. 왠지 주인의 품에서 빠져나가기 위해 버둥대는 한 마리의 강아지가 된 기분이었다. 아무튼 이런 식으로 시작된 미카엔과 나와의 힘 겨루기는 내가 현저히 불리했다. 미카엔은 나보다 힘이 더욱 세었으니……

 그렇게 용을 써도 그의 품을 빠져나갈 수가 없자 나는 머리를 굴리기 시작했다. 창밖을 보며 '앗! 저기 드래곤이 지나가네?!' 라는 외침으로 미카엔의 관심을 돌린 다음, 잽싸게 그의 품을 빠져나갈까라는 유치한 방법이 점점 나의 머리 속을 자리 잡을 무렵!

 미카엔은 감정적이 되었는지 나를 끌어안은 채 그의 얼굴을 점점 내 앞으로 가까이 가져왔다. 아, 이를 어쩐다? 하지만 그때, 국왕의 근엄한 집무실 문이 또 한 번 벌컥 열어젖혀졌다. 오늘은 정말 수난을 많이 겪는 집무실 문인 듯했다.

 아무튼 다소 격하게 열린 집무실 문 앞에는 헐떡거리는 모습으로 나타난 붉은 머리 소녀가 서 있었다.

 요즘 들어 왕비 수업이라는 허울 좋은 핑계로써 아예 중앙 궁성에서 머물고 있던 그녀… 저 소녀 역시, 기막히게 타이밍을 잘 맞추는 아멘시타 다음 가는 존재인 듯했다.

 "안 돼에에에~!!"

 쩌렁쩌렁한 그녀의 목소리가 집무실 안으로 울려 퍼졌다. 그런 그녀의 뒤로는 아까보다 더욱 사색이 된 시종의 얼굴이 살짝 엿보였다. 에구구~! 왠지 코믹스런 상황이 연출되고 있는 것 같아 심히 민망하였다.

 결국 미카엔은 안았던 나를 풀어주고는 세리아에게 눈길을 주었다. 그러나 그 눈길은 그다지 고운 눈길이 아니었는지 그녀는 찔끔을 하며 몸을 비비 꼬는 와중에서도 미카엔 어깨 너머로 나를 노려보는 것을 잊지 않았다.

아마도 그녀는 시녀의 귀띔을 듣고 이곳까지 숨 가쁘게 달려온 듯했다. 그리고 위엄있고 권위있는 국왕의 집무실 문을 아까의 나와 같은 방법으로 박차고 들어와 내가 미카엔에게 꼬리 치는(?) 사태를 막은 듯했다. 뭐, 어쨌든 그녀로선 목적을 달성한 셈이었다. 하지만 나는 그런 그녀가 내심 고맙게까지 느껴졌다. 나로서는 그녀가 미카엔을 방해해서 위기를 넘긴 셈이었기 때문이다.

나는 그녀에게 감사의 미소를 화사하게 지어 보였다. 그러자 그녀는 나의 미소에 담긴 의미를 파악하려는지 잠시 표정이 심각해졌다. 세리아는 이런 나의 미소가 의아하기도 했을 것이다.

"세리아! 그대는 공작가의 레이디로서 예법에 대해서도 배우지 못했던 것이오? 그리고 방금 그 외침은 무엇이었지? 뭐가 안 된다는 것이오? 크로시벨 비서관! 너도 마찬가지야!! 이 나라의 왕이 있는 집무실의 문을 벌컥벌컥 열어젖히다니!!"

세리아를 혼내던 미카엔은 나에게도 눈길을 주고는 같이 혼을 내었다. 정말 언제든 공정한 미카엔이었다. 그러다 미카엔은 잠시 말을 끊더니 다시 세리아에게 입을 열었다.

"세리아, 말해 보시오! 무슨 연유로 예법을 무시해 가면서 급하게 이곳을 찾았는지. 뭔가 다급한 이유가 있을 거라 보는데?"

미카엔은 그녀가 이곳을 찾아온 이유를 너무도 잘 알고 있을 것이다. 그런데도 저렇게 대답을 강요하는 그를 보면 약간 짓궂은 면이 있는 것 같았다. 세리아가 불쌍하게 느껴지는 나였다.

"폐하, 제가 집무실을 열고 그렇게 외쳤던 것은… 그게… 흑~ 폐하! 지금 저를 야단치시고 있는 건가요? 저는 왕비로 간택된 공녀인데……."
"나는 지금 그대를 야단치는 것이 아니라, 그대가 이곳을 찾아온 이유를 묻고 있는 것이오. 세리아, 만약 합당한 이유가 없으면 벌을 내릴 것이니 말해 보시오!"
이젠 미카엔이 그녀에게 겁을 주기 시작했다. 그러자 세리아의 호박색 눈동자는 글썽글썽해지기 시작했다. 그녀는 말괄량이 기질이 있었지만 의외로 단순하고 순진한 면이 있는 듯했다. 약간 머리를 굴리는 것이 떨어져서 그렇지.
"그, 그게… 라비스가 폐하께 꼬리를 칠까 봐……."
"……."
미카엔이 아무 말이 없자 세리아는 더욱 겁을 집어먹었지만 조금 전 미카엔과 나의 로맨틱한 현장에 더욱 집착을 가지고 있었는지 그녀는 다시 그것을 따져 들었다.
"폐하! 조금 전… 그것은… 그 행동은, 둘이서 설마… 하려던 것은 아니지요?"
"설마 무엇을 말이오?"
"그러니깐, 그게 그것이… 그……."
세리아는 얼굴을 붉히며 말을 제대로 하지 못하고 버벅거렸다. '키스'라는 말이 그토록 어려웠던 것일까? 나는 더욱 그녀가 불쌍해지기 시작했다. 미카엔의 얼굴을 슬쩍 보니, 그의 얼굴엔 점차 짜증이 피어오르기 시작하고 있었다. 으휴~ 정말 못됐군!
'쯔쯧~ 저렇게 제대로 말도 못할 거면 아예 말을 꺼내지 말지! 그래 봤자 왕비로서 당당하지 못함과 위엄이 없음은 미카엔으로서는 탐탁지 못하게 생각하게 될 텐데.'
그녀에게 하대를 쓰지 않는 것으로 해서 앞으로 왕비가 될 그녀를 존중해 주고는 있지만, 앞으로 부인이 될 여자인데 미카엔은 너무 냉정하고도 짓궂은 태도를 보이는 것 같았다. 저러다 세리아를 울리게 될지 심히 걱정스러웠다. 아무래도 내가 나서야 할 것 같았다.
"세리아님, 용서하십시오. 저는 폐하께 비서관으로서 보고를 하러 들어온 것인데, 조금 전에 창문을 통해 날아 들어온 한 마리의 박쥐로 인해 제가 어리석게도 놀라 넘어질 뻔했습니다. 그것을 본 폐하께서 감사하게도 저를 붙잡아주셨는데 그때 세리아님이 들어오셔서 오해를 하신 듯합니다. 이것은 저의 불찰이니 용서하십시오!"
나는 그녀를 향해 고개를 숙여 보이고는 정중한 태도로 말했다. 그녀는 지금 바보 같은 자신의 모습을 수습하는 것과 왕비로서 체통을 깎이지 않기 위해서는 내 변명을 믿기지 않아도 믿어야만 했다. 게다가 나는 지금 미카엔 대신 그녀가 의심을 품은 상황 설명을 해주고 있으니 그녀는 지금 이 순간만큼은 믿는 척이라도 해야 했다.
그리고는 현명한 그녀라면 나중에 나에게 따로 닦달하여도 늦지 않을 것이다.
세리아는 머뭇머뭇거렸다. 갑자기 박쥐가 날아와서 넘어질 뻔한 나를 미카엔이 잽싸게 다가와서 그렇게 부축하며 끌어안고 있었다? 참으로 그녀로선 믿기 힘들었을 것이다. 게다가 지금은 확실한 증거물인 박쥐가 코빼기도 안 보이니…….
"닥쳐! 내가 그런 황당한 변명을 믿을 것 같아? 폐하께 꼬리나 치는 천박한 계집 주제에!"
저 소녀는 '꼬리를 친다'와 '천박한 계집'이라는 말을 아~주 즐겨 쓰는 듯하였다. 지금 그녀는 자신이 미카엔에게 미움받을 짓만 골라서 하고 있다는 것을 알고나 있는 것인지 모르겠다.
미카엔은 적어도 자신의 왕비가 될 여자가 사랑스러운 여인이 아니더라도 당당하고 현명한 여자이길 바랄 것이다. 그리고 공작쯤 되는 귀족가의 레이디가 교양있는 단어를 별로 즐겨 쓰지 않는다는 것은 미카엔에게 점수 깎일 행동이었다. 음… 나도 뭐, 교양있는 레이디는 아니지만, 어쨌든 그녀는 미카엔이 아끼는 여자에게 그렇게 막말까지 하였으니…….

그녀는 지금 자신의 체통을 깎는 행동과 미움을 버는 행동을 스스로 하고 있는 셈이었다. 그것도 아주 신나게(?). 이러다 내가 나서서 그녀를 돕는다는 것이 오히려 화를 불러일으킨 것은 아닌지 모르겠다. 내심 불안해졌다.

"세리아, 당장 돌아가시오! 나는 지금 그대의 체면을 생각해서 험한 말은 하고 싶지 않소! 그리고 그대는 아직 왕비가 아님을 명심하도록 해야 할 것이오! 아직 나의 그 무엇도 아닌 그대는 내가 무슨 일을 하든 아직 상관할 권리가 없다는 것이오! 내가 이 나라의 국왕이라는 것을 잠시 망각한 잘못은 덮어두도록 할 테니 돌아가서 자중하도록 하시오!"

'상관할 권리가 없다!' 라니… 아직 부인이 아니다 하더라도, 앞으로 부인이 될 여자로서 상관할 수도 있다. 하지만 미카엔은 다른 여느 약혼자들과는 다른 존재이니… 그는 왕이었다. 왕이란 첩을 몇 명씩 거느려도, 심지어 하렘까지 거느리고 있어도 이렇다 할 반박을 못하는 존재이다.

그러고 보니 내가 살았던 세계에서 지나온 역사 중에 오스만 제국이라는 나라가 문득 떠올랐다. 그곳의 왕궁인 톱카프 궁전 내부에서는 술탄을 위한 왕실의 여자들이 거처하는 하렘이 있었다고 들은 것이 언뜻 생각이 났다. 설마, 미카엔이 하렘까지 만들지는 않겠지만 바람을 피다가 부인에게 걸려도 당당할 수 있다는 것이다. 물론 이 상황은 바람이라고 해야 할지 정의하기가 난해하지만.
'윽! 어째 생각을 반복하다 보니 결론이 이상하게 나가는군.'
그렇게 내가 짧은 시간 동안 많은 생각을 하고 있을 무렵.
"네, 폐하."
세리아는 분노와 수치심으로 일그러진 얼굴이 되어 나를 한 번 매섭게 쏘아보고는 미카엔에게 그렇게 답하고 집무실을 나갔다. 그리하여 결국은 다시 미카엔과 단둘이 남게 되었다.
"저도 이만 가보……."
잽싸게 그에게 가야 하겠다는 말을 꺼내자…….
"하던 일은 마저 끝내고 가야지?"
"네? 뭐, 뭘요?"
나는 눈에 띄게 당황하는 얼굴로 말까지 더듬으며 그에게 되물었다.
"뭘 그렇게 놀라지? 아까 내가 말한 서류 정리 말이야."

비서관으로서 업무를 마치고 나의 침실로 돌아온 나는 방으로 들어서자마자 침대로 가서 쓰러져 누웠다. 왠지 오늘은 심적으로 피곤한 하루였다. 앞으로의 일이 걱정되어서 스트레스가 쌓였다. 하지만 나는 다시 몸을 일으켰다.
요즘 들어 다시 꾸준히 마법력을 늘리는 데 열심인 나는 예전 미카엔이 준 빙 계열의 마법적 잠재 능력을 이끌어내어 연마하였다. 그러자 빙 계열 마법들은 다른 여타 계열 마법보다 익히는 속도가 더욱 빨라졌다.
다른 마법들은 4서클 능력의 레벨을 시전시키는 것도 불완전한 데 반해서 빙 계열 마법은…….
"아자! 성공이다~!!"

나는 펄쩍 뛰어오르며 기쁨에 찬 외마디를 외쳤다. 드디어 5서클 레벨의 빙 계열 공격 마법 스펠을 완성시킨 것이다. 나는 흥분을 감추지 못하며 이것을 당장 시전해 봐야 하겠다는 생각을 했다.

"후후훗~ 그런데 어디에다가 마법을 시전하지? 예전처럼 또 황태자궁의 지붕에다가 마법을 날리는 실수는 하지 말아야 하는데……."

나는 베란다로 나가서 아젠샤르를 불렀다. 공중으로 날아 올라가서 마법을 시전하기 위함이었다. 내가 5서클의 마법을 시전하게 되다니… 너무 기뻐서 그동안 심신의 피로함과 스트레스가 단번에 날아가는 것 같았다.

나의 부름에 답하여 나타난 아젠샤르는 하늘색 빛의 머리칼을 휘날리며 나를 공중으로 띄우려다 문득 백합 별궁 밖에 위치한 덤불 쪽으로 고개를 돌리고는 날카로운 눈빛을 했다.

"왜 그래, 아젠?"

"아무것도 아닙니다, 라비스님."

그의 그런 행동에 의아해진 나는 그렇게 물었으나, 아젠샤르는 그곳에서 눈길을 거둔 다음 담담하게 답했다.

곧 나는 아젠샤르의 바람의 힘으로 왕성 위 상공… 상당히 높이까지 올라갈 수 있었다. 적당한 지점에서 멈춘 나는 아이스 윈드(Ice Wind) 마법 스펠을 외웠다. 그러자 공기 중의 모든 수분 입자들이 날카로운 얼음 덩어리들로 화하여 바람과 함께 돌풍이 불 듯 어느 한 방향으로 쏟아져 나갔다. 얼음 덩어리들이 달빛을 받아 마치 은빛의 돌풍이 부는 것처럼 보였다.

예전 미카엔이 마룡을 공격할 때 쓴 적이 있던 빙계 공격 마법… 이런 걸 내가 쓰게 되다니! 정말 멋진 일이었다. 비록 불완전한 5서클 레벨의 능력에서 머무는 아이스 윈드였지만 말이다.

내심 나에 대한 대견함과 뿌듯함으로 흐뭇해하고 있는데 이를 지켜보던 아젠샤르가 갑자기 바람을 날리더니 내가 일으킨 아이스 윈드의 범위를 아주 크게 확대시켰다. 게다가 마법의 공격력보다는 겉멋에 중점을 둔 것처럼 바람들을 멋지게 휘몰아치게 만들었다.

그렇게 되자 내가 일으킨 아이스 윈드는 마치 7서클의 마법력을 가진 마법사가 시전한 것처럼 위력이 무시무시해 보였고 멋지게 보였다. 물론 실질적인 위력은 불완전한 5서클 레벨이었지만.

나는 아젠샤르를 향해 의아한 표정을 지어 보이며 입을 열었다.

"아젠, 아무도 보는 사람이 없는데 아젠답지 않게 웬 아이스 쇼야? 우리 둘이 합작으로 누구에게 선보이는 것도 아니고……."

"훗~ 때론 보이지 않는 관람자를 위해 이렇게 쇼를 준비하는 것도 쓸 만한 일입니다, 라비스님."

아젠샤르는 의미 불명한 낮은 웃음소리까지 내며 나에게 답했다. 요즘 들어 자주 웃는 아젠샤르였다. 그나저나 무슨 소리일까? 보이지 않는 관람자를 위해 생 쇼를 준비할 필요가 있다니…….

나는 미심쩍은 얼굴로 아젠샤르에게 눈길을 주었지만 그는 더 이상 나에게 답하지 않았다. 그렇게 하루가 지나고 그 다음날…….

나는 아주 황당한 소문의 주인공이 되어 있었다. 그것은 내가 '제2의 프레야 왕비'라는 내용이었다. 혹은 내가 카리스마 프레야 왕비의 재림이 될지도 모른다는 말을 떠들어대는 이들도 있었다. 내가 8서클 마스터인데 그 능력을 숨기고 있는 무서운 마법사라고 떠들어대는 이들도 있어 나는 그저 황당할 뿐이었다.

왕실 비서실로 출근하는 동안 나는 흘끗대는 시녀 시종의 눈길과 지나가는 관리들의 시선을 한 몸에 받아야 했다. 대체 누가 저런 황당한 소문을 퍼뜨렸는지…….

나는 속닥대며 지나가는 시녀들의 말소리를 듣기 위해 청력 증폭 마법 스펠을 나직이 중얼거렸다. 그러자 그녀들의 말소리가 고스란히 나의 귀로 들어왔다.

"어제 루시가 새로 온 시종과 데이트하면서 들은 얘기라는데, 예전 폐하의 세 번째 측실인 라비스님이 사실은 무시무시한 마법사래!"

"새로 온 시종? 아! 그 붉은 머리 남자 말이지? 그런데 그게 정말이야?"

그제야 나는 대충 소문의 범인들을 짐작할 수가 있었다. 아마도 정령들이 이러한 짓을 꾸민 듯했다. 붉은 머리 남자란 아마도 샤르인 듯했고, 입이 그다지 무겁지 않은 정령인 샤르와 함께 리엔시타도 끼어 있을 것이 분명하였다.

'이것들이, 시키지도 않은 짓을 벌이고 다니는 모양이군!'

나는 정령들이 뭔가 일을 꾸미고 있다는 것을 뒤늦게 깨닫고는 이들을 어떻게 벌을 줘야 하나 고민을 하고 있는데, 그때 누군가가 나의 길목을 막았다.

"라비스, 너 무슨 간계를 꾸미고 있는 것이지? 폐하께 꼬리를 치더니 이젠 헛소문까지 퍼뜨리는 거야? 당장 폐하에게서 떨어져! 그렇지 않으면 내가 왕비가 되었을 때 너부터 가만두지 않을 테니!"

세리아는 일어나자마자 이 길목으로 달려와서 나를 기다리고 있었는지 약간 부스스한 모습을 하고 있었다.

"세리아님, 제가 폐하께 꼬리를 친다는 말은 삼가해 주셨으면 합니다. 제가 그렇게 폐하를 유혹할 작정이었다면 무엇 하러 측실의 신분을 버렸겠습니까?"

"네가 다른 꿍꿍이가 있는지 어떻게 알아? 건방진 계집 같으니!"

"세리아님! 이곳엔 많은 시녀들과 시종이 있습니다. 그들 앞에서의 처신을 생각해서 부디 목소리 좀 낮추시길…….”

"감히 왕비가 될 나에게 네 따위가 훈계하는 거야?! 오호라~ 네가 창피해서 그러지? 너의 더러운 수작이 드러날까 봐? 더 큰 목소리로 떠들어주겠어! 넌 폐하에게 꼬리를 치고 헛소문까지 퍼뜨려서 왕비 자리까지 넘보고 있어! 어림없는 소리! 너 같은 천박하고 간악한 계집이 왕비가 될 수 있을 거라 생각해? 호호호~ 나 같은 고귀한 핏줄을 타고난 공작가에서만 왕비가 될 수 있다고! 꿈 깨! 얼굴만 믿고 폐하를 넘보다니!!"

'에구구… 말이 안 통한다.'

나는 그녀의 말에 화가 난다기보다는 그녀가 안쓰럽다는 생각마저 들었다. 그녀의 외침에 지나가는 시녀들과 시종들이 수군거렸다. 그때 또 다른 누군가가 이쪽으로 뛰어왔다. 그는 세리아의 아버지인 베른 공작이었다. 아마도 지나가다가—국왕 집무실을 향하는 듯했다—세리아의 외침을 듣고 이곳으로 달려온 모양이었다.

"세리아! 여기서 뭐 하는 것이냐? 왕비가 될 네가 몸가짐이 이게 뭐야? 어서 돌아가!"

그는 최대한 낮춘 목소리로 그녀를 꾸짖었다. 그러자 세리아는 입이 앞으로 나오더니 볼멘 목소리로 그에게 외쳤다.

"싫어요! 아빠도 라비스 편을 드는 것은 아니죠? 난 얘한테 따질 것이 있단 말이에요!"

그러자 베른 공작은 그런 어린아이 같은 발언을 하는 그녀를 무시하고 내 쪽으로 고개를 돌렸다.

"크로시벨 양, 가던 길을 마저 가게. 그럼……."

그는 그렇게 말하고는 세리아를 거의 질질 끌고 가듯이 데리고 갔다. 그에게 끌려가지 않으려고 용을 쓰는 세리아의 모습… 확실히 귀족가의 레이디로서는 망가진 모습이었다. 나는 베른 공작이 돌아서기 전 그가 목에 걸고 있던 펜던트를 머리 속에 기억하였다. 그리고는 조용한 곳으로 가서 예전 제이크에게 배웠던 엿보기 마법을 시전했다.

하지만 그에게 배웠던 엿보기 마법의 원형이 아니라 약간 응용한 형태의 엿보기 마법… 이것은 장면까지 엿보는 것이 아니라 소리만 엿듣는 것이다. 이것은 잡음까지 덩달아 듣게 될 청력 증폭 마법과는 달리 깨끗하고 생생한 말소리를 엿들을 수 있다는 점에서 많은 이점이 있었다.

게다가 쓰게 될 마나도 적게 들고 상대 마법사가 있다면 그에게 들킬 염려도 매우 적었다. 이렇게 유용한 엿보기 마법을 개발해 내다니, 제이크는 아마도 마법의 천재인 것이 분명했다.

'…그리고 내가 그 마법을 응용하여 부수적인 새로운 것까지 개발하다니… 나도 역시 천재! 아니지… 이러다 자만심이 들 거야! 그렇지 않아도 공주병 증세가 가끔씩 보여서 걱정인데.'

나는 엿보기 마법의 응용 형태인 마법 이름까지 새로이 지어냈다. '엿듣기 마법' 이라고… 일명 도청인 셈이다. 후훗~

그러고 보니 엿보기 마법을 개발한 원조 마법사 제이크, 그리고 본의 아니게 그의 제자가 된 엿듣기 마법의 창시자 라비스 크로시벨이 되는 셈이다.

어쨌든 나는 조금 전 기억해 둔 펜던트의 모습을 떠올리며 마법에 집중을 하였다. 베른 공작이 하고 있는 펜던트를 매개로 삼은 것이다. 다시 말해 마법을 시전하고 있는 동안 내가 펜던트가 되어 베른 공작의 말을 엿듣는 것이다.

잠시 후, 베른 공작의 말소리가 나의 귓가에서만 맴돌듯이 나직이 들려왔다.

[세리아! 넌 대체 누굴 닮아서 그렇게 멍청한 것이냐? 네가 가만히 있어도 내가 너를 왕비로 밀어줄 테니, 제발 말썽 좀 일으키지 말아! 그리고 라비스에 대한 소문은 헛소문이 아니야! 어젯밤에 내가 그녀에게 뛰어난 마법사 자객을 보냈는데, 그가 직접 목격을 했다. 그녀는 자신보다 한 수 위인 마법을 쓰고 있었다고! 그는 겁을 먹고 다시 돌아갔지. 하긴, 큰일 날 뻔했어. 그녀가 그렇게 뛰어난 마법사인지도 모르고 그녀를 해하려 했다면 오히려 우리가 당했을 거야. 그리고 우리가 라비스를 해하려 했다는 것이 폐하의 귀에 들어가면 왕비 자리는 물 건너가는 거야. 그러니깐……]

내가 여기까지 엿듣고 있는데, 미카엔의 개인 비서관인 스미스가 나에게 다가와 어깨를 툭 쳤다.

"뭐 하나? 크로시벨 양, 지각이야."

그렇게 나의 아침은 세리아로 인하여 지각까지 하고 베른 공작이 나를 노리고 있다는 사실로 인하여 그다지 유쾌하지 않은 기분으로 시작되었다. 그리고 그런 유쾌하지 않은 아침부터 나는 헛소문에 관계된 계속되는 황당함으로 인해 내심 정령들의 소행에 이를 갈아야 했다.

왕실 비서실에서 함께 일하는 동료 비서관들의 태도가 달라진 것이었다. 그들은 엉뚱하게도 내가 마스터 마법력의 힘을 숨긴 폐하의 숨은 실력자로 믿기 시작하였다. 그리고 왕실 마법사로서의 지위가 아닌 한낱 보조 비서관으로서 일하는 것은 어떠한 보이지 않는 사정이 있을 거라 결론을 지었다. 아니, 폐하의 명으로 자신들의 근무 태도를 감시하러 왔을지도 모른다는 생각마저 하는지, 내 앞에서는 평소 게으른 비서관들도 열심히 일을 하는 척을 하였다.

'쳇, 속 보여요, 비서관님들~'

또한, 예전 내가 가출하여 몇 달 간 서대륙에 있었던 것에 대해서는… 내가 폐하의 명으로 해외로 파견되어 뭔가 극비에 관련된 임무를 수행하기 위해서였을 것이라고 수군거리기도 하였다. 아마도 인페르디아와 전쟁이 있었을 때 내가 아스탄샤 군의 마법사를 지휘했던 일이 이곳의 정보망으로 알려졌기 때문에 더욱 그러한 생각을 하는 듯했다.

정말 그들의 상상의 나래는 내가 미처 생각하지 못했던 방향으로 끝없이 흘러가 나를 당혹스럽게 하였다. 내가 헛소문임을 극구 부인함에도 불구하고 그들의 지레짐작은 멈추지 않았다. 정말 대단한 상상력들이었다.

그리고 그들은 예전보다 나를 대하는 태도가 더욱 조심스러워졌다. 또한, 나에게 잘 보이기 위한 그들의 속 보이는 노력이 조금씩 엿보이기 시작하였다. 흠… 나에게 잘 보여봤자 나올 것이 없는데도 말이다.

설마, 이들도 내가 왕비가 될지도 모른다고 믿는 것은 아닌지 모르겠다. 정식 비서관들이 한낱 보조 비서관인 나를 어려워하기 시작했다는 것은 정말 웃긴 일이었지만. 뭐, 나로서는 예전보다 조금 더 편해졌다는 이점이 있어 좋기는 했다.

그렇다고 나는 임무를 게을리 할 수는 없었다. 나는 오히려 그들의 그러한 태도를 이용하여 현재 비서실에서 이루어지는 업무의 내용을 전부 파악하기 위해 노력했다. 중요한 서류들을… 보조 비서관이 다룰 수 없는 내용들을 내가 보게 되었고, 이것으로 인해 현재 미카엔이 어떻게 나라를 다스리고 있는지 대충 감이 잡히기 시작했다.

'후훗~ 미카엔이 하는 일이 내 시야 안에 있다니! 정말 재미있네~'

그리고 나는 베른 공작을 어떻게 처리할까 고민을 했다. 이대로 두면 그는 또 다른 수법으로 나를 제거하기 위해 노력할 것이다. 세리아가 왕비가 되는 일에 내가 큰 걸림돌이 되기 때문이었다.

만약 미카엔에게 이 사실을 알린다면 베른 공작은 간단하게 파혼이라는 가문의 불명예스런 일을 당할 것이다. 하지만 나는 미카엔에게 의존하고 싶지가 않았다. 내가 측실의 신분을 버리고 왕비 자리를 거절한 것이 무엇 때문이었는데…….

그리고 일을 조용하게 끝내고 싶었다. 미카엔이 고작 예전 측실이었던 여자에게 얽매여 공작가의 레이디와 파혼했다는 말이 나오면 그의 위신이 깎일 수도 있었다. 아마도 높으신 귀족 나으리들이 그렇게 떠들어댈 것이다. 그렇다면 어떻게 해야 할까?

나는 머리를 굴리기 시작했다. 데굴데굴(?). 으음, 표현이 조금 이상하군.

'흠… 그렇다면 세리아, 그녀가 스스로 왕비의 위엄을 깎는 행동을 많이 하는 것이 나중에 그녀가 파혼으로 인해 생길 파급이 적어지겠군. 뭐, 그녀는 지금까지 그러한 행동을 수없이 해왔으니 남은 건 베른 공작인가?'

사실 나는 누군가의 결혼을 깨뜨리는 것은 정말 하고 싶지가 않았다. 이번 일은 내가 자초한 일이기도 했기 때문이었다. 하지만 만약 이대로 그녀가 왕비가 된다면 나는 그녀와 베른 공작의 손에 언제 어디서 아무도 모르게 죽게 될지도 모르는 일이었고, 세리아가 왕비가 되면 겉과 속이 다른 면모를 보이는 간악한 인물인 베른 공작이 귀족들 사이에서 권력을 잡게 될 것이다.

'에휴~ 세리아가 좀 더 괜찮은 여자였다면 나는 그녀를 끝까지 도와주었을 텐데…….'

아무튼 미카엔의 곁에 그런 인물이 있다는 것은 정말 마음에 안 드는 일이었다. 물론 미카엔이 그런 인물에 휘둘리거나 그러지는 않겠지만 그런 인물이 주위에 넘쳐 나게 되고, 게다가 그런 인물이 자신의 딸이 왕비라는 점을 이용한다면 미카엔은 많은 방해를 받게 될 것이다.

그렇다면 내가 해야 할 일은······.

리엔시타와 아멘시타를 불러 그들에게 베른 공작의 뒷조사를 하도록 하는 일이다. 그는 간악한 인물인만큼 뭔가 많은 비리가 있을지도 모르는 일이었다. 만약 뭔가 커다란 검은 비리가 나오게 된다면 나는 그것을 폭로하여 그가 왕비의 아버지가 될 자격을 없앨 작정이었다.

나는 그렇게 정령들에게 일거리를 내어주고… 모든 일이 마무리되자 머리를 계속 굴리느라 열(?)받았던 머리를 식힐 겸, 중앙 궁성 밖으로 나가 후원을 산책했다.

이제 봄이 다가오는 듯 마른 나뭇가지에서는 연녹색의 어린 싹이 조금씩 그 모습을 보이기 시작하고 있었다. 한결 부드러워진 실바람이 나의 금빛 머리카락을 가볍게 날리게 하였다. 날이 조금 따뜻해지자 어디론가 놀러 가고 싶은 마음이 강하게 드는 것 같았다.

'훗~ 이런 것으로 인해서 봄에 바람나는 이들이 꽤나 많다지?'

게다가 지금은 한낮이라 그런지 햇살이 정말 부드럽고 따스했다. 어젯밤에 별로 잠을 많이 못 잤던 터라 슬슬 졸음이 몰려왔다. 나는 시녀나 시종들이 많이 지나다니지 않는 장소를 택해 그곳에 자리한 다음 몸을 쉬었다.

그리고 잠깐만 쉬려 했던 나는 그대로 잠이 들었다.

꿈속에서 나는 또다시 어린 라비스가 되어 있었다. 왜 이제는 꿈속에서마저도 꼭 라비스로서만 꿈을 꾸는지 알 수가 없었다.

꿈속에서 라비스로서 나의 어머니인 셀레나가 모습을 드러내었다. 그녀는 여전히 젊은 여인의 모습을 하고는 나에게 미소를 지어 보였다. 정말 현실에서 한번쯤 보고픈 그립고도 아름다운 미소였다.

나는 아장아장 불안한 걸음마로 그녀에게 다가가 포옥 안겼다. 그러자 나는 다시 원래 지금 나이인 18살의 모습으로 변하였다.
 "추워요, 엄마."
 꿈이라서 그런지 그녀의 본래 딸이 아님에도 불구하고 나의 입에서는 자연스러운 어투로 그러한 어리광이 섞인 단어가 잘도 나왔다. 그녀는 나를 더욱 감싸 안았다. 꿈인데도 이렇게 실감나게 따스하고 포근하다니…….
 기분이 좋아진 나는 그녀에게 더욱 파고들었다. 그동안 너무 외로웠는데… 정령들인 친구가 있어도 나는 혼자인 느낌이었고, 나 홀로 이 세계에 존재하고 있다는 생각에 고향이 그리웠고, 나를 사랑해 주는 이가 있어도 언제나 힘들기만 했던 나였는데… 지금 이 순간만큼은 그 외로움이 잠시 사그라드는 것 같았다.
 셀레나는 부드러운 손길로 나의 황금빛 고운 머리칼을 쓰다듬었다. 그녀의 부드러운 손길이 너무 좋았다. 나에게 이런 어린애 같은 면모가 있었는 줄은 몰랐다. 내가 그동안 외로움을 타고 있었다는 것은 미처 알지 못했던 사실이다.
 나는 그녀의 품에 안긴 채 얼굴을 부비적거렸다. 그녀의 머리칼이 나의 얼굴을 간질였다. 나는 종종 셀레나가 나오는 꿈을 꾸곤 했었지만 오늘처럼 사실적인 꿈은 처음이었다. 깨어나고 싶지 않을 정도였다.
 그나저나 셀레나에게서 좋은 향기가 났다. 이것이 무슨 향이었더라? 체취와 섞여서 나는 고급 향유와 같은 향이었다. 이것은 언젠가 미카엔에게 맡은 적이 있었다. 어째서 꿈속의 셀레나에게서 미카엔이 쓰는 향유와 같은 향기가 나는 걸까?
 나는 잠시 갸웃했지만 깊이 생각하지는 않았다. 꿈은 그저 꿈일 뿐.
 그렇게 얼마간 꿈을 꾸다가 꿈에서 깨어나 눈을 떴다. 어느새 주변은 어둑어둑해지고 있었다. 너무 오랫동안 잠에 들었던 모양이었다.

"에구~! 큰일 났다. 스미스 비서관이 갑자기 증발해서 나타나지 않는 나를 찾았을 텐데. 난 땡땡이를 칠 생각이 없었는데, 히잉~ 앗! 이건?"

내가 몸을 일으키자, 아래로 떨어지는 화려한 디자인의 중세풍의 코트가 눈에 들어왔다. 나는 그것을 집어 들며 고개를 갸웃했다.

"엥? 이건 미카엔이 입는 옷인 것 같은데, 이게 어째 여기에 와 있다지?"

궁성 안 나의 침실로 들어온 나는 루이스가 가져다 준 저녁으로 식사를 하며, 나의 곁에서 뭔가 바느질에 골몰하고 있는 루이스에게 입을 열었다.

"루이스, 크로시벨 가에 어머니의 초상화 있지?"

"네, 라비스님."

"어머니의 초상화는 아버지의 침실에 걸려 있는 것 하나뿐이야?"

나는 꿀이 살짝 발라진 빵을 베어 물며 의자에 앉아 있는 루이스에게 계속 질문을 했다. 루이스는 이곳에 와서 내가 어머니처럼 의지하고 있는 유일한 여인이었다. 물론 그녀는 나의 친어머니처럼 잔소리가 심하고 때론 무서운 위압감이 느껴지긴 하지만, 그녀가 나에게 대하는 평소의 모습은… 나를 한없이 편하게 해주는 그런 다정하고 자상한 모습이었다.

"네, 그런데요. 아! 라비스님도 마님의 초상화가 필요하겠군요."

"응. 내 침실에 걸어둘 어머니의 초상화가 필요한데. 그렇다면 말이야, 루이스. 유명하고 실력있는 화가를 구해서 어머니의 초상화 복사본을 그리도록 해줘."

"네, 그러죠. 그런데, 라비스님. 호호~ 아직도 라비스님은 어머니의 그늘에서 빠져나오지 못하셨군요. 한동안 어머니를 찾지 않으시기에 이제 라비스님도 나이가 들었구나~ 했는데 결국 어머니가 그리우신 거죠?"

"하하, 뭐 그렇다고 할 수 있지."

사실 라비스의 친모인 셀레나를 본 적이 한 번도 없는 나였지만, 가끔가다가 나의 꿈에 출현하는 그녀로 인해 나는 그녀에 대한 알 수 없는 그리움마저 생겨 있었다. 게다가 오늘 꿨던 꿈은… 그동안 묵은 나의 스트레스와 힘들었던 감정이 한 번에 잊혀질 만큼 너무 행복하고 따뜻한 꿈이었다.

만약 그런 셀레나가 나의 침실에서 비록 그림으로써라도 항상 웃고 있다면, 그녀의 따뜻한 미소로 인하여 나는 스스로가 행복하다고 최면을 걸 수 있을 것만 같았다.

"흠, 그나저나 저 미카엔의 코트는……."

식사를 다 마친 나는 침대 위에 놓아둔 미카엔의 코트를 집어 들었다. 아마도 이 코트로 인해 내가 잠에 들어 있는 동안 감기에 들지 않고 편안히 잘 수 있었던 것 같았다.

"…추위를 차단하는 보호 마법이라도 걸려 있나? 이거 덮었다고 그렇게 따뜻해질 수 있다니! 마치, 진짜 사람의 체온 안에 있는 것처럼. 어쨌든 미카엔에게 고맙다는 말은 해야 하겠지? 하지만… 자고 있는 나를 발견했으면 이왕이면 깨우고 갈 것이지. 코트를 덮어주고 그냥 가면 어떻게 해? 쳇!"

아까 꿈속에서 미카엔에게서 나던 향유 냄새를 맡을 수 있었던 것은 아마도 미카엔의 코트가 나에게 덮어져 있었기 때문인 듯했다. 나는 코트에 코를 가까이 가져다 댔다. 그리고 가만히 냄새를 맡아보았으나 나의 기대와는 다르게 아무런 향도 나지 않았다.

 루이스는 내가 먹은 빈 접시를 가지고 나갔고, 나는 다시 홀로 남아 미카엔의 코트를 들고 가만히 그것을 바라보았다. 곧 침실 안의 고요함이 나를 짓누르기 시작했다. 고운 빛으로 타오르고 있는 여러 개의 촛불들… 그들 역시 말없이 나를 지켜보았다.

 잠시나마 행복한 꿈을 꿀 수 있게 해주었던 미카엔의 코트… 그것에 얼굴을 가만히 가져가 보았다. 아까 낮의 꿈속에서 느꼈던 그런 따뜻함을 나는 다시 느끼고 싶은 모양이다.

 그렇게 또 하루가 지나……

 나는 비둘기의 모습으로써 내 침실의 창가로 날아온 아멘시타와 리엔시타를 만나는 것으로 아침을 맞았다.

 [라비스! 알아냈어~]

 알아낸 정보가 많은 듯 아멘시타는 약간 들떠서 쾌활한 목소리로 나에게 외쳤다. 그는 언제부터인가 나를 도현이라고 부르는 일이 없어졌다. 그래도 나는 상관은 없었기에 창문을 열어 차갑지만 상쾌하기 짝이 없는 아침 공기를 들이마시며 그런 그의 모습에 미소를 지어 보았다.

 아멘시타는 곧 자신이 알고 있는 내용을 떠들어댔고, 리엔시타 역시 내 앞으로 나타나 아멘시타에게 질세라 떠들어대기 시작했다. 흐음, 둘이 경쟁하나?

 아무튼 두 정령이 나에게 말해 준 내용에 의하면 베른 공작은 꽤나 화려한 비리를 가진 인물이었다. 여느 정치인이나 귀족들도 다 그러하겠지만, 베른 공작은 후후후… 이만하면 그를 매장시키고도 남을 듯한 비리를 가지고 있었다. 아주 굵직굵직한 비리를 말이다.

 물론 그는 자기 관리를 철저히 하고 자신의 모든 것은 완벽하게 베

일에 가려놓았겠지만, 훗~ 내 정령들의 눈까지는 피할 수 없을 것이다.

　게다가 리엔시타는 그의 비리를 증명할 수 있는 증거물까지 나에게 제출하였다. 그러면서 그녀는 아멘시타에게 의기양양하게 씨익 웃어 보였는데, 그녀의 득의에 찬 미소로 인해 아멘시타의 얼굴은 구겨졌다. 그나저나 비둘기도 얼굴 표정을 구길 수 있었을까?

　나는 그들의 기대에 호응하는 칭찬을 그들에게 아낌없이 해주고는 그들을 다시 돌려보냈다.

　이제 남은 건… 내가 알고 있는 것을 폭로하는 일이었다. 게다가 소문까지 이용한다면 베른 공작은 얼굴을 들고 다니지 못할 것이다.

　나는 증거물과 함께 공작의 비리를 담은 내용을 양피지에 썼다. 물론 나의 글씨체를 약간 변형하여 그것을 썼다. 이것을 수도의 수사 관청으로 보낼 생각이었다. 그 관청은 왕실과 상류 계층의 비리와 범죄를 수사하고 감시하는 역할을 하고 있었는데, 그것은 어떻게 보면 왕실과 독립적인 형태를 취하고 있는 관청으로 보이지만, 국왕의 이름 하에 놓여진 수사 관청이었다.

　다시 말해, 이 관청은 국왕의 왕권을 더욱 강하게 만들어주는 요인으로 작용하기도 하는 것이다. 국왕은 독립적인 특성을 가지고 있지만, 자신의 직속 하에 놓여 있는 이 관청으로서 많은 중신들이나 귀족들의 보이지 않는 내막을 감시할 수도 있었다.

　나는 그 관청에 익명으로 이 양피지를 보내기 위해, 내가 믿을 수 있는 인물인 루이스를 통하여 이것을 보낼 사람을 물색해야 했다.

　정령들을 통해서 전달해도 되지만, 그곳에도 소속 마법사가 있을 테니 능력이 뛰어난 자라면 정령의 기운을 감지하게 될지도 모르는 일이었다. 그렇다면 그들은 이것을 보낸 발신자도 금방 알아낼 수 있을 것이다. 정령을 부리는 존재는 일반 마법사보다 더 희귀하기 때문이었다.

나는 나의 존재는 감추는 것이 나을 것이라 생각했다. 그렇다면 만약의 보복도 피할 수 있을 테고, 내가 왕비 자리를 노려 이런 일을 꾸몄다는 말도 나오지 않을 것이다.

아무튼 베른 공작은 귀족으로서는 가장 고귀한 공작이라는 지위에 있었기 때문에 그다지 크지 않은 자잘한 비리라면 수사 관청에서도 흐지부지 넘어갈 수 있었으나, 이번에 내가 폭로하게 될 그의 비리는 모두 엄청나고 간악한 것들이 많아 그냥 넘어가지 못할 것이다.

나는 예전 카이엔으로 인해 안면이 있게 된 용병 길드로 루이스를 보냈다. 그곳이라면 자신의 의뢰인도 발설하지 않을 것이고, 성공적으로 내용물을 전달할 수 있을 것이다. 물론 그만한 대가는 받고서 말이다.

그리고 나서 정령들에게 적절한 시기에 베른 공작에 대한 소문을 퍼뜨릴 것을 당부하고 나서 나는 비서실로 출근하였다.

"에휴~ 오늘 스미스 비서관이 잔뜩 벼르고 있겠군. 어제는 말도 없이 땡땡이를 치더니 오늘도 지각을 하게 되었잖아?"

소문은 오후부터 조금씩 조금씩 그 모습을 드러내기 시작했다. 그리고 나는 아침에 스미스 비서관에게 꾸중을 들었지만 그는 생각만큼 그리 크게 질책하지 않았다. 오히려 나를 격려하는 말을 했다.

"크로시벨 양! 나는 자네가 매우 성실하다는 것을 잘 알고 있네. 어제와 오늘은 뭔가 사정이 있어서 근무를 태만하게 했을 수 있겠지. 게다가 요즘 돌고 있는 소문으로 인해 신경도 많이 쓰이겠지? 어쨌든 앞으로 열심히 하면 되니깐. 곧 자네도 정식 비서관으로 임명될 수 있을 걸세."

그는 그렇게 말하며 나에게 일거리를 많이 내주었는데 나는 군말없이 그 일거리를 받아야만 했다.

'쳇~ 결국은 산더미 같은 서류로서 나를 벌주는 셈이잖아?'

나는 시시각각으로 들려오는 소문에 귀를 기울였다. 훗~ 어제는 내가 제2의 프레야 왕비가 될지도 모른다는 소문이 돌더니, 오늘은 왕비가 될 세리아 집안에 대한 비리와 세리아의 부덕함에 대한 내용이 시녀 시종들과 관리들 사이에서 급속하게 번져 갔다.

그리고 저녁쯤에 관청에서 몇 명의 수사관이 나와 조사라는 것을 시작하였다. 베른 공작 집안으로서는 하루아침에 위기에 몰린 셈이었다. 물론 그들의 이러한 결과는 모두 세리아의 경망스러운 행동과 그녀의 나에 대한 질투로 인해 나온 결과들이었다.

만약 그녀가 얌전하게 자신이 왕비가 될 날만 기다리고 있었다면 나는 그녀가 왕비가 되도록 도와주었을 것이고, 베른 공작에 대한 나쁜 면들을 알아채지 못했을 것이다.

'곧 파혼이라는 불명예스런 단어가 미카엔뿐만 아니라, 귀족들 사이에서도 튀어나오겠군.'

이번 일의 근본적인 원인이 나에게 있었고, 여러 가지 소문도 결국 말하자면 모두 내가 조작한 셈이었기에 나는 씁쓸한 마음이 들었다.

왕비의 자리를 거절했던 나의 선택은 과연 잘못한 것일까, 하는 생각이 자꾸 들었다.

나는 저녁때 미카엔의 집무실로 찾아갔다. 코트를 돌려주기 위해서였다. 내가 집무실 문 앞으로 다가가자 그곳에서 시립해 있던 나이든 시종은 나를 보며 아는 체를 하였다.

"아! 저번에 오셨던 보조 비서관이시군요."

하긴, 그날 그렇게 혼을 뺐던 그였으니 나를 기억할 만도 했다. 아마도 세리아 역시 마찬가지일 거다.

"네. 그런데 지금 폐하를 뵐 수 있을까요?"

그러자 그는 사람 좋아 보이는 미소를 지어 보이더니 잠깐만 기다리라는 눈짓을 해 보이고는 미카엔에게 내가 왔음을 알렸다. 그러자 이번에는 미카엔의 대답이 금방 들려왔다.

"들어가시지요."

그 시종은 그렇게 말하며 나직하게 안도의 기색이 짙은 한숨을 내쉬었다. 만약 이번에도 미카엔이 나를 들여보내는 것을 거절할 경우 내가 또 시건방진 행동을 할지도 모른다는 생각을 했던 모양이었다.

나는 그러한 그의 표정을 읽어내고는 내심 그에게 미안한 감정이 들었던 터라 그에게 감사하다는 표시로 생긋 웃어 보였다. 그러자 그 노시종은 얼굴을 붉혔다. 흠, 왜 얼굴을 붉히는 걸까?

내가 집무실 안으로 들어서자, 미카엔은 창가에 서서 밖을 내다보고 있었다.

"저기… 폐하, 이거 폐하의 옷이 맞지요? 돌려드리기 위해 왔는데……."

"……."

나는 내 쪽으로 돌아보지도 않고 있는 미카엔에게 입을 열었지만, 그는 대답이 없었다. 흐음… 아무래도 나의 말은 무시된 것 같았다.

나는 반듯하게 개어둔 코트를 적당한 장소에 놓아둔 다음, 그에게 가야 하겠다는 말을 하려 했다. 하지만 그때 그의 목소리가 들려왔다.

"넌 잠잘 때 침 흘리는 버릇만 있는 줄 알았는데 잠꼬대도 잘하더군."

'헉! 저게 무슨 말이야?'

나는 얼굴을 붉혔다. 무지 쪽팔리는 일이었다. 윽! 침 흘리는 버릇이라니… 아마도 미카엔은 어제 후원에서 잠든 나에게 코트를 덮어주면서 내가 잠든 모습을 잠시 지켜본 모양이었다.

정말 내가 생각해도 칠칠맞다는 생각이 든다. 그리고 내가 잠버릇이 그다지 좋지 않다는 것은 알고 있지만, 잠꼬대까지 한다는 것은 나도 몰랐던 일이었다. 그런데 어제 내가 잠들어 있는 동안 무슨 잠꼬대를 했던 것일까?

"자, 잠꼬대요?"

"그래. 어제 보니 네가 굉장히 불쌍한 포즈로 잠들어 있더군. 추운지 몸을 잔뜩 웅크리며 말이야."

그렇게 말하며 그는 내 앞으로 가까이 다가왔다. 그의 단아한 아름다운 얼굴에서는 작은 표정이 감돌고 있었다. 잠시뿐이었지만, 그동안 사무적이고 딱딱한 표정만을 보여주었던 그의 얼굴에서 말이다. 집무실 벽 모서리에 머물고 있는 마법으로 만들어진, 하얀 빛으로 이루어진 작은 조명으로 인해 그의 반듯한 이목구비에 음영이 깃들었다.

조명으로 인해 은빛이 섞여 보이는 그의 자수정빛 눈동자가 한 가지 감정을 품은 눈빛으로 나를 바라보고 있었다.

"어제의 너는 마치 길을 잃고 어미를 잃은 작은 새 같았었지. 나쁘게 말하면 불쌍해 보였다고나 할까?"

그는 나직한 목소리로 그렇게 말하고는 잠시 말을 끊었다. 나는 평소보다 더 동그래진 눈으로 미카엔을 응시했다.

"아! 이제 그만 나가봐야 되겠어. 지금 왕실 최고 관리들과 회의가 있거든."

그는 그렇게 말하며 나에게서 눈길을 거두고는 발걸음을 돌리려 했다. 불쌍해 보인다는 말에 충격을 받고 있던 나는 빠르게 입을 다시 열며 나가려는 그를 붙잡았다.

"혹시! 세리아님에 대한 문제로 회의를 하시는 건가요?"

그러자 그는 가려던 발걸음을 멈추고 나를 돌아보았다.

"잘 아는군."

"…그게 소문이 무성하더군요. 그래서 폐하께서 그런 문제로 회의를 여실 거라 생각했어요."

미카엔은 가만히 나의 눈을 응시했다. 하지만 나는 그의 눈을 똑바로 쳐다볼 수가 없어서 슬쩍 외면하였다.

"그렇겠지… 나는 여러 중신들과 논의한 후에 그녀가 왕비로 간택되는 것을 다시 결정하려고 해. 그리고 너는 이번 일에서 그만 손을 떼도록 해."

그 순간 나는 너무도 놀라 눈을 크게 떴다. 손을 떼라니? 이번 일 배후에 내가 있다는 것을 미카엔은 알고 있는 것일까?

"폐하?"

나도 모르게 떨리는 음성으로 그에게 되물었다. 그러자 그는 나직하게 웃어 보이더니 나에게 말했다.

"요즘 들어 왕성 안에서 정령들의 활동이 부쩍 늘었다고 생각하고 있었거든. 여기서 멈추지 않고 네가 더욱 나서게 된다면 너는 위험을 불러들일지도 몰라. 너는 아직 스스로를 방어할 만한 신분과 직위가 없으니깐. 어쨌든 나는 정말 놀랐어. 네가 이렇게까지 일을 추진하고 있었을 줄은… 너에게 관심을 계속 가지고 있지 않았다면 나도 네가 하는 일을 조금도 눈치 채지 못했을 거야. 네 정령들은 그만큼 은밀히 움직였으니깐."

"그… 그럼 폐하께서는 이번 일을 꾸민 저를 처벌하실 건가요?"

"이번 일로 내가 너를 처벌해야 할 이유는 없지. 하지만 나는 네가 이와 같은 일은 더 이상 안 했으면 좋겠어. 훗~ 그러고 보니 예전에도 너는 무모할 정도로 큰일을 너 혼자서 벌이곤 했지. 아! 그리고……."

"……?"

"오늘은 좋은 꿈 꾸길 바래, 라비스. 또 엄마 찾지 말고… 쿡쿡."

그는 그렇게 말하고는 집무실 밖으로 나갔다. 뭔가 재미있어하는 듯한 그의 웃음소리가 들려왔다. 그런데 대체 무슨 말이지? 난데없이 좋은 꿈 꾸라는 말과 함께 엄마를 찾지 말라니?

나는 고개를 갸웃거렸다.

어쨌든 지금 미카엔이 중신들과 하게 될 회의로 인하여 세리아와 베른 공작가의 운명이 결정될 것이라 생각되었다. 그리고 그녀를 그대로 왕비로 맞아야 하는지, 아니면 그녀와는 파혼하고 다른 집안의 영애를 왕비로 맞아야 하는지에 대한 찬반이 갈릴 것이다.

그나저나 나는 조금 약이 올랐다. 결국 부처님 손바닥 안이었다는 것이다. 그가 그렇게 쉽게 내가 하는 일을 알고 있었다니. 아무리 그가 나에게 계속 관심을 두고 있었다고는 하지만 말이다.

'아, 나는 언제쯤에야 그보다 한발 앞설 수 있을까?'

미카엔의 집무실을 나온 나는 왠지 허탈해진 심정으로 내 침실로 향했다. 그때 누군가가 나의 앞을 가로막았다. 으음… 붉은 머리 소녀, 역시나 세리아였다. 누군가 내가 지나갈 길목에서 기다려 주는 이가 있다니… 이거 기뻐해야 하는 걸까? 슬퍼해야 하는 걸까?

"어디서 오는 거야? 또 폐하께 꼬리 치고 오는 거지? 흑! 이젠 난 끝장이야! 지금 나를 처단할 내용의 회의가 열리고 있지! 어때? 넌 고소해하고 있지? 이젠 네가 왕비 자리를 노릴 수 있게 되었으니 말이야!"

있지도 않은 꼬리… 어째서 나를 볼 때마다 꼬리를 친다는 표현을 쓰는 것인지… 세리아의 단어 선택 능력은 '꼬리를 친다!'라는 것이

한계인 것이 아닐까 생각되었다.

"세리아님, 세리아님은 폐하를 사랑하시나요? 아니면 왕비 자리가 목적이신가요? 세리아님은 어째서 이렇듯 저에게 집착하는 모습을 보이시는 거지요? 저는 어차피 고귀한 존재가 될 생각을 가지고 있지 않습니다. 스스로 자신의 행동에 반성을 하시고, 자중하는 모습을 보이세요. 세리아님은 베른 공작가의 두 번째 따님이시자, 돌아가신 황태자비님의 여동생이십니다."

음, 내가 너무 냉정하게 말한 것일까? 그녀의 기분을 이해 못하는 것도 아닌데, 위로라도…….

"캬악~! 네 따위가 나에게 훈계를 해? 그 따위 훈계는 지겨워!! 언니랑 비교당하는 것도 지겨워!!"

그녀는 갑자기 흥분을 하더니, 나에게 돌진을 했다.

'허억!'

그녀는 나의 머리카락을 쥐고 잡아 뜯기 시작했다. 정말 여자에게 머리칼이 뽑히는 것은 태어나서 처음 겪는 일이었다. 정말 되게 아팠다. 숱 많은 나의 머리칼이 얼마나 뽑혔을까?

오늘 저녁은 왠지 일진이 사나운 날인 듯했다. 괜스레 서글퍼지는 나였다. 아아, 아파라!

그러다 그녀가 흥분을 못 이기고는 나를 세게 밀쳤다. 이에 나는 미처 대응을 못하고 뒤로 넘어갔다.

"꺄악~!"

그리고 융단이나 그 밖의 부드러운 것이 전혀 깔리지 않은 딱딱한 궁성 복도의 바닥에 머리를 세게 부딪히고 말았다.

바닥에 머리를 부딪힌 순간 나는 아무런 사고도 할 수가 없었다. 세리아의 찢어질 듯한 비명 소리가 들리는 듯했지만 왠지 까마득하게 들렸다.

 왜 저렇게 소리를 지르는 것일까? 무슨 끔찍한 일이라도 목격한 것일까?

 나는 머리가 아프다는 것도 느낄 수가 없었다. 그저 숨이 가프고 몽롱했다. 세리아의 비명 소리로 인하여 주위에 있던 기사나 시종들이 이곳으로 달려오는 듯했다. 하지만 나는 만사가 다 귀찮다고 생각되었다. 무겁게 느껴지는 졸음이 몰려왔고 나는 그냥 편안히 잠이나 자야겠다고 생각을 했다.

 만약 내가 제대로 된 의식이 있어서 지금 나의 상황을 똑바로 인식하고 있었다면, 내가 미스터리 스릴러 장르의 영화 속에 비운의 여주인공이라도 된 듯한 착각을 일으켰을지도 몰랐다.

Change Of Destiny 　제3장
유령 소동!

 유령 소동!

　나는 꿈속을 헤매었다. 요즘 들어 꿈을 자주 꾸는 나였다. 아마도 내가 잠을 너무 많이 자서 그런 것이 아닐까, 내 나름대로 추측을 해보았다.
　나는 크로시벨 가의 후원에서 그네를 타고 있었다. 타고 있는 그네로 인해 나의 시야가 오르락내리락하고 있었다. 후원의 온통 녹색 빛과 드문드문 섞인 다양한 빛깔의 꽃잎들이 나의 눈을 어지럽히고 있었다. 정말 아름다웠다.
　내가 입고 있는 새하얀 원피스 자락이 가볍게 펄럭였다. 기분이 상쾌했고 맞불어오는 실바람이 기분 좋게 느껴졌다. 내가 타고 있는 그네가 더욱 높은 허공 위로 올라갈 때마다 나는 이대로 저 하늘에 맞닿을 수 있지 않을까, 하는 황당한 생각마저 들었다. 이 그네가 이대로 저 하늘에 있을 천국까지 갈 수 있을 것만 같았다.
　"꺄하하~"

처음에 나는 혼자 있었다고 생각했지만, 나중에 보니 누군가가 나의 등을 밀어주고 있었다. 나를 밀어주고 이의 웃음소리가 들려왔다. 그 웃음소리는 은구슬이 또르르 굴러가는 듯한, 깨끗하고도 아름다운 여인의 웃음소리였다.

"라비스, 재미있니? 엄마가 이렇게 그네를 태워주니간 정말 재미있지?"

'셀레나?'

나의 등을 살며시 밀어주고 있는 이는 라비스의 어머니인 셀레나였다. 나는 타고 있던 그네를 멈추어 내리고는 뒤를 돌아 그녀를 바라보았다. 그녀는 여전히 20대 중반 정도 되어 보이는 젊은 여성의 모습을 하고 있었다. 하지만 나는 예전의 꿈속처럼 어린아이의 모습으로 있지 않았다. 나는 그대로 18살의 소녀였다.

누가 보면 자매로 생각할 듯한 모녀지간의 모습이다.

나는 그녀에게 가까이 다가가 서보았다. 그녀는 나와 같은 황금빛 머리칼을 가지고 있었고 굉장한 미인이었지만, 인상은 나와는 다르게 좀 더 성숙해 보였고 화려한 아름다움보다는 자애로움이 더욱 짙어 보였다. 게다가 그녀는 나보다 키가 약간 작은 모습이었다.

나는 그녀를 불러보았다.

"엄마?"

"그래. 사랑스러운 나의 딸. 여전히 예쁘구나."

키는 내가 더 큰 데도 불구하고 그녀는 나를 여전히 5살 먹은 어린아이 취급을 했다. 그녀의 눈에는 내가 여전히 어린아이로 보이는 모양이었다. 그녀는 나를 연방 쓰다듬으며 볼에 키스를 해댔다.

저벅.

그런데 그때 또 다른 누군가가 우리 쪽으로 다가왔다.

"라비스."

왠지 익숙한 목소리.

"아멘시타?"

나는 목소리가 들려온 쪽으로 고개를 돌렸지만, 그곳엔 고양이나 작은 새의 모습은 보이지 않았다. 대신 녹색 빛의 머리칼을 가진 앳된 소년의 모습이 나의 눈에 들어왔다. 이제 십 대 중반 정도 되어 보이는 귀여운 소년의 모습이었다.

"기회가 왔어, 라비스. 다시 이도현으로 돌아갈 기회 말이야."

"뭐엇? 다시 돌아간다고? 너 아멘시타 맞아?"

"응. 내가 아멘시타야. 가자. 내가 데려다 줄게. 네가 이도현으로 돌아가는 순간 라비스는 사라지게 될 거야."

그의 말에 나는 가슴이 뛰기 시작했다. 돌아간다고? 내가 살던 곳으로 다시 돌아간다고? 나는 커다래진 눈으로 아멘시타를 바라보았다. 그러자 그는 작게 미소를 지어 보였다.

이도현으로 돌아간다는 것, 내가 살던 원래의 세계로 돌아가는 것, 그것은 그동안 내가 바래왔던 일이었다. 나는 움찔 움직이듯이 아멘시타 쪽으로 한 발짝 발을 앞으로 내밀었다. 그러자 누군가가 나의 팔을 붙잡았다. 나를 붙잡고는 절망 어린 듯한 얼굴 표정을 하고 있는 그녀는 라비스로서의 나의 어머니인 셀레나였다.

"아!"

나는 순간 멈칫했다. 순간 이대로 돌아가기에는 찝찝하고 뭔가 잊어버린 듯한 느낌이 강하게 들었던 것이다. 결국 나는 망설이는 듯한 모습을 해 보였다.

"안 돼!! 내 딸을 절대 못 데려가! 라비스는 내 딸이야!"

앙칼진 셀레나의 목소리가 들려왔다. 그녀는 눈물을 주르륵 흘리며 놓치지 않으려는 듯 나를 꼬옥 끌어안았다.
 "셀레나님, 죄송하지만 셀레나님께서 지금 안고 계시는 분은 라비스님이 아니십니다."
 "아니얏! 라비스는 내 딸이야! 절대 못 데려가! 흑! 절대로… 라비스, 넌 내 딸 맞지?"
 그녀는 그렇게 말하며 나의 얼굴을 들여다보았다. 나와 너무도 닮은 그녀의 황금빛 눈동자가 눈물에 젖어 있었다. 왠지 난감한 상황… 하지만 그녀에게 나는 라비스가 아니니 돌아가겠다고 말할 수가 없었다. 차마 입이 떨어지지가 않았다. 그래도 나는 나의 세계로 돌아가야 하는데 말이다.
 "라비스, 엄마를 버리지 마. 엄마 딸이 아니라고 말하지 마! 엄마는 라비스가 행복해지는 것을 보고 싶어. 엄마는 항상 너를 지켜보고 싶어."
 그녀의 비명과도 같은 말소리에 나는 그녀에게 입을 열었다.
 "엄마, 전 엄마의 딸이에요. 그러니 울지 마세요."
 아! 나는 정신 나간 것이 분명했다. 비록 꿈속이라지만, 라비스의 어머니가 저렇게 매달리며 운다고 나의 갈 길을 부정하고 그녀에게 내가 라비스라고 말하다니!
 아무튼 내가 그녀에게 그렇게 말하는 순간 셀레나의 울음소리는 점점 멀어져 갔다. 나를 지켜보던 아멘시타와 크로시벨 가의 후원이 흐트러지듯 조금씩 사라져 갔다.

 나는 눈을 뜨지는 않았지만 나의 의식은 어느덧 꿈이 아닌 현실로 돌아와 있었다. 주위에서 소란스러운 음향들이 메아리치듯 들려왔다.
 "앗! 폐하! 폐하! 라비스님께서 숨을 다시 쉬십니다. 라비스님의 의식이 다시 돌아오셨어요!"

 호들갑스런 킬린의 목소리였다. 누군가가 달려오는 소리가 들려왔다. 그리고 역시나 흥분한 듯한 목소리가 들려왔다.

 "라비스? 정신이 들어? 눈을 떠봐!"

 '그렇지 않아도 눈을 뜨려고 노력을 하고 있으니 너무 보채지 마, 미카엔.'

 나는 속으로 그에게 투덜대듯 말하고는 힘들게 눈을 떠보았다. 그러자 지금까지 해쓱한 얼굴을 하고 있던 미카엔의 얼굴은 금세 펴지며 매우 기쁜 얼굴을 해 보였다.

 "아! 다행이야~ 라비스, 네가 다시 깨어나서 정말 다행이다."

 미카엔은 내가 눈을 뜬 것만으로도 감격스러운지 평소 그의 침착한 모습답지 않게 감정이 고조된 모습을 보였다. 하지만 미카엔이 나를 보며 기뻐하든 흥분을 하든 나는 두통이 너무 심하였고 속은 미싯거렸으며, 어지러운 데다가 구토증이 심하게 올라왔기 때문에 그에게 관심을 둘 여력이 없었다.

 "우욱~!"

 나는 구역질을 하며 추한 꼴을 보이지 않기 위해 입을 손으로 틀어막았다. 그러자 잠시 밝아진 얼굴을 하고 있던 미카엔은 다시 사색이 되며 옆에 있던 킬린을 다그치기 시작했다.

 "킬린! 라비스가 왜 저러는 거지? 라비스는 의식만 차리면 별문제는 없다고 했잖아?!"

 "그게… 라비스님은 심한 뇌진탕으로 인하여 잠시 두통과 구토 증세를 보일 수 있습니다. 안정만 취하신다면 곧 나아지리라 사료됩니다."

 킬린은 쩔쩔매는 모습을 보이며 나의 증상에 대해 설명을 했다. 하지만 금방이라도 구토를 할 것만 같았던 나는 그의 설명이 제대로 귀에 들어오지 않았다.
"아까 론티아 정령에게 신성력으로써 치유를 하게 했는데도 아직 그 증상이 남아 있단 말인가?"
"그, 그게… 신성력이란 겉의 상처만 치유하는 것이라 뇌진탕의 후유증이 나으려면 절대적인 안정이……."
"흐음, 그래. 안정이란 말이지? 그럼, 모두 나가도록. 라비스는 안정을 취해야 하니."
킬린은 손수건으로 이마의 식은땀을 닦으며 미카엔의 말에 답하다가, 이제 그만 나가보라는 말에 얼굴빛에 희색이 돌았다. 아마도 지금까지 어지간히 닦달을 당했던 모양이었다.
그렇게 킬린을 비롯한 몇몇 보조 의사들, 그리고 시녀 시종이 썰물 빠지듯 방을 나가자 주위는 금세 고요해졌고 나는 그나마 두통이 덜해지는 것을 느꼈다. 구토증도 처음보다는 조금은 가라앉은 듯했다. 하지만…….
'왜 미카엔은 안 나가는 건데? 절대적인 안정이라면 너도 나가야 하잖아?'
나는 마음속의 의문을 담은 눈빛을 그에게 해 보이며 미카엔도 얼른 나가길 기대했다. 그러나 그는 그러한 나의 눈빛에 그다지 영향을 받지 않은 듯 내가 누운 침대에 걸터앉으며 입을 열었다.
"라비스, 넌 두 시간 동안 의식을 잃고 있었어. 그리고 머리에 가해졌던 충격이 컸던 모양인지, 아까는 몇 분 동안 호흡과 맥박이 멈추었지. 나는 이대로 네가 다시 눈을 뜨지 못할까 봐 정말 두려웠어."
그는 그렇게 말하며 나의 손을 꼬옥 쥐었다. 그의 부드러운 눈길이 나의 얼굴에 와 닿았다. 그가 나에게 이렇듯 따뜻한 눈길을 주는 것은 오랜만인 듯했다. 그동안 그는 나에게 알게 모르게 거리를 두고 있었기 때문이었다.

미카엔은 다시 말을 이었다.

"네가 숨을 쉬지 않고 있는 동안 나는 많은 생각을 했어. 이대로 너를 잃게 되면 나는 어떻게 해야 할까, 정말 두려웠지. 내가 어리석었다, 라비스. 너는 어떠한 모습으로든 이렇게 숨을 쉬고 존재해 준다는 것만으로도 고마운 일인데… 그걸 몰랐던 거지. 그저 너를 사랑하는 그 마음만으로 너를 소유하겠다는 생각만 했었으니깐."

그의 말을 조용히 듣고 있던 나는 그에게 희미한 미소를 지어 보였다. 오히려 고마워해야 할 사람은 나인데… 그가 나에게 고맙다는 말을 하고 있었다. 나의 이기적인 면으로 인하여 그에게 상처를 준 것은 나인데, 그가 나에게 고맙다는 말을 하고 있는 것이다.

"…그리고 세리아가 그러한 짓을 저지르다니… 휴~ 모두 내 불찰이다."

그가 마지막으로 세리아에 대한 언급을 하자, 나는 눈을 동그랗게 떠 보였다.

"폐하, 세리아님이 무슨 일을 저질렀나요? 아! 그러고 보니 아까 실랑이를 벌이다가……."

"흠, 킬린이 말하기를 건망중 증세도 보일 수 있다고 그러더니 지금 라비스는 뭔가 불안정한 것 같군. 편히 쉬어. 내가 계속 곁에 있을 것이니."

"아니요, 됐어요. 여긴 폐하의 침실이신 것 같은데, 전 제가 머무는 곳에서 쉬어야 하겠어요. 간호는 아마 루이스가 해줄 거예요."

그러자 미카엔은 살짝 얼굴을 찌푸리며 몸을 일으키려는 나를 저지했다.

"넌 지금 쇠약해져 있는 상태이니 섣불리 몸을 움직이지 말고 여기서 쉬어. 네 침실까지는 한참을 걸어야 하는데……."

"그래도 제 침실로 돌아가겠어요. 전 제 침실에서 루이스의 간호를 받아야 안정이 된다구요."

"정말 희한한 체질이군. 내 침실에서 내 보살핌을 받으면 안정이 되지 않는다는 말인가? 그렇게까지 무리해 가면서 너의 침실로 돌아가려 하다니. 고집불통!"

나의 고집에 미카엔의 얼굴은 구겨졌다. 그래도 나는 그의 침실에서 그의 보살핌을 받을 수는 없는 일이었다. 그러다 자칫하면 그와의 로맨틱한 일이 생길 수도 있는 일.

나는 뭔가 약간의 연기가 필요하겠다고 생각했다.

"폐하, 저에게는 안정이 필요… 우욱~!"

다시 구토 증세를 일으키는 모습을 해 보였다. 그러자 다시 해쓱해진 얼굴로 미카엔이 킬린을 부르려는 태도를 취하자 나는 재빨리 그에게 말했다.

"폐하, 전 제 침실로 돌아가야 괜찮아지고 금방 안정이 될 것 같으니… 제 의지를 고집이라고 생각하지 마세요."

약간 억지가 담긴 듯한 나의 말에, 미카엔은 뭔가 이상하다고 생각되었는지 나를 향해 눈을 가늘게 떴다.

"라비스, 너 방금 일부러 그랬던 것은 아니겠지?"

"그럴 리가 있겠어요? 폐하, 욱! 빨리 안정을 취해야……."

나는 다시 헛구역질을 하며 현기증이 이는 듯 약간 비틀거리는 부수적인 행동까지 취해 보였다. 그러자 미카엔은 할 수 없다는 표정을 지어 보이더니 결국은 나의 손목을 잡고는 공간 이동 시동어를 나직이 외쳤다.

그러자 나와 미카엔은 나의 침실에 있는 침대 위로 이동하게 되었다. 꽤나 편리한… 아! 그러고 보니, 미카엔은 중(中)거리 이동쯤은 나를 데리고서도 힘들지 않게 공간 이동을 할 수 있었다.

"폐하, 전 제 침실로 오기 위해서 그다지 무리를 할 필요가 없었네요?"

"하하… 그렇군. 내가 잠시 공간 이동이라는 편리한 마법을 깜박했거든."

이번에는 내가 그에게 가늘게 뜬 눈으로 그렇게 묻자, 미카엔은 그렇게 대충 넘어가는 말을 하더니, 나를 침대에 눕히고는 이불을 덮어주며 다시 입을 열었다.

"내일, 세리아와의 파혼 발표가 있을 거야. 아까 저녁에 세리아가 그러한 사고까지 쳤으니, 그녀를 옹호하던 이들도 더 이상 그녀를 왕비로 내세우는 말을 꺼내지 못할 거다. 하지만 죽은 황태자비에게는 정말 미안한 생각이 드는군."

미카엔이 돌아가고 다시 혼자 남게 된 나는 루이스를 부르지 않고 그냥 침대에 누워 있었다. 사실 아까 잠을 실컷 잤던 셈이라 잠도 더 이상 오지 않아서 이대로 뜬눈으로 밤을 지새야 하나, 고민을 하고 있는데 끼익~ 하고 문이 열리는 소리가 들려왔다.

'엥? 누구지? 루이스인가?'

나는 문 쪽으로 눈길을 주었다. 하지만 짙은 어둠으로 인하여 누가 방으로 들어왔는지 나는 알 수가 없었다.

"루이스?"

치마 끄는 소리가 나길래, 나는 루이스일 거라 생각하며 몸을 일으켰다. 하지만 그쪽에선 대답이 들려오지 않았다. 그 존재는 그곳에서 못 박힌 듯 움직이지 않고 그 자리에 서 있는 모양이었다.

나는 문득 이상한 생각이 들어 빛을 밝혀야겠다는 생각을 했다. 그래서 마법 스펠을 외우려는데 문득 두통이 느껴지며 가장 기초적이라 할 수 있는 라이트(light) 마법 스펠이 생각이 나지 않았다. 나는 순간적으로 당황하였다. 내가 그런 기본적인 마법 스펠을 까먹다니!

"누구야? 들어왔으면 말을 해야 할 것 아냐?"

"……."

보이지 않는 그것은 그저 그 자리에 우뚝 서 있는 것만으로도 나에게 알 수 없는 공포심을 안겨다 주었다. 원래 인간이란 보이지 않는 사물에 근원적인 공포심을 갖기 마련이었다.

결국 나는 정령의 이름을 불렀다.

"샤르! 샤르!"

불의 정령이라면, 이곳을 밝힐 수 있을 테지… 하지만 샤르는 나의 부름에 응답하여 내 앞에 나타나지 않았다. 그러자 나는 더욱 당황하였다. 샤르가 왜 이곳에 나타나지 않는지 나는 한참을 생각해야 했다. 그러다 이곳이 궁성 안임을 간신히 떠올렸다.

내가 궁성 안에서 정령들을 부르면 그들은 나의 부름을 듣지 못했다.

'아! 내가 머리를 다쳐서 바보가 되었나? 왜 이렇게 망각하고 있는 것들이 많지?'

나는 초를 찾기 위해 몸을 일으켰지만 몸에 힘이 들어가지 않아서인지 침대에서 나와 일어서려는 순간 바닥에 고꾸라졌다. 에구구~!

'흑! 이럴 줄 알았으면 루이스를 불러놓던가, 미카엔의 방에 그냥 있을걸.'

나는 침대 옆에 있는 끈을 잡아당기면 옆 방에 있는 루이스가 나의 부름을 받고 이곳으로 올 수 있다는 것까지 미처 생각을 하지 못하며,

간신히 몸을 일으켜 불을 밝힐 만한 초를 찾으려 했다. 왜 그렇게 촛불에만 의지를 하려 했는지… 나도 정말 바보 같았다. 그때!
"끼익~ 쾅!"
갑자기 방문이 세게 닫히는 소리가 들려왔고, 깜짝 놀란 나는 다시 주저앉아야만 했다. 그러다 마침 서랍 안에 초가 한 개 있는 것을 발견하긴 했는데, 이것을 어떻게 불을 밝혀야 하는지 방도가 없었다. 순간적으로, 이곳에도 성냥이나 라이터가 있을 거라 생각하며 그것을 찾았던 나를 맘속으로 자책했다.
'젠장~! 내가 왜 이렇게 겁을 먹고 있지? 몬스터를 만나도 겁을 먹지 않았던 나인데, 설마 유령이라도 나타난 것이겠어? 내 정령들 중 하나가 장난을 친 것일 수도…….'
그런 식으로 단정한 나는 장난을 치고 있을 어둠에 가리워진 그 존재를 향해 다가갔다. 그러자 어둠에 가려진 그 존재의 실루엣이 점점 드러났다. 그곳에 서 있는 존재는 젊은 여자인 듯했다. 그녀는 귀족들이나 왕족들이 입을 만한 풍성하고 화려한 선을 가진 드레스를 입고 있었다.
나는 더욱더 가까이 다가갔다. 그리고 그 존재의 정체를 알아본 나는 그대로 얼어붙은 듯 멈추어 서야 했다.
"화, 황태자비?"
붉은 머리카락에 가냘픈 얼굴 선을 가진, 이제 갓 스물을 넘긴 듯한 그 얼굴은 분명 죽은 황태자비였다. 그녀는 창백한 얼굴을 하고서 두 눈에서는 눈물인지 피인지 알 수 없는 붉은 액체를 흘러내리고 있었다.
소름 끼치는 그녀의 모습에 나는 순간 숨이 막히는 것을 느끼며 비명을 지르는 것도 잊고 그 자리에 기절을 하고 말았다.

다시 얼마쯤 시간이 흘렀는지… 내가 의식이 들었을 때는 아주 익숙한 상황이 재연되고 있었다.

"흐흐흑, 라비스님. 왜 이렇게 안 좋은 일만 일어나는 것인지… 패앵~!! 흐흑~! 라비스님, 도대체 무슨 일이 있으셨기에…….."

루이스의 통곡하는 소리… 내가 이 세계에 처음 왔을 무렵에도, 미카엔의 측실이 된 지 얼마 안 되었을 때도 이러한 상황이 있었고, 그녀는 내가 이렇게 정신이 들 때마다 내 옆에서 코를 풀며 통곡을 하고 있었다.

"루이스?"

"앗! 라비스님, 정신이 드세요? 라비스님! 대체 문 앞에서 왜 기절을 하고 계셨던 거예요? 뭐가 필요한 것이 있으셨으면 저를 부르시지."

"루이스, 나 새벽 즈음에 죽은 황태자비를 봤어! 루이스는 못 믿겠지만, 아무튼 정말 그녀였어. 누가 장난쳤던 것일까?"

그러자 루이스는 굳어진 얼굴로 나를 응시했다.

"방금, 황태자비 전하라고 하셨어요?"

"응. 아무래도 내가 허약해져서 그런 헛것을 본 것이겠지?"

"라비스님! 세상에~ 어젯밤에 황태자비 전하를 목격했다는 시녀들이 몇몇이 있어서 설마 했는데, 라비스님도 그분을 보셨다는 말씀이세요?"

그녀의 말에 나는 순간 소름이 돋았다. 그럼 내가 본 것이 헛것이 아니란 말인가?

그때 문이 열리며 한 시녀가 무언가를 들고 조심스레 들어왔다. 그녀는 결이 좋은 백금발을 길게 늘어뜨린 소녀였는데, 화려한 느낌은 들지 않았으나 패나 미인 축에 드는 소녀였다.

나는 가냘퍼 보이고 여성스러워 보이는 그녀의 외모에 내심 감탄을 하며 그녀를 바라보았다.

"죽을 가져왔으니 드세요, 라비스님."

"아! 고마워요. 그런데 처음 보는 얼굴이군요."

그러자, 그녀는 생긋 웃어 보이며 나에게 답했다.

"전 '마리'라고 해요. 어제 새로 들어온 시녀랍니다."

웃는 얼굴이 꽤 상큼한 인상을 풍기는 그녀였다. 왠지 호감 가는 그녀의 미소에 나 역시 미소를 지어 보이다가 문득 세리아에 대한 생각이 미쳤던 나는 그녀가 어찌 되었을지 궁금하여 루이스에게 입을 열었다.

"루이스, 세리아님은 어찌 되었지?"

"세리아님은 파혼당하셨어요. 그리고 폐하께서 베른 공작의 작위를 박탈하실지도 모른다고 누가 그러더군요. 하지만 폐하는 베른 공작이 예전 황태자비 전하의 아버지인 점을 감안해서 어쩌면 큰 벌을 내리시지는 않을 것 같더군요. 요즘 황태자비 전하께서 자신의 아버지와 여동생이 그렇게 된 것을 슬퍼해서 이곳 왕성을 떠돈다는 소문이 돌고 있거든요."

황태자비 유령의 출몰에 대한 입 소문은 금세 왕성 안에 퍼진 모양이었다. 어찌 되었든 나는 몸이 좋지 않은 관계로 비서실로 출근하지 않았기에 오전 내내 침실에서 많은 생각을 해야 했다.

머리를 부딪힌 후유증으로 기억력이 무척 감퇴되어 그것을 걱정한 나는 쉬는 동안 열심히 머리를 굴리기(?)로 마음을 먹었다. 그래야 기억력이나 몽롱한 정신 상태 같은 것이 빨리 회복될 것 같았기 때문이었다. 하지만 여전히 두통은 가끔씩 계속되었고 컨디션은 오늘 내내 바닥을 기었다. 그 이유는…….

"라비스님, 마님의 초상화예요."

루이스가 고운 천으로 감싸져 있는 커다란 그림을 침실로 가져온 순간을 시작으로 하여 나를 괴롭히는 일들이 터지기 시작한 것이다. 나에게 포장된 그림을 건넨 루이스는 금방 침실을 나갔고, 나는 기대에 부푼 마음으로 그림을 감싸고 있는 천을 풀었다. 살짝 천을 걷어내자 금칠이 되어 있는 고급 액자가 모습을 드러내었다. 그림은 이 액자 안에 들어 있는 모양이었다.
　내가 천을 모두 풀어내자 셀레나의 초상화가 그 모습을 드러내었다. 하지만.
　"앗!"
　나는 그 그림을 본 순간 짧은 외침 소리를 내야만 했다. 초상화에 있는 셀레나의 얼굴 부분이 칼로 심하게 난도질되어 있었기 때문이다. 나의 몸이 조금씩 떨려왔다. 훼손된 셀레나의 초상화로 인해 분노가 느껴졌던 것이다. 그리고 가슴이 아파왔다. 단순히 그림이 찢긴 것이었지만 나는 가슴이 이상하게 아팠다. 셀레나의 아름다운 모습이 담긴 초상화가 찢긴 것으로 인해서 말이다.
　치밀어 오르는 분노와 스트레스 때문인지 더욱 두통이 심해져 갔다.
　"가만두지 않겠어!"
　나는 그 자리에서 루이스를 비롯한 시녀들을 침실로 불러들였다. 그녀들은 나의 부름을 받고 침실로 모였고, 내가 보여주는 셀레나의 초상화를 보고는 모두 경악한 표정을 지어 보였다.
　"아니! 라비스님, 그 초상화는 대체 어찌 된 것이죠? 크로시벨 가에서 보내온 이 초상화를 궁성 안으로 들어올 무렵에 확인했을 때는 멀쩡해 있었는데… 세상에~!"
　"루이스, 그게 사실이야? 궁성 안으로 들어올 때는 그림이 멀쩡해 있었다는 것이?"

"네, 그럼요. 아! 정말 누가 이런 짓을 했는지… 누가 못된 장난을 친 것 같네요. 라비스님, 상심하지 마세요. 마님의 초상화는 다시 화가를 시켜 그리도록 할게요."

루이스는 나를 토닥이기까지 하며 그렇게 위로하는 듯한 어조로 입을 열었다. 하지만 나의 기분은 풀리지가 않았다. 나는 시녀들을 바라보았으나 그녀들 역시 루이스가 짓고 있는 표정과 그다지 다르지 않았다.

그렇다면 대체 누가 초상화를 찢은 것일까? 궁성 안으로 들어온 순간 그림이 찢겼다면 분명 이 초상화를 찢은 존재는 궁성 안에 있는 자일 듯했다.

"라비스님의 어머님 초상화를 이렇듯 찢다니! 정말 너무하네요. 라비스님, 너무 상심하지 마세요."

그때 시녀들 사이에서 끼어 있던 마리가 나에게 다가와 그렇게 위로하듯 입을 열었다. 그리고는 루이스에게 눈길을 주었다.

"그런데 루이스님, 궁성 안으로 전해진 이 그림을 받고 나서 라비스님께 드리기 전에 누구에게 초상화를 잠시 맡긴 적은 없나요?"

"누구에게 맡긴 적은 없는데? 마님의 초상화는 내가 라비스님께 직접 전해주어야 하니… 물론 초상화를 내 침실에다가 잠시 놔둔 적은 있지만."

"그렇다면 왜 멀쩡하던 초상화가 중간에 갑자기 찢기죠? 그걸 다른 자에게 맡긴 적이 없다면 그것을 내내 루이스님이 보관하셨을 텐데, 정말 이상하군요."

마리의 말에 나는 설마 하며 루이스에게 눈길을 주었다. 그러자 루이스는 언짢은 얼굴 표정을 해 보이더니 마리에게 외쳤다.

"마리! 그 말뜻은 내가 라비스님께 드릴 마님의 초상화를 찢었다는 것이냐? 아, 정말 이런 일이… 내가 만약 마님의 초상화를 찢었다면 나는 천벌을 받아 그 자리에 즉사를 하고 말 거다! 라비스님? 라비스님은 저를 믿으시지요?"

　마리에게서 다시 나에게 고개를 돌린 루이스는 평소 위압적이던 얼굴이 애처롭게 느껴질 정도로 미세하게 떨리고 있었다. 아마도 억울한 자신의 심정 때문에 감정이 고조된 모양이었다. 게다가 나에게 잠시나마 의심을 받는다는 사실이 서글프게 다가왔던 모양이었다.

　나는 회갈색 빛으로 빛나는 그녀의 눈동자를 잠시 바라보았다. 머리 속이 어지러웠다. 사실 나는 루이스가 의심되기도 했다. 하지만…….

　그녀는 나의 친어머니와 같은 존재였다. 내가 이 세계로 온 그 순간부터 의지해 왔고 기대왔었던 존재였다. 그런 그녀가 셀레나의 초상화를 찢을 이유가 없었다. 정말 그럴 리가 없다. 누군가 셀레나의 초상화를 찢으라 명령하면 오히려 자신의 팔뚝을 찢고 말 그녀였다.

　그런 루이스를 내가 의심한다면 그녀는 나의 오해로 인하여 많은 상처를 입을 것이다.

　"루이스……."

　그녀가 나를 바라보았다. 그녀는 내가 자신을 의심하지 않을 것이라는 믿음을 가지고 있는 듯해 보였다.

　"난 루이스를 믿어. 루이스가 나에게 그런 행동을 할 리가 없잖아?"

　나는 그렇게 말하고는 희미하게 미소를 지어 보였다. 그러자 루이스는 감동이라도 한 듯 '오~! 라비스님!' 하고 외치며 나를 끌어안았다. 나는 그녀에게 안긴 채 눈을 살짝 내리깔았다. 그리고는 내 안에 있던 분노의 감정을 흩어버리고 묻어버렸다.

　이번 일은 셀레나의 초상화를 찢은 자에 대한 분노와 함께 당분간 묻어버리기로 마음을 먹은 것이다. 내가 이번 일을 계속 들춘다면 초상화를 훼손한 범인으로 루이스가 의심을 받게 될 것이다.

나는 루이스가 억울하게 누명을 쓰게 되는 것은 바라지 않는다. 그렇다면 지금으로선 범인을 찾을 길이 없으니 나는 이번 일을 이대로 묻어버리는 것이 나을 듯했다. 물론 당분간 말이다.

"라비스님! 루이스님을 무조건 믿는다는 것인가요? 루이스님이 범인일지도 모르는 일이잖아요?"

그때 마리가 나섰다.

"마리, 루이스는 범인이 아니야. 난 알 수 있어. 루이스가 그런 행동을 할 리가 없거든. 모두들, 이번 일은 당분간 묻어두도록 해. 초상화는 다시 그리면 되니깐. 하지만 나는 언젠가 이 초상화를 찢은 자를 찾아낼 거야. 내 어머니의 초상화를 찢은 자를 이대로 용서하지는 않을 거야."

"라비스님은 루이스님을 무척 신뢰하시는 모양이군요."

마리는 조용한 어조로 나에게 말했다. 신뢰하고 있다라… 나는 그녀에게 답하지 않았다. 대신 그녀를 보며 살짝 미소를 지어 보였다. 마리는 아마도 나의 미소를 자신의 물음에 대한 긍정의 대답으로 받아들였을 것이다.

그날 오후 나는 침대에서 뒹굴뒹굴하며 시간이나 때울 '로히얀스의 역사 이야기'라는 책을 펼쳐 들었다. 지금은 머리가 너무 아파서 마법 공부 같은 것은 엄두도 내기 힘들었다.

똑, 똑!

노크 소리다.

아마도 루이스이거나 시녀들 중 하나일 것이다.

"누구야?"

"마리입니다, 라비스님."

"들어와."

마리는 시녀라는 신분이니 초면 이후로는 계속 하대를 쓰고 있는 나였다. 사실 그녀는 왠지 알 수 없는 아이라는 느낌이 드는 소녀였지만 나는 개인적으로 그녀가 마음에 들었다.

그 이유는… 마리는 조용하고 여성스러우며 얼굴이 예쁘기 때문이었다. 물론 그녀가 마음에 드는 것은 나의 이도현일 적 버릇이 남아 있어서 그런 것은 아니었다. 그녀가 마음에 들긴 하지만, 그렇다고 내가 그녀를 이성으로서 마음에 든다는 것은 결코 아니었다. 이제는 내가 마음에 들어야 할 이성은 여성이 아닌 남성이라는 것을 나는 너무도 잘 알고 있었다.

아무튼 나는 마리가 친해지고 싶은 존재로서 마음에 든다는 것이다. 나도 프리실라만큼은 아니지만, 예쁜 사람들을 좋아하는 편이었다. 예쁜 소녀, 예쁜 소년, 예쁜 아기들 등등… 하지만 예쁜(?) 노인은… 그것은 좀… 존경해야 하나? 이런! 내가 헛소리를, 아니, 망상을 했군.

마리는 고소한 냄새가 나는 쿠키와 차를 들고 왔다. 그녀의 발 디디는 소리… 기척은 거의 느껴지지가 않았다. 어제 시녀로서 새로 들어왔다는 그녀이지만, 걸음걸이가 제법 가볍고 우아했다. 마치 왕궁이나 귀족가에서 한동안 몸을 담았던 것처럼.

"라비스님의 기분이 우울하신 것 같아서 간식 좀 가지고 왔어요."

"고마워, 마리."

그녀는 시녀로서 자신의 상전의 비위를 맞추는 법을 잘 알고 있는 듯하다. 나는 자리에서 일어나 잘 구워진 쿠키 하나를 집어 들어 조금 베어 물었다. 그러자 쿠키는 바삭 하며 부서져 나의 입 안에서 녹아들었다. 꽤 맛이 좋은 쿠키였다.

"라비스님은 정말 좋으시겠어요."

"응?"

문득 입을 여는 그녀의 목소리에 나는 건성으로 대답했다.

"라비스님은 굉장한 미인이시고 폐하의 사랑을 받고 계시잖아요?"

"그건… 마리도 미인인데? 그리고 폐하의 사랑을 받는다는 건… 이제 그의 측실도 부인도 아닌 내가 들을 말은 아닌 것 같아, 마리."

"아니요. 라비스님은 정말 미의 여신도 질투하실 만큼 아름다우세요! 저하고는 비교가 안 되지요. 아, 그런데 요즘 이상한 소문이 돌고 있지요? 황태자비 전하가 피눈물을 흘리시며 나타나신다는데, 정말 불쌍하신 것 같아요. 자신의 동생과 아버지가 하루아침에 가여운 신세가 되셨으니… 그분의 영혼이 그렇게 피눈물을 흘리시며 이곳 왕성에서 떠도는 것이 당연해요. 누가 그런 못된 짓을 했을까요? 아마도 베른 공작님께 누군가 모함을 했을 것이 분명해요."

나는 조용한 줄만 알았던 그녀의 입에서 끝도 없이 말이 흘러나오자, 약간 의외라고 생각했다. 게다가 저렇듯 베른 공작가를 옹호하는 마음을 가지고 있다니. 아무튼 그녀의 말은 거기서 끝이 아니라 계속 이어졌다. 그녀는 자신도 모르게 자신의 말과 생각에 도취되어 있는 듯했다.

마리는 신중한 성격인 줄 알았는데 이 부분에서는 약간 경솔함도 있어 보였다.

"사실 황태자비 전하만큼 기품있고 우아하신 분은 없었죠. 비록 프레야 왕비님만큼 왕족으로서의 카리스마를 가지시진 못하셨지만 전 그분을 존경해요. 폐하의 정실 부인이 되실 분은 그분밖에 없다고 저는 생각한답니다."

그녀는 그렇게 혼자 흥분하며 말하다가 자신을 뚫어질 듯 바라보는 나의 황금빛 눈동자를 보고는 문득 자신이 실수했다는 생각이 들었는지 아! 하는 탄성음을 내뱉고는 빠르게 한마디를 덧붙였다.
"그리고 라비스님 외에는 폐하의 부인이 되실 분은 안 계시죠. 호호."
나는 그녀에 대한 차분한 모습의 이미지가 산산조각이 되는 것을 느끼며 그녀를 따라 겸연쩍게 웃어 보였다.
"그런데 마리는 왕성에 들어온 것이 처음이라면서 어떻게 황태자비 전하에 대해 잘 알고 있어?"
그러자 마리는 약간 당황한 모습을 보였다. 물론 그녀 나름대로 표정 관리를 하며 무표정을 고수하려 했지만 나의 눈을 속일 수는 없었다. 나는 이래 봬도 표정 읽기의 명수… 아무 생각이 없을 경우에는 한없이 둔해지기도 하는 나이지만, 내가 신경을 곤두세운다면 미카엔만큼 날카로워지기도 했다.
으음, 미카엔만큼이라… 내심 내가 자랑스러워지는 기분이 드는 이유는 뭘까?
"그, 그건… 제가 황태자비 전하를 동경해서 그분에 대해 많은 이야기를 들었거든요. 제가 아는 언니가 황태자궁의 시녀였어요. 저는 그때부터 왕성의 시녀가 되는 것을 꿈꾸어왔었죠."
하긴, 그럴 수도 있을 듯했다. 평민의 소녀들 중에는 왕성 안의 시녀가 되기를 꿈꾸는 이들이 많았기 때문이었다. 친한 언니가 황태자비를 모시고 있던 시녀였다면 왕궁 안의 황태자비에 대한 얘기를 종종 들을 수 있었을 테고, 그로 인해 왕실과 황태자비에 대한 환상을 품을 수도 있었다.
하지만 나는 이대로 그녀의 말을 수긍하기에는 뭔가 걸리는 것이 있었다. 만약 그녀가 자신을 변명하기 위해 그런 식으로 말을 둘러댄 것이라면, 마리는 임기응변이 매우 뛰어난 소녀이다. 다시 말해 그녀는 보통 소녀가 아니라는 것이다.

"응. 그랬었구나. 그런데 이번 소문은 뭔가 시기 적절하다고 생각하지 않아? 마치 누군가 일부러 퍼뜨린 것처럼. 베른 공작에 대한 폐하의 처결이 내려질 무렵에 황태자비 전하에 대한 소문이 돌다니. 이렇게 된다면 황태자비 전하에게 미안함과 안타까운 감정을 가지고 있는 폐하께서는 그들에게 그다지 커다란 벌을 내리지 못할걸?"

"글쎄요. 전 우둔해서 그것까지는 잘 모르겠네요."

나는 '마치 누군가 일부러…'에 은연중에 강세를 두어 말하고는 그녀의 표정을 자세히 살폈으나 한 번 당황한 직후로는 자신을 컨트롤하는 것에 많은 신경을 쓰고 있는지, 아니면 정말로 모르겠는 것인지 그녀는 평범한 시녀 모습을 무리없이 해 보였다.

내가 너무 과민하게 생각하는 것일까? 하지만 나는 이대로 덮어두기에는 아까 그녀가 보였던 모습이 왠지 꺼림칙했다. 게다가 아침에는 셀레나 초상화가 찢긴 일이 있지 않았던가? 그것은 나를 시중드는 시녀나 시종들 중 하나가 누구의 사주를 받거나 자신의 의지로서 그러한 못된 짓을 저질렀을 것이다.

지금 생각해 보니 이제 막 궁성 안으로 들어온 마리 역시 유력한 용의자 중 하나이다.

나는 그녀를 내보내고 나서 잠시 더 뒹굴뒹굴하다가 궁성을 나와 정령을 불렀다. 만약의 경우를 생각해서 리엔시타에게 마리를 조사하도록 명령하기 위해서였다.

"리엔, 중앙 궁성에서 일하는 시녀 중에 어제 새로 들어온 '마리'라는 소녀에 대해 조사 좀 부탁해. 그녀는 긴 백금발에 호박색 눈동자를 가졌어."

"새로 들어온 시녀? 그녀를 왜 갑자기 조사하라는 건데? 혹시 라비스를 괴롭혔어?"

"오늘 아침에 어머니 초상화가 찢긴 일이 있었거든. 그 초상화를 찢은 자가 혹시 그녀가 아닐까, 해서 말이야. 그녀는 아무래도 평범한 시녀가 아닌 것 같아."

"앗! 그렇다면 마리가 라비스를 괴롭혔을 수도 있다는 말이지? 그럼 내가 가만히 있을 수는 없지! 내가 금방 알아내 줄게!

그렇게 흥분을 하며 결의 어린 다짐을 하는 리엔시타를 보내고… 나는 따뜻한 바깥의 공기에 문득 꽃 향기가 맴도는 후원을 산책하고 싶다는 생각이 들어 그곳으로 걸음을 했다. 봄의 기운이 며칠 전보다 물씬 풍기고 있었다.

아직 꽃이 만발하지 않았지만 드문드문 꽃이 피어 있는 후원에는 이제 곧 꽃들이 가득 피어날 듯했다. 복잡한 일만 없다면 기분 좋을 듯한 하루이다. 코끝을 살며시 간질이는 봄 내음을 맡기 위해 나는 한껏 숨을 들이쉬었다.

"꺄하하~ 꺄르르~"

그때 어디선가 간드러지는 소녀의 웃음소리가 들려왔다. 왠지 익숙한 음성에 나는 호기심이 동하여 소리가 들려오는 쪽으로 다가가 보았다.

"폐하, 그게 정말인가요? 호호."

'폐하? 폐하라고?'

나는 문득 몸이 굳어지는 것을 느꼈지만 그래도 궁금한 것은 궁금한 것이니깐 조금 더 가까이 다가가 보았다. 물론 그들이 눈치 채지 못하게.

곧 나의 눈에 두 사람의 모습이 들어왔다. 한 명은 미카엔… 그리고 다른 한 명은 마리였다.

미카엔은 후원에서 잠시 쉬고 있는 듯 적당한 장소에 앉아 있었고, 마리는 그의 옆에 붙어서 온갖 애교를 다 떨고 있었다. 웬만한 남자들은 모두 홀려 버릴 듯이.

그런데… 앗!

마리가 대담하게도 미카엔에게 안겨들었다. 그녀는 조금씩 그에게 가까이 다가가더니, 결국은 자연스럽게(?) 그에게 안겨드는 것이었다. 그리고는…….

"안아주세요, 폐하."

엄청 대담한 발언이다. 물론 나의 입장에서 대담한 말이었다. 나로서는 온몸에 닭살이 돋고도 남음이 있는 심한 거부감이 드는 발언이었다. 그나저나 '마리'라는 소녀는 두 얼굴을 가진 소녀가 아닐까 생각했다. 어쩜 저렇게 사람이 달라 보일 수가 있는 건지… 물론 미카엔은 멋진 녀석이니 시녀들이 그에게 잘 보이고자 하는 것은 당연한 일일지도 몰랐다. 하지만 얌전한 줄 알았던 마리의 지금 모습은 너무 교태스러웠다. 나와는 다른 의미로 정말 가증스러운 소녀였.

갑자기 기분이 잡친 나는 그대로 몸을 홱! 돌려 나의 침실로 돌아왔다. 보나마나 미카엔은 그녀의 요구를 들어주었을 것이다. 미소녀가 저렇듯 달콤하게 유혹해 오는데 그걸 거절할 남자들이 몇이나 되겠는가?

'그런데 나는 왜 이렇게 기분 나빠하고 있는 거지? 미카엔은 한 나라의 왕이니 시녀랑 놀아날 경우도 있을 수 있고, 그러다가 덜컥 첩을 맞아들이는 경우도 있는 법인데…….'

침실로 돌아가던 나는 우울한 마음을 다스리며 모든 걸 좋게 좋게 생각하기로 했다. 이렇게 계속 우울해하다가는 안 좋은 일이 연달아 일어나는 것으로 인해 우울증에 걸리고 말 것이다. 그러다…….
"아!"
나는 짤막한 탄성음을 내며 침실로 향하던 발길을 멈추었다. 뭔가 한 가지 내용이 나의 머리 속을 빠르게 스치고 지나갔기 때문이었다.
"혹시 마리는……."
나는 낮게 중얼거렸다. 마리는 어쩌면 베른 공작가와 연관을 가지고 있을지도 몰랐다. 그녀가 아까 베른 공작가를 옹호했던 말을 했던 것이 떠올랐다. 그리고 그녀는 황태자비에 대해 잘 알고 있는 것처럼 말했다.
나는 마리가 혹시 베른 공작가에서 일하던 시녀나, 아니면 그의 집안을 봐주고 있는 여성 모략가가 아닐까 생각해 보았다. 베른 공작가가 위기에 처해 있는 이 시점에 적절히 황태자비의 유령에 대한 소문이 도는 것도 이상했다. 하지만 마리에 대한 나의 이런 짐작은 아직 추측일 뿐이니 직접 알아보는 것이 좋겠다고 생각되었다.
나는 세리아가 묵고 있는 곳으로 가기 위해 발걸음을 돌렸다. 시녀의 도움을 받으며 완전한 처결이 있을 때까지 당분간 근신하고 있을 세리아의 침실 방문 앞에 당도한 나는 방문을 노크하였다. 내심 그녀가 또 나의 머리카락을 잡아 뜯지 않을까 겁이 나기도 했다. 그때 일을 생각하면 나는 지금도 아찔했다.
잠시 후 방문이 열렸고 세리아 대신 어떤 시녀가 얼굴을 내밀었다.
"세리아님을 뵈러 왔는데요."
"지금 세리아님은 편찮으셔서 만나실 수 없습니다."
평범한 갈색 머리를 한 여인이 무표정하고도 기계적인 표정으로 나의 말에 답했다. 그녀의 말투 역시 꽤나 무감정하게 들렸다.
"세리아님과 중요한 할 말이 있어서 온 거예요. 세리아님께 말씀드려 주세요. 전 라비스 크로시벨입니다."

"아! 라비스님이셨군요. 잠시만 기다리세요."

나의 이름을 듣자, 아무런 표정 없던 그녀의 얼굴에는 약간의 표정이 떠올랐다. 그 표정은 왠지 나를 기다리고 있었다는 듯한 표정이어서 나는 조금 의아스러웠다. 어쨌든 그녀는 고개를 끄덕이며 그렇게 말하고는 안으로 들어가더니 다시 금세 모습을 드러내어 나에게 입을 열었다.

"들어오시랍니다. 그럼……."

그녀는 그렇게 말하며 내가 들어갈 수 있도록 자리를 비켜주고는, 내가 방 안으로 들어서자 그녀는 밖으로 나가며 천천히 방문을 닫았다.

나는 왠지 어둠침침하게 느껴지는 방 안 깊숙이 들어가 세리아가 있는 침대로 걸어갔다. 그녀는 내가 들어오자 부스스 몸을 일으켰고 퀭한 눈으로 나를 올려다보았다. 그사이에 반송장이 되어 있는 그녀였다.

"세리아님, 몸이 많이 안 좋아 보이시는군요."

그녀의 그런 모습에 놀라며 내가 그렇게 말하자 그녀는 혈색이 없어 검푸르게 변한 입술을 열어 심하게 갈라진 목소리로 나에게 말했다. 그녀의 눈은 굉장히 겁에 질린 듯한 모습이었다.

"언… 니가 찾아왔어! 언니가… 죽은 언니가 나를 찾아와서 나를 죽이려 해! 나를 죽일 거야! 내가 왕비가 되려 했다고 나를 죽이려 해!"

약간 제정신이 아닌 듯한 그녀의 모습에 나는 더욱 크게 놀랐다. 도대체 그동안 그녀에게 무슨 일이 있었기에 그녀는 이 지경의 모습까지 이른 것일까.

"세리아님, 그게 무슨 말씀이시죠? 황태자비 전하께서 세리아님에게도 나타나셨나요? 그녀가 세리아님께 무슨 협박을 했는지는 모르지만 정신 차리세요! 그녀는 세리아님의 언니가 아니에요! 그건 누군가 못된 장난을 치는 거라구요!"
 "아니얏! 언니가 맞아!"
 "세리아님!"
 내가 그녀의 이름을 그렇게 외치는데, 그녀가 갑자기 커헉! 하며 앞으로 고꾸라졌다. 나는 놀라며 그녀를 일으켰지만 세리아는 검은빛이 도는 피를 토한 채로 눈이 뒤집혀 있었다.
 "아, 이런! 독을 당한 건가?"
 그녀는 그대로 의식을 잃었는지 꿈쩍도 하지 않았다. 아마도 숨이 끊어진 듯했다. 입가에 흐르는 검은빛의 피와 뒤집힌 눈이 왠지 섬뜩했다. 그녀의 갑작스런 죽음에 나는 어찌 행동해야 할지 갈피가 잡히지 않았다. 결국 나는 하얗게 질린 얼굴이 되어 방 밖을 뛰쳐나가 소리를 지르기 시작했다.
 "누구 없어요?! 아무나 와줘요!!"

 그렇게 세리아가 독살되고 나서 다시 하루의 시간이 흘렀다. 봄의 기운이 담긴 태양이 청명한 하늘의 꼭대기에 올라와 있을 무렵.
 나는 흑발 머리에 매우 신경질적으로 생긴 한 수사관에 의해 여러 가지 조사를 받고 있었다. 지금 나는 세리아를 독살한 혐의를 받고 있는 것이다. 정말 눈물이 다 나오려 했다.
 "그때 왜 그 방으로 갔었죠?"
 "왜 날 의심하는 거죠? 때마침 그 방에 들어가서 그녀의 죽음을 목격한 것으로 이렇게 누명까지 써야 하나요?"
 "수사에 협조해 주십시오. 당신은 왕비 자리를 노려 그러한 일을 저질렀다는······."

"당신 바보 아냐? 내가 만약 세리아님을 독살할 생각이었다면 뭐 하러 그렇게 소리를 지르며 난리 법석을 떨었겠어? 그냥 조용히 그 방을 나왔겠지. 그리고 그녀는 이미 파혼당해 있는데 뭐 하러 그녀를 죽인단 말야?!"

내가 분통이 터져 그에게 그렇게 소리를 지르자 그는 날카롭고도 신경질적인 면이 다분해 보이는 얼굴을 살짝 찌푸렸다.

"글쎄요. 혹시 모르죠. 의심을 받지 않기 위해 일부러 그렇게 행동했었을 수도… 게다가 그녀는 이미 파혼을 당해 더 이상 위험이 되지 않는다 하더라도 뭔가 당신의 비밀을 알고 있어서 독살을 했을 수도 있고. 무엇보다 그 방에는 당신 혼자뿐이었다는 겁니다. 멀쩡하던 그녀가 당신이 들어간 직후 그렇게 되었으니… 우선적으로 당신은 첫 번째 용의자가 되는 것이니 성실한 자세로 조사에 응해주십시오. 그래야 당신이 죄가 없다면 누명이 풀릴 것이 아닙니까?"

감정이 거의 들어가지 않은 듯한 그의 목소리에 나는 한 대 치고 싶던 마음도 그 의욕을 잃고 수그러들고 말았다. 결국 될 대로 되라는 식의 포기 어린 마음이 든 나는 그에게 힘없이 입을 열었다.

"난… 요즘 떠돌고 있는 황태자비 유령에 대해 그녀에게 물어볼 것이 있어서 찾아갔어요. 나는 유령 행세를 하고 있는 그 누군가를 대충 의심하고 있었거든요. 처음 내가 그곳에 찾아갔을 때는 세리아를 돌보고 있는 시녀 한 명이 있었어요……."

결국 나는 그에게 사실대로 모두 말하기 시작했다. 이젠 성질을 내며 그와 실랑이를 벌일 기운도 없었기 때문이었다. 그는 진지한 얼굴로 나의 얘기를 묵묵히 경청했다. 한동안 나의 진술을 듣던 그는 내가 말을 마치고 입을 다물자 계속 짓고 있던 딱딱한 표정을 풀고 나에게 빙긋 웃어 보였다.

"솔직하게 답변해 주서서 감사합니다, 라비스님. 당신이 죄가 없다면 누명은 곧 풀릴 것입니다. 아! 그리고 이제부터는 누군가와의 접촉도 웬만하면 피해주셨으면 합니다."

그는 그렇게 말하고는 자리에서 일어섰다. 처음 그는 나에게 와서 자신을 '그랜트'라고 소개를 했었다. 그는 백작가의 자제로서 상류층의 엘리트 수사관이라고 누군가에게 언뜻 들은 것 같았다. 아무튼 그랜트는 방을 나갔고 나는 의기소침해져서 침실의 침대에 얼굴을 묻고는 한동안 그렇게 있었다.

나는 혹시 미카엔이 찾아오지 않을까 했으나 그는 나를 찾아오지 않았다. 아마도 그 역시 나를 의심하고 있는 것이 틀림없었다. 게다가 그는 내가 저번에 베른 공작가를 매장시키는 일을 벌였던 것도 알고 있으니 어쩌면 나를 의심할지도 몰랐다.

'…하지만 내가 왕비 자리를 노렸을 리가 없다는 것을 그도 잘 알고 있을 텐데……'

"제엔장! 이 따위 세계는 더 이상 있고 싶지 않아! 돌아가고 싶어! 엿같아! 이젠 미카엔이고 뭐고 다 필요 없어!"

나는 이 세계에 온 이후 처음으로 환멸을 느껴야 했다. 예전에는 막연하게 돌아가고 싶다는 생각만 했던 나였는데, 이제는 경멸스럽고 저주스럽기까지 했다. 계속되는 스트레스와 수난으로 인해 나는 쌓였던 것이 점차 폭발할 지경에 이른 것이었다.

"라비스님? 너무 상심해하지 마세요."

언제 방으로 들어왔는지 마리의 목소리가 들려왔다. 나는 흠칫 놀라며 그녀를 돌아보았다. 은은한 미소를 띤 그녀의 얼굴이 나를 바라보고 있었다. 나는 그녀를 쏘아보며 입을 열었다.

"아무 기척도 없이 들어오다니, 꼭 네가 유령처럼 보이는군."

"호호… 제가 기척없이 들어와서 기분이 상하셨나요, 라비스님? 지금 후원으로 나가보세요. 폐하께서 라비스님을 찾으십니다."

"왜 네가 그런 말을 전하는 거지? 그리고 내가 왜 후원으로 나가야 돼?"

"그거야 폐하께서는 지금 후원에 계시거든요. 지금까지 저랑 줄곧 같이 계시다가 라비스님의 일을 듣고 저를 보내신 거에요. 그럼 저는 말을 전했으니 이만 가보겠습니다."

나는 그녀의 말이 미심쩍었으나 일단 나가보기로 했다. 어제는 내가 미카엔이 그녀와 함께 있는 것을 직접 보기까지 했으니, 오늘 역시 미카엔은 마리와 놀아나고 있었을지도 몰랐다. 왠지 서글퍼지는 나였다. 내심 미카엔에게 서운한 마음이 들었다.

그리고… 지금은 머리가 너무 아팠다. 어제오늘은 스트레스를 너무 많이 받았더니 두통이 매우 극심해져 있었다. 뇌진탕 후유증이 아직도 안 가서서 그런지 머리 쓰는 것도 많이 둔해진 것 같았다.

그래서 그런지 나는 마리의 행동에 대해 신중히 생각해 보지도 못하고 일단 미카엔을 만나볼 생각부터 했다.

나는 후원으로 나가보았다. 그러나 미카엔의 모습은 보이지가 않았다. 나는 그제야 뭔가 이상하다는 것을 깨닫고는 바보같이 속은 내 자신을 탓했다. 나는 황급히 궁성 안으로 발길을 돌렸으나 누군가가 나를 불렀다.

"라비스님."

어느 소속인지는 모르지만 왕실 기사의 갑옷을 걸친 한 청년이 이쪽으로 다가오는 것이 눈에 들어왔다. 나는 의아한 눈으로 그를 바라보았다.

"라비스님이 저에 대해 그렇게 생각하고 계셨는 줄은 몰랐습니다."

"네?"

그는 상기된 얼굴로 나에게 더욱 가까이 다가오며 입을 열었다.

"저에게 보내신 편지 잘 읽었습니다. 라비스님께서 왕비 자리를 거절하신 것도 저 때문이셨다니, 저로서는 감격스러울 따름입니다."

'아니, 저게 무슨 헛소리야? 난 저 녀석 처음 보는데……'

나는 경계의 눈빛으로 그를 쏘아보았으나 그는 내 눈빛의 의미 따윈 그다지 눈에 들어오지 않는지 열정적인 모습으로 더욱 나에게 다가오며 계속 말을 이었다.

"저 역시 라비스님을 처음 본 순간부터 제 목숨처럼 라비스님을 사랑했습니다."

"그게 무슨 헛… 어엇!"

그는 그렇게 말하며 가까이 다가와서는 나를 거세게 끌어안았다. 제길! 요즘따라 왜 이렇게 황당한 일만 일어나는지… 나는 그를 밀치려 애를 쓰며 그에게 외쳤다.

"이거 놔요!!"

하지만 그 기사는 나의 이런 외침을 쑥스러움으로 인한 애교쯤으로 여겼는지 더욱 나를 끌어안았다. 그러다 나를 안고 있는 기사의 등 뒤로 미카엔이 다가오는 것이 보였다. 아! 이런 모습을 그에게 보이다니… 그가 오해할지도 모른다. 그렇지 않아도 나에게 의심을 가지고 있을지도 모르는데 말이다.

"으잇~ 이거 놔! 망할 자식아!"

나도 모르게 다급함과 초조함이 느껴졌던 나는 그에게 험한 말로 외쳤다. 몸을 비틀어 그의 몸을 빠져나오려 했다. 미카엔은 나를 안고 있느라 정신이 팔려 있는 기사의 바로 등 뒤까지 다가와 있었다. 미카엔의 은보랏빛 눈동자가 번뜩인다고 생각되었다.

스르릉―

소름 끼치게 날이 선 장검이 뽑아져 나오는 소리가 들렸다. 그렇게 검이 뽑아지는 음향이 들린다고 생각한 순간, 그 번쩍이는 검은 그 기사의 목을 겨냥하고 있었다. 눈 깜짝하는 순간에 이루어진 일이었다.

"떨어져! 그렇지 않으면 네 목이 날아갈 것이다."

서릿발 서린 미카엔의 목소리가 나직한 음성임에도 불구하고 매우 서늘하게 들렸다. 나를 안고 있던 기사는 나를 놓더니 창백해진 얼굴로 미카엔을 바라보았다.

"폐하!"

그는 미카엔 앞에 무릎을 꿇고는 고개를 조아렸다.

'나도 무릎을 꿇어야 하는 건가? 왜 이렇게 되는 일이 없지?'

나 역시 창백해진 얼굴로 기사와 미카엔에게 눈길을 주다가 우연히 이곳을 바라보는 마리와 눈길이 마주쳤다. 그녀는 나와 눈이 마주치자 생긋 웃어 보이더니 태연한 얼굴로 걸음을 옮겨 중앙 궁성 안으로 가 버렸다.

나는 그녀를 쏘아보다가 미카엔의 눈길을 느끼고는 그를 바라보았다.

"폐하, 전 마리에게 폐하께서 저를 부르신다는 말을 듣고는 이곳으로 나왔던 건데……."

나는 그에게 이 상황을 변명해야겠다고 생각했다. 정말 그에게 이러한 변명을 해야 하는 것이 정말 싫었지만, 그래도 미카엔의 얼굴이 저렇듯 살벌하니 나를 위해서 변명은 해야 할 듯했다. 하지만 내가 그렇게 말하자 미카엔 앞에서 조아리고 있던 그 이름 모를 기사는 눈을 동그랗게 뜨며 나에게 외쳤다.

"라비스님, 그게 무슨 말씀이십니까? 라비스님께서 저에게 이곳으로 나오라는 편지를 주신 것은 무엇이죠?"

"난 편지 같은 것은 쓴 적이 없어요!"

"저를 사랑한다고 고백하시는 말을 편지로 써서 저에게 보내셨지 않습니까?"

"뭐… 뭐라구요?"

나는 기가 막혀서 말도 제대로 나오지가 않았다. 내가 얼굴도 모르는 기사에게 사랑을 고백하는 편지를 썼다니! 이런 유치하고도 진부한 상황이 지금 나에게 일어나고 있다는 것이 믿기지 않았다.

"…그리고 폐하께 감히 한마디만 말씀드리겠습니다. 라비스님은 더이상 폐하의 측실이 아니십니다. 라비스님께서 무엇을 하시든 폐하께서 관여하실 바가 없다고 생각합니다. 저의 건방짐을 질책하셔도 좋습니다. 하지만 당당하게 말하고 싶습니다. 전 라비스님을 정식 아내로 맞아들이고 싶습니다."

나는 이것이 꿈일 것이라 생각했다. 그렇지 않다면 이렇게 황당한 일이 나에게 일어날 리가 없었다. 생전 처음 보는 녀석이 떡하니 나타나서 미카엔에게 나를 부인으로 맞겠다고 선언을 하다니! 내 주위에 저런 정신 나간 녀석이 있는 줄은 정말 몰랐다.

나는 미카엔에게 다시 눈길을 주었다. 그의 가지런한 한쪽 눈썹이 꿈틀하는 것이 나의 눈에 들어왔다. 뭔가 커다란 일이 터지기 일보 직전의 상황… 아아! 이를 어쩐단 말인가.

나는 우선 나의 누명부터 풀어야겠다고 생각했다.

"젠장! 나는 당신을 모른다구요! 나는 편지를 보낸 적도 없고, 당신의 부인이 될 생각도 추호도 없으니 당장 그 헛소리 좀 집어치워요!!"

나의 험한 말에 그 기사는 눈이 더욱 커져서 놀란 얼굴로 나를 바라보았다. 그는 아무래도 나에 대해 환상을 품고 있었던 것 같았다. 저

기사 역시 그 나름대로 불쌍한 위치에 있는 셈이었다.
"…그리고 폐하! 아마도 이곳에는 마리의 수작으로 오게 되었겠지요? 정말 실망했어요! 게다가 마리와 놀아났던……."
나는 거기까지 말하고는 입을 다물고 말았다. 나 역시 미카엔이 마리와 놀아나든 말든 내가 따질 위치에 있는 것이 아니었기 때문이다. 나는 분노와 흥분으로 인하여 붉게 물든 얼굴로 입술을 살며시 깨물고는 이 자리를 뜨기 위해 발걸음을 옮기려 했다. 그러나.
"거기 서, 라비스. 내가 너보고 가도 좋다는 말은 하지 않았는데?"
미카엔의 말에 나는 다시 그에게 몸을 돌리고는 그를 쏘아보았다. 하지만 미카엔은 나를 불러 세워놓고는 고개를 돌려 자신의 발 앞에서 무릎을 꿇고 있는 기사에게 눈길을 주었다.
미카엔은 자신의 장검을 다시 칼집에 넣고는 그에게 입을 열었다. 아까와는 달리 말투가 많이 풀어져 있었다.
"용기가 가상한 젊은이로군. 감히 내 앞에서 자신의 주장을 굽히지 않다니 말이야. 하긴, 라비스 정도면 네가 목숨을 내놓을 만하겠지? 그녀는 가만히 앉아서도 남자들을 홀리는 여자이니… 라비스를 아내로 맞겠다고 했나? 쿡! 네 그 결심에 대해서는 나도 이해하지. 하지만 미안하게도 나는 그것을 허락 못한다. 라비스는… 내 여자이니깐."
'헉! 저렇게 낯뜨거운 발언을 아무렇지도 않게 하다니! 하긴, 미카엔은 여지껏 닭살 발언을 아주 당연하게 써왔었지. 엔카루스와는 다른 의미로 얼굴 두꺼운 녀석이야.'
이제는 부인도 측실도 아닌 나를 자기 여자라고 우기고 있는 미카엔의 발언에 그 기사는 매우 억울한 듯한 얼굴 표정을 해 보였으나, 감히 미카엔의 말을 반박하지 못하고 고개만 떨구었다.
"흐음… 그나저나 라비스가 연애 편지를 얼마나 잘 썼는지 한번 보아도 될까?"

미카엔은 그렇게 말하며 기사에게 편지를 내놓으라는 듯이 손을 내밀었다. 그러자 기사는 잠시 망설이더니, 마치 소중한 것을 감추어둔 것처럼 자신의 품 안에 넣어둔 고이 접은 종이를 미카엔에게 내주었다.

편지를 받아든 미카엔은 그것을 읽었고 잠시 후 그는 이렇다 저렇다 말도 없이 기사와 나를 보내주었다. 나는 그가 오해를 푼 것인지, 아니면 언짢은 기분을 참고 태연한 척을 하고 있는지 좀처럼 알 수가 없었다. 그가 나에게 이렇듯 아무 말도 하지 않는 것이 너무 불안하였다.

다시 침실로 돌아온 나는 지금까지 바보같이 당해온 자신에게 화가 치밀었다. 하루아침에 살인 용의자가 되고, 처음 보는 기사에게서 황당한 프로포즈나 듣고… 얼마나 멍청했으면 그렇게 단 이틀 만에 철저하게 당한단 말인가? 아무리 내가 몸이 안 좋았다고 해도…….

나는 머리를 빗기 위해 화장대 앞으로 다가갔다. 거울을 보니 나의 모습은 며칠 사이에 더욱 야위어 있었다. 하지만 나의 외모는 여전히… 내가 보아도 익숙해지지 않는 아름다움이 보석처럼 빛을 발하고 있었다.

벌써 이 세계에 온 지 반년이 훨씬 넘는 시간이 지나가고 있었다. 얼마 안 있으면 일 년이 된다. 그사이 나의 모습은 약간 성숙해 있었고, 조금 더 야위어 있었다. 그리고… 그저 화려한 외모였던 나의 모습은 절대적인 아름다움으로 나의 몸에 신성 오오라처럼 빛을 발하며 군림하기 시작한 것 같았다.

내가 전혀 가꾸지 않았음에도 불구하고 갈수록 빛을 발하는 아름다움이라니… 참으로 신기한 외모였다.

거울에 비친 나의 모습에 그렇게 멍해져 있는데 방 안에서 리엔시타의 기운이 느껴지기 시작했다. 요즘 들어서는 나의 정령들의 기운이 어설프게나마 느껴지기 시작한 나였다.

"라비스! 알아냈어! 정말이지 나는 너무 유능한 것 같아!"

리엔시타의 흥분한 목소리… 알아낸 결과가 꽤 되는지 그녀는 그렇게 자화자찬을 했다. 나는 그녀에게 고개를 돌리며 나직한 목소리로 소곤거리듯 입을 열었다.

"리엔, 목소리를 낮춰. 이곳엔 엿듣는 보이지 않는 귀가 있을지도 몰라."

그러자 리엔시타는 고개를 끄덕이며 조용하게 입을 열었다.

"라비스, 마리는 네 짐작대로 평범한 시녀가 아니었어. 그녀는 베른 공작의 딸이자 황태자비의 이복 동생… 물론 그녀는 베른 공작의 첩소생이야. 그녀는 매우 어렸을 때 집을 나와서 어디에서 흑마법을 익혔던 것 같아. 최근에는 어떤 흑마녀의 제자가 되어 무서운 흑마법을 익혔다고 하는데… 그 흑마녀가 누구인지는 잘 모르겠어."

그녀의 말에 나는 잠시 생각에 잠겼다. 마리가 흑마법을 익혔다라… 나는 몸을 일으켜 수납장에서 종이와 펜, 그리고 글씨를 쓸 잉크를 꺼내들었다. 그리고 펜촉에 잉크를 살짝 묻혀 종이에 글씨를 썼다.

「리엔, 지금부터의 모든 말을 글씨로 쓰는 것이 좋겠어.」

그러자 그녀는 고개를 갸웃하다가 뭔가를 깨달은 듯한 얼굴로 나를 바라보았다. 그녀의 그런 모습에 나는 살짝 웃어 보이고는 다시 글을 썼다.

「리엔, 네 말대로라면 마리는 세리아와 이복 자매이잖아? 그렇다면 세리아를 죽인 것이 그녀가 아니란 말이야?」

그러자 리엔시타는 고개를 가로저으며 답변 글을 썼다.

「마리는 보통 여자가 아닌 것 같아. 사실 그녀에게 다가가는 것은 마족 여자 키리아에게 다가가는 것만큼이나 어려워서 그녀가 이번 일을 주도했는지 그것까지는 알 수가 없었어.」

　마리가 흑마법사라면… 능력이 대단한 여자일지도 몰랐다. 나는 그녀가 곁에 있어도 어두운 기운을 전혀 알아채지 못했었기 때문이다. 그렇다면 그녀는 나 혼자 상대하기 벅찬 존재일 듯하다. 물론 그녀는 키리아만큼 무서운 존재는 아니겠지만, 어떤 면에서는 키리아보다 상대하기 까다로운 존재였다.
　키리아는 마족이라는 점 때문에 미카엔이나 내가 그녀의 강한 어두운 기운을 느끼게 되기 마련인데, 마리는 인간 마법사인지라 그녀가 자신의 기운을 감추는 능력이 뛰어나다면 그녀를 상대하기가 매우 불편하였다.
　만약 그녀가 이번 일을 모두 주도했다면 그녀가 대체 원하는 일이 무엇일지 짐작을 해보았다. 그녀는 아마도 왕비 자리를 노리고 있을지도 모르겠다고 생각했다. 베른 공작의 뒷배경으로써… 그녀는 첩의 딸이라고 하나 베른 공작이 그녀를 정식 딸로서 인정하기만 하면 그녀는 왕비가 될 자격이 충분히 주어졌다.
　그렇다면 베른 공작은 자신의 두 번째 딸인 세리아를 대신하여 자신의 권력 도구가 되어줄 마리를 왕비로 내세우려는 속셈이 있는 듯했다.
　정말 무서운 작자였다. 세리아가 왕비가 되는 것이 실패하자 이제는 자신에게 걸림돌이 되는 세리아를 죽게 하고 마리를 내세우다니! 나는 베른 공작과 마리의 간악함에 치를 떨었다.
　'이제야 알겠어. 정말 너무하는군.'
　나는 속으로 중얼거리며 주먹을 꽉 쥐어 보았다. 권력 다툼에 희생양이 된 세리아가 새삼스레 가여워졌다.
　'모든 원흉은 나야. 내가 왕비 자리를 거절하지만 않았어도 이러한 비극은 일어나지 않았을지도 몰라.'

나는 입술을 깨물며 리엔시타에게 다시 글을 적었다.

「리엔, 정령들을 불러줘. 은밀하게. 나는 이 일을 바로잡을 거야.」

자정이 가까오는 야심한 시각… 나는 정령들과 침대 위에 모여 앉아서 쑥덕대고 있었다. 아니, 글씨로 쓰는 대화였으니 쑥덕대었다는 표현은 맞지 않을 것 같다. 아무튼, 나는 정령들과 함께 베른 공작가를 어떻게 벌주어야 할지 작당 모의를 하였다.

이렇게 글씨로써 필요한 말만 서로 하게 되니 우리 모두는 진지하게 논의를 나눌 수가 있었다. 그렇지 않다면 샤르와 리엔시타는 말싸움으로 논의는 커녕 분위기만 난장판으로 만들었을 것이다.

그들이 글씨로써 끝없는 말싸움을 한다면 부지런히 팔을 놀려야 할 테니. 게다가 종이는 부족하고… 이곳의 종이는 꽤 귀한 편이기 때문이었다. 이것은 상류 계층에서나 볼 수 있는 것으로 서민들 중에서는 종이가 무엇인지도 모르는 이들도 있었다.

어쨌든……

「…그럼 우리도 당한 것만큼 똑같이 되돌려주자.」

「똑같이 되돌려주자니? 어떻게?」

「아마도 마리가 황태자비 유령 행세를 했을 거 아냐? 그렇다면 우리도 황태자비 유령 행세를 해서 저들을 놀라게 해주자구.」

리엔시타의 의견에 우리는 잠시 침묵을 지켜야 했다. 과연 저 발언이 현명한 방법이 될지, 아니면 멍청하고 유치한 방법 중 하나가 될지 나는 한참을 생각해야 했다.

샤르가 리엔시타를 바라보며 혀를 쯔쯧 찼다. 그는 아마도 리엔시타가 또 황당한 생각을 한 것이라 판단된 모양이었다. 하지만 아젠샤르는 달랐다. 그는 평소 진지한 얼굴이 더욱 진지해져서 종이 위에 자신의 의견을 쓰기 시작했다.

그의 생김새처럼 물 흐르는 듯한 예쁜 글씨체가 그의 손에서 나왔다. 그와는 반대로 샤르는 흘림체였다. 그는 바람의 정령도 아닌데 글씨가 마치 바람의 형태처럼 마구 날아다니는 형상을 취하고 있었다. 정말 알아보기가 매우 힘들었다.

그리고 리엔시타는 여성스럽고 평이한 글씨체였고 나는… 으음, 말하기 싫다. 여전히 악필이었다. 샤르와 막상막하였다. 물론 루이스가 가져다 놓은 고양이의 모습을 하고 있는 아멘시타는 글씨를 쓰지 못했기 때문에 평소대로 전음으로서 우리에게 의사를 전달하였다.

어쨌든 아젠샤르는 글씨를 썼다.

「리엔이 말한 방법도 잘만 이용한다면 좋은 방법이 되겠군요. 물론, 이 방법을 쓰자면 우리는 완벽하게 해야 하겠지요. 그렇지 않으면 똑같이 유령 놀음을 한 우리는 바보가 될 테니. 베른 공작이 마법사가 아닌 점과 그에게 조금이라도 있을 죄책감과 양심을 이용하도록 하는 것이 좋겠습니다.」

아젠샤르의 글을 본 아멘시타는 그를 동조하고 나섰다.

[그것도 괜찮은 방법인 것 같네. 라비스, 그렇다면 내가 황태자비에 대해서 자세히 조사할게. 그녀의 어린 시절이나 사소한 버릇까지도… 그래야 베른 공작을 속일 수 있겠지. 네가 황태자비가 되는 거야.]

「내가!?」

[그래! 너 연기 잘하는 편이잖아? 황태자비가 죽어서도 자신의 이름이 이용되고, 자신의 여동생이 희생된 것을 슬퍼하여 자신의 아버지에게 나타나 그를 혼란스럽게 만드는 것. 괜찮지 않아?]

아멘시타의 말에 나는 잠시 망설였다. 과연 정령들의 말대로 이 방법이 통할지는 미지수였다. 하지만 재미있을 것 같기도 했다.

'이 어설픈 방법이 통하기 위해서는 모든 것은 완벽해야 하겠지? 사람의 불완전한 심리를 이용하는 방법이라… 잘만 한다면 최대의 효과

를 낼 수 있는 방법이 될 거야!'

결국 나는 아멘시타를 베른 공작가로 보냈다. 그가 베른 공작가에 있을 동식물들의 기억들을 모조리 다 읽는다면 황태자비의 사소한 것과 어린 시절까지 충분히 알아낼 수 있을 것이다. 그리고 나는 리엔시타를 아까 나에게 프로포즈를 했던 황당한 기사에게 보냈다. 그에 대해서도 조사를 하는 것이 좋을 듯했기 때문이었다. 그리고 세리아를 돌보고 있던 그 정체 불명의 시녀도 알아보게 하였다.

나는 정신적 육체적으로 지친 몸을 쉬기 위해 침대에 누웠다. 아젠샤르는 나의 침대 곁을 지키도록 명했다. 혹시 마리가 이곳을 찾아오게 될 가능성 때문이었다.

나는 그렇게 정령들에게 일거리를 내주었지만, 샤르에게는 시킬 일이 없어서 그는 그냥 보냈다. 그는 자신만 왕따시킨다고 무척이나 투덜대었지만, 너무도 피곤했던 나는 그의 불평을 관심있게 들어주지 못했다. 물론 조금 마음에 걸리기는 했지만.

나는 침대의 이불 속에 파고들며 눈을 감았지만, 너무 피곤한 탓인지 오히려 잠이 잘 오지가 않았다. 결국 이리 뒤척 저리 뒤척하자 아젠샤르는 나의 침대 맡에 앉아서는, 아주 나직한 음성으로 자장가 비슷한 노래를 불러주기 시작했다. 의외로 아젠샤르는 자상한 면도 있는 듯했다. 항상 무뚝뚝한 줄만 알았는데…….

구름 속의 달빛
잠 못 드는 너에게로 찾아와
살며시 창가를 두드리네.
너를 찾아온 은빛의 손길이
행복한 꿈길로 인도하려나.

구름 위처럼 아늑한 곳에서
달빛과 함께 꿈을 꾼다면
불면과 악몽은 잊혀질 텐데.

구름 속의 달빛
잠 못 드는 너에게로 찾아와
살며시 창가를 두드리네.
너를 찾아온 은빛의 속삭임은
그가 들려주는 자장가인 것일까.

구름 위처럼 포근한 곳에서
달빛의 노래를 듣는다면
행복한 꿈을 꿀 수 있을 텐데.

동이 트고
너를 깨우게 될 태양이 뜰 때까지
나는 행복하게 잠든 너를 볼 수 있을 텐데.

그의 노래는 언제나 잔잔한 느낌이었다. 왠지 심신이 편안해지는 것을 느끼며 그의 노래에 나는 거짓말처럼 잠이 스르르 들기 시작했다. 가끔 스치듯 나의 머리카락을 쓰다듬는 그의 부드러운 손길이 느껴졌다.

'흐음… 내가 아젠에게 아기 취급당하는군. 뭐, 그래도 기분은 나쁘지 않으니깐. 가끔 이렇게 아젠을 애용해야지.'

그러고 보니 아젠샤르의 역할이 하나 더 추가된 셈이었다. 여름에는 시원한 에어컨, 불면의 밤에는 자장가로서… 후훗~

그 다음날 이른 아침.

여느 때와 마찬가지로 나는 루이스에 의해서 거칠게 깨워졌다. 그녀는 내가 늦잠 자는 꼴을 보지 못하는 모양이었다. 오늘 아침은 특히나 일어나기 힘들었던 나는 루이스가 나를 깨우는 평소의 방법으로도 침대에서 버티며 일어나지 않았는데, 그것이 그만 화를 불러일으켰다.

"루이스~ 5분만 잘게. 부탁이야~"

이것은 내가 아침나절에 그녀에게 읊는 지겨운 멘트였다.

"어림없어요, 라비스님. 벌써 제가 20분째 깨우고 있다는 거 몰라요? 모름지기 교양있고 품위있는 레이디는 일찍 일어나서 아침 운동으로 승마도 하고 자신을 꾸미기도 해야 하는데, 대체 라비스님은 언제 철이 드실 건가요?"

"에엑~ 철 같은 건 안 들어도 돼~"

그러자 루이스의 핏대 오르는 소리가 들리는 것 같았다. 내심 쫄아든 나였지만 지금은 달콤한 5분의 수면이 더 중요했다. 그래서 다시 잠을 청하며 이불 속으로 파고드는데…….

내가 둘둘 말고 있는 이불이 어디론가 끌려가기 시작했다.

"……?"

나는 이불과 함께 점점 침대를 이탈하기 시작하더니, 이내…

"우왓~!"

쿠당~!!

침대 아래로 굴러 떨어졌다. 나는 볼썽사나운 꼴이 되어 부드러운 이불과 함께 뒤엉켜서 나를 내려다보고 있는 루이스를 찌릿 노려보았다.

"루이스! 내 유모 맞아? 히잉~ 이건 너무하잖아?"

"호호~ 이젠 잠이 깨신 것 같군요. 어서 일어나서 씻고 몸을 단정하게 있어야지요. 마리에게 시켜서 아침 식사를 가져오게 할게요."

"안 돼에~ 이건 명령이야! 마리는 앞으로 내 침실 근처에도 얼씬거리지 못하게 해!"

나는 그녀에게 눈을 부라리며 쩌렁쩌렁하게 외쳤다.

아무튼 오늘 역시 몸이 안 좋다는 이유로 비서실로 출근하지 않는 나… 오늘 하루도 많은 일이 있을 것 같은 예감이 들었다. 아침 식사를 간단히 마친 나는 루이스에게 나의 침실로 아무도 들이지 못하도록 말을 해놓은 뒤 리엔시타의 보고를 받았다.

그녀는 자신이 알아낸 정보를 얼른 말하고 싶어 못 견디겠다는 듯이 서둘러 종이에 글을 써 내려가기 시작했다.

「라비스, 아직까지 그 기사에 대해 특별히 알아낸 것은 없지만 세리아를 돌보던 그 시녀는 말이야, 뭔가 이상한 주술에 걸려 있는 것 같아.」

「주술? 무슨 주술? 나는 그녀를 잠깐 봤을 때 특별히 이상한 점을 못 느꼈는데……」

「그래. 나도 처음에는 별다른 이상한 점을 못 느꼈는데, 계속 관찰하다 보니 이상한 점이 느껴지더라구!」

「그게 뭔데?」

내가 표정을 심각하게 바꾸고는 그녀가 답변 글을 기다리자, 리엔시타는 신이 나는지 빠르게 글을 써 내려갔다.

「그녀는 이상하리만큼 표정이 없고 기계적이야. 그래서 좀 더 면밀히 그녀를 살펴보았지. 그러다 기계적으로 행동하는 그녀가 문득문득 보이지 않는 무언가의 명령이나 메시지라도 듣는 듯 고개를 가만히 끄덕이는 행동을 하는 거야. 게다가 그녀의 눈 초점은 풀려 있고… 아무튼 이상해. 물론 그녀는 마리와 전혀 접촉을 갖지 않았지만, 혹시 모르지. 보이지 않는 접촉을 계속적으로 가져왔는자……」

하긴, 리엔시타의 글을 보고 나니 나도 그 시녀를 잠깐 보았을 때 그녀가 감정이 결핍되어 있어 보였고, 약간 기계적이라고 느꼈던 것이 생각났다. 그때는 그저 무딘 감정을 가진 사람이러니 생각했지만, 리엔시타의 말을 들어보니 이상한 점이 느껴지기도 했다.

게다가 그녀는 처음엔 세리아가 몸이 안 좋다는 이유로 내가 그녀를 만나는 것을 허락하지 않았다가, 내 이름을 듣고는 금세 태도를 바꾸어 세리아에게 내가 온 것을 알렸다.

나는 이러한 가정을 해볼 수가 있었다. 그녀는 마리의 명령으로 내가 세리아를 찾아오기를 기다리고 있었을지도 모른다는 사실을. 물론 그 시간에 마리는 다른 곳에 있었지만 마리는 그 시녀를 조종하여 내가 세리아를 찾아갔을 때 그녀를 독살하도록 명하였을 것이다.

그래서 그 시녀는 세리아에게 내가 온 것을 알리는 척을 하며 나에게 잠시만 기다리라고 해놓고는 제정신이 아닌 세리아에게 독을 투입시키고 나서 나를 방 안으로 들여보냈을지도 몰랐다. 그리고 그 시녀는 유유히 빠져나가 나에게 누명을 씌운 것이다.

이로써 마리는 자신은 전혀 손도 안 대고도 세리아를 제거함과 동시에 나에게 누명을 씌워 자신의 걸림돌을 해치우게 되는 셈이었다.

하지만 이 나라의 국왕인 미카엔은 나를 신뢰하고 있었으므로 마리는 내가 단 한 번의 누명으로써 제거되지 않을 것이라 판단하고는, 나를 흠모하는 기사 중 하나를 끌어들여 내가 그 기사를 사랑하여 왕비 자리를 거절했다는 시나리오를 짜서 미카엔의 의심을 이중으로 받게 했을 것이다.

여기까지 추리한 나는 그렇게 혼자서 많은 일을 벌인 마리에 대해 감탄함과 동시에 그녀의 간악한 결단성에 혀를 내둘렀다. 반면 자신의 뛰어난 흑마법으로 사람을 조종하고 자신의 이복 자매를 아무렇지도 않게 죽이는 간악함을 철저하게 숨기며, 평범하고도 얌전한 시녀 행세를 하는 그녀가 가증스럽고 증오스러웠기도 했다. 물론 어디까지나 이것은 나의 추리였지만 거의 명백한 사실일 가능성이 매우 컸다.

나는 빠르게 머리를 굴리며 그녀의 행적들을 모두 퍼즐 맞추듯 짜 맞추어 결론을 내리자, 모든 숨겨진 상황이 대충 내 눈 안에 훤히 들여다보이는 것 같았다.

'대단하군, 마리. 하지만 이젠 여기까지야. 네 간악한 행동이 나에게 꼬리가 밝힌 이상, 내가 너를 가만두지 않을 거야. 이제부터 내가 죽은 황태자비가 되어 여동생의 복수를 해주지.'

내가 그렇게 속으로 다짐하고 있는데 리엔시타는 또다시 글을 썼다.

「그리고 어제 너를 심문했던 수사관이라던 남자 말이야. 조금 전에 오면서 봤는데, 왕성 안으로 들어오고 있었어. 아마도 왕성 방문 이유가 그 시녀를 신문하기 위해서라고 했던 것 같아.」

"뭐엇?"

나도 모르게 말소리를 입 밖에 내며 그녀에게 외쳤다. 그러자 리엔시타는 움찔 놀라며 다시 글을 썼다.

「왜 그래?」

그녀의 질문에 나는 글을 빠르게 써 내려갔다.

「그 수사관이 시녀를 심문하려 들면, 마리는 그 시녀를 가만두지 않을 거야. 뭔가 들통날 것을 염려해서 그녀를 해할지 모른단 말이야. 당장 그녀를 막아야 하는데 어쩌지?」

나는 초조해진 얼굴로 다시 머리를 굴리기 시작했다. 수사관이 그 시녀를 심문한다는 것을 마리가 알아채지 못하게 하거나, 아니면 그녀를 해하지 못하도록 발을 묶어놓아야 하는데… 여러 방법을 모색할 거를이 없던 나는 결국 루이스를 불러 마리를 이곳으로 불러들이게 했다.

그녀가 만약 수사관이 이곳으로 온 것을 아직까지 알아채지 못했다면 이곳으로 올 것이다. 그렇지 않으면 나는 정령들을 그녀에게 보내서라도 더 이상 궁성 안에서 죄를 저지르지 못하도록 막을 참이었다.

나는 리엔시타를 우선 내보내고 난 후 마리를 초조한 마음으로 기다렸다. 잠시 후 방문에서 노크 소리가 들려왔다.

똑, 똑.

"들어와요!"

노크 소리에 반가운 마음까지 든 나는 누군지 물어볼 필요도 없이 안으로 들어와도 된다는 답변을 외쳤다. 그러자 방문이 천천히 열리며 마리가 안으로 들어왔다. 그녀는 평소의 사뿐하고 가벼운 걸음으로서 우아하게 발걸음을 내딛었다.

갸름한 얼굴에 긴 백금발, 여성스러운 이목구비는 청초한 느낌마저 들었다. 역시 사람은 겉모습만 보고 판단해서는 안 되는 모양이었다. 아름다운 저 소녀가 간악한 짓을 저질렀으리라 누가 생각하겠는가? 그녀의 여려 보이는 외모가 더욱 가증스럽게 보인다. 하지만 나는 태연한 얼굴로 그녀를 향해 미소까지 지어 보이며 입을 열었다.

"마리? 어서 들어와. 내가 너를 부른 이유는 짐작하고 있겠지?"

나는 그녀가 나에게 신경을 쏟게 하기 위해서 뭔가 자극이 될 만한 내용의 말이 필요하다고 생각되었기에, 나는 어제 기사의 황당한 프로포즈 사건을 걸고넘어지기로 했다. 그래야 마리가 자신이 조종하고 있는 그 시녀에게 신경을 쓰지 못할 테니 말이다.

마리가 그녀를 조종하고 있는 이상, 마리가 그녀에게 몰두를 한다면 그 시녀의 신변에 있는 모든 일들은 마리에게로 알려지게 될 것이다. '페밀리어'라는 마법만큼은 아니지만, 어느 정도의 정신 교감은 가능하다고 나는 들은 적이 있었다. 흑마법은 나의 전공이 아니라서 자세히는 모르지만 말이다.

"글쎄요. 짐작이라니… 그게 무슨 말씀이시죠?"

그녀는 살짝 미소 지은 얼굴로 그녀 특유의 조용한 어투로 나에게 물었다. 그녀의 검은 속을 모르고 있었다면 여전히 호감을 갖게 될 만한 미소였다.

"어제 그 기사에게 나를 사칭한 가짜 편지를 건내준 것이 너지? 그리고 폐하를 그 장소로 유도하고……."

"라비스님, 전 라비스님이 무슨 말씀을 하시는지 도통 모르겠군요. 지금 저에게 라비스님의 잘못을 덮어씌우려는 것인가요? 라비스님께서 그 기사와 정을 통하고서는 그 일이 폐하께 발각되자 저에게 덮어씌우려 하시다니, 정말 너무하시는군요."

"흥! 내가 너의 속셈을 모를 줄 알아? 난 그제 네가 폐하를 유혹하려는 것을 다 보았어. 넌 폐하에게서 나를 떼내기 위해 그런 짓을 벌인 거야. 간사한 계집 같으니."

방금 내가 말한 말투는 왠지 세리아랑 많이 닮은 것 같아서 우습기도 했지만, 나는 이왕 하는 김에 질투에 눈이 먼 대범하지 못한 소녀의 모습으로 연기하기로 마음먹었다.

"라비스님, 귀족가의 숙녀 분이 맞으시나요? 지금 행동은 그다지 교양있는 레이디의 모습이 아니신 것 같네요."

'헉! 저건 내가 예전 세리아에게 했던 말투…….'

"너 폐하를 유혹해서 어쩌려는 속셈이지? 너 같은 거에게 폐하께서 눈이나 깜짝할 것 같아? 꿈 깨라구. 폐하는 아직도 나를 잊지 못하고 계시니깐."

내가 말하는 것이지만, 스스로도 닭살이 돋았다. 내가 이러한 발언을 하게 될 줄은… 지금 나의 모습은 전형적인 소녀의 모습이었다. 그것도 질투에 눈이 먼…….

"호호, 라비스님. 이제 보니 아주 재미있는 분이셨네요? 폐하 앞에서는 그렇게 새침하게 구시더니 제 앞에서는 이렇듯 속을 다 드러내시다니… 너무 이중적이라 생각되지 않으세요?"

"이중적? 그건 내가 하고 싶은 말이야! 천박한 계집 같으니, 시녀 주제에 폐하께 꼬리를 치다니!"

그동안 나는 세리아에게서 너무도 많은 것을 배운 듯싶었다. 새삼스레 그녀가 보고 싶어지는 마음도 들기 시작하는 나였다. 꼬리를 친다라… 그 문구는 세리아의 전용 문구였는데. 나는 속으로 세리아의 명복을 빌며 더욱 마리의 속을 긁는 말을 서슴없이 외쳤다.

아무리 연기라지만 한없이 망가지는 나였다.

그렇게 얼마의 시간이 흐른 후.

적당한 시간… 사실은 필요 이상의 시간 동안 마리를 나의 침실에 잡아두었더니 나는 탈진하는 것 같았다. 마리는 처음에는 조용한 모습만 보여주다가 나중에는 내가 박박 긁어대자 그녀도 흥분을 하기 시작했는데, 그때 루이스가 눈치없게 달려와서 나를 말리는 태도를 보여 정말 진땀을 뺐었다.

그렇게 긴 시간을 마리와 실랑이를 벌이다가 적당히 마무리 지어 내보내고 난 뒤, 나는 침대에 누워 정령들이 오기를 기다렸다. 잠시 후 리엔시타가 나에게 와서 종이에 글씨를 써 보였다.

「라비스! 대단해~ 시간을 아주 잘 맞추었어! 그 수사관은 지금 왕성을 나가는 중이야. 그는 아마도 알아낼 것은 다 알아내었을 거야.」

그녀의 글을 본 나는 피식 웃으며 고개를 끄덕였다. 그러다 나는 미카엔에게 생각이 미쳤다. 그는 정말로 나를 의심하고 있는 것인지 정말 걱정이 되었다. 그는 무슨 생각을 하는지 나에게 이번 일에 대해 전혀 언급을 하지 않았다. 알고 있으면서 그저 지켜보기만 하는 것인지…….

저녁 즈음 나는 돌아온 아멘시타에게 모든 정보를 듣고는 은밀하게 왕성 안을 빠져나가 베른 공작가 근처 적당한 곳에서 마침내 유령 분장을 하기 시작했다.

우선 일루전으로 황태자비의 모습으로 바꾼 다음 평소 그녀가 좋아하던 옅은 노란색 빛깔의 화려한 드레스를 골라 입은 상태에서, 챙겨온 화장 도구로써 얼굴을 창백하게 하여 더욱 실감 나게 유령 느낌이 들도록 꾸몄다. 그리고 황태자비가 평소 즐겨 하던 스타일로 액세서리를 하고는 그녀의 특유의 표정을 미리 연습해 보았다.

정령들은 유령으로 분장한 나의 모습을 보며 굉장히 재미있어하는 모습을 보였다. 그들은 마치 재미있는 장난을 꾸미고 있는 악동들과 같은 눈으로 반짝반짝 빛을 내었다. 물론 아젠샤르는 샤르에게 애늙은이라는 별명을 얻은 그답게 시큰둥한 표정이었지만.

'흐음… 나도 섬뜩하도록 붉은 피를 발라야 하는 것은 아닐까?'

하지만 그러한 유치한 분장은 그만두는 것이 좋겠다고 생각했다. 나는 베른 공작가로 들어서며 아젠샤르에게 도움을 받았다. 그의 바람의 힘으로서 나의 몸을 약간 허공에 뜨게 하여 진짜 유령처럼 보이게끔 만들었다.

'후후훗… 재미있군.'

베른 공작이 나를 보며 짓게 될 표정을 상상하자 절로 웃음이 났다.

나는 이왕이면 유령답게 방문보다는 창문을 이용하기로 마음먹었다. 리엔시타는 공작이 지금 서재에 있음을 알려주었다. 베른 공작의 서재는 건물의 3층에 위치해 있었는데 그곳의 창문 밖에는 베란다 같은 것이 없었다.

"와~ 잘됐는데! 아젠, 나를 저 창문 밖으로 띄워줘."

나의 말에 아젠샤르는 나의 발 밑에 보이지 않는 바람 속성의 장막을 받치게 하여 나를 허공으로 띄웠다. 그리고 정확히 서재의 창문 앞에 멈추게 하였는데, 그는 무슨 생각에서인지 바람들을 창문으로 조금씩 날려 마치 노크 소리의 효과가 나게끔 톡톡 건드렸다.

이러니깐 왠지 스산한 느낌이 났다. 웅웅거리는 바람 소리와 함께 어지럽게 창문을 두들기는 소리를 내니 말이다.

내가 명하지 않아도 척척 알아서 부수적인 효과까지 신경을 쓰는 아젠샤르였다.

잠시 후 닫혀 있던 창문이 열렸다. 그리고 열린 창문 사이로 베른 공작의 얼굴이 드러났다. 그는 창문에서 소리가 들려오는 것을 기이하게 여기며 창문을 열어보았을 것이다.

휘이잉~!

본연의 모습인 한줄기 바람으로 화한 아젠샤르가 무척 서늘하고 스산한 느낌의 바람 소리를 마치 특수 효과처럼 내었고, 그것을 들은 나는 웃음이 나려는 것을 간신히 참으며 황태자비의 흉내를 내었다.

"아버지……."

나의 목소리는 바람과 함께 공명하며 마치 물리적인 것이 아닌 영혼의 목소리와 같은 느낌으로 사방으로 울려 퍼지지 않고 이 주위를 맴돌았다. 정말 능력 좋은 아젠샤르였다. 그가 무슨 또다른 효과 장치를 해놓은 것이 틀림없었다.

그리고 바로 서재의 창문 근처에 서 있던 키가 큰 나무 한 그루… 이 나무에는 아멘시타가 들어갔는지, 마치 나무가 울기라도 하는 듯 스산한 느낌으로 가지들이 마구 부딪히며 바스락거렸다. 정말 이것들이 너무 오버하고 있는 것은 아닌지…….

나는 베른 공작에게 약간 슬픈 듯한 음성으로 아버지라 부르며 그를 바라보았다. 목소리는 가느다랗게 떨며 눈은 촉촉해진 모습으로, 정작 오버하고 있는 것은 바로 나였다. 아무튼 이러한 나의 모습에 베른 공작은 굳어진 얼굴로 한동안 멈칫한 모습으로 서 있었다. 그리고는 한참 후 그는 평소 그의 냉철하고 점잖았던 귀족의 이미지를 산산조각 내는 다소 망가진 모습을 나에게 보였다.

"너, 너는? 아아악~!! 세시아! 어, 어떻게?"

그는 뒷걸음을 치며 뒤로 물러나더니 침착하지 못하고 허둥대느라 발이 꼬였는지 뒤로 벌러덩 넘어졌다. 저런! 정말 아프겠군.

사실 나는 황태자비의 이름이 세시아였다는 것을 오늘에서야 처음 알았다. 물론 아멘시타가 알려주어서 말이다. 그동안 나는 황태자비라는 존재에게 꽤 무심했었던 모양이다. 아무튼 더욱 웃음이 나려는 것을 애써 참으며—사실 그가 넘어지는 모습은 약간 코믹스러웠기 때문에 웃음 참느라 무척 애써야 했다—더욱 서글픈 얼굴로 그에게 입을 열었다.

"흐흑… 아버지! 어째서 세리아를 죽게 만들었나요? 제 하나뿐인 동생… 비록 철은 없지만 나의 하나뿐이었던 동생… 왜 죽게 만들었나요? 그토록 권력이 아버지에겐 중요했나요?"

"세시아, 네가 어떻게? 넌 죽었는데……? 그럴 리가 없어! 내가 피곤하다 보니 헛것을……."

"아버지! 어째서 저를 부정하시는 거죠? 전 아버지의 딸인데… 너무 원망스러워요. 흐흑……."

나는 눈물을 억지로 쥐어짜기 위해 속으로 온갖 슬픈 것(?)을 다 떠올려야 했다. 어렸을 적, 사촌에게 억울하게 맞았던 일… 키우던 강아지가 집 나갔던 일 등등… 하지만 나는 눈물은 커녕 자꾸만 웃음이 나오려 해서 죽을 지경이었다.

"세시아! 나는 아무 잘못이 없다! 나는 다 세리아를 위해 그랬던 것뿐이야. 그 애가 왕비가 되어야 그 애도 좋고 우리 가문에게도 좋지 않겠느냐? 세리아를 죽인 것은 다 그 계집 때문이야! 마리, 그년이 모든 것을 꾸몄어! 설마 아비인 내가 그 애를 해하였겠느냐?"

그의 말에 눈물을 질질 짜는 연기를 하던 나는 얼굴 표정을 차갑게 굳혔다.

"마리, 그 애 역시 아버지의 친딸이에요. 그런데도 그런 식으로 말하다니 정말 비열하시군요. 자신의 과오를 딸에게 모두 떠넘기다니… 마리 역시 죄를 저질렀지만 모든 것은 아버지가 근원이에요!"

그와 대화하면서 내가 그동안 추측했던 것이 모두 맞아떨어지고 있음을 나는 확신할 수 있었다. 그리고 베른 공작은 내가 생각했던 것보다 형편없고 당당(?)하지 못한 인물이라는 것을 알 수 있었다.

"물론 마리는 내 핏줄 중 하나이지만 그 애는 천한 몸에서 태어난 아이야. 내 딸들은 오직 너희 둘뿐이다. 마리가 세리아를 죽이고 나를 속이고 이용해서 자신이 왕비가 되려 한 것이다."

"그 말이 사실인가요? 그럼 전 세리아를 위해서 마리에게 복수를 하겠어요……."

"그건 안 돼! 세시아, 복수는 안 될 말이다."

하긴 그로선 절대 안 될 일이었다. 내가 마리에게 해를 가하면 베른 공작은 왕비로 내세울 또 다른 딸을 찾아야 할 것이니.

"그럼 아버지, 저를 위해서… 저와 불쌍하게 죽은 세리아를 위해서 한 가지 부탁을 들어주세요. 제 부탁을 들어주신다면 전 마리와 아버지 앞에 다시는 나타나지 않겠어요. 아버지와 마리가 그동안 행했던 모든 일들, 세리아가 불쌍하게 죽게 된 일을 사죄하는 글을… 세리아가 땅에 묻히게 될 때 같이 묻어주세요. 그러면 세리아도 아버지를 조금이나마 용서할 수 있을 거예요. 만약 아버지가 이러한 제 부탁마저 들어주시지 않는다면, 저는 매일 왕성에서 떠돌며 세리아를 위해 피눈물을 흘리겠어요."

나는 그렇게 말하고는 예전 마법사들의 탑 소속 마스터 마법사가 나에게 건네주었던 단거리 공간 이동 아티펙트 팔찌를 사용해서 그의 눈앞에서 스르륵 사라졌다. 그리고 근처의 덤불 속으로 이동하여 몸을 가리고는 얼굴을 살짝 내밀어 내가 사라지고 난 허공을 멍하니 응시하는 공작의 모습을 잠시 지켜보았다.

다시 궁성 안으로 무사히 돌아온 나는 황태자비의 모습으로서 그를 협박한 일이 부디 성공적인 결과가 나기를 기원하며 잠에 들었다. 그리고 그 다음날.

나를 찾아온 이번 일의 수사관 그랜트에게 세리아의 관이 묘지로 들어가게 될 때 불시에 들이닥쳐서 그 관을 수사하면 큰 증거물을 발견할 수 있을 거라는 말을 귀띔해 주었다. 그리고 공작가 집안의 장사인 만큼 수사의 어려움이 있을 것이니 그랜트에게 수사의 자유를 허락하는 국왕의 친필이 담긴 영장을 발부해 주기 위해 미카엔의 집무실을 찾아갔다.

미카엔의 집무실에 찾아간 나는 그에게 당당하게 요구했다. 영장을 써주기를. 그러자.

"라비스, 이걸 왜 네가 직접 요구하는 거지?"

"글쎄요. 제 누명을 벗기 위한 발버둥이라고 해야 할까요?"

"너의 누명? 그렇다면 너는 지금 누명을 쓰고 있다는 것인가?"

그의 질문에 나는 발끈하며 입을 열었다.

"폐하는 저를 믿지 못하시는 건가요? 제가 세리아를 죽이고 그 생전 처음 보는 기사와 놀아났다고 믿는 것인가요? 뭔가 앞뒤가 맞지 않지 않나요? 내가 세리아를 죽였다면 나는 왕비 자리를 넘본 것인데, 왜 그 기사와 놀아나기 위해 왕비 자리를 거절했다는 말이 나오죠? 마리가 그러던가요? 사실은 내가 뭔가 꿍꿍이가 있어 잠시 왕비 자리를 거절했던 것이라고?"

내가 그렇게 흥분을 하며 미카엔에게 외치자 그는 그다지 동요하지 않는 얼굴로 나의 말에 간단히 대답했다.

"아니."

그의 대답을 듣자 나는 왠지 허탈해지는 것을 느꼈다. 나 혼자 열내고 흥분하며 기껏 열변을 토했더니, 그는 무척이나 썰렁하게도 단순하게 '아니' 라는 대답만 한 것이다. 하지만 미카엔은 곧 다시 입을 열었다.

"내가 친필로 영장만 써주면 넌 모든 누명을 벗을 수 있는 건가?"

"네."

나는 시들해진 모습으로 그에게 간단히 대답했다. 그러자 미카엔은 빙긋 웃어 보이더니 나에게 말했다.

"그것 참 다행이군. 너의 노력으로 스스로의 누명을 벗을 수 있게 되었으니… 뿌듯하겠지?"

"그럼요. 당연히 뿌듯하지요."

나는 그에게 자랑스레 답했다. 정말 뿌듯한 일이었다. 나의 힘으로 이 모든 일들을 해결하고 누명까지 벗을 수 있게 되었는데, 당연히 뿌듯했다. 지금까지와는 다르게 미카엔의 도움이 전혀 없이도 말이다.

미카엔은 이런 나를 보며 더욱 짙은 미소를 지어 보였다. 왠지 미심쩍은 미소였다. 그러고 보니 '너의 노력으로 스스로 누명을 벗을 수 있게 되어 뿌듯하겠지?'라는 그의 말이 왠지 마음에 걸리기 시작했다. 그래서 나는 미심쩍은 눈빛으로 그를 바라보았는데, 이러한 나의 눈빛에 그는 얼굴에 웃음기를 거두어 들이고는 나에게 서둘러 영장을 써주었다.

'흐음… 왠지 찝찝하군.'

Change Of Destiny 제4장
4월의 신부

# 4월의 신부

　이제 완연한 봄이었다. 나는 궁성 근처로 정령들과 함께 나들이를 나왔다. 이곳은 후원이나 화원이라고 말하기에는 조금은 어색한… 그러한 곳이었다. 꽤 넓은 공간에 펼쳐진 이름 모를 풀들과 들꽃들… 그냥 편하게 말하자면 들판이라고 표현해야 맞을 듯싶었다.
　나는 부드러운 풀들의 위에 아무렇게나 벌렁 눕고는―거의 대(大)자로!―청명한 하늘을 바라보았다. 새하얀 구름들이 물 위에 뜬 종이로 된 조각배처럼 동동 떠가고 있었다. 참으로 예쁜 하늘이다. 들꽃과 풀들에게서 풍겨져 나오는 봄의 내음을 맡으며, 나는 오랜만의 여유로움을 만끽했다.
　유령 소동이 있었던 지도 벌써 보름 가까이의 시간이 흘러갔다. 그랜트 수사관은 결국 마리와 공작의 죄를 증명하는 증거물인 공작의 글을 찾아내었고, 모든 것이 밝혀져 있는 그것을 토대로 마리와 공작을 체포하였다. 그들은 수도에 있는 레스틴 감옥에 갇혀 각자 무기한에 가까운 세월을 감옥 안에서 썩게 되었다.
 루이스의 말을 듣자면 반역 죄인을 제외한 웬만한 죄수들은 이곳 레스틴 감옥으로 가게 된다고 하였다. 반역 죄인들은 왕성의 감옥으로 갇혀 직접 왕의 심판을 받는 것이다.
 그나저나 문제는 베른 공작은 그 레스틴 감옥에 잘 갇혀 있는데, 마리는 그 삼엄하다는 레스틴 감옥을 탈옥했다는 것이었다. 도대체 어떻게 된 일인지 저번에 엔카루스도 엄격한 왕성 감옥을 손쉽게 탈출하더니 마리 역시 탈옥한 것이다. 이곳 로히얀스가 그리도 허술한 곳이었단 말인가?
 결국 그랜트가 소속되어 있는 수사관청에서는 마리를 잡아들이기 위한 수배령을 내렸지만 마리는 어디론가 증발해 버렸는지 전혀 단서를 찾을 수가 없었다. 왠지 한심한 상황이었다.
 어쨌든 이로써 한때 잘 나가던 베른 공작가는 하루아침에 풍비박산 난 셈이었다. 공작은 영구히 작위를 박탈당하였고 두 딸은 이 세상 사람이 아니게 되었으며, 첩 소생인 또 다른 딸 하나는 자신과 같은 신세인 죄인이 된 것이다. 공작의 욕심이 화를 부른 셈이었다.
 왠지 씁쓸해진 나는 만발한 들꽃으로 화관을 만들고 있는 리엔시타를 바라보았다. 그녀는 어느새 화관을 다 완성하였는지 생글생글한 얼굴로 나에게 다가왔다.
 "라비스, 이거 한번 써봐. 너에게 너무 잘 어울릴 것 같아."
 그녀의 말에 나는 고개를 가로저었으나 곁에 서 있던 샤르가 리엔시타에게서 화관을 뺏어 들고는 나의 머리에 씌어주었다.
 "꺄하하~ 꽃의 요정 같아!"
 리엔시타는 손뼉까지 치며 무지하게 좋아했다. 쑥스럽게시리…….
 나는 얼마 전부터 비서실에서 정식 비서관으로서 일을 하기 시작했다. 여전히 실수도 가끔 하는 내가 이렇듯 정식 비서관으로서 금세 진급을 한 것은 아마도 보이지 않는 뭔가의 입김이 작용하였으리라 생각되었다.

그리고… 미카엔은 여전히 조용했다. 그렇게 왕실 안에서 심상치 않은 사건이 있었음에도 불구하고 그는 끝까지 그 일에 대해 아무런 언급도 하지 않았다. 정말 알 수 없는 녀석이다. 미카엔이라면 이번 사건에 대해서 어느 정도 눈치를 채었을 텐데 말이다. 이러면 이번에도 내가 그의 발 아래에 있는 것같이 느껴져서 은근히 기분이 나빠진다.

내가 일을 마치고 침실로 돌아왔을 때 앤시아로부터 한 가지 전갈을 들었다. 오늘 밤에 열리게 될 연회에 의무적으로 참석해야 한다는 내용이었다. 루이스는 벌써 내가 입고 갈 화려한 드레스까지 준비를 해 놓고 있었다.

"에휴~ 꼭 가야 하나? 오늘은 일찍 자고 싶은데… 안 가면 안 될까?"

"글쎄요. 아까 폐하의 측근 시종이 말하기를 의무적이라는 말을 굉장히 강조하던데요? 이번 연회는 모든 귀족과 관리들이 참석한데요."

앤시아는 그렇게 말하고는 방을 나갔다.

'쳇! 미카엔, 정말 너무 독단적이군. 연회까지 의무적으로 오라고 그러다니. 귀찮게.'

나는 연회를 그다지 즐기는 편이 아니었던지라 이러한 미카엔의 명령이 마음에 안 들었다. 그래서 그의 험담을 마음껏 하며 연회에 가기 위해 치장을 해야 한다는 루이스의 잔소리를 과감하게 묵살하였다. 하지만 루이스의 험악한 눈초리와 엄청난 잔소리를 끝까지 당해내지 못하고는 연한 푸른색의 우아한 드레스를 입고 머리 손질을 해야 했다.

"호호호~ 라비스님은 청색 계열의 드레스가 잘 어울리는군요. 이 정도면 동대륙에서 라비스님의 미모를 따라올 여자는 아마도 없을 거에요."

"쳇, 청색이 잘 어울리든 말든."

"이런, 라비스님, 그러한 일로 토라지시다니요? 자자~ 얼굴 피세요. 라비스님은 웃는 것이 더욱 아름다우니."

그녀의 말에 나는 청개구리처럼 더욱 얼굴을 구겼다. 그리고 오늘 완성해 보일 예정이었던 5서클 레벨의 화염 공격 마법인 파이어 링(Fire Ring)의 스펠을 머리 속에 정리하였다.

'오늘은 기필코 성공해야지!'

나는 일단 완성한 스펠을 미리 외워둔 다음—물론, 이 스펠을 외우는 데에 거의 한 시간 가까이 걸렸다—크리스털 궁으로 향하는 마차에 올라탔다. 그리고 크리스털 궁에 도착하고 나서 궁성의 연회장으로 들어가기 전에 루이스와 나를 경호하는 에드의 눈을 피해 아젠샤르를 불러 허공으로 높이 날아올랐다.

조금이라도 빨리 오늘 완성한 파이어 링을 시전해 보고 싶었기 때문이었다. 나는 떨리는 가슴을 진정시키며 심호흡을 한 다음, 멋지게 파이어 링의 시동어를 외쳤다. 그러자.

퍼엉~! 화르르~

"꺄악!"

내가 완성한 스펠이 뭔가 약간의 오차가 있었는지, 파이어 링은 내가 기대한 모습으로 발현되지 않고 어설프게 나타나 시전자인 나에게도 피해를 주었다. 그래서 아젠샤르는 재빨리 나에게 붙으려는 불길을 꺼야 했다.

나는 갑작스런 열기 때문에 얼굴을 가렸던 팔을 천천히 내렸다. 그러자 나를 바라보던 아젠샤르의 눈이 동그랗게 떠지며 그는 뭔가 말하려는 듯 입을 열었다.

"아! 라비스님……."

하지만 마법의 실패로 기분이 잡친 나는 그에게 나를 내려주기를 명령했다. 그리고 아젠샤르가 나에게 뭔가 말할 기회도 주지 않고 크리스털 궁으로 그대로 들어갔다.

'으흠… 오늘따라 이목이 집중되는 느낌이네?'

나는 루이스의 말대로 푸른빛의 드레스가 나에게 잘 어울려서 오늘따라 주목을 많이 받나 보다 생각을 하며 나를 바라보는 이들에게 눈웃음을 살짝살짝 던져 주었다. 그리고 안으로 당당하게 들어가는데.

"호호~ 라비스, 오늘따라 의상과 헤어스타일이 화려하네? 그 온통 검은빛은 요즘 유행하는 스타일인가 보지?"

여전히 화려한 모습인 아사벨라가 나를 발견하고 그렇게 말을 걸었는데, 그녀는 뭐가 그리 재미있는지 말을 마치고 나서도 계속 깔깔대었다. 그녀의 그러한 반응에 나는 뭔가 이상하다는 느낌을 그제야 받고는 거울이 있는 곳으로 가서 나를 비추어 보았다. 그랬더니…….

"허억! 저게 누구야?"

약간 시커메진 얼굴, 불에 조금 그슬렸는지 꼬불꼬불한 머리카락이 문득문득 튀어나와 있었고, 우아하던 드레스는 군데군데 검게 그슬려 있었다. 정말 최악의 모습이었다.

"이… 이게 대체!"

나의 모습에 경악을 하며 입을 벙끗벙끗거리다가 얼른 패닉 상태에 빠져 있던 정신을 수습했다. 이대로 있다가는 무슨 쪽팔리는 일이 나를 기다리고 있을지 모르는 일이었다. 이 상황을 어떻게 타개를 해 나가야 할지 머리를 굴려야 했다. 하지만 정말 막막했다. 아! 나의 이미지가 여기서 처참하게 구겨지게 되다니…….

나는 회장의 구석에 있는 기둥 뒤에 우선 모습을 가렸다. 귀족들의 잡담 소리와 웃음소리가 시끄럽게 들려왔다. 아까 나를 보았던 귀족들… 특히 귀부인들이나 젊은 레이디들은 누군가와 대화를 나누며 키늑대는 것이 나의 눈에 잡혀, 은근히 심기를 거슬리게 하였다.

'어쩐다……'

분명히 이대로 우아하고 화려하기 짝이 없는 귀족들에게 이러한 나의 모습을 드러낸다면 웃음거리가 되고 말 것이다. 다행히 아까는 귀족들이 얼마 없었지만, 지금은 그사이에 더 많은 귀족들이 회장 안으로 들어와 바글바글해졌다. 흑! 바글바글이라니…….

나는 스스로의 멍청함과 덜렁거림을 수없이 자책을 하며, 단호한 결심을 했다. 그것은 일단 이곳을 빠져나가고 보는 것이었다. 미카엔이 여기 회장으로 오기 전에 이곳을 빠져나가야 했다. 지금의 이러한 민망한 모습을 특히 미카엔에게는 보일 수가 없었다. 그건 정말 부끄러운 일이었다.

어쩌다 일이 이 지경이 되었는지…….

게다가 이건 나의 자존심 문제였다. 이렇게 망가진 모습을 귀족과 더불어 미카엔에게 선보이게 된다면 나의 위신이 깎아내려지게 될 것이다.

나는 투명화 마법이나 아티펙트를 이용한 단거리 공간 이동을 써도 상관이 없지 않을까 생각해 보았으나, 그것은 여기 연회장 안에 있을 왕실 마법사들의 관심을 받게 되는 일일지도 몰랐다. 여기 연회장에서 누군가 마법을 행하고 있다는 것을 알아채게 된다면 나는 더욱 창피한 일을 감수해야 할지도 몰랐다. 그들은 왕실에서 개최하는 연회장에서 누가 마법을 시행하고 있는지 확인을 하려 할 테니 말이다.

뭐, 미카엔도 공간 이동 같은 마법을 밥 먹듯이 사용하긴 하지만, 왕실 마법사들이 그의 기운을 못 알아보겠는가? 하지만 나는 킬린을 제외한 다른 이들과는 별로 안면이 없어서 내가 궁성 안에서 빙계 마법(미카엔의 기운이 실린)을 제외한 마법을 사용하면, 누가 마법을 사용하고 있는지 알아보려 할 것이다.

물론 마나가 거의 안 드는 청력 증폭 마법이나 엿듣기 마법 같은 경우는 내가 기운을 감추려 한다면 충분히 감출 수가 있지만, 그 외에 모든 마법은 다른 왕실 마법사들에게 다 노출되는 것이다. 특히 궁성 안은 말이다.

아무튼 그렇게 혼자서 끙끙대고 있는데 그때 누군가가 나의 어깨를 살짝 건드렸다. 나는 지금 다른 이에게 모습을 보이기 꺼리고 있는 중이었던 터라 갑작스런 건드림에 화들짝 놀라며 뒤를 돌아보았다.

"저어… 혹시 라비스님이신가요?"

부드러워 보이는 밤갈색의 머리칼을 가진 소녀가 짙은 갈색 눈동자를 빛내며 나를 바라보고 있었다. 거의 내 또래로 보이는 소녀였다.

"마, 맞는데요."

사실 지금은… '전 라비스가 아니랍니다. 잘못 보셨어요!' 라고 대답하고 싶은 것이 솔직한 나의 심정이었다. 하지만 저 소녀는 온통 검은빛의 일색인 나의 모습을 그다지 개의치 않는 듯 계속 나에게 말을 걸었다.

"어머! 맞군요. 라비스님은 굉장히 아름다우신 분이라고 들었어요. 그래서 한번쯤 뵙고 싶었죠. 게다가 폐하께서 라비스님을 매우 총애하신다면서요? 정말, 너무 반가워요. 아! 그러고 보니 제시도 라비스님을 보면 정말 좋아하겠네요. 훗~ 제시를 라비스님께 소개해 드리고 싶은데, 그래도 괜찮겠지요? 잠시만 기다리세요."

그녀는 그렇게 말하고는 내가 뭐라고 답할 겨를도 주지 않고 귀족들이 바글바글한 무리 속으로 사라졌다. 젠장! 지금은 누구에게도 이 창피한 꼴을 보이고 싶지 않은데 저 눈치없는 소녀는 누군가를 더 끌고 오겠다며 사라지고 만 것이다.

나는 빨리 뭔가 방법을 모색하여 이곳을 빠져나가야겠다고 생각했다. 기둥 뒤에 착 달라붙어 서서 귀족들의 시선이 나에게 가장 적게 향할 만한 때를 신중히 고르기 시작했다. 그렇게 다소 망가진 모습으로 연회장을 살피고 있는데 또다시 누군가가 나의 어깨를 살짝 건드렸다. 나는 이번에도 그 소녀일 거라 생각하며 고개를 돌렸다. 하지만 이번에는······.

허억!! 미카엔의 모습이 나의 눈에 들어왔다.

미카엔은 나의 모습에 눈이 약간 커지는 듯하더니, 이내 짓궂은 기색이 도는 얼굴로 표정이 변해갔다.

"멋지군, 라비스."

'윽!'

내가 염려했던 최악의 사태가 결국은 벌어지고 만 것이었다. 시종장이 쩌렁쩌렁한 목소리로 '국왕 폐하 납십니다'라고 아직 외치지 않았건만, 그는 이렇듯 소리없이 다가와 나의 눈앞에 서 있었다. 아마도 정식으로 회장 안에 들어온 것이 아니라 공간 이동으로써 우선적으로 나에게 모습을 보인 듯싶었다.

그나저나 그는 내가 있는 곳을 왜 이렇게 금방 알아채고 있는 것인지··· 나는 그의 디텍트 능력이 어지간히 뛰어난 모양이라고 생각했다.

"후훗~ 평소에도 나의 눈길을 사로잡는 너이지만 오늘의 네 모습은 더욱 눈을 뗄 수가 없는데?"

"놀리지 마세요, 폐하."

나는 창피함으로 붉어진 얼굴로 그에게 답했다.

"그 우아한 드레스 차림으로 어디서 불을 뿜는 몬스터 하나를 무찌르고 왔나 보지?"

웃음기가 서린 그의 목소리에 나는 더욱 창피해졌지만 반면 분해지기도 했다.

"지금의 내 모습이 재미있나 보죠? 정말 짓궂으시네요. 오늘은 무엇 때문에 연회에 의무적으로 참석하라고 하신 거죠?"

나는 목소리를 여전히 낮춘 상태에서 그에게 외쳤다. 그러자 그는 만면에 퍼져 있던 웃음기를 거두었다.

"오늘은 중요한 발표가 있어서 모든 귀족들과 관리들을 참석하도록 한 거야. 내가 아끼는 사람이 관계된 일이고 왕실의 일이라… 이렇게 모든 귀족들에게 발표를 할 겸 축하 연회를 연 것이지."

"무슨 발표이지요?"

"음… 방황하던 청춘 남녀가 마침내 그 방황을 마치고 미래를 약속하는 발표이지. 아! 그러고 보니, 오늘 너에게 왕실 친척들을 소개시켜 줘야겠다고 생각했는데, 아무래도 지금의 네 모습은……."

그의 얼굴 표정은 웃음기가 거두어졌다고 하나, 그의 은보랏빛 눈동자는 여전히 뭔가 재미있어하는 기색이 역력했다. 게다가 지금의 그의 말은 왠지……. 나는 기묘한 기색이 어린 눈길로 그를 쏘아보았다.

"설마……."

"설마, 뭐?"

방황하는 청춘 남녀가 미래를 약속한다라… 그것은 결혼을 약속하는 약혼을 이르는 말인 듯했다. 그리고 미카엔이 아끼는 사람이라면, 게다가 왕실의 일이라면… 어쩌면 미카엔은 나와 자신의 약혼을 말하는 것일지도 모른다.

그러면서 시치미를 떼고 저렇게 놀리듯 말하다니! 또한 나를 왕실 친척들에게 소개한다는 말을 하는 것을 보면 거의 나의 짐작이 맞는 듯했다. 나는 더욱 그를 차갑게 쏘아보았다.

"정말 너무 독단적이시네요!"

"그게 무슨 말이야?"

"됐어요! 난 이대로 갈 거예요!"

나는 그렇게 말하고는 귀족들이 나를 보고 웅성거리고 쑥덕대든 말든 신경 쓰지 않고 씩씩거리며 회장 밖으로 나갔다. 무수한 눈길들이 나에게로 쏟아졌다.

　오늘은 정말 최악의 날이었다. 벼르던 화염계 5서클 마법은 실패로 돌아갔고 연회장에서 귀족들에게 망신스런 모습을 보였으며 미카엔은… 제멋대로 약혼 발표를 하겠다며 연회를 개최했다. 아무리 꺼릴 것이 없는 왕이라지만, 혼자 마음대로 결정하고 멋대로 발표를 해버리는 그의 태도가 마음에 안 들었다.

　크리스털 궁을 나와 마차도 타지 않고 무작정 걷던 나는 새삼스레 방금 일로 화가 치밀어…….

　"에잇! 미카엔! 엿을 다발로 먹길 바래!"

　나는 크리스털 궁을 향해 몸을 돌리고는 가운뎃손가락을 치켜들어 보였다. 그러자 어느새 나를 뒤따라왔는지 나의 경호원 에드가 의아한 눈으로 나를 바라보고 있었다.

　"라비스님, 방금 그 모습은 어떤 의미가 담긴……?"

　"하하핫! 아무것도 아니야. 그냥 폐하께 내가 하는 친근한 인사법이라고나 할까?"

　나는 그에게 어설프게 웃어 보이며 대충 둘러대는 말을 하고는 다시 최대한 큰 보폭으로 무작정 걷기 시작했다. 다행히 중앙 궁성까지는 그다지 멀리 떨어져 있지 않은 거리였지만, 그래도 마차가 아닌 직접 걷는다면 30분 정도가 걸리는 거리였다. 물론 마차로는 10분 거리였지만.

　적당한 거리를 유지하며 뒤에서 에드가 나를 따라왔다. 그는 나의 이러한 행동이 걱정스러운지 조심스럽게 나에게 충고하는 말을 하였다.

　"라비스님, 조금 전 크리스털 궁에서 라비스님이 보이신 행동은 아무래도 지나치신 듯합니다. 국왕 폐하 앞에서 그러한 불경한 행동을 보이고 도중에 허락없이 나오신 것은 폐하를 모독하는 죄를 범하신 겁니다."

　그의 말에 나는 그를 돌아보며 입을 열었다.

"나도 조금은 걱정이 되긴 해. 아까는 나도 모르게 발끈했었던 것이니깐. 에휴~ 일이 왜 이렇게 꼬이는 것인지… 폐하께서 아까의 일로 나에게 벌을 주신다면 어쩌지? 이유야 어쨌든 나는 그에게 시건방지게 행동하였으니…….."

나의 말을 조용히 들으며 길을 걷던 에드는 잠시 뭔가 생각하는 눈치이더니 이내 입을 열었다.

"그럼, 다시 라비스님께서 연회장으로 돌아가시는 것이 어떻겠습니까? 제가 감히 생각해 보건데 라비스님께서는 뭔가 오해를 하고 있는 것이 아닌가 생각됩니다."

그의 말에 나는 눈을 동그랗게 뜨며 되물었다.

"오해라니?"

그러자 에드는 약간 겸연쩍은 얼굴이 되어 나의 얼굴을 바라보았다.

"아까 귀족들의 얘기를 얼핏 들었는데, 오늘 약혼 발표를 하신다는 분이 폐하의 사촌 여동생이시라고 하더군요. 이번 연회는 그분을 위한 것이라고 들었습니다."

"허억! 그… 그게 정말이야? 진작 좀 말해 주지!"

나는 울상이 되어 그에게 그렇게 말해 보았지만 어차피 에드는 나에게 말할 기회가 없었을 것이다. 오늘 밤은 온종일 실수만 연달아 하는 나였다. 아까 파이어 링의 불에 그슬려 내가 제정신이 아니게 되어 경솔해졌던 모양이었다.

"에드, 나 먼저 갈게."

나는 그렇게 말하고는 아젠샤르를 불렀다. 그의 힘으로 나의 침실까지 단숨에 날아가기 위해서였다. 아무래도 미카엔에게 사과를 하는 것이 나을 듯싶었다. 아젠샤르는 나의 부름에 응답하여 허공에 하늘색 빛을 뿌리며 금세 모습을 드러내었다.

나는 아젠샤르에게 명령을 하기 위해 입을 열려다가 에드에게서 들려오는 말소리에 다시 고개를 돌렸다.
"라비스님은 폐하를 사랑하고 계시죠?"
"응?"
그의 말에 나는 눈을 동그랗게 뜨고는 그를 바라보았다. 부드러운 갈색빛 눈동자가 정말 따뜻하게 느껴지는 그는 어색한 미소를 짓고 있었다.
"그렇다면 자신의 감정에 솔직해지십시오. 저는 라비스님이 그것을 염두에 두셨으면 합니다."
"나의 감정?"
나의 감정이라… 그동안 내가 감정에 그다지 충실하지 못한 행동을 보였었던가. 지금 나의 감정은 정확히 무엇을 향하고 있을까.
미카엔, 아니면 나?
그러고 보니 나는 여전히 나와 미카엔 사이에서 방황하고 있는 듯했다. 예전에는 이도현으로서의 나를 잃기 싫어 갈등을 했었고, 이제는 미카엔에게 종속된 나약한 나의 모습이 보기 싫어 갈등을 하고 있는 것이다. 그리고… 더불어 내 자신이 완전히 여자임을 인식하지 못하고 적응하지 못함과 동시에 말이다.
아! 또 머리 속이 복잡해진다.
"에드, 난 항상 나의 감정에 충실해 왔어. 난 그대로 행동하고 있는 것뿐이야."
그러자 마치 누군가를 부드럽게 감싸는 듯하던 그의 갈색 눈은 왠지 차갑게 굳는 듯했다. 그와 동시에 그의 눈빛에서 약간의 안타까움과 슬픔이 엿보였다.
"확실히 라비스님은 변하셨군요. 그에게서 상처를 입으신 뒤로는… 예전의 라비스님은 자신의 감정에 너무도 솔직한 분이셨지요."

에드는 지금 카이엔을 말하고 있는 것일까? 본래의 라비스는 카이엔에게 그 마음을 거절당하고 자살을 했던 적이 있으니… 그 후로 내가 라비스가 되어 성격이 변한 것이겠지만, 에드는 단순히 내가 카이엔이란 녀석에게 상처를 받아서 감정에 솔직하지 못한 소녀로 바뀐 것이라 생각하는 모양이었다.

나는 그에게 희미한 미소를 짓다가 고개를 돌려 아젠샤르에게 중앙 궁성까지 데려다 줄 것을 명령했다. 왕비 자리를 거절했던 나의 선택이 이기적이고 잘못된 것이 아닐까, 하는 생각이 자꾸 든다. 이제 와서 후회하는 것은 아닐 텐데 말이다. 어쨌든…….

침실로 돌아가서 루이스를 닦달해 새 드레스로 갈아입고 머리를 새로 정리하였으며, 세수를 하여 지저분해진 얼굴을 깨끗이 하였다. 그렇게 허둥대며 나의 모습을 다시 단장한 나는 마차를 타고 다시 크리스털 궁으로 향했다.

내가 연회장으로 들어서자 누군가 나에게 다가왔다. 아까 밤갈색 머리의 소녀였다. 그러고 보니 이곳 로히얀스는 밤갈색 머리칼을 가진 이들이 많은 듯하다. 그에 비해 아스탄샤는 곱슬머리의 여자들이 많았던 것으로 기억한다.

어쨌든 나는 이곳의 국왕이었던 미카엔의 아버지 역시 밤갈색 머리칼을 가졌었던 것을 떠올렸다.

'음, 다니엘 남작도 밤갈색 머리였던 것 같은데…….'

"라비스님, 아까 그냥 가시길래 내심 서운했었는데 다시 몸을 단장하고 오시느라 잠깐 나가셨던 것이었군요. 호호~ 아까 내가 소개하겠다고 말했던 제시예요."

그녀의 곁에는 붉은 금발의 청년이 서 있었는데, 그는 화려한 예복을 입고 있었다. 보통 연회에서 입는 예복보다 좀 더 격식적인 그 예복에 나는 혹시나 해서 그녀에게 입을 열었다.

"만나서 반가워요. 전 이름만 들었을 때 단순히 숙녀 분이시라 생각했는데, 제가 큰 실례를 했군요. 근데 혹시 두 분이 오늘 연회의 주인공이신가요?"

그러자 소녀는 수줍게 웃어 보이며 고개를 끄덕였다.

"맞아요. 제시는 제 약혼자랍니다. 그리고 제가 단순히 애칭만 라비스님께 말한 것이니 그렇게 생각하셨던 것은 당연해요. 제시는 폐하의 측근 호위 기사 직위에 있지요."

그 소녀는 자랑스럽게 나에게 말했는데, 그 모습이 무척이나 행복해 보인다고 생각했다. 그러다 그녀는 깜빡했다는 듯이 나에게 덧붙여 말했다.

"아! 그리고 보니 라비스님께 제 소개를 하는 것을 깜박하고 있었네요. 전 '아이나스 덴 마르실리드'라고 합니다. 폐하와는 사촌지간이 되지요. 폐하께서는 여동생이 안 계셔서 그런지 어렸을 적부터 저를 꽤 귀여워해 주셨어요. 사촌 형제 중에서도 여자 형제는 저뿐이었으니 그렇게 잘해주셨던 것이겠죠. 저 역시 폐하를 굉장히 좋아합니다. 그래서 폐하께서 사랑하시는 분이 누구일까 계속 궁금했었어요."

그녀의 말에 나는 지금까지의 상황이 모두 이해가 되는 것 같았다. 그리고 섣불리 판단하여 함부로 행동한 내가 부끄러워지기도 했다. 나는 그녀에게 화사한 미소를 지어 보이며 진심 어린 축하의 말을 하였다.

"아이나스님, 약혼을 축하드려요. 폐하께 이렇게 아름다우신 동생분이 계신 줄은 몰랐네요."

사실 그녀의 외모를 따지자면 그리 미인은 아니었지만, 나는 그녀가 왠지 아름답다고 생각되었다. 아마도 결혼을 앞둔 행복한 신부의 모습이기에 그렇게 느껴졌겠지만, 그녀는 모든 것의 시작이라고 할 수 있는 계절인 봄의 신부처럼 정말 아름다웠고 순결해 보였다.

아무튼 그렇게 어이없는 오해를 푼 나는 미카엔을 찾아보았다. 하지만 그의 모습은 쉽게 눈에 띄지 않았다.

"오오, 레이디 크로시벨님이시군요. 만나뵙게 되어 영광입니다. 여전히 봄의 싱그러운 꽃잎처럼 아름다우십니다. 오늘 밤 저에게 크로시벨님의 첫 번째 파트너가 될 영광을 주시지 않겠습니까?"

연회장을 두리번거리고 있던 나는 문득 들려오는 느끼한 음성에 고개를 돌렸다. 그러자 한 젊은 신사가 나를 황홀한 듯 바라보고 있는 것이 눈에 들어왔다.

나는 거부감을 느끼고는 이 자리를 얼른 벗어나야겠다고 생각하는데, 그 근처에 있던 젊은 귀족들이 혹여 기회를 빼앗길까 염려하는지 앞을 다투어 내 앞으로 몰려들었다.

"아! 라비스님이시군요……."

"처음 뵙는군요……."

"영광입니다……."

"괜찮으시다면 라비스님, 오늘 밤……."

모두 대충 그러한 말머리로서 나에게 말을 다가왔고, 나는 삐질삐질 식은땀을 흘리며 그들에게…….

"죄송합니다. 제가 바빠서… 하하!"

그렇게 말하고는 잽싸게 몸을 은신(?)할 수 있는 테라스가 있는 곳으로 갔다. 그곳엔 다행히 아무도 없었고 나는 그냥 돌아가는 것이 좋겠다는 생각을 하며 잠시 하늘에 떠 있는 초승달을 올려다보았다. 그러다 예쁜 모양으로 세상을 은은하게 비추고 있는 달의 모습에 넋을 잃고 아예 달 구경을 하였다.

"이곳에도 밤하늘의 모습은 내 고향과 다를 바가 없네?"

나는 그렇게 중얼대다가 기분이 가라앉는 것을 느꼈다. 내가 원래 있던 곳에도 저렇듯 달은 떠올라 밤하늘을 장식하고 있을 것이기 때문이었다. 그러다 나는 뒤에서 기척을 느끼고는 뒤를 돌아보았다.
"가버린 줄 알았는데… 언제 이렇게 돌아와 있는 거지?"
미카엔은 달빛에 취했는지 연회의 분위기에 취했는지, 아니면 술에 취했는지 매우 풀어진 모습으로 나를 바라보고 있었다. 그가 이렇게 풀어진 모습으로 있는 것은 처음 본다. 그는 하프 드래곤이니 술에도 잘 취하는 편은 아니었지만, 취했다고 하더라도 이렇게 풀어진 모습은 잘 보이지 않는다. 아까 나로 인해 기분이 상했던 것일까.
자신의 감정에 솔직하라는 에드의 충고가 문득 떠올랐다. 내가 미카엔을 생각하는 감정에도 가끔은 충실해도 되지 않을까, 하는 생각이 든다. 하지만 자신의 감정에 충실하려면 나는 어떻게 행동해야만 하는 걸까?
휴~ 어쩌면 나는 감정의 미숙아였는지도 모르겠다.
나는 그에게 아까의 일을 사과하기 위해 어색하게 입을 열려 했다. 하지만 그는 나보다 조금 더 앞서 또다시 말을 꺼냈다.
"이렇게 다시 돌아왔으니 아까 나에게 무례를 범했던 것은 모두 용서하기로 하지, 라비스."
그는 그렇게 말하고는 나에게 더욱 가까이 왔다. 그리고는 팔을 나의 허리에 두르더니 앞으로 당겼다.
'헉! 뭐, 뭐야?'
나는 갑작스런 그의 행동에 놀라며 다가오는 그의 얼굴과 적당한 거리를 유지하게 위해 고개를 뒤로 내빼야 했다. 그러자 미카엔은 왼손을 위로 올리더니 나의 머리를 받쳐 들어 자신 쪽으로 끌어당겼다.
그에게서 고급 와인의 향이 풍겨져 왔다.

Change Of Destiny　제5장
스파이가 된 라비스

스파이가 된 라비스

 나른한 오전… 사실 보통은 나른한 오후라고들 하지만 나는 오전부터 무지 나른했다. 괜히 봄날이 아니었다.
 게다가 어젯밤은 무척 열받는 일까지 있었으니… 기껏 사과하러 갔더니 그런 나의 의도를 깡그리 무시하는 행동을 하다니! 나는 미카엔을 씹느라 잠을 설쳤던 이유로 무척 피곤하였다. 으으, 생각할수록 열이 난다. 바보 미카엔!
 나는 아침에 일어난 순간부터 비서실에 출근하여 나의 책상이 놓여 있는 자리에 앉는 순간까지 하품을 끊이지 않고 해대었다. 비서실 동료들은 나에게 가졌던 아름답고 우아한 이미지가 산산조각이 난다며 하품 좀 그만 하라고 충고를 했지만, 그들이 나에게 환상을 갖든 우아한 이미지를 갖든 아쉽게도 전혀 관심이 없었다.
 지금은 아침 회의 시간… 정식 비서관들이 모여 몇몇 사항을 가지고 가볍게 회의를 하는… 직원 회의 같은 거였다. 아니면 아침 조회라고 나 할까?

 깐깐해 보이는 중년 아저씨인 스미스 비서관이 자리에 앉으면 회의는 곧바로 시작되었다. 나는 다시 한 번 하품을 찢어지게 하다가 스미스 비서관과 눈이 마주쳤다. 스미스 비서관의 눈빛 공격… 그것은 날카로움도 아니고 탓하는 눈길도 아니었지만, 왠지 사람을 머쓱하게 만드는 뭔가 보이지 않는 위력이 있었다.

 결국 나는 입을 얼른 다물고는 성실한 자세로 회의에 임하는 모습을 보였다. 그래도 저 사람은 나의 상관이니 성실한 부하 직원의 이미지를 그에게 인식시켜 주어야 하지 않겠는가.

 "요즘 자이라스 국에 뭔가 심상치 않은 조짐이 있는 것 같다는 소식이 들어왔습니다. 폐하께서는 자이라스 국에 대해 상세히 조사를 할 것을 명하셨습니다. 비서관 여러분 중에 누가 이번 일을 전적으로 맡아서 해주시겠습니까?"

 스미스 비서관의 말이 끝나자마자 나는 재빨리 손까지 들어 보이며 그에게 외쳤다.

 "저요!"

 나는 의외로 나서기를 좋아하는 성격인 듯싶었다. 게다가 무모하기까지 한 성격은 예전에도 몇 번 증명된 바 있지만.

 어쨌든 나는 007과 같은 첩보 영화를 이번 임무와 결부시키며 생기도는 눈빛으로 스미스 비서관을 바라보았다. 왠지 재미있을 것 같았다. 타 국가의 심상치 않은 조짐에 대해 조사를 한다라… 이건 첩자가 하는 일이 아니던가.

 "으음… 크로시벨 비서관? 아직 크로시벨 비서관은 정식 비서관으로서 별로 경험이 없어 정보 수집을 하는 일은 힘들지도 모르는데?"

 "그건 걱정 마세요."

나는 자신있게 그에게 외쳐 보았다. 하지만 스미스 비서관은 내가 미덥지 못한 모양이었는지 미간을 살짝 찌푸리며 잠시 고민하는 듯한 얼굴 표정을 해 보였다.

"크로시벨 비서관은 어떻게 조사를 할 생각이지? 용병 길드를 이용할 생각인가? 아니면 잘 아는 뛰어난 첩자라도 있어 그와 긴밀하게 연락을 취하는 방법이 있는 것인가?"

"후훗~ 제가 어떤 방식을 조사하게 될지는… 음, 그건 비밀입니다."

나의 대답에 그는 조금은 황당하다는 표정을 지어 보였다. 하지만 나는 그의 표정은 알 바가 아니라는 듯이 무시하고는 그에게 한 가지 질문을 해 보았다.

"근데 스미스 비서관님, 자이라스 국이 어디에 있는 나라이죠? 동대륙에 있는 나라인가요?"

"으음……"

나의 질문에 그는 대답 대신 뭔가 앓는 듯한 음성을 나직이 내뱉었다. 자이라스 국이 동대륙의 인페르디아와 로히얀스에 근접한 곳에 위치한 소국이라는 것은 어린애들도—귀족에 한해서—거의 아는 사실인데 나는 그에게 묻고 있었던 것이다.

결국 나는 떼를 쓰다시피 하여 그 임무를 간신히 맡을 수 있었지만, 스미스 비서관은 역시 내가 못 미더웠던지 노련한 비서관 파트너 한 사람을 붙여주었다. 그는 자작가 집안의 자제로서 이름은 카이슨 루렌트였다.

유명한 아카데미를 수석으로 졸업한 엘리트라고 할 수 있는 인재였다. 20대 초반인 그는 아직 아무런 작위는 없지만 나름대로 사회적 지위와 인맥을 가진 젊은이였다. 다시 말해 그는 장래가 총망되는 젊은

이라고 해야 하겠다. 혹은 레이디들의 1등 신랑감이라고 해야 할까.

하지만 그에게는 단점이자 장점이 한 가지 있는데 그것은 여자에게 아무런 관심이 없다는 것이었다. 아무리 미색이 출중한 미녀가 그를 유혹한다 하더라도 꿈쩍도 하지 않는… 남자 동료들은 그가 별종이라고 했지만 나는 그 점이 마음에 들었다. 그래야 내가 그에게 완벽한 동료로서 다가갈 수 있을 테니 말이다.

그런데 한 가지 안 좋은 점은… 그는 잘난 척을 엄청 한다는 것이었다. 게다가 남을 은근히 깔아뭉개는 습성이 있었는데 그 점은 조금 불편하였다.

아무튼… 오후의 한때.

나는 미카엔의 집무실 문 앞에 결재 맞을 서류들을 들고 섰다. 이제는 나와는 안면이 생긴 집무실 문 앞에 시립한 노시종은 나에게 가볍게 눈인사를 건넸다. 그리고는 미카엔에게 내가 온 것을 고하려는 찰나에 나는 그에게 검지손가락을 입술에 대고는 쉿~ 소리를 내었다. 집무실 안에서 미카엔과 누군가의 대화 소리가 났기 때문이었다.

"폐하, 대체 무슨 생각이십니까? 언제까지 왕비 자리를 비워두실 작정이신 거죠?"

"때가 되면 왕비를 맞을 것이니 이제 그만 좀 하게, 제너스 백작."

짜증이 묻어나는 미카엔의 목소리였다. 하지만 중신 중 하나로 들리는 남자의 목소리는 여기서 물러날 줄 몰랐다.

"그때가 대체 언제입니까? 이젠 왕비 자리도 문제이긴 하지만, 후계자도 필요하실 때도 되지 않았습니까?"

'헉! 후계자?'

나는 그렇게 놀라며 귀를 기울이다 얼굴이 창백해져 있는 노시종과 눈이 마주쳤다. 감히 왕의 말을 엿듣고 있다니, 이것은 불경죄 중 하나였다. 결국 나는 그에게 화사한 미소로써 씨익 웃어 보이고는 다시 열심히 대화를 경청하는 태도를 취해 보였다.

"…그리고 측실에게서라도 소생을 보시지 않는 이유는 무엇입니까?"

"글쎄……."

"윽! 폐하!"

'음… 저 아저씨 꽤나 다혈질이네. 저러다 혈압 오르면 어쩌려구.'

나는 그렇게 생각하며 다시 한 번 해쓱해져 있는 노시종에게 생긋 웃어 보였다. 일명 미소 작전! 이렇게 엿듣고 있는 동안에는 그에게 화사한 미소를 아낌없이 보여주어야겠다고 생각했다. 그래야 방해를 안하지!

"이렇게 말하면 되겠나? 난 아직 애 아빠 될 생각은 없는데?"

"윽… 그게 무슨 말씀……."

이 시점에서 제너스 백작은 그 자리에서 휘청했을 거라 생각했다.

"후후… 너무 그런 충격 어린 모습을 보이지 말게. 농담이야."

"폐하! 지금 농담이 나오십니까!!"

결국 제너스 백작은 혈압이 올랐는지 목소리까지 갈라져 있었다.

"나는 내가 원하는 여자에게서 나의 후계자를 볼 생각이네. 그러니 이젠 후계자 문제로 더 이상 토를 달지 말게. 물론 그 여자가 왕비이든 아니든 말이야."

"설마… 라비스님을 염두에 두시는 것은……? 아직도 그분에게서 헤어 나오시지 못하신 겁니까? 그분은 폐하의 의지로 측실의 신분에서 풀어주시지 않으셨습니까?"

나는 내심 불안해졌다. 설마 미카엔이 나에게서 후계자를 보겠다고 선언하기라도 한다면 나는 앞으로 어찌해야 될지 막막했다. 만약 그렇게 된다면 날을 잡아서 그에게 술을 잔뜩 먹여 만취하게 하고는 나와 밤을 보냈다고 속여야 할 것 같았다. 그리고 나서는 거짓으로 임신했다고 선언한 다음 나중에 때가 되면 갓난아기를 구해다가 내가 낳은 아이라고 속이면······.

내가 그렇게 망상을 하고 있는데······.

"···그렇군요. 알겠습니다, 폐하."

제너스 백작이 그렇게 답하는 말소리와 함께 문 쪽으로 걸어오는 발자국 소리가 들려왔다. 나는 황급히 몸을 숨기고는 잡생각을 하느라 마지막 미카엔의 말소리를 듣지 못한 것을 무척 아쉬워하였다.

그리고는 약간의 시간을 보낸 후에 집무실 안으로 들어갔다.

저녁 즈음, 내가 침실에서 마법력 증진에 집중을 하고 있는데 나의 파트너가 된 비서관인 카이슨이 찾아왔다.

"무슨 일이죠?"

나는 앤시아를 시켜 그에게 차를 대접하며 그렇게 물었다. 그러자 그는 마음에 안 든다는 얼굴 표정으로 나에게 퉁명스럽게 대꾸했다.

"임무를 맡았으면 하루빨리 착수해야 하지 않겠습니까? 이렇게 굼떠서야··· 이래서 내가 여자와 일하기 싫다니깐."

노골적인 비난에 나는 얼굴을 찌푸렸다. 저 녀석은 단순히 여자에게 관심이 없는 것이 아니라 여성 혐오증이 있는지도 몰랐다.

불쾌해진 나는 그에게 냉랭하게 되물었다.

"그렇다면 카이슨은 어떻게 일을 착수하실 생각이신가요?"

"당장 현지로 떠나야 하겠죠. 그 일 때문에 온 것입니다."

"네에?"

나는 동그래진 눈으로 그에게 반문했다. 단순히 정령들을 이용하여 이번 일을 해결하려 했던 나는 매우 귀찮은 일에 휘말리게 된 듯했다.

"꼭 현지까지 가야 하나요? 여기서 각자 정보 수집하면 안 될까요?"

"한심하군요. 그런 정신으로 이러한 중대한 임무를 맡으려 했습니까? 지금이라도 늦지 않았으니 스미스 비서관님께 말씀해서서 포기하십시오."

나의 말에 카이슨은 나의 속을 긁는 말만 골라서 아주아주 얄밉게 말했다. 한 대 때려주면 속이 시원할 것 같은 저 면상… 하지만 나는 침착한 표정으로 그에게 은은한 미소까지 지어 보이며 입을 열었다.

"죄송하지만 전 절대 이 임무를 포기 못합니다. 포기하시려면 카이슨이나 포기하세요. 왜 저에게 이래라저래라 하시는 거죠?"

그러자 카이슨의 이마에 힘줄이 하나 돋아났다. 으이구~ 엘리트이면 뭐 하나? 성격이 더러운데. 게다가 엄청 독선적이기까지… 흥! 이다.

"정말 답답하군. 그렇다면 여기에 가만히 앉아서 무슨 수로 정보 수집을 한다는 거지? 방도가 있으면 말해 봐!"

이젠 반말까지 튀어나오는 카이슨이었다. 그렇다면 나 역시 그에게 친근한 말투를 써주어야 서로 파트너로서 정도 붙을 것이라 생각하며 입을 열었다.

"내가 생각하고 있는 방도는… 으음… 그건 비밀인데?"

그러고 보니 그에게 정령을 이용해서 정보 수집을 하겠다는 말은 못할 것 같았다. 내가 수준 높고 강한 정령들을 자유로이 부리고 있다는 사실은 미카엔과 킬린, 그리고 몇몇 사람들만 아는 사실이었다. 물론 그 강함은 미카엔과 킬린만 한정적으로 알고 있는 사실이었다.

이곳 세계에서는 정령 마법사가 일반 마법사보다 훨씬 희귀했으며, 설사 정령을 부린다 하더라도 그 정령들이 독립적이고 체계적인 사고를 하여 그 주인을 돕는 그런 능력까진 갖추지 못했다. 그저 주인의 명령만 간신히 따르는 수준이었다.

'그래서 정령을 부리는 정령술사의 능력이 뛰어나야 정령이 더 강해진다지?'

그리고 어느 정도 나이가 든 정령들이나 광범위한 자연의 기운을 받은 높은 레벨의 정령은 그 자존심이 강해서 쉽사리 인간들과 접촉을 갖지 않았다. 그저 조금 강한 자가 힘으로써 어린 정령이나 약한 정령을 굴복시키는 것뿐.

어린 정령과 시타 급의 정령 중에서도 자연의 기운을 좁게 받아들이는 정령들은 그 순수한 심성만 강하게 드러날 뿐, 그다지 독립적인 사고를 하지 못하는 것이다.

샤르 같은 존재가 좋은 예이다. 샤르는 정령답지 않게 세속에 많이 젖은 행동을 보였다. 그것은 그가 많은 세월과 풍파를 겪었다는 사실이었다. 특히 인간들이 바글대는 세속에서 말이다.

어쨌든 내가 정령들을 부리는 것이 드러난다는 것은 예전에 내가 정령들을 이용하여 꾸몄던 일(베른 공작 매장, 유령 사건, 소문 조작)이 다 드러나는 셈이었고, 앞으로도 내가 정령들의 힘으로 뭔가 하게 될 때 방해를 받을 수도 있었다.

결국 그렇게 내가 대답을 당당히 못하자 카이슨은 나를 비웃으며 냉랭하게 입을 열었다.

"내일 아침에 자이라스 국으로 떠나도록 합시다. 우리 쪽에서 몇몇 첩자들을 그곳에 심어두긴 했지만, 지금 그곳은 많은 변혁이 이루어졌다고 하더군요. 무슨 이유에서인지 요즘은 그들과 연락이 쉽지 않습니다. 그래서 우리가 정확한 정보를 알기 위해서는 직접 가보는 수밖에 없지요. 그럼, 이만 가보겠습니다."

그는 그렇게 청산유수와 같이 매끄럽게 자신의 할 말을 다하고는 나의 침실을 나갔다. 그에게 아무 말도 하지 못하고, 얼떨결에 자이라스 국까지 가게 생긴 이 상황이 나는 분하였지만 일이 이렇게 된 거… 어쩔 수 없는 일이었다.

언제든 그의 높다란 콧대를 납작하게 눌러주어야겠다고 나는 다짐하였다. 그리고 그 다음날 아침.

간단하고 평범한, 몸에 꼭 맞는 여성용 여행복을 입고 나서 거울 앞에 섰다. 은밀한 임무를 수행하기 위해서는 무엇보다도 사람들 눈에 잘 띄지 않는 모습이어야 하는데, 나의 외모는 너무 눈에 띄었다. 특히 휘황찬란한 황금빛 머리카락은… 으음, 너무 튄다.

결국 나는 나의 모습에 일루전을 걸기로 결심했다. 나의 머리 색과 눈동자 색을 검은빛으로 바꾸는 것.

스스로도 지루하게 느껴질 만큼의 긴 일루전 스펠을 외워서 나에게 일루전 마법을 걸고는 다시 거울을 바라보았다. 그러자 광택이 도는 흑단 같은 머리칼이 허리 선을 훨씬 넘고 있었고, 눈동자는 깨끗하고 맑고 선명한 검은빛으로 빛나고 있는 것이 거울에 비쳤다.

"헉!"

나의 모습에 본인이 놀란 나… 곁에 있던 리엔시타의 눈도 휘둥그레해졌다. 머리 색을 검은빛으로 바꾸면 조금은 덜 튀겠다고 생각했던 나는 그것이 오산이었음을 깨달아야 했다.

금발 모습의 나는 화려한 미를 발하였는데, 지금은 선명한 검은빛과 새하얀 피부 색이 대비되어 고혹적인 반면 순결한 미가 여신처럼 빛을 내고 있었다. 그저 바라만 보고 있어도 누굴 유혹하는 듯한 나의 고혹적인 모습에 내 가슴이 다 떨렸다.

나는 고개를 절레절레 흔들다가 거울을 손으로 쥐고는 외치기 시작했다.

"이건 인간이 아니야! 라비스, 넌 왜 이렇게 태어난 거야? 이 요사스런 육체와 네 망할 운명을 나에게 휙~ 던져 주고 가버리면 장땡인 줄 알아?! 네가 포기한 남은 운명을 왜 내가 감당해야 돼? 왜 내가 라비스가 되어야 해? 네가 감당하지 못한 운명을 나라고 감당할 수 있을 것 같아? 난 너와 아멘시타, 그리고 셀레나가 원하는 대로 완벽한 라비스가 되어버렸어! 그리고… 나의 영혼도, 마치 너와 쌍둥이처럼 라비스로서 변색되고 말았어. 라비스로서 생각하고, 라비스로서 행동하고, 라비스로서 네 운명의 상대에게 끌리고. 젠장!"

나는 스스로의 미모에 충격을 먹고는 지레 흥분하여 그렇게 떠들다가 다시 잠잠해진 모습으로 무거운 한숨을 내쉬었다. 곁에 있던 리엔시타는 내가 제정신이 아니라고 생각했는지 겁을 집어먹은 모습으로 눈물까지 글썽이며 나를 지켜보고 있었다.

"…그래도 나는 내가 라비스 크로시벨임을 인정했으니… 하아, 나는 라비스이자 도현 두 가지 색의 영혼을 공유한 새롭게 태어난 라비스. 아마도 죽은 너와 난 영혼의 쌍둥이가 아니었을까? 이게 너에 대한 마지막 원망이니, 훗~ 앞으론 이런 일이 없을 거야."

나는 그렇게 중얼거림을 마치고는, 짐을 챙겨 침실을 나왔다. 복도를 지나쳐 가는 시녀들이 나를 힐끔힐끔 바라보았다. 나의 머리 색에 일루전을 걸었다는 것을 깜빡한 나는 왜 저렇게들 쳐다보나 하며 의아해했다.

그러다 나는 복도로 난 창문으로 밖을 내다보았다. 여긴 궁성의 뒤쪽에 위치한 복도라서 후원이 쉽게 내다보였.

미카엔과 그의 어릴 적 검술 스승이었다는 노기사가 대련하는 모습이 눈에 들어왔다. 아마도 아침 운동으로 저렇게 검술 대련을 하는 모양이었다.
"꺄아~ 너무 멋져!"
"정말, 폐하의 그 부드러운 눈길을 1분만이라도 받아봤으면 소원이 없을 거야."
저만치 복도의 창문으로 고개들을 내밀고 구경하는 시녀들의 모습이 나의 눈에 들어왔다. 정말 못 말리는 광경… 한심하기도 하고.
'앗! 그런데 나 역시 저 모습을 구경하고 있잖아?'
나는 스스로를 질책하며 다시 가던 길을 가려 했다. 그런데 미카엔은 내가 그를 바라보고 있다는 것을 귀신같이 알아내어 나에게 눈길을 주고는 해맑은 미소와 함께 손까지 흔들어 보였다. 그때 노기사는 미카엔의 빈틈을 놓치지 않고 공격을 가했다.
"아앗! 기습 공격을 하다니. 기사로서 정당하지 못하오."
미카엔은 날아오는 검을 재빨리 막고는, 그렇게 자신의 방심을 묻어버리고 노기사만을 탓했다. 그러자 노기사는 미카엔에게 뭔가 충고하려는 말을 하려고 입을 열려 하는 듯했으나 미카엔은 그의 말까지 들을 여유가 없었다.
그는 그대로 이동하여 나의 앞에 떡하니 나타났다. 에구~ 깜짝이야.
미카엔은 대련을 하느라 거칠어진 숨을 가다듬으며 입을 열었다.
"머리 색이 바뀌었군. 아름다워."
그는 나에게 다가와 나의 긴 머리카락을 살며시 만졌다. 미카엔의 뒤로는 얼굴이 붉게 상기된 시녀들의 모습이 눈에 들어왔다. 뭔가 부러워하는 표정들…….
'너희들은 이게 부럽냐? 나는 닭살이 돋는다.'
그녀들을 보며 내가 생각한 내용이었다.

미카엔은 몇 가닥의 머리카락을 손에 살짝 쥐고는 자신의 입술을 갖다 대더니 가볍게 키스를 하였다.

"잘 다녀와, 라비스. 네가 원하는 대로 창공을 가르는 당당한 한 마리의 매처럼 끝없이 성장하는 숙녀가 되길 바래."

그렇게 미카엔의 의미심장한 인사말을 듣고 나서, 나는 카이슨과 만나 왕실 마법사들이 거처하는 곳으로 갔다. 그들의 공간 이동 마법진 능력으로 단숨에 국경까지 이동해 가기 위해서였다. 나는 킬린을 만나러 가는 동안 미카엔이 했던 말을 곱씹어보았다. 뭔가 찜찜한 구석이 있었다.

'그는 나를 꿰뚫어 보고 있는 것일까?'

그가 나를 이해해 주는 것 같아서 고맙기도 했지만, 여전히 그의 손아귀에서 벗어나지 못하고 있는 것 같다는 사실에 나는 아직 멀었다는 생각이 들었다.

아무튼 나는 킬린의 힘을 빌어 자이라스 국의 국경 근방으로 이동해 가서 국경을 넘기 전 카이슨과 나는 국경을 넘을 만한 방책에 대해 잠시 의논을 해야 했다.

"라비스는 제법 뛰어난 마법사라고 소문을 들은 적이 있습니다. 물론 그것이 사실일지는 모르겠지만 적어도 어느 정도 수준의 마법을 구사할 수 있기에 그러한 소문이 돈 것이겠죠? 뭔가 방책이 있다면 말해 보시지요."

카이슨은 꽤나 독선적이고 여자를 은근히 무시하는 경향이 있어 이번에도 자신의 주장을 나에게 피력할 것이라 생각되었지만, 의외로 나에게 먼저 의견을 물어왔다. 하지만 나는 그가 나에게 의견을 물어 뭔가 꼬투리를 잡으려는 것이 아닌가 생각해 보았다.

그는 나를 무척 귀찮은 떨거지로 생각하고 있는 듯했기 때문이었다.

물론 나 역시 그로 인해 정령들을 마음대로 부릴 수 없게 되어 그를 떨거지로 생각하고 있는 것은 마찬가지였다.

"나는 플라이(Fly) 마법을 써서 높게 날아올라 국경을 넘을까 생각하는데요."

"훗~ 마법을 써서 국경을 넘는다라… 역시 멍청한 방법이군요. 모든 국경 지대에는 마법적 기운을 감시하는 탐지 마법이 걸려 있는 것은 기본 상식으로 알아두고 있어야 합니다. 라비스의 말대로 플라이 마법을 써서 국경을 넘다가는 불법으로 국경을 넘은 죄로 당장 붙잡혀 가게 되지요."

역시나 그는 나에게서 뭔가 꼬투리를 잡기 위해 그렇게 의견을 물었던 것이었다.

'멍청하다니! 모를 수도 있는 거지.'

나는 열이 뻗쳤으나 그의 말이 맞는 말이었으므로 반박을 할 수가 없었다. 그에게 억지 논리를 폈다가는 말발이 밀려 오히려 내가 멍청한 여자로 낙인찍힐 수가 있었다.

나는 찌푸려지려는 얼굴 표정을 애써 폈다. 그에게 분해하는 모습을 보이는 것은 오히려, 내가 지는 듯한 느낌이었기에 나는 그에게 은은한 미소까지 지어 보이며 미소 띤 얼굴 표정과는 상반되는 냉랭한 어조로 입을 열었다.

"아! 그렇군요. 기본 상식이라… 그런 기본 상식을 잘 알고 계시는 카이슨은 어떤 방법을 이용하실 거지요? 그런 마법적 기운이 안 된다면 자연의 존재인 정령과 같은 존재에게 도움을 받으며 국경을 넘든가, 아니면 국경을 당당하게 지날 수 있는 뭔가가 있어야 하는데, 카이슨이 생각하고 계시는 현.명.하.고. 기발한 방법이 있다면 어디 들어볼까요?"

나는 멍청하고 본인은 현명하다고 생각하고 있을 그에게 약간 비꼬며 말하자, 카이슨은 얼굴을 찌푸리며 떨거지와 같은 내가 짜증난다는 듯한 눈길로 나를 쏘아보았다.

"정말 자신의 어리석음을 인정하지 못하고 저렇게 발끈하다니, 역시 여자들의 그 옹졸함과 좁은 생각들은 남자들을 너무 피곤하게 해. 어쩌다 내가 이런 멍청한 떨거지와 파트너가 되었는지······."

결국 나는 참지 못하고 그에게 주먹을 날렸다. 하지만 내가 대단한 격투기를 배웠던 것도 아니었던 터라 여자의 몸을 가지고 있는 나는 육체적 공격으로서는 많은 한계를 가지고 있었다. 카이슨은 쉽게 나의 손목을 붙잡았고, 나는 그에게 붙잡힌 손을 빼기 위해 다시 그에게 발길질 같은 행동을 했다.

"으윽!"

정강이를 걷어차인 그는 짧은 신음과 함께 얼굴을 찌푸렸다. 그리고 그는 화가 났는지 나를 확 밀쳤다.

"꺄악~!"

그의 밀침에 나는 볼썽사나운 모습으로 뒤로 넘어졌고, 엉덩방아를 찧으며 팔을 땅바닥에 지탱하게 되었는데 그로 인해 나의 팔 살갗이 까져서 무척 쓰렸다.

카이슨은 일부러 나를 밀치려는 의도는 아니었는지 내가 넘어지자 약간 당황한 얼굴을 하였다. 하지만 그는 사과하고 싶은 마음은 없는지 나에게 이렇게 말했다.

"내가 라비스에게 거친 행동을 하게 된 것은 모두 라비스가 자초한 일입니다. 주먹부터 나가는 숙녀라니······."

"그럼 카이슨은 신사인가요? 숙녀를 밀치고서는 사과 한마디 없는 것이? 자신의 잘못을 인정할 줄 모르는 것은 카이슨도 마찬가지이군요. 훗~ 그것 역시 옹졸한 것 아니에요?"

넘어진 상처로 인해 무척 아팠지만 내색은 하지 않았다. 속에서는 부글부글 끓어서 샤르를 불러 그를 당장 혼쭐을 내주고 싶었지만, 나는 억지로 나의 감정을 눌렀다. 정령으로서 그를 혼쭐을 내주는 강압적인 방법은 쓸데없는 자존심과 자만심으로 똘똘 뭉친 저 녀석을 더욱 건드려 관계를 악화시키는 결과를 낳게 할 것이다. 그것은 이번에 내가 맡은 임무를 망치게 만드는 일이 되는 일이다.
　어찌 되었든 그는 미우나 고우나 나의 파트너가 되어 있으니 일단 그와 함께 이번 임무를 무사히 해결해야 했다.
　그렇다면······.
　나는 분노와 흥분으로 인해 상기된 얼굴 표정을 미련없이 수습하고는 그에게 침착한 표정을 지어 보였다. 그러자 그는 조금은 의외라는 듯한 얼굴을 해 보였다. 그는 아마도 여자들이란 그다지 이성적이지 못한 감정적인 동물이라고 생각했던 듯했다. 내가 그의 속마음까지 완전히 꿰뚫어 볼 수 있는 것은 아니지만 그의 표정으로 보아서는 그렇게 생각하는 것처럼 보였다.
　"카이슨, 이젠 말다툼은 그만 하도록 하죠? 여기서 이럴 게 아니라 국경을 넘어갈 방법을 모색해야 하잖아요. 제 의견을 진지하게 들어주시겠어요? 어찌 되었든 나는 카이슨의 동료이자 파트너이니깐요. 그리고 전 이래 봬도 마스터 마법사입니다. 제가 뛰어난 마법사라는 소문을 들은 적이 있다고 했죠? 카이슨은 마법 전공이 아니라서 잘 모르시겠지만요, 마스터의 경지에 오른 마법사들은 자신의 마력을 숨기는 것에 아주 도가 트게 된답니다."
　표정을 바꾸고 내가 지금 카이슨에게 말하고 있는 내용은··· 물론 거짓말이었다. 내가 마스터 마법사일 리가 없으니 말이다. 아무튼 카이슨은 약간 미묘하게 표정이 바뀌었다. 그의 표정은 설마 하는 듯한 기색이었다.

카이슨의 반응에 재미를 붙인 나는 계속 말을 이었다.

"…다시 말해, 마스터들은 탐지 마법 따윈 자신의 능력으로써 피해 갈 수 있다는 말이죠. 카이슨, 저는 카이슨이 생각하는 것처럼 아무 생각 없이 이 임무를 맡은 것이 아니에요."

"그게 사실입니까? 마력을 감출 수 있다는 것이……."

카이슨은 지금까지의 오만하고 나를 무시하는 듯한 시건방진 어조가 아닌 많이 누그러진 어조로 되물었다. 그는 내심 당황스러울 것이다. 그는 잘 알지도 못하면서 나를 무시하고 잘난 척을 한 셈이 되었기 때문이었다.

"네, 하지만 마스터 마법사라고 완전히 자신의 마력을 감출 수 있는 것은 아니지요. 그만큼 국경 지대에 걸린 탐지 마법은 강력하기 때문이죠. 그래서 한 가지 카이슨의 도움이 필요해요."

"그게 무엇이죠?"

카이슨은 나의 말을 완전히 믿는 눈치는 아니었으나, 그래도 지금까지와는 다르게 성의껏 나의 말을 경청하고 질문을 하고 있었다.

"제가 마법을 시전할 때 카이슨도 함께 동참해 주세요. 제가 국경의 탐지 마법에 완벽히 걸리지 않도록 마력을 감추려면 저 외에 또 다른 누군가가 마법을 시전하는 데에 힘이 되어주어야 합니다."

"그 말은… 즉 저도 같이 마법을 시전하라는 말인가요? 정말 황당하군요."

물론 황당하기는 할 것이다. 내가 말한 내용은 정말 황당한 내용이었기 때문이었다. 하지만 나는 이런 방법을 쓸 수밖에 없었다. 카이슨에게 정령의 힘을 사용하고도 들키지 않고 무사히 국경을 넘으려면 말이다. 아무튼 나는 카이슨이 마법적 지식이 없는 것을 이용하여 계속 허무맹랑한 말을 이어갔다.

"네, 카이슨은 저와 같이 마법을 시전해야 합니다. 하지만 카이슨은 그다지 황당해하실 필요는 없어요. 카이슨에게 마력을 쓰라는 얘기가 아니니깐. 카이슨은 그저 내가 마법을 시전하는 동안 같이 정신을 집중하고 마지막에 마법어 하나만 외워주면 돼요. '아젠'이라는 단어 한 가지를 말이에요."

"으음… 그거 정말 확실한 방법입니까?"

약간 미심쩍어하는 그의 모습에 나는 확실히 못을 박는 것이 좋겠다고 생각했다.

"물론이에요. 전 폐하께서도 인정한 마스터입니다. 카이슨, 제 방법에 따라주세요. 만약 카이슨이 제가 시전하는 마법에 의심을 갖거나 집중을 제대로 하지 않는다면, 저는 중간에 실패할 염려도 있으니, 정말 잘해주셔야 해요. 이 마법은 저와 카이슨이 함께 시전하는 마법이라는 것을 명심하세요."

나는 싱긋 웃어 보이며 그에게 당부하는 말과 함께 은근한 협박까지 섞어 말했다. 그나저나 나도 이렇게까지 해야 하는지 정말 의문이었다. 이 황당한 쇼를 아젠샤르는 어떻게 생각할까? 그는 무척 황당해할 테지만, 그래도 신중하고 사려 깊은 성격을 가진 아젠샤르이니, 아마도 현명한 대처를 할 것이다.

나는 곧장 분위기를 잡기 시작했고, 카이슨은 약간 긴장한 모습으로 나를 바라보았다. 훗… 그런 그의 모습을 보니깐 나는 웃음이 나오려 했다. 아, 진지한 표정을 지어야 하는데…….

"아젠, 바람의 힘이여! 그대의 본연의 모습으로 나의 앞에 모습을 드러내어라. 그리고 나와 나의 동료를 자이라스 국경 안으로 데려가라. 마스터의 이름으로 그대에게 명하노니……."

"아젠!"

휘이잉~!

기이한 마법 주문에 카이슨은 잠시 고개를 갸웃했지만, 자신에게 주어진 역할을 게을리 하지는 않았다. 의외로 카이슨은 순진한 면이 있는 듯했다.

어쨌든 아젠을 마법어라 생각하고 있을 카이슨의 외침을 마지막으로 장식하며 생 쇼를 벌이고 있는 우리 둘 앞에 드디어 아젠샤르가 나타났는지 바람 소리가 들려왔다. 일단 나는 그의 이름을 부른 셈이니 우리 앞에 나타난 듯했다. 그리고 본연의 모습을 드러내라는 말도 집어넣었으니 그는 나의 말대로 바람의 모습으로 나타난 듯했다.

그렇게 나타난 아젠샤르는 잠시 머뭇거리는 듯하더니 나와 카이슨을 그대로 공중으로 띄웠다. 그로서는 무척 황당한 방법에 의해 부름을 받은 셈이니 잠시 어리둥절했을 것이다. 하지만 침착한 그답게 아젠샤르는 나의 명령을 수행했다. 음… 오늘은 내가 아젠샤르 앞에서 스타일을 구기는 날이 된 듯했다. 물론 자신은 모르고 있겠지만 카이슨 역시 스타일을 구긴 것은 마찬가지였다.

약간의 우여곡절 끝에 국경을 넘은 우리는 자이라스의 수도로 가는 마차를 구한 다음, 곧바로 수도로 향했다. 첩자로서의 성격을 띤 이번 임무를 해내자면 수도로 가는 것이 좋았다. 수도로 가야 뭔가 중요하고도 제법 정확한 내용의 입 소문을 더 많이 들을 수 있기 때문이었다.

카이슨은 지금 자이라스의 수도에 침투해 있을 몇몇 첩자들과 접촉을 시도해 보아야 하겠다고 했다. 하긴, 첩자들과의 연락이 두절된 이유를 알아내는 것 역시 우리 임무 중 하나라고 할 수 있으니, 우리는 더욱 수도로 가야 했다.

나는 카이슨 모르게 리엔시타나 아멘시타를 미리 수도에 보내 조사하도록 시킬까 했으나 그만두었다. 나의 정령들은 첩자들이 누구인지 모르고 어디에 있는지도 모르니, 무조건 정령을 시키는 것은 어려웠기 때문이었다.

"아까는 제가 잘못했던 것 같습니다. 제가 잘 알지도 못하면서 라비스에게 잘난 척을 한 셈이 되었더군요. 모든 국경 지대에는 마법적 기운을 감시하는 탐지 마법이 걸려 있는 것은 기본 상식이라고 운운하며 멍청한 방법이라고 라비스에게 말했었으니… 마스터인 라비스는 그런 것쯤 당연히 알고 있었을 텐데… 흠흠, 어쨌든 그것은 사과드리지요."

마차 안에 나란히 앉은 우리는 묵묵히 창밖만 바라보다가 문득 카이슨이 그렇게 머뭇거리며 말을 걸었다. 그는 어렵게 말을 꺼낸 듯했다. 그의 말투는 동료로서 조금은 나를 존중하는 어투로 바뀌어 있었다. 아마도 나의 궁극의 플라이 마법(?)으로 국경을 무사히 건너게 되자 나에 대한 생각이 달라진 모양이었다.

"괜찮아요, 카이슨. 어차피 저는 마스터라는 것을 숨기고 있었으니 카이슨이 그렇게 행동하실 수도 있죠, 뭐."

나는 웃으며 그에게 그렇게 답했지만 내심 그를 속인 것으로 인해 양심의 가책이 느껴지기도 했다. 하지만 어쩌겠는가. 그와 나를 위한 일이며 임무를 위한 일이었으니 말이다.

"…그런데 라비스, 정말 소문처럼 폐하의 숨은 실력자입니까? 전 그동안 라비스에게 편협된 생각을 가지고 있었거든요. 아마도 라비스의 외모만으로 판단한 결과이겠지요. 전 단지 라비스를 폐하에게 총애를 받는 얼굴 외에는 내세울 것이 없는 여자라고 생각했거든요. 정말로 마스터 마법사인 줄은 몰랐습니다."

"훗, 그렇게 생각하실 수도 있겠네요. 하지만 카이슨, 지금 상황으로 그래도 뭔가 깨달은 점이 있겠죠? 카이슨은 유능하고 똑똑한 인재이긴 하지만 너무 자만심이 강해요. 남을 완전히 파악하지 않고 무작정 무시하는 모습을 보이죠. 그것은 당신 주위에 적을 만들게 되는 일이죠. 큰 단점이기도 해요."

나는 그에게 충고 어린 말을 하였다. 내가 아까 카이슨까지 끌어들여서 그렇게 생 쇼를 벌였던 이유는 여기에 있었다. 그의 자존심을 건드리지 않고 한 가지 사실을 일깨워 주기 위해서였다. 남을 완전히 파악하지 않고 무작정 무시하다가 큰코다칠 수 있다는 것을 말이다.

카이슨은 잠시 고개를 숙이고는 뭔가를 생각하는 듯했다. 그가 그렇게 말없이 있자 나는 슬슬 걱정이 되기 시작했다. 내가 아무래도 쓸데없이 나선 것이 아닌가, 하는 생각이 들은 것이다. 하지만 카이슨은 한동안 말없이 있더니 고개를 들고는 나에게 입을 열었다.

"역시 내가 어리석었군요. 저의 단점을 일깨워 주어서 감사합니다. 정말 부끄럽군요. 그나저나 후후… 라비스는 생각보다 훨씬 괜찮은 여자로군요. 폐하께서 라비스에게 반하신 것은 역시 외모 때문이 아니었던 모양입니다. 당신을 인정하죠."

그는 의외로 저자세로 나왔고, 나에게 화를 내거나 그러지는 않았다. 정말 다행한 일이었다. 만약 그가 나의 충고를 받아들이지 않았다면 나는 오히려 나서다가 역효과를 일으키게 되는 셈이었기 때문이었다.

'음, 이 녀석 의외로 괜찮은 녀석일지도…….'

자신의 잘못된 생각을 빨리 인정하고 그것을 고치기는 쉽지 않은 편이었다. 그런데 카이슨은 금세 그것을 인정하고는 자신의 높다란 자존심을 한 번 접고 나에게 사과를 하고 인정하는 말을 하는 것이다.

하긴, 그렇지 않는다면 파트너 사이에 껄끄러운 감정으로 임무를 그르칠 수도 있었으니, 현명한 그러면 빨리 화해를 하는 쪽으로 나가야 좋았다. 그가 나를 인정한 상태라면 말이다.

"그럼, 우리 서로 협력해서 임무를 마치도록 해요."

나는 그에게 환하게 웃는 얼굴로 손을 내밀었다. 그러자 그 역시 웃는 얼굴로 나의 손을 맞잡았다.

"네, 그래요. 그리고 라비스의 동료로서 앞으로 잘 부탁합니다. 앞으로 '카이' 라고 부르십시오."

"네, 그러죠, 카이. 아! 그리고 아까는 제 말에 따라주셔서 고마웠어요. 내가 국경 지대에 걸려 있는 탐지 마법을 피하며 플라이 마법을 시전할 수 있었던 것은 카이의 도움이 있었기 때문이에요."

"하하… 라비스, 저는 그다지 한 일이 없었는데요. 그래도 저의 부족한 능력이나마 도움이 되어 무사히 국경을 넘을 수 있어서 정말 다행입니다."

그와 나는 파트너이니 동등한 입장에서 임무를 해결해 나간다는 것이 중요했다. 아무튼 이것으로서 카이슨과 나와의 파트너 관계는 한 단계 레벨 업인 셈이다.

그렇게 카이슨과 화해하며 그동안 껄끄러웠던 그와의 감정을 풀었다. 나는 기분이 좋아져서 풀어진 얼굴로 마차의 창문을 통해 하늘을 올려다보았다. 화창하고 따스한 봄날의 하늘답지 않게 우중충한 잿빛 하늘이었다.

그런데 그때 마부석에서 마차를 몰고 있는 마부의 목소리가 들려왔다.

"두 분 연인 사이이신가요? 아니면 부부이신가요? 잘 어울리시군요."

마부가 지레짐작을 하고는 그렇게 우리에게 외쳤다. 하긴 그렇게 생각할 수도 있었다. 젊은 남녀가 단둘이 여행을 하면 연인이라는 짐작이 제일 먼저 떠오르기 마련이었다. 물론 평범한 사람들 같은 경우에 말이다.

"맞아요. 여기 아름다운 숙녀 분은 나의 약혼녀입니다. 수도에 계신 조부님께 인사를 드리러 가는 것이거든요."

"아하, 그렇군요. 정말 아름다운 약혼녀이군요. 자연의 정령과 자애로움의 여신 셀레네스의 축복이 함께하길 빌겠습니다."

카이슨이 둘러대는 말에 마부는 호탕한 성격이 드러나는 걸걸한 목소리로 우리에게 진심 어린 축복의 말을 했다.

나는 조금 거부감이 들긴 했지만, 그저 화사한 미소만 띠며 카이슨에게 살짝 속삭였다.

"카이, 이곳 자이라스는 셀레네스라는 여신을 섬기는 모양이죠?"

"네. 그녀는 이 나라에서 주로 떠받들여지고 있는 여신이죠. 그녀는 자연의 정령과 자애로움의 여신이라고 불리지만, 그 여신의 미모는 굉장히 아름다워서 미의 여신 '크리시아나'라는 또 다른 이름으로도 불려지고 있습니다. 음, 그러고 보니 예전 여신의 미모로 불려졌던 크리스티나 아르젠도 그 여신의 이름에서 따왔다고들 하지요. 아! 엘프들도 셀레네스를 섬긴다고 하더군요."

정령과 자애, 미의 여신이라……

나는 여신 셀레네스에 대한 카이슨의 얘기에 흥미가 끌려 초롱초롱한 눈으로 그의 말을 경청했다.

"…하지만 셀레네스를 모시는 신전들은 근래에 쇠퇴하고 있지요. 몇백 년 전에는 셀레네스 신전의 그 위엄과 권능은 창조신을 모시는 신전과 거의 세력을 같이 했었거든요."

"쇠퇴하고 있다구요? 왜요?"

"그건 셀레네스를 받들고 있는 여신관들은 거의 이백 년 전부터 셀레네스의 권능을 볼 수 없을 뿐더러, 더 이상 여신을 통해 신성력을 발현시킬 수가 없기 때문입니다. 종교 권위자들은 대부분 이렇게 추측들을 하고 있죠. 여신 셀레네스는 신계로부터 추방을 당해 더 이상 신족으로서 권능을 쓸 수 없다고 말입니다."

그의 말에 나는 안타깝다는 표정을 지어 보였다. 나는 셀레네스를 신봉하는 종교인도 아니었고 아무 상관도 없었지만, 왠지 안타깝다는 생각이 들었다. 나는 인간이니 신계라는 곳의 정확한 내막까지는 알 수 없었지만 뭔가 보이지 않는 사정이나 사건이 있으리라 생각되었다.

"음, 그런데 카이, 만약 셀레네스가 신계로부터 추방을 당했다면 정령과 자애, 그리고 미의 여신이자 엘프들의 여신이기도 한 셀레네스의 권능이 없어도 그녀에게 축복을 받는 존재들은 아무런 해 같은 것이 없나요? 예를 들어, 여신의 가호를 받는 엘프 족들이 혼란에 빠지거나 재앙이 닥쳐 멸족하거나 말이죠."

나의 질문에 카이슨은 내 질문이 재미있었는지 나직하게 웃음까지 터뜨리며 입을 열었다.

"후훗, 그런 일로 멸족까지 가는 일은 없습니다. 여신 셀레네스는 단순히 상징적인 존재이기 때문이죠. 그녀가 자신의 가호를 받는 모든 것을 주관하고 움직이는 것은 아닙니다. 그녀는 자신을 떠받드는 이들에게 축복을 해주는 것뿐이죠. 그녀가 정령과 자애로움의 여신이 된 것은 그녀가 가지고 있는 기운의 특성과 그녀의 심성으로 인해 그렇게 상징화된 것뿐입니다. 이 모든 것을 창조하신 창조신 역시 마찬가지입니다. 그는 전능하신 창조신이자 어디든, 심지어 우리의 마음속에서도 존재하시는 모든 만물의 아버지이지만 그 이상은 아니죠. 이 세상을 살아가고 존재하며 각자 주어진 운명을 만들고 개척하는 것은 바로 자신입니다. 신은 우리에게 여러 가지의 모습으로서 축복을 하지만, 그 이상의 것을 주관하는 것은 아니라는 것이죠. 그저 신은 존재하며 지켜보는 것일 뿐입니다."

"아, 그렇군요. 훗, 그러고 보니 카이는 꼭 종교인 같네요. 말하시는 것이 신관들 같아요."

나는 웃으며 그에게 말했다. 어쨌든 이곳의 창조신은 내가 살던 세계에서 따지자면 기독교의 하나님하고 비슷한 존재인 듯했다.

"하하, 역시 그렇게 보였나요? 전 어렸을 적 꿈이 신관이 되는 거였습니다. 하지만 집안에서 반대를 해서 그 꿈을 포기해야 했지요."

헉! 카이슨의 어릴 적 꿈이 신관이었다니… 조금 의외였다. 나는 카이슨이 신관의 모습을 하고 있는 것을 상상해 보았다. 깐깐하고 남을 무시하는 모습의… 게다가 잘난 척을 하며 근엄한 모습을 하고 있는 신관 카이슨의 모습을 떠올리자 나는 웃음이 났다.

"킥킥."

나도 모르게 나는 웃음을 터뜨리고 말았고, 카이슨은 눈을 가늘게 뜨며 나를 쏘아보았다.

"뭡니까, 라비스? 제가 신관이 되고 싶었다는 말이 그렇게 우스운 일입니까?"

그렇게 카이슨과 대화를 나누며 우리는 꼬박 이틀 밤낮을 달렸다. 정말 지루하기 짝이 없는 여행이었다. 창밖을 내다보며 빠르게 스쳐지나가는 풍경들을 감흥없이 바라보았다. 맞부딪혀 오는 바람으로 인해 나의 검은 긴 머리카락이 가볍게 휘날렸다.

나는 얼굴로 흩어져 휘날리는 몇 가닥의 머리카락을 뒤로 넘기다가 문득 이틀 전 아침의 일이 생각났다. 미카엔… 나는 그를 사랑하고 있는 것일까? 아니면 동경하고 있는 것일까? 그가 때론 그리운 것은 사실인데… 나에게서 소중한 존재라는 것은 사실인 듯했다.
 손가락에 끼고 있는 실버 반지를 만지작거렸다. 그리고 끼고 있는 실버 반지에 살짝 입을 맞추었다. 그러다 카이슨의 눈길이 느껴진 나는 그에게 겸연쩍게 웃어 보이며 입을 열었다.
 "날씨가 참 좋죠? 하늘이 조금 우중충하긴 하지만… 하하."

 저녁 즈음 우리는 적당한 여관의 방 두 개를 잡고는 각자 할 일을 했다. 카이슨은 어디론가 나갔고 나는 방에 남아서 정령들을 수도의 동태를 살피도록 명하여 보내고는 그들이 오기를 기다렸다.
 어두운 방 안에서 나는 촛불 하나에 의지하며 멍하니 사색에 잠겼다. 촛불로 인해 방의 벽에 비친 나의 그림자가 조금씩 너울거렸다.
 방의 침대 곁에 싸구려 초 하나가 끼워져 있는 촛대를 바라보았다. 나는 가만히 촛불을 응시하였다. 얼굴을 가까이 들이대며 나는 생각했다. 조그맣게 타고 있는 촛불이 너울너울 춤을 추고 있다고.
 그런데 그때 조그맣게 타고 있던 촛불이 갑자기 길게 길어지더니, 방 안의 허공에서 길게 늘어졌다. 참으로 신기한 광경… 나는 눈을 동그랗게 뜨고는 그것을 바라보았다.
 곧 길다란 불의 줄기가 허공에서 글자의 형태를 갖추기 시작했다. 그 모양은… 음, 샤르의 형편없는 흘림체 모양이다.
 「뭐 해? 그렇게 멍청한 표정으로. 그리고 조심해. 이곳 수도에 엔카루스의 끄나풀들이 우글대고 있어.」
 그 글씨를 본 나는 자리에서 벌떡 일어났다.
 "어떻게 된 거야? 엔카루스가 여기 있다니?"
 그러자 불로 이루어진 글씨는 픽! 꺼지듯 사라졌고 대신 샤르가 모습을 드러내었다.

"지금 리엔이랑 아멘시타, 아젠까지 모두 알아보고 있는 중이야. 나는 그 중간 보고를 하러 온 것뿐이고. 우연하게 그의 모습을 보게 되었는데, 그는 틀림없이 엔카루스야. 그가 여기 수도에 있는 거지. 그는 어찌 된 일인지 이곳에서 뭔가 보이지 않는 배후 역할을 하고 있는 것 같아."

그의 말에 나는 얼굴 표정을 심각하게 구겼다. 샤르는 말을 마치고는 다시 어디론가 사라졌고 나는 다시 촛불을 응시하며 머리를 굴리기 시작했다.

대체 무슨 속셈인 것일까. 엔카루스가 자이라스의 배후 역할을 하고 있다니…….

정말 뜻밖이었다. 엔카루스가 감옥을 탈출하여 어디론가 도망하여 몸을 숨기고 있을 거라 생각은 했지만, 그가 자이라스에서 배후 역할까지 하고 있는 줄은 몰랐던 것이다.

의외로 짜맞추기 추리에 소질이 있던 나는, 이번에도 머리를 굴림으로써 뭔가 얻는 것이 있을지도 모르겠다고 생각하며 떠오르는 생각들을 정리하고 되짚어 나갔다.

예전, 왕성의 지하 감옥에서 엔카루스를 마지막으로 봤던 일을 떠올렸다. 그때 그는 나에게 다시 돌아오겠다는 말을 했었다. 아마도 그렇게 말했던 것 같았다. 다시 돌아온다라…….

'그는 복수를 생각하고 있는 것일까? 아니면…….'

그리고 그는 미카엔이 가진 것이 탐이 난다고 했던 것 같았다. 그렇다면 그는 어쩌면 다시 로히얀스를 넘보고 있는 것이 틀림없었다. 예전에 그가 반정(反正)을 일으켰던 것처럼 그와 비슷한 일을 다시 계획하고 있을 듯했다.

거기까지 생각한 나는 머리를 이리저리 굴리는 것을 그만두었다. 아직 내가 알아낸 정보는 희박하였고, 그것만으로 모든 상황을 유추해 내기는 힘들었다. 우선 카이슨이 첩자들을 통하여 알아낸 사실을 들어보아야 할 듯했다. 그래야 뭐든 더 확실해질 테니.

나는 이번 일에도 마족 키리아가 관련되어 있지 않기를 마음속으로 바랬다. 그녀가 관련되어 있다면 또 뭔가 골치 아픈 일이 생길 것이기 때문이었다.

똑, 똑.

노크 소리다. 아마도 카이슨이 돌아온 모양이었다. 나는 방문을 열어 방문 밖에 서 있는 카이슨을 바라보았다.

"아래층으로 내려가도록 하지요. 숙녀 방으로 들어가는 것도 뭣하고… 할 이야기가 많습니다."

그를 따라 1층에 있는 식당 겸 주점으로 가서 구석에 위치한 테이블에 자리했다. 그는 급사에게 간단한 마른안주와 흑맥주를 주문하였다. 그리고는 나에게 얼굴을 조금 가까이 들이댄 다음 소리를 낮춘 목소리로 입을 열었다.

"제가 알아낸 내용은 대충 이렇습니다. 이곳 자이라스는 지금까지 인페르디아의 속국이었는데 얼마 전 독립하였다고 하더군요. 그리고 얼마 전부터 나타난 한 세력이 지금 왕을 몰아내고 자신의 세력 중 하나를 왕으로 내세웠다고 합니다. 물론 그 왕이 그 세력의 배후, 혹은 두목은 아니죠. 그리고 이건 추측인데 그 세력의 배후는 로히얀스 출신이 아닌가 생각되는군요."

그 로히얀스 출신이라는 세력의 배후는 아마도 엔카루스인 듯했다. 그렇다면 그는 자신의 마법 도적단으로서 자이라스의 왕실을 뒤집은 듯했다. 그런데 자이라스가 인페르디아의 속국이었다면 엔카루스가 자이라스를 먹도록 인페르디아에서 가만있지 않았을 텐데, 어떻게 짧은 기간 동안 그가 자이라스 세력의 배후가 될 수 있었을까, 하는 의문이 들었다.

'설마 키리아가 아직도 엔카루스와 손을 잡고 있는 것일까?'

카이슨의 말에 나는 불안한 생각이 들었다. 어쨌든 그에게 고개를 끄덕이며 속삭이듯 말했다.

"그 세력의 배후는 얼마 전 반역죄로 사형 선고를 받았다가 탈출한 엔카루스 아모르예요. 그의 세력이 여기 수도에 쫙 깔려 있을 거예요. 우린 좀 더 행동을 조심해야 해요. 게다가 나는 그와 안면이 있어 들킬 확률이 높아요. 우리 쪽에서 심어둔 첩자들의 활동이 많은 제약을 받은 것은 엔카루스가 로히얀스의 귀족 출신이었기 때문일 거예요. 게다가 그는 마법 도적단의 두목이었으니 첩자들의 연결 루트를 잘 알고 있을지도 모르죠."

내가 그렇게 말하자 카이슨의 눈이 동그래졌다. 그는 놀랍다는 듯이 혀를 내두르며 나에게 감탄이 섞인 말을 했다.

"대단하군요, 라비스. 그 정도까지 알아내고 계신 줄은… 아마도 라비스의 마법적 능력으로 알아내신 결과겠죠?"

그의 칭찬에 쑥스러워진 나는 얼굴을 살짝 붉혔다. 그나저나 저 잘난 척 심하고 여자 혐오증이 있는 카이슨이 나에게 칭찬이라는 것을 할 줄은 몰랐다. 아! 쑥스러워라.

본래 칭찬에 약한 성격이었던 나는 조금은 의기양양해져서 나무로 만들어진 흑맥주잔을 들어 그의 앞에 놓여진 잔에 부딪혔다. 그리고는 쾌활해진 목소리로 기분 좋게 그에게 외쳤다.

"오늘 임무를 수행하는 것은 이쯤에서 그만두고 건배하자구요, 카이. 혹시 여기도 술을 마실 때 한 번에 쭉 들이키길 좋아하시는 분들이 많나요? 카이, 원샷해요."

카이슨이 나의 발언에 대해 의아하게 쳐다보든 말든 나는 그렇게 말하고는 그에게 방긋 웃어 보였다. 그리고는 맥주를 단숨에 들이키려고 폼을 잡는데 나에게 지정된 위층 객실에서 정령들의 기운이 느껴졌다.

이제는 나의 정령들 기운을 정확히 느낄 수 있다는 사실을 깨달은 나는 내심 뿌듯해하며 자리에서 일어났다.

"카이, 전 이만 올라가야 하겠군요. 술은 아쉽지만 다음에 하죠."

"네, 그러죠. 잘자요, 라비스."

카이슨은 술을 마시려다가 그냥 올라가는 나에게 별다른 말 없이 밤 인사를 건넸다. 처음에는 잘난 척하고 성격 드러운 녀석이라 생각했던 나였는데, 사실 이 녀석은 원래 다정한 성격이 아니었을까, 하는 생각이 갈수록 들었다.

아무튼 그날 밤… 나는 정령들의 보고를 듣고는 침대에 누워 머리에 쥐가 나도록 많은 생각을 하다가 뒤늦게 잠이 들었다. 그리고 그 다음 날 아침.

나는 평소와는 다르게 루이스의 과격하고도 터프한 나를 깨우는 행동이 없음에도 불구하고 스스로 일찍 일어났다. 아마도 오늘은 태양이 동쪽에서 지지 않을까, 하는 생각이 든다. 욕실에 들어가 씻은 다음 나는 카이슨이 묵고 있는 옆방으로 갔다. 그와 뭔가 의논하기 위해서였다.

엔카루스는 내가 생각했던 것보다 이곳 자이라스에 깊이 뿌리박고 있었다. 그의 마법 도적단 출신인 심복이 이곳의 왕이 되어 있었고, 많은 중신의 자리에 그의 부하들이 심어져 있었다. 어젯밤 정령들의 말을 들어본 바로는 그러했다. 그 짧은 기간 동안 어떤 방법으로 나라 하나를 집어삼킬 수 있었는지…….

'그를 만나게 된다면 대단하다고 칭찬해 주어야 할까?'

나는 그가 이렇게까지 행동해야 했는지, 곰곰히 생각해 보았었다. 굉장히 끈질기고 집착성이 강한… 지금 그의 이 모든 행동은 내 존재에 대한 영향이 크리라 생각되었다.

대체 왜 그렇게 그는 나에게 집착하는 것인지. 그리고 왜 그는 극단적인 모습으로 이러한 불행하다고 말할 수 있는 상황까지—물론 그도 불행하다고 생각할지 의문이었지만—이르게 한 것인지. 그는 부모님이나 동생이 전혀 소중하지 않았는지 의문이었다.

나는 왠지 씁쓸해졌다. 설마 내가 원인 제공자라는 생각은 애써 하지 않았다. 그는 나에게 어떠한 환상과 감정을 가지고 있는지 모르지만, 그것은 그에게 처해 있는 여러 주위 환경이 그에게 질긴 집착과 극단적인 결심을 낳게 했을 것이다.

그가 처음으로 반한 여자가 된 나, 그리고 자신과는 다르게 완벽한 조건을 가진… 지금도 나의 남편으로 믿고 있을 미카엔, 자신의 권력 욕구… 물론 이것은 처음에는 수동적이었다. 아무튼 이 모든 것이 부분적인 요소로서 그에게 작용하였을 것이다.

그는 처음에는 여동생으로 인해 나에게 괴롭힘 비슷한 행동으로 나에게 관심을 가졌다가, 그 감정이 갈수록 커졌을 것이다. 그것은 또 다른 형태의… 그러니까 미카엔하고는 상반되는 성격의 쟁취, 그리고 일방적인 형태의 사랑이었다. 그리고 대단한 노력파인 셈이다. 미카엔의 모든 것이 천부적인 것에 비하면 말이다.

그리고 반역이라는 죄를 저지르고 사형 선고를 받고 지하 감옥에 갇혔을 때, 더욱더 극단적인 면모를 갖게 되었을지도 몰랐다. 아니, 그는 키리아라는 마족 여자와 관계한 뒤로부터 점차 극단적인 모습을 변하여 갔을 것이다.

나는 예전에 그에게 한번 경고한 적이 있었다. 나에게 가진 감정이 무엇이든 그것을 지워 버리라고. 아마도 그때가 루젠다르로 외교 사절로서 가던 길이었을 것이다. 처음으로 그가 나에게 애정을 가지고 있음을 짐작하게 할 말한 발언을 하였을 때……

그는 나에게 미카엔을 사랑하냐고 물었다. 그리고 나는 대답했었다. 나는 아무도 사랑하지 않는다고.

나는 마음이 무거워졌다. 나로 인해서 누군가가 상처받거나 불행해지는 것은 싫었다. 그로 인해 내가 행복해질 수 없을 테니.

나는 가라앉는 기분을 수습하며 카이슨의 방문 앞에 서서 노크를 했다.

똑, 똑.

"……."

다시 한 번.

똑, 똑.

"……."

대답이 들려오지 않는 것을 보니 그는 아직도 꿈나라임이 분명했다. 훗, 이번 막중한 임무에 대한 나의 정신 상태에 대해 어쩌고저쩌고하던 인물이 나보다 더 늦게 일어나다니. 나는 그에게 잘난 척을 할 수 있는 기회인 동시에 그의 높은 콧대를 조금은 낮추어줄 기회가 온 것이라 생각하며 방문을 향해 외쳤다.

"카이, 아직도 자는 건가요? 한심하군요. 우린 이렇게 여유 부릴 시간이 없어요."

"……."

"카이, 빨리 일어나란 말이에요. 의논할 것이 있어요. 저 그냥 들어갑니다?"

내가 이렇게 말하는데도 여전히 방 안에서는 소식이 없었고, 나는 결국 방문을 열고 안으로 들어갔다. 그러나.

"어라?"

방 안에 있어야 할 카이슨의 모습은 보이지 않았다. 나는 그가 아침 식사를 하러 아래층으로 내려갔나 싶어서 식당으로 내려갔으나 그곳에도 그는 보이지가 않았다.

나는 카운터에 앉아 있는 주인 아저씨에게로 다가갔다. 그러면 카이슨이 언제 밖을 나갔는지 알고 있을 테니 말이다.

"아저씨, 어제 저랑 같이 왔던 일행이 언제 나갔는지 아세요?"

"아가씨 일행? 글쎄… 그 사람이 누구인지 인상착의를 설명해 주시겠소?"

"음… 그는 짙은 흑갈색 머리칼을 한 젊은 남자인데요. 키가 큰 편이고 약간 깐깐하게 생긴……."

나는 대충 생각나는 대로 카이슨의 외모와 차림새를 설명하였다. 그러자 주인 아저씨는 그제야 누군지 알겠다는 표정으로 느긋한 어조로 답했다.

"아, 그 남자라면 자정이 넘는 시간에 다시 밖으로 나가던데 아직 들어오지 않았나 보군요. 내가 새벽 한 시에 여관문을 닫을 거라고 말하니깐, 그는 내가 다시 여관문을 여는 여섯 시 즈음에 돌아오겠다고 말하던데……."

여섯 시라면, 지금이 7시가 넘었으니깐 시간이 조금 지나 있는 셈이었다. 아마도 그는 새벽 사이 다시 첩자들과 접촉을 갖기 위해 나간 듯한데, 아직 돌아오지 않고 있으니 나는 은근히 걱정이 되었다. 혹시 엔카루스 일당에게 걸려서 잡힌 것은 아닐까 하는 생각이 들었다.

나는 다시 방으로 올라가 아멘시타를 불러 카이슨을 찾도록 하게 했다. 아멘시타라면 동식물을 이용하는 것뿐만 아니라 그들의 기억까지 어느 정도 읽을 수 있으니, 카이슨이 지나간 흔적을 찾을 수 있었다.
 그렇게 카이슨이 있는 곳을 아멘시타를 통하여 알아낸 다음 나는 그 곳으로 찾아갔다. 내가 찾아간 곳은 어느 허름한 여관이었다. 여기 역시 식당을 겸한 곳이라, 나는 식당의 적당한 테이블에 앉아 급사에게 아침 식사를 주문하였다. 우선 이곳 상황을 살피기 위해서였다. 그리고 배도 고프니… 아멘시타의 말로는 카이슨이 이곳으로 들어가 여지껏 소식이 없다고 하였다.
 이 식당에 있는 사람들… 주인을 비롯한 몇몇 남자들은 나를 힐금힐금 쳐다보았다. 나는 그들의 시선들을 애써 무시하고는 음식을 내온 급사에게 입을 열었다.
 "여기서 하루 정도 묵으려 하는데, 빈방이 있어요?"
 그러자 그 급사는 난처한 얼굴을 하며 빈방이 없다고 말하려는 듯 입을 여는데 그때 여관 주인으로 보이는 한 남자가 끼어들었다.
 "마침 빈방이 하나가 있습니다. 아가씨는 운이 좋으시군요. 조금 전에 체크아웃(손님이 객실을 비움)된 깨끗한 방이죠. 금방 방을 준비해 드릴 테니, 식사하시고 올라가 보도록 하세요."
 주인의 호의에 나는 고개를 끄덕이며 고맙다는 말을 하였다. 그의 호의가 순수하든, 아니면 다른 꿍꿍이가 있든 말이다. 주인은 내가 묵게 될 방의 침대 시트를 다시 깔고 여러 가지를 정리한다며 2층으로 올라갔다. 그리고는 금세 다시 내려왔다.
 제대로 방을 정리한 것인지… 의외로 그는 빨리 아래로 내려온 것이다.
 식사를 마친 나는 급사를 따라서 2층으로 올라갔다. 나는 뭔가 있을지 모르는 상황에 대비해 간단한 마법 스펠을 나직이 중얼거리며 외워두었다.

급사는 나를 안내하며 2층의 복도 끝 방까지 가더니 열쇠를 주고는 돌아갔고, 나는 그가 돌아간 것을 확인하고는 방 안으로 들어갔다. 방 안에서 리엔시타를 불러들여 카이슨이 있는 곳을 확인하기 위해서였다. 그렇게 방 안으로 들어가는데…….

"읍!"

뭔가 잽싸게 다가오더니 손으로 나의 입을 틀어막았다. 나는 그렇게 갑작스럽게 다가온 존재의 얼굴을 볼 수가 없었지만, 곧 그의 목소리가 들려와 나는 그가 누구인지 깨달을 수가 있었다.

"또다시 오랜만의 재회로군. 마법을 쓰는 것을 막으려면 이렇게 입부터 막는 것이 좋겠지? 어쨌든 다행이야. 내가 먼저 너를 발견할 수 있어서."

그는 엔카루스였다. 나는 그를 빠져나가기 위해 몸을 버둥거려 보았으나 검술로 단련된 그의 힘은 만만치가 않았다. 이럴 줄 알았으면 미리 리엔시타를 불러놓고 있던가, 아니면 그녀를 통해 면밀히 이곳을 살피고 들어와야 했는데 성급하게 행동한 나를 자책했다.

그는 나를 붙잡고는 벽 쪽으로 가서 나를 벽에 기대게 하고는 내 앞에 마주 보고 섰다. 물론 손으로 나의 입을 막으며 말이다. 이거 왠지 야리꾸리한 포즈인 듯싶다. 나는 그를 매섭게 쏘아보았지만, 그는 나의 이런 눈길에 아랑곳하지 않고 입을 열었다.

"어제 카이슨인지 뭔지 하는 녀석이 첩자들과 접촉하고 있다는 것을 내가 곳곳에 심어놓은 녀석들에게 들었지. 그래서 여관 길드를 통해 그 녀석을 조사하게 했더니 그 녀석의 일행 중에 미소녀가 한 명 있다고 그러더군. 그래서 나는 혹시나 하며 너를 기다렸어. 그런데 정말로 너일 줄이야. 후훗… 라비스, 만약 키리아가 나보다 행동이 빨랐다면 너는 분명 위험해졌을 거라는 것은 알고 있는지 모르겠군."

엔카루스의 말에 나는 눈을 크게 떴다. 키리아라니! 그럼, 이번에도 그녀가 관련되어 있는 모양이었다. 그녀가 엔카루스와 손을 잡았던 일이 아직도 유효하다는 얘기이다. 하긴, 그들은 미카엔을 제거하자는 목적이 같은 셈이니 서로 이용할 만했다.

"머리 색이 바뀌었군. 일루전을 쓴 건가? 황금빛도 아름답지만 지금의 검은색도 잘 어울리는데?"

엔카루스는 그렇게 말하며 윤기 도는 나의 머리칼 한 가닥을 자신의 검지손가락에 살짝 말고는 부드럽게 만졌다.

그나저나 그는 나의 입을 너무 세게 틀어막고 있어서, 정말이지 고통스럽기까지 했다. 이 상황을 어떻게 대처한다? 하지만 나는 더욱 난감한 상황에 놓이게 되었다. 방문을 거칠게 열고 누가 안으로 들어온 것이다.

'마리!'

나는 더욱 동그랗게 된 눈으로 안으로 들어온 마리를 바라보았다. 정말 황당하고도 최악의 사태였다. 마리 역시 자이라스 국에 있을지도 모른다는 사실을 미처 생각하지 못하다니… 예전에 엔카루스처럼 감쪽같이 감옥을 탈출할 때부터 알아봤어야 했다.

그리고 보니 예전 마리를 조사할 때 그녀는 흑마녀를 만나서 무서운 흑마법을 익혔었다고 했었다. 그렇다면 그 흑마녀가 키리아였던 것일까?

마리는 방 안으로 들어와 나를 붙잡고 있던 엔카루스를 쏘아보더니 나에게 눈길을 돌렸다. 그러다 나를 알아보고는 그녀의 눈이 크게 떠졌다.

"어쩐지 행동이 수상쩍다 했어. 엔카루스, 넌 그 계집을 아내라도 삼겠다는 거야? 그렇게는 안 될걸? 내가 가만두지 않아. 어차피 넌 자이라스 국에 이어 로히얀스 국까지 삼키려면 나를 아내로 맞아야 하니깐."

'헉! 저게 무슨 말이지? 마리가 엔카루스의 아내가 되겠다고 말하다니… 그새 엔카루스가 마리를 꼬신 걸까? 참, 빠르기도 하지. 능력이 좋다고 해야 하나?'

나는 계속되는 놀라움에 이제는 머리가 어질어질해질 정도였다. 지금 상황을 보니 마리는 엔카루스의 행동에 의심을 품고 이곳까지 쫓아온 모양이었다. 정말 상황이 기묘하게 꼬이고 있었다.

나의 눈빛에 이런 나의 놀라움이 그대로 드러났는지 마리는 간드러지는 웃음을 흘리며 나에게 입을 열었다.

"호호, 많이 놀란 모양이지?"

그리고는 내가 있는 쪽으로 다가왔다. 그러자.

"마리, 넌 더 이상 상관하지 마. 키리아에게 약물 중독된 주제에 그것을 진실이라 믿고 있다니……."

'약물 중독? 그렇다면 마리가 마약 비슷한 약물에 중독이라도 되었단 말인가?'

나는 의아한 얼굴을 하고는 마리를 바라보았다. 그녀는 깔깔 웃으며 엔카루스에게 입을 열었다.

"물론 너는 키리아가 제조한 이상한 약물에 내가 너를 좋아하게 된 것을 말하고 싶은 거겠지? 그건 나도 알아. 난 멍청하지 않으니깐. 키리아가 너와 자신의 일에 협력을 잘하도록 나에게 수를 쓴 것은 잘 알지만, 나에게 중요한 것은 동기보다는 결과야. 어찌 되었든 난 현재 너를 좋아하게 되었으니깐."

이상한 약물로써 엔카루스를 좋아하게 되었다라… 그거 사랑의 묘약과 같은 일종의 약물인 듯했다. 이 세계에서는 그런 것도 제조가 가능한 모양이었다. 그런데 마리는 자신이 그러한 약물에 중독되었음을 알면서도 저렇게 말하는 것을 보면… 그 위력이 대단한 모양이었다.

만약 저것이 엉뚱한 데 쓰이기라도 한다면 엄청 무서운 무기가 될 수도 있을 듯했다.

나는 그 와중에서도 묘약의 효능에 대해서 상상의 나래를 펼쳤다. 만약 키리아가 미카엔을 제거하기 위해 그에게 묘약을 써서 그를 유혹한다면… 헉! 생각하고 싶지 않은 결과가 연상된다. 아니지. 미카엔은 드래곤의 피가 강하게 흐르고 있으니, 그러한 것에는 전혀 영향을 받지 않을 것이다.

아무튼 나는 이 상황을 어떻게 대처해야 할지 머리를 굴리기 시작했다. 엔카루스가 나를 생각하는 그 감정을 이용한다면… 나는 지금의 위기를 벗어날 수 있을 듯했다. 물론 이 위기를 타개해 나가야 하기 위해서는 나는 또 한 번의 가증스런 모습을 보여야 할 것 같았다.

그에게 미안한 마음이 들긴 했지만 우선 내가 살고 봐야 하니…….

나는 약한 모습을 보이기 시작했다. 갑자기 현기증이 도져서 몸에 힘이 빠진 척을 한 것이다. 내가 갑자기 이러한 모습을 보이자 엔카루스는 쓰러지려는 나를 붙잡더니 틀어막고 있던 나의 입에서 손을 떼었다. 기회는 이때.

"샤르!"

나는 샤르의 이름을 외쳤다. 갑자기 내가 '샤르'라는 이름을 외치자 그것이 정령의 이름임을 모르는 엔카루스는 잠시 의아한 얼굴을 하였다.

화르르!

샤르는 모습을 드러내자마자 커다란 불꽃으로서 엔카루스와 마리를 위협하였다. 나는 그 모습을 보며 정령들을 몽땅 불러내었다. 나는 리엔시타에게 카이슨을 찾게 하였고 창문 쪽으로 뛰어가 아젠샤르에게 나의 몸을 허공에 띄우게 하였다.

자이라스에 와서 심상치 않은 조짐에 대해 뭔가 알아내야 하는 이번 나의 임무… 이로써 완수한 셈이었다. 나는 엔카루스와 마리의 대화를 통해 그동안 미심쩍었던 사실까지 모두 알아낸 셈이니, 이젠 무사히 도망가는 일만 남은 것이다.

나는 여관 창문에서 허공으로 날아오르기 전에 엔카루스에게 한 번 눈길을 주었다. 그는 나를 보고 있었지만 내가 이렇게 그를 속이고 도망가는 것에 대해 그다지 분해하는 얼굴은 아니었다. 다만 애써 만난 자신의 그리움을 다시 놓치게 되어 안타깝다는 듯한 얼굴이었다.

짧은 순간, 그의 표정을 읽은 나는 문득 가슴이 아파지는 것을 느꼈다. 이것은 그에 대한 동정이 아니었다. 나는 그가 안타까웠다. 그의 심정까지 이해하는 것은 아니었지만 방금 그의 모습에서 그의 감정이 나에게 전해져 지금 이 상황이 매우 안타깝게 느껴졌던 것이다.

내가 어느 정도 허공 위로 떠올라 있었을 때 리엔시타가 여관의 어느 방에 있는 카이슨을 찾아내었다. 리엔시타는 어느 방에서 밧줄로 꽁꽁 묶이고 재갈이 물려 기절해 있는 채 방 안에 갇혀 있는 카이슨에게 다가가 그를 창밖으로 데리고 나왔다. 아젠샤르는 카이슨 쪽으로 바람의 힘을 보내어 그를 이쪽으로 이끌어 오게 하였다.

그렇게 카이슨과 내가 적당히 멀리 도망치자 샤르는 엔카루스와 마리를 묶어두는 일을 그만두고 내 쪽으로 합류하였다.

나는 임무를 마치고 무사히 자이라스를 빠져나오면서 내내 씁쓸한 마음이 들었다. 엔카루스와 나의 엇갈린 인연… 다시 처음의 무(無)로 되돌릴 수 있으면 좋겠다는 생각이 들었다.

할 수만 있다면… 나는 되돌리고 싶었다. 그러면 엔카루스는 나를 사랑해서 잘못된 길로 접어들지 않아도 되고… 아사벨라는 자신의 오빠가 반역을 저지른 것으로 인해 상처받지 않아도 될 것이다.

누군가가 나로 인해서 상처를 받고 불행해진다는 것은 정말 슬픈 일이다.

아침부터 종일 하늘을 날았던 나는 그날 밤 늦게 마침내 로히얀스 왕성에 당도할 수가 있었다. 미카엔에게 보고할 보고서 작성이고 뭐고 너무 피곤하여 침대에 쓰러지고 싶었다. 자이라스에서 로히얀스까지 날아오느라 종일 허공에 떠 있었더니 나는 아직도 공중에 둥둥 떠 있는 것 같아서 어지럽기까지 했다.

나는 꾀죄죄해진 몸을 씻고 곧장 수면을 취했으면 하였으나 내가 데리고 온 카이슨이 나의 침대를 차지하고 누워 있었다. 아직도 의식을 찾지 못한 것이다. 아마도 그는 독한 수면제로 인해 의식을 잃고 아직 깨어나지 못하고 있는 듯했다.

아무리 그래도 그렇지… 내가 그를 발견한 순간부터 지금까지 내리 잠들어 있다니! 팔자 좋은 녀석.

나는 그를 약간 거칠게 흔들어 깨웠다.

"카이, 일어나요!"

"으음……?"

곧 카이슨은 힘들게 자신의 눈을 떠보였다. 아마도 약 기운 때문인 모양이었다. 하지만 이내 정신이 드는 듯 그는 벌떡 일어났다.

"앗! 라비스."

"정신 들어요? 여긴 왕성 안이에요. 이제 그만 일어나서 카이의 집으로 돌아가는 것이 어때요? 전 지금 무척 피곤하다구요."

"왕성 안? 라비스, 대체 어떻게 된 일입니까? 난 분명히, 으음… 어떤 여관에서 정신을 잃었던 것 같은데……."

하긴, 그는 의아스럽기도 할 것이다. 그가 눈을 떠보니 로히얀스 왕성에 돌아와 있으니. 결국 나는 달콤한 수면을 취하기에 앞서 카이슨에게 변명부터 해야겠다고 생각했다. 아우~ 피곤해라.

"카이슨은 어젯밤 첩자들과 접촉을 갖기 위해 어떤 여관으로 갔다가 그곳에서 정신을 잃으셨죠?"

"네, 그래요. 전 누군가와 그 여관에서 만나기로 되어 있었거든요. 그래서 여관의 적당한 방에서 그를 기다리기 위해 그곳의 급사에게 안내를 받던 도중, 음… 누군가가 기습적으로 다가와 나의 입을 천 조각으로 감싸며 틀어막더군요. 아마도 수면제가 묻어 있었던 듯합니다. 저는 그 뒤로의 일을 기억할 수가 없으니깐요."

"그랬군요. 전 오늘 아침에 카이가 방에 없길래 저의 디텍트 마법으로서 카이의 행방을 찾았죠. 그리고 나서 카이가 잡혀 있는 여관에 몰래 잠입하였는데……."

나는 그에게 그동안 있었던 일을 대충 때려 맞추어서 얘기를 해주었다. 물론 내가 알아낸 자이라스에 관한 것은 모두 사실대로 얘기했다. 다만 숨긴 것은 내가 정령을 사용해서 카이슨을 구출하고 자이라스를 빠져나왔다는 내용뿐이었다. 그는 내가 정령을 부리는 자가 아닌 마스터 마법사로 알고 있었기 때문이었다.

"그것이 사실입니까? 예전에 로히얀스 왕성을 장악했었던 그 미족과 엔카루스가 여전히 손을 잡고 이곳을 노리고 있다면 정말 큰일이군요. 어쨌든 라비스, 정말 고맙습니다. 덕분에 무사히 자이라스를 빠져나올 수 있었으니… 이번 임무는 라비스의 공이 무척 크군요."

"하하… 카이가 생각하는 것처럼 그다지 제 역할이 컸던 것은 아니에요. 비록 카이는 여관에서 정신을 잃고 있었지만, 저는 카이가 그 여관에 있었음으로 인해 그들의 소굴 중 하나를 알아낼 수 있었던 것이고 대화 내용까지 엿들을 수 있었던 거죠. 아! 그런데 묵고 있던 여관에다가 짐을 놔두고 왔는데… 중요한 물건은 없겠죠?"

"네, 그다지 중요한 물건은 없습니다. 아무튼 이번에 라비스에게 신세를 지게 되었어요. 아, 이젠 제 잘못된 고정관념을 뜯어고쳐야 할 것 같군요. 이 세상에는 저보다 잘난 사람이 많고, 여자들 역시 남자들보다 강한 경우가 있다는 것을."

카이슨은 피식 웃으며 나의 말에 답했다.

"이야~ 그것 참 바람직한 생각인데요? 자신의 한계를 누구보다 명확히 깨닫는 사람일수록 그 사람은 발전할 가능성이 높은 법이죠. 물론, 그가 더욱 발전하고자 하는 의지가 있어야 하겠지만 말이에요. 어쨌든 카이가 좀 더 겸손해졌다니 정말 다행이에요. 사실, 그동안 카이는 너무 잘난 척을 많이 했거든요."

내가 그렇게 방긋 웃으며 농담하듯이 말하자 카이슨은 얼굴을 살짝 찌푸리며 입을 열었다.

"잘난 척을 너무 많이 해서 미안하군요."

"앗! 삐쳤어요? 저런, 나는 카이가 잘난 척을 조금 하지만 마음은 넓은 분인줄 알았는데?"

"라비스, 그렇게 남자를 놀리면 못씁니다."

"훗… 눈치 채셨군요. 제가 카이를 놀리고 있다는 것을."

그러자 카이슨은 나직한 웃음을 터뜨리며 졌다는 듯한 표정으로 나에게 말했다.

"아아, 이젠 그만두죠. 계속 라비스에게 남자로서의 체면을 유지하려다가는 저만 당할 것 같군요. 아무튼 피곤하실 텐데 편히 쉬세요. 전 이만 돌아가야 하겠습니다."

"네, 그러세요."

카이슨은 그렇게 말하고는 나의 침실을 나가기 위해 방문 쪽으로 발걸음을 옮겼다. 그러다 다시 나를 돌아보더니 한마디를 덧붙였다.

"아! 그리고 라비스, 어제 못한 술 한잔 언제 한번 같이 하도록 하죠."

그 다음날 나는 미카엔에게 그동안의 보고할 내용을 서류로 작성하였다. 그리고 집무실로 가기 전 나는 루이스를 시켜 목욕을 하였다. 목욕물에 장미 잎을 동동 띄워서 그 목욕물에 씻은 나는 은은한 장미 향이 몸에 배어들게 되었고, 하얗고 투명한 피부는 더욱 뽀샤시 해졌다.

목욕 후 거울을 보던 나는 또다시 나를 보며 내가 감탄하는 행동을 하였다. 이러다 공주병의 증상이 더욱더 깊어질 것 같아 심히 걱정이었다. 나는 거울을 보며 헤벌쭉하게 웃어 보였다. 왠지 오늘 아침따라 기분이 좋았다. 이유는 나도 모르겠다.

나는 나에게 걸려 있던 일루전을 풀어 다시 머리 색과 눈동자 색을 황금빛으로 돌아오게 하였고 화장대에 앉았다.

'오늘은 화장이라는 것을 좀 해볼까?'

화장대 앞에는 뭔가 고급스런 화장품들이 잔뜩 있었지만, 나는 스스로 화장을 해본 적이 없었고 화장을 거의 안 하는 터라 화장을 어떻게 해야 할지 막막해졌다.

이것저것 화장품 병과 상자 등등… 을 열어보고 살펴보았지만 여전히 막막했다. 시녀들에게 도움을 요청해도 되었지만 나는 스스로 이런 걸 해보고 싶었다. 그러다 나는 붉은색의 립스틱 비슷한 화장품을 발견하였다.

나는 그것을 찍어 입술에 발라보았다.

"헉! 쥐 잡아먹은 것 같잖아?"

새하얀 얼굴에 입술만 유난히 붉게 보여 질겁한 나는 황급히 입술을 지웠고, 다시 이것저것 기웃거렸다. 그러다 결국 나는 화장하는 것을 포기하고는 미카엔의 집무실을 향했다.

"아! 오랜만이네요. 폐하께서는 안에 계신가요?"

나는 집무실 문 앞에 이르러 시립해 있는 시종에게 물었다.
"폐하께서는 후원에 계십니다. 아침 산책 중이시죠. 크로시벨 비서관님도 한번 나가보시지요. 지금 후원에는 꽃들이 만발해서 아주 절경을 이루고 있습니다."
그의 말에 나는 고개를 끄덕였다. 마침 기분도 왠지 좋은 데다가 봄의 기운을 만끽하고 싶다는 생각이 든 나는 후원 쪽으로 나갔다.
미카엔은 인공 호수 쪽에서 시종 없이 혼자 서 있었다. 막상 그의 모습을 본 나는 엄청 그가 반가워져서 활짝 웃는 얼굴로 그에게 다가갔다.
"폐하, 무슨 생각을 그렇게 하시죠?"
내가 그렇게 묻자 미카엔은 나에게로 얼굴을 돌리고는 살짝 웃어 보였다. 봄의 햇살이 그의 얼굴에 내리자 미소 짓는 그의 얼굴이 더없이 화사하고 아름답게 느껴졌다. 은빛의 고운 머리칼과 깨끗한 그의 피부가 웬만한 미녀들보다 더 화사해 보였다. 오늘따라 그의 자수정빛 눈동자가 더욱 밝은 은보랏빛으로 맑게 빛나고 있었다.
나의 아찔한 외모로 인하여 웬만한 미모에도 시큰둥한 나이지만, 정말… 저 녀석은 고귀한 아름다운 외모를 가진 녀석이었다.
아무튼 미카엔은 나에게 입을 열었다.
"음… 네가 언제쯤 나를 찾아올까 생각하고 있었지."
"엑!"
내가 닭살이 돋는다는 듯이 그런 음성을 내뱉자 미카엔은 가볍게 웃으며 나에게 손을 내밀었다. 그의 행동에 나는 의아한 얼굴로 그를 쳐다보았고, 미카엔은 나의 의아함을 풀어주려는 듯 입을 열었다.
"저에게 그대의 손을 잡을 수 있는 영광을 주시겠습니까, 아름다운 레이디? 그대와 함께 봄 꽃이 만발한 이곳을 산책하고 싶군요."
'헉! 정말 닭살이다. 미카엔은 다 좋은데, 가끔 나를 닭으로 만들어

버리는 아주 기이한 능력을 가지고 있단 말이야.'
 나는 그렇게 생각하면서도 지금 상황이 무지 쑥스럽다는 생각이 들었다. 그래서 그에게 썰렁한 농담을 하였는데…….
 "폐하, 비록 측실이지만 폐하께서는 부인이 계시는 유부남이고, 저는 이제 폐하의 측실이 아니니 폐하의 지금 행동은 불륜이 된다는 것을 혹시 알고 계시는지요?"
 나는 방금 미카엔이 말한 말투에 맞추어 그에게 답변을 하였는데, 미카엔은 불륜이라는 심각한 단어보다는 새침한 모습으로 답변하는 나의 모습에 더욱 웃음이 나왔는지 쿡쿡대며 웃음을 터뜨렸다.
 '정말 민망해지네…….'
 "쿡쿡! 라비스, 너에게 그런 귀여운 면이 있는 줄은 몰랐는데?"
 "쳇, 폐하, 그만 웃어요. 전 폐하께 보고를 하러 왔단 말이에요."
 그러자 미카엔은 웃음기를 거두고는 나에게 진지한 얼굴로 해 보였다. 그러나 여전히 웃음기가 감도는 목소리로 나에게 입을 열었다.
 "맞아, 너에게 보고를 들어야 하겠군. 그전에 너에게 말하고 싶은 것이 있는데……."
 "뭔데요?"
 "너랑 가고 싶은 곳이 있어. 갑자기 바다가 보고 싶어졌거든."

Change Of Destiny 제6장

바닷가에서

 바닷가에서

미카엔에게 보고를 마치고 돌아온 나는 자이라스 국에서의 임무를 무사히 마치고 돌아온 대가로 이틀 간의 휴가를 얻게 되었다. 물론 카이슨 역시 휴가를 얻었을 것이다.

나는 오랜만의 휴식을 알차게 보내기 위해 스미스 비서관에게 열쇠를 받아서 중앙 궁성의 서재로 갔다. 여긴 국왕이 있는 궁성의 서재라 그런지, 대형 도서관을 방불케 하는 어마어마한 책들이 겹겹이 쌓여 있었다. 물론 국왕의 개인 서재는 따로 있었다.

나는 아침에 미카엔이 바다에 가자고 했던 말에 대해 곰곰이 생각하며 책들을 훑어보았다. 바다라… 바다에 가고 싶은 마음이 있기는 했다. 그곳에 가면 답답한 마음이 시원하게 뚫릴 것 같기도 했고, 요즘 들어 깊어진 향수병도 조금은 털어낼 수 있을 거라 생각하였다.

그는 이따 오후 즈음에 집무실로 오라고 말했다.

"으음……."

나는 미간에 주름을 잡고 인상을 썼다. 바다에는 정말 가고 싶은데 나는 미카엔의 의도가 심히 미심쩍었다.

분명히 분위기 좀 잡아보자는 의도가 있을 것이다. 그가 나를 데리고 갈 바다는 분명히 서해안이 될 테니… 로히얀스는 동대륙 중에서도 서쪽에 위치해 있기 때문에, 분명히 미카엔은 서해안으로 데리고 갈 것이다.

미카엔은 자신의 집무를 마쳐야 하는 이유를 들며 나보고 오후에 오라고 했으니, 분명히 오후에 그의 마법 능력으로 서해 바다로 가게 되면 멋진 석양을 볼 수 있을 것이고 미카엔은 황금빛으로 물들은 바다에서 얼마든지 로맨틱한 분위기를 연출할 수 있을 것이다. 역시 약았어. 하지만……

"우우… 석양이라. 멋지긴 하겠군. 가고 싶다!"

나의 눈앞에는 멋진 저녁 바다가 그려지며 그 영상은 나를 자꾸 유혹하였다. 헉! 이러면 안 되는데… 나는 고개를 도리도리 흔들었다.

그리고는 모든 분야의 책들을 훑어보다가 문득 구석에 잡다한 책들이 모여 있는 것을 발견하고는 이것저것 꺼내 들어 살펴보았다. 그러다 책에 자물쇠가 채워져 있는 오래되어 보이는 책 한 권이 눈에 띄었다.

"이건 왜 이렇게 자물쇠가 채워져 있는 거지? 비밀스런 책인가? 이러면 더 보고 싶잖아."

나는 언록(Unlock) 마법을 써서 그 자물쇠를 풀었다. 생각 외로 그 자물쇠는 간단히 풀렸다. 호기심이 많은 나로서는 이 책에 흥미가 동했고 나는 설레이기까지 하는 마음을 진정시키며 첫장을 넘겼다.

「오늘은 로히얀스력 351년 12월 05일… 나의 마지막 아이가 될 미카엔이 태어난 날이다. 5000여 년이 넘는 세월 동안 나에게는 수많은 인간 자손들이 있었지만, 내가 인정한 아이는 드래곤으로서 본체의 모습을 지닌 나의 두 명의 아이들… 그들뿐이었으나 나의 마지막 유희에 태어난 미카엔은 나도 모르게 애정이 간다. 어쩌면 이 아이는 내가 사랑하는 두 명의 아이들 외에 인간의 피를 이어받은 자식 중에 내가 유일하게 인정한 나의 분신이 될지도 모르겠다.

351년 12월 5일 아나테스 씀.」

이것은 프레야 왕비가 쓴 일기장이었다. 나는 가슴이 두근두근하는 것이 느껴졌다. 왕비의 일기장이 어째서 여기 도서관에 있는 것인지 모르겠지만 나는 그 일기장을 품에 안고는 나의 침실로 걸음을 옮겼다. 침실로 가서 차분하게 읽고 싶었기 때문이었다. 남의 일기장을 읽는 것은 그다지 바람직하지 않은 일이었으나 나는… 후훗. 남의 일기장을 읽는 것이 가장 재미있는 일 중에 하나라는 것을 너무나 잘 알고 있었다.

나는 침대에 누워서 그 일기장의 다음 장을 넘겼다. 그러자 다음 페이지에는 처음엔 아무것도 쓰여져 있지 않은 백지가 눈에 들어오더니 이내 점차 글씨가 나타나기 시작했다. 나는 고개를 갸웃하면서 왕비가 무엇 때문에 이렇게 특수 효과까지 일기장에 걸어놓았는지 의아해했다.

그 후로도 몇 장을 읽었고 그러다 눈에 띄는 내용 한 가지가 있었다.

「오늘은 나의 오랜 친구 셀레나를 만나는 날이다. 그녀에게도 그녀를 닮은 딸이 하나 있었다. 우리는 한 가지 약속을 했다. 나의 아들과 그녀의 딸을 훗날 혼인시키기로. 셀레나는 자신의 딸을 매우 사랑하는 듯했다. 하지만 그녀와 나는 알고 있었다. 셀레나와 그녀의 딸에 대한 불행을. 셀레나는 자신의 딸이 열일곱이 되는 해에 죽음을 맞이할 것이라는 것을 알고 있었다. 자신의 사랑하는 딸이 얼마 살지 못할 거라는 것을 아는 것은 죽음보다 더한 고통이었다. 하지만 셀레나는 의외로 의연했다. 그녀는 나에게 이렇게 말했다.

'나는 운명의 전환점인 그 해에 새롭게 나의 딸이 될 라비스를 위해 너에게 이렇게 부탁하는 거야. 나는 그 애가 행복해졌으면 해. 그렇지 않으면 또다시 많은 세월을 기다려야 하니깐.'

나는 미카엘이 아마도 라비스를 사랑하게 될 것이라 확신하였다. 셀레나의 예지 능력은 언제나 적중하였으니깐.

356년 3월 17일 아나테스 씀.」

그것을 읽은 나는 갑자기 소름이 쫙 돋는 것이 느껴졌다. 손이 풀린 나는 그 일기장을 잠시 놓았다가 이내 다시 그것을 들고는 떨리는 손으로 다음 장을 넘겼다. 그러자 또다시 백지가 나의 눈에 들어왔.

나는 글자가 나타나기를 기다렸지만 더 이상 프레야 왕비의 다음 일기는 나타나지 않았다.

'여기가 끝인가?'

아무리 기다려도 더 이상 글자가 나타나지 않자 나는 그것을 침대 곁에 있는 서랍에 조심스럽게 넣어두고는 잠시 침대 위에서 우두커니 앉아 있었다. 머리 속이 복잡해졌다. 충격으로 인해 어지러움증이 느껴졌다. 뭔가 배신감이 느껴지기도 했다. 누군가를 향한 것인지는 나도 모르겠지만.

갑자기 혼자 있는 것이 두려워지고 누군가에게 기대고픈 생각이 들었다. 나는 비틀거리며 일어나 침실을 나섰다. 내가 기댈 수 있으며 기대고 싶은 존재는 누구일까. 루이스일까? 하지만 나는 지금 이 순간 미카엔이 떠오른다.
 아! 내가 미카엔에게 기대고 싶어하다니… 마음 깊은 한구석에서는 그를 기대고 의지하고 있었던 것일까? 나는 고개를 도리도리 흔들며 그냥 바람이나 쐬어야 하겠다고 생각했다. 미카엔의 집무실로 향하고 싶은 마음도 있었지만 나는 그냥 후원 쪽으로 발걸음을 향했다.
 날이 정말 따스하다. 오늘같이 날씨가 좋은 날에는 미카엔과 바다를 보러 가도 좋을 듯했다.
 나는 후원을 가로질러 더욱 깊숙이 들어갔다. 시녀나 시종들이 지나다니지 않을 만한 조용한 곳에서 혼자 있고 싶었다.
 혼란스러웠다. 나는 이곳 세계에 왜 오게 된 것인지… 다시 돌아갈 수는 없는 것인지, 나의 운명은 이렇게 예비되어져 있었던 것인지 정말 알 수가 없었다. 눈물이 나려는 것을 간신히 참았다.
 지금 나의 육체인 라비스는 툭하면 눈물샘이 터져 나오곤 했기 때문에, 나는 내가 울보가 된 것이 아닌가 착각이 들 때도 있었다. 나는 그동안 애써 잊으려 했던 나의 부모님의 얼굴이 눈에 어른거렸다. 그동안 가슴속 깊이 내리누르고 있던 향수가 곪은 상처가 터지듯이 마구 나의 가슴속을 헤집기 시작했다.
 어느덧 궁성 후원의 가장 깊숙한 곳까지 걸어온 나는 어느 순간 걸음을 우뚝 멈추어야 했다. 방금 전까지는 전혀 몰랐었는데 바로 근처에서 강한 마나의 기운이 느껴졌던 것이다. 누군가가 지금 마나를 운용하고 있다거나 마법을 쓰고 있는 듯했다. 그런데 이렇게까지 강하게 느껴지는 마나의 기운이 전혀 느껴지지 않고 있다가 이 지점에 이르러서야 그 기운이 느껴지는 것일까?
 아마도 이 부분에 마나를 감추는 결계가 걸려 있는 듯했다. 누가 이렇게 결계를 걸어놓았을까? 아! 그러고 보니 마나의 기운은 빙게 쪽의 성질을 띠고 있었다. 그렇다면……

나는 빙계 기운이 느껴지는 곳을 향해 조심스럽게 다가가 보았다. 그러다 작은 호수를 발견할 수 있었다. 이런 곳에 작은 호수 하나가 있는지 몰랐었다. 하긴, 중앙 궁성의 후원은 워낙 넓으니 이런 구석에 호수 하나쯤 있다는 것을 모르고 있어도 그리 이상한 일은 아니었다.

호숫가에는 누군가가 앉아 있었다. 그는 이곳 로히얀스에서 가장 고귀한 존재… 미카엔이었다. 그는 깊은 생각에 잠긴 듯 아직 나의 존재를 눈치 채지 못한 듯했다.

호수의 수면 위로 은빛의 작은 회오리가 생기기 시작했다. 그것은 이내 은빛의 반짝임을 사방에 뿌리며 호수의 수면 위 전체로 퍼지기 시작했다. 너무도 아름다운 광경이었다. 나는 넋을 잃고 그 신비하게 느껴지는 광경을 지켜보았다. 미카엔은 지금 뭐 하려는 것일까?

잠시 후 그 은빛의 반짝임들은 뭔가 하나의 형태를 갖추어가기 시작했다. 어느 부분에서는 밀집된 모습을 보이고 어느 부분에서는 옅은 은빛의 반짝임 모습만 보였다. 그렇게 그것은 구체적인 한 가지 형태를 잡아 나가고 있었다. 왠지 은빛의 반짝이 물감으로 그림을 그려 나가는 듯했다.

"아!"

나는 나지막한 탄성의 음성을 내었다. 그것은 어느덧 아름다운 소녀의 형상을 하고 있었던 것이다. 긴 머리칼을 늘어뜨린 십대 후반 정도 먹어 보이는 소녀의 모습이었다. 아, 저 소녀의 모습은 바로 나였다.

미카엔은 나의 모습을 자신의 가시화된 마나로 만들어내고 있었던 것이다. 그나저나 미카엔은 정말 대단했다. 자신의 빙계 마나 기운을 가시화하여 그것으로 저렇듯 예술 작품을 만들어내니 말이다.

어느 마법사가 자신의 마나로 저런 입체적인 그림을 그리는 것을 할 수 있을까? 만약 왕실 마법사들이 저 모습을 본다면 다들 놀라서 경악의 얼굴에 경탄과 황당함이 어우러진 멋진 표정들을 지을 것이다.

마치 장난하듯이 마나의 기운을 자유로이 통제하며 입체 그림을 그리는 일은 인간으로서는 절대 생각 못할 일이었기 때문이었다. 할 짓 없는 마법의 막강 대명사인 드래곤이 저런다면 이해할 테지만.

"누구냐?!"

그러다 미카엔은 근처에 누군가가 있다는 것을 눈치 챘는지 그렇게 외치며 나를 돌아보았다.

파앗─!

아름다운 소녀의 형상을 하고 있던 가시화된 은빛의 마나들이 순간적으로 흩어져 버리더니, 그것은 날카로운 매직 애로우 비슷한 모양으로 바뀌어 나에게 곧장 날아와 공격해 왔다.

쐐엑─!

"헉!"

나는 놀라 그런 헛바람 들이키는 소리를 내며 뒷걸음질을 쳤다. 순간적으로 일어난 일이었기에 나는 실드를 형성할 겨를이 없었다.

그렇게 날아온 은빛의 날카로운 화살 모양은 바로 나의 코앞까지 날아오더니 멈칫하였다. 그리고 지금까지 내 쪽으로 날아온 순간이 허무하게 느껴질 정도로 멈칫한 그것은 이내 소멸되어 버렸다.

"아! 라비스, 너였군. 미안하다, 놀라게 해서."

미카엔은 자신의 생각에 몰두하다가 뒤늦게 누군가 다가온 것을 깨닫고는 무작정 마법을 날린 듯했다.

"폐하, 저는 그냥 놀란 정도가 아니에요! 하마터면 폐하의 마법에 맞아 죽을 뻔했단 말이에요!"

"음, 네가 나의 마법에 맞아 죽을 일은 없을 테니 그 부분에 대해서는 그리 놀라지 않아도 돼, 라비스."
 나의 항변 섞인 외침에 미카엔은 농담하듯이 가볍게 답했다. 으음… 이 상황에 농담이 나오다니! 나는 방금 그에게 죽을 뻔했는데 말이다. 물론 조금 전 그의 마법이 목숨을 앗아갈 공격 마법이었는지는 모르겠지만.
 "폐하께서 저를 알아보시고 마법을 거두셨다고 하지만, 만약 이 상황에 제가 아니라 시종이나 시녀였으면 어떻게 하셨겠어요?"
 "물론 마법을 거두지 않았겠지."
 그의 대답에 나는 얼굴이 해쓱해졌다. 아무리 미천한 신분의 시종이나 시녀지만 실수로 국왕을 엿본 죄로 죽음을 맞아야 한다니… 그건 너무했다. 미카엔이 이런 냉정한 성격에 목숨을 하찮게 여기는 성격인 줄은 미처 몰랐다.
 "폐, 폐하……."
 "풋!"
 내가 심각해진 얼굴을 하자 미카엔은 이런 나의 모습이 웃음 나올 일로 다가왔는지 그렇게 웃음을 터뜨렸다.
 "하하하, 라비스. 네 지레짐작은 알아주어야 한다니깐. 아까 그 마법은 그저 물리적인 방법으로 어떤 존재를 묶는 역할밖에 하지 않아. 흐음… 이럴 줄 알았으면 그냥 라비스를 묶어버릴 걸 그랬나?"
 "폐하!"
 "농담이야. 라비스, 그렇게 정색할 것까지는 없잖아?"
 "쳇!"
 미카엔과 대화하고 있으려니 점점 그에게 놀림받고 있다는 기분이 들었다. 하지만 나는 여기서 물러설 수는 없는 일이었다. 내가 그에게 놀림받은 만큼 나도 그에게 갚아주어야겠다.

"근데, 폐하께서는 여기서 뭐 하고 계셨어요? 아까 보니 저의 모습이……."

"아! 그건… 네가 생각나서 너의 아름다운 모습을 만들어보고 싶었지. 물론 너의 고혹적인 실물보다야 훨씬 못 미치지만 말이야."

미카엔은 태연한 얼굴로 나의 질문에 답했다. 나는 그의 당황하는 모습이 보고 싶었는데 말이다. 그는 아무도 없는 곳에서 결계까지 치고서 청승맞게 나의 모습을 그리고 있는 모습을 당사자에게 들킨 셈이었으니 내심 그가 당황할 것이라 기대했는데 오히려 그의 뻔뻔한 닭살 발언으로 인해 나의 얼굴이 붉어지고 말았다.

아! 정말 이게 아닌데…….

그가 아름답다느니 고혹적이라는 등등의 발언을 즐겨 쓰며 나에게 닭살 발언을 아끼지 않는다는 것을 나는 그만 깜빡하고 있었다. 그나저나 나는 왜 저 녀석의 말에 얼굴을 붉히는 건지… 완전히 여자다운 행동이다.

"홋… 근데 라비스가 직접 이곳까지 나를 찾아올 줄은 몰랐군. 아마도 같이 바다에 가자는 말을 하기 위해서겠지?"

'헉!'

당했다…….

그의 페이스에 이렇듯 휘말려 버리다니… 나는 역시 미카엔에게는 아직 먼 모양이다. 흑! 정말 이게 아닌데…….

결국 나는 방금 전까지만 해도 우울한 기분이었다는 것을 잊고 당황하며 본의 아니게 그와 함께 오붓하게 바다로 가게 되었다.

쏴아아아~

시원한 파도 소리… 그리고 끝없이 펼쳐진 고운 백사장. 미카엔과 함께 온 바닷가의 모습이었다.
 여기 세계에도 이렇게 멋진 곳이 있는 줄은 몰랐다. 나는 바다에 오길 잘했다는 생각을 하며 신발을 벗어 맨발로 백사장을 거닐었다. 강한 바닷바람이 불어와 나의 황금빛 머리카락은 거칠게 휘날렸다. 계절상으로는 따스한 봄이었지만 바닷바람은 여전히 차가웠다.
 나는 바지의 끝을 무릎 아래까지 걷어 올렸다. 요즘은 치마보다는 활동하기 편한 바지와 셔츠를 고집하고 있는 나였다. 물론 나의 여성스럽지 못함을 탓하는 루이스의 잔소리가 엄청 심했지만, 그녀의 잔소리에도 이골이 난 나였기에 웬만한 잔소리쯤은 그냥 아무렇지 않게 흘려들었다.
 첨벙~
 나는 파도가 밀려 들어오는 곳으로 다가가 바닷물에 나의 발을 담갔다. 하얀 거품을 일으키며 파도는 끝없이 밀려 들어왔다가 사라졌다.
 뒤쪽에서는 미카엔의 눈길이 느껴졌지만 나는 그를 돌아보지 않고 멀리 보이는 수평선을 바라보았다. 미카엔 역시 나를 지켜볼 뿐 다가와 말을 걸지는 않았다.
 멀리서 갈매기들이 날아가는 것이 눈에 띄었다. 푸른빛의 하늘에 길게 늘어진 솜털구름들이 드문드문 떠 있었다. 나의 시야에는 온통 푸른빛들로 가득 채워져 있는 것 같았다. 짙은 푸른빛의 바다, 그리고 바다만큼은 아니지만 역시나 푸른 하늘.
 아까 미카엔으로 인해 잠시 잊혀졌던 답답증이 다시 나의 가슴을 메우기 시작했다.
 셀레나… 그녀는 대체 누구이길래 나의 존재까지 알고 있는 것일까. 그녀는 프레야 왕비에게 무엇을 부탁했을까. 그리고 미카엔이 나를 사랑하게 될 것이란 걸 어떻게 미리 알 수 있었을까. 그것은 미리 정해진 운명이고 모든 것은 순리대로 그렇게 흘러온 것일까. 그렇다면 이 운명은 누가 정한 것일까.

아멘시타, 그는 신의 나무라 일컬어지는 신성한 론티아 나무의 정령… 그가 나를 이끌어 왔다. 아멘시타의 원래 주인은 셀레나였다는 것을 나는 처음 이곳으로 왔을 때 아멘시타에게 들었던 것이 생각났다.

'아멘시타가 무언가를 알고 있으면서 나를 속여왔던 것일까?'

그러다 나는 고개를 가로저었다. 정령들은 거짓말을 못한다는 것을 나는 잘 알고 있었기 때문이었다. 내 기억으로는 아멘시타는 얼결에 눈에 띈 나를 실수로 이곳에 이끌어 왔음을 시인했었다.

[라비스?]

그런데 그때 바다 쪽에서 신비하게 느껴지는 여성의 목소리가 나직하게 들려왔다. 이 목소린…….

"라센샤르?"

나는 그렇게 말하며 바다를 바라보았으나 여전히 바다는 시원한 파도 소리와 함께 짙은 푸른빛만 발하고 있었다.

[오랜만이군요, 라비스. 나를 찾아온 건가요?]

나는 라센샤르를 찾아온 것이 아니라 바다를 보러 온 것이었으나, 라센샤르가 바다의 정령이니 그녀를 찾아온 셈이 되기도 했다. 그래서 나는 약간 겸연쩍은 미소를 지으며 고개를 끄덕였다. 아니라고 하면 실망할 테니.

[지금 라비스는 나의 도움을 필요로 하고 있나요? 얼굴이 매우 어두워 보이는군요.]

그녀를 찾은 적도 없는데 알아서 척 나타나서 나의 도움이 필요하냐고 묻고 있는 바다의 정령이었다. 그러고 보니, 예전 시리우스 섬에 가던 길에 내가 자살 소동을 피웠던 때와 인페르디아와 해전을 벌이고 있었을 때도 라센샤르가 나에게 대가없이 도움을 주었던 기억이 났다.

　나는 우울한 가운데에서도 머리를 굴려보았다. 이것은 라센샤르가 나에게 관심을 보이고 있다는 증거. 정령들 중에서도 거의 신격화되어 일부 인간들에게 숭상을 받고 있는 라센샤르… 그런 그녀가 나에게 관심을 보이는 것은 정말 의외였다.

　그러다 나는 인페르디아와의 해전이 승리로 끝난 후 피로 물든 바다의 모습에 미안함과 면목없음을 느끼고 라센샤르에게 사죄의 말을 했었을 때, 그녀가 나에게 했던 말이 생각났다.

　[미안해할 것 없어요. 어차피 나는 당신을 돕고 싶었으니깐요. 하지만 당신은 기억해야만 할 거예요. 내가 지금 당신을 도왔다는 것을… 이 라센샤르가 라비스를 도왔다는 것을…….]

　그러한 말을 했던 것을 보니 라센샤르는 나의 뇌리에 남고 싶었던 것이 아닐까 생각되었다. 나는 그녀에게 입을 열었다.

　"라센샤르, 당신은 왜 나를 돕고 싶어하죠? 위대한 바다의 정령인 당신이 인간인 나에게 대가없이 도움을 주는 것은 무엇을 의미하는지 알고 있나요?"

　[…….]

　나의 말에 라센샤르는 침묵을 지켰다. 그러자 바다의 파도 소리가 유난히 크게 들려오는 것 같았다. 나는 괜한 소리를 하여 그녀의 심기를 상하게 한 것은 아닐까 걱정이 되기 시작했다. 그렇게 약간의 시간이 흐른 후 라센샤르의 목소리가 다시 들려왔다.

　[잘 알고 있어요. 그동안 부정하고 있었는데, 지금 내가 라비스에게 보이고 있는 행동은 라비스의 정령이 되고자 하는 의미가 담긴 행동이

었군요. 스스로 내가 인간인 라비스에게 당신의 정령이 되겠다고 나서게 되다니… 이것 역시 당신의 마력과 같은 매력 때문인가요? 라비스, 앞으로 나의 도움이 필요할 때는 언제든 나를 불러요. 나 라센샤르는 라비스가 살아 있는 동안은 라비스를 위한 바다의 정령이 되고 싶군요.]

마력과도 같은 매력이라… 그러한 것이 정말 나에게 있는지 잘 모르겠지만, 라센샤르는 자신의 할 말만 그렇게 하고 사라졌는지 더 이상 목소리는 들려오지 않았다. 이거 왠지 일방적인 고백을 듣고 난 느낌…….

나의 정령들은 모두 일방적인 성격을 가지고 있는 것일까? 예를 유난히도 차리는 아젠샤르를 제외한 나머지 정령들은 나의 허락은 따로 필요 없이 알아서 나를 섬겼다. 아마도 그들 모두 독립적인 성격이 강한, 다시 말해 자신의 생각이 뚜렷한 정령들이라 그런 듯했다.

예전 카이엔의 말에 따르자면 정령과 인간이 관계를 맺을 때 계약이 어쩌고저쩌고했었는데 나의 정령이 된 라센샤르를 포함하여 다섯의 정령들은 모두 그러한 절차를 과감하게 생략했다. 아! 화끈한(?) 성격의 소유자들이라고 말해야 할까.

누군가가 나의 등 뒤로 다가왔다. 앗! 미카엔이 있었다는 것을 잊고 있었다. 나는 조금 전 우울했던 것도 잊고 바다의 정령을 얻은 기쁨에 마음이 들떴다. 하지만 그 기쁜 마음을 그리 내색하지 않고 차분하고 진지한 목소리로 그에게 물었다.

"폐하, 저를 바다로 데리고 오신 이유가 무엇이죠?"

그러자 미카엔은 빙긋 웃어 보이며 입을 열었다.

"그야 물론 너에게 아름다운 바다의 석양을 보여주기 위함이지. 곧 있으면 해가 질 거야. 이곳은 정말 아름다운 해변이기도 하지만, 해가

질 때는 그 모습이 더욱 아름다워지거든. 그 황금빛으로 빛나는 하늘과 바다는 너를 닮았어. 그리고… 축하한다. 또 한 명의 친구를 사귄 것 말이야. 정령들은 모두 너의 친구가 될 테지?'

그렇게 말한 미카엔의 손이 다가와 차가워진 나의 볼을 쓰다듬었는데, 그의 손은 정말 따뜻해서 경직되었던 나의 마음이 그로 인해 풀어져 가는 것 같다는 생각이 들었다. 왠지, 오늘 어이없게 기분이 풀어진 나였다. 아깐 충격이 정말 컸었는데…….

미카엔에게서 '라비스, 대단한데?' 라는 말이 나올 줄 알았는데, 그는 그저 부드러운 미소만 지어 보이고 있었다. 나는 그런 그를 보며 나 역시 그에게 화답하는 미소를 지었다. 그리고는…….

미카엔과 나는 백사장에 나란히 앉아 해가 지기를 기다렸다. 바닷바람은 여전히 차갑고 거세었지만 아젠샤르가 우리 주위로 불어오는 바람을 다 막아주고 있는지, 어느 순간부터는 그다지 추위가 느껴지지 않고 있었.

'그리고 보니 바다에서 머무는 바람이 아젠의 본연의 모습이었지.'

말없이 나를 위해 배려를 베풀고 있는 아젠샤르에게 속으로 고마운 마음을 갖으며 미카엔에게 말했다.

"폐하, 여긴 어디에 위치한 곳이죠? 여기 경치가 굉장히 좋아요."

"여긴 로히얀스의 가장 남단에 위치한 서해 해변이야."

내가 이곳에 대한 감탄을 뒤늦게 그에게 말하자 미카엔은 뒷북치는 나의 발언에 친절하게 답해주었다.

"이곳의 공간 이동 좌표를 정확히 알고 계신 것을 보니, 이곳에 종종 왔었나 봐요."

나는 그렇게 말하며 미카엔의 얼굴을 바라보았다. 그러자 부드럽고 결이 좋은 은빛 머리칼이 꽤나 아름답게 느껴지는 그의 모습이 눈에 들어왔다. 참으로 고귀한 얼굴이다.

위대한 드래곤의 피를 이어받은 존재라서 그런 것일까, 아니면 한 나라의 왕족이라서 그런 것일까. 그의 얼굴은 아름답기도 했지만 너무 고귀해 보였다. 그저 귀티나게 생긴 외모와는 근본적으로 질이 다른… 이 세상 안에서 숨 쉬고 있는 모든 존재의 위에 당연하게 군림하는 그러한 고귀한 얼굴이었다.

미카엔은 나의 손을 잡아 올리더니 손등에 살짝 입을 맞추었다. 지금 와서 더욱 확실하게 깨달은 점인데, 미카엔은 나에게 닭살 표현을 전혀 아끼지 않는다는 것이다. 그로 인해서 내가 종종 돋는 닭살에 괴로워했던 적이 얼마나 많았던가.

처음 미카엔을 봤었을 땐 낯간지러운 발언을 서슴없이 하고 젊은 나이에 측실까지 둔 그의 모습에 가벼운 성격의 바람둥이 녀석이 아닌가 했었는데, 그것은 내가 그를 잘 알지 못하는 상태에서 평가를 내렸던 결과인 것 같았다.

"난 어렸을 적부터 이곳을 종종 찾았어. 울적할 땐 이곳에 와서 저기 보이는 수평선을 바라보곤 했지. 이곳은 마법에 걸린 바닷가야. 드래곤도 풀지 못하는 마법이 걸려 있지. 이곳에 오면 우울하던 마음도 거짓말같이 사라지거든."

그는 내가 울적해하고 있다는 것을 알고 있었나 보다. 나는 그에게 내색할 겨를이 없었는데 말이다.

아무튼 나는 미카엔의 말을 들으며 소년 모습의 미카엔이 이곳에 와서 울적해하는 모습으로 혼자 청승을 떨고 있는 광경을 상상해 보았다. 하지만 역시 미카엔의 그러한 모습은 쉽사리 상상이 되지 않았다. 왠지 낯설었다.

미카엔은 곧 회상하는 눈빛이 되었다.

"…내가 열 살 때 국왕 폐하께서 여시는 사냥 대회에 참가했던 적이 있었거든. 참가자들은 모두 훈련된 기사들이거나 사냥에 능숙한 귀족인 성인들이었어. 어머니는 어린 나를 그 대회에 내보내며 말했지. '너는 일국 황태자로서의 면모를 모두에게 보여라!' 하고 말이야. 그래서 나는 사냥 대회에서 생명 감지 마법을 써서 누구보다 사냥감을 재빨리 발견해 활을 쏘아 명중시켰고, 결국은 우수한 성적으로 국왕 폐하와 귀족들, 그리고 대신들에게 극찬을 받았지. 하지만 왕비 전하이신 나의 어머니는 싸늘하고 냉랭한 눈길로 나를 내려다보며 나의 정당하지 못함과 황태자로서의 대범함을 갖추지 못함을 탓하시고는 나의 우승을 취소시켰어. 다른 이들과 똑같은 조건에서 해야 할 대회에 내가 마법을 썼음을 어머니는 탓하신 거지. 그때 나는 어머니의 기대에 미치지 못함과 내 자신에 대한 부끄러움으로 우울해하다가 우연히 이곳을 알게 되었던 거야. 그 후 나는 이곳을 종종 찾곤 했었는데 이만하면 괜찮은 장소지?"

그의 말에 나는 놀랍다는 표정을 지어 보이며 그에게 말했다.

"그때 폐하는 고작 열 살이었으니, 황태자로서의 직분에 대한 부담감으로 그렇게 행동했었던 것은 당연해요. 그런데 폐하는 열 살 때에도 그렇게 장거리 공간 이동 능력이 있으셨단 말이에요?"

그러자 미카엔은 동그래진 나의 눈을 가만히 들여다보며 고요한 느낌의 미소를 지어 보였다.

"그때는 용언 같은 것은 할 줄은 몰랐지만 마법은 제법 했었지. 하지만 그건 그냥 얻어진 것이 아니라 아주 어렸을 적부터 피나는 노력과 나의 천재성으로 얻어진 결과야."

"그렇군요……."

왠지 기가 죽는 나였다. 피나는 노력과 천재성으로 얻어진 결과라…

고작 열 살의 나이에 그러한 능력까지 갖추고 있었다면 미카엔은 혹독한 조기 교육을 받았음이 분명했다. 프레야 왕비 같은 무서운 엄마의 기대에 미치기 위해 미카엔은 노력했을 것이고, 그녀의 냉랭한 꾸짖음에 미카엔은 이만큼 성장했을 것이다.

나는 미카엔을 다시 보게 되었다. 그에게는 노력이라는 단어는 전혀 상관이 없는 것인 줄만 알았는데, 그에게도 역시 노력과 그에 따르는 좌절도 있었던 모양이었다. 하지만 본인의 입으로 자신의 천재성이 어쩌고저쩌고 운운하는 것을 보면 약간 잘난 척하는 기질도 있는 듯했다. 자신감이라 해야 하나?

"어쩌면 이곳은 정말 마법이 걸려 있을 거라는 생각이 들어요. 저도 굉장히 우울했었는데, 이곳에 오고 나서 기분이 금세 풀려 버렸으니깐요."

나는 미카엔에게 활짝 웃어 보이며 그렇게 말했다.

"그래? 그거 다행이군. 그나저나… 나는 언제쯤 너의 마음을 얻을 수 있게 될까? 나도 정말 바보로군. 스스로의 바램은 해결하지 못하고 다른 존재의 만남이나 이어주고 있으니 말이야."

그의 말에 나는 의아한 표정을 지어 보였다.

"폐하, 다른 존재의 만남을 이어주고 있다니요? 혹시 중매라도 섰나요?"

나의 질문에 미카엔은 가볍게 웃을 뿐 답하지는 않았다. 대신 바다 쪽으로 눈길을 돌리고는 나직하게 입을 열었다.

"라비스, 저쪽을 봐. 일몰이 시작되었어."

그의 말에 나는 바다 위에 떠 있을 태양이 있는 쪽으로 눈길을 돌렸다. 그러자 푸르던 하늘이 붉어져 가는 모습과 붉어진 태양이 하늘뿐만 아니라 하얗던 솜털구름들마저도 붉게 물들여 놓는 것이 눈에 들어왔다. 온통 푸르던 이곳은 붉은 황금빛으로 어느새 물들어 있었다.
 미카엔의 손이 다가와 나의 손을 꼬옥 쥐었다. 그의 온기가 나의 손을 통해서 가슴에 전해졌다.
 곧 바다가 영원히 그 자리에서 타오를 것만 같았던 태양을 조금씩 먹어 들어가기 시작했다. 왠지 숭고하게 느껴지는 일몰이었다. 나는 숨을 죽이고 모습을 감추는 태양을 지켜보았다. 나의 황금빛 눈동자는 오늘 떠올랐던 태양의 마지막 모습을 비추고 있었다.
 "오늘따라 이곳 일몰의 모습이 묘하게 느껴지는군. 저 황금빛의 태양처럼 너도 사라지게 될 것 같다는 느낌이야. 이렇게 너의 손을 꼭 붙잡고 있지만 네 존재가 마치 꿈결같이 느껴지는 이유는 뭘까?"
 미카엔은 그렇게 말하며 나를 바라보았다. 그의 눈동자는 진한 보랏빛을 띠고 있었다. 나를 바라보는 그의 눈길이 왠지 뜨겁게 느껴졌다. 평소에는 따뜻했는데 말이다.
 뭔가 분위기가 한껏 조성되는 순간이었다. 미카엔은 분위기 잡는 데에 소질이 다분한 듯하다. 그렇다면 나는 얼른 그가 잡은 분위기를 깨야 하겠다. 하지만 내가 뭔가 행동을 취하기도 전에 미카엔의 재빠른 행동이 이어졌다. 나를 한참 동안 바라보고 있던 그가 가만히 나를 끌어안은 것이다. 그가 나의 기색을 알아챘던 것일까? 미카엔도 의외로 얍삽하다.
 아무튼 그의 품에 안긴 나는 그의 품이 무척 포근하다는 것을 느낄 수 있었다. 예전에 꿈에서 안겼던 셀레나의 품처럼 말이다. 미카엔의 품에서 잠들면 잠이 아주 잘 올 듯하다. 아! 내가 이럴 때가 아닌데……
 "폐하, 저기 좀 봐요. 벌써 해가 거의 넘어갔어요."
 나는 그의 품에서 빠져나오려 하며 그에게 다소 호들갑스럽게 외쳤다. 그러자 미카엔은 보일 듯 말 듯한 작은 한숨을 내쉬더니 손을 들어 얼굴을 어루만지며 말했다.

"라비스, 지금은 내 얼굴을 바라봐."

그의 말에 나는 다시 그에게 눈길을 주었다. 그랬더니 그의 얼굴이 어느새 다가와 그가 나의 입술에 입을 맞추기 일보 직전의 상황이 되어 있었다.

'헉!'

그의 행동에 놀란 나는 잽싸게 몸을 뒤로 내뺐었다. 하지만 그에게 안겨 있는 상태라서 몸을 내빼자 나는 미카엔의 한쪽 팔에 의지한 채 몸을 뒤로 젖힌 모양이 되었다.

'에구… 불편해라~'

하지만 그 순간!

"우앗!"

미카엔은 나를 받치고 있던 팔을 빼버렸다. 그러자 지탱할 만한 것을 잃어버린 나의 몸은 뒤로 넘어갔고 나는 모래 바닥에 부딪히며 누워 있는 모습을 하게 되었다. 부드럽고 고운 모래의 감촉이 느껴졌다.

"폐하!"

"훗… 라비스, 나를 피한 벌이다."

그의 갑작스런 행동에 깜짝 놀랐던 내가 그를 탓하는 외침을 내자 미카엔은 짓궂은 표정을 지어 보였다. 얄미운 녀석.

미카엔은 잠시 나를 바라보다 내 쪽으로 고개를 숙였다. 그러자 그의 부드러운 머리칼이 나의 얼굴이 있는 곳으로 내려와 나를 간질였다. 미카엔은 나에게 다시 입을 열었다.

"이제는… 더 이상 나를 피하지 못하겠지?"

그의 짙어진 눈동자가 나를 비추고 있었다. 그의 눈동자에 안에 있는 나의 모습은 황금빛 갈다란 머리칼이 어지럽게 흐트러진 모습으로 누군가를 바라보고 있었다. 나의 심장이 아까보다는 조금 빨라져 있었다. 아! 이게 무슨 현상일까? 설마 미카엔의 태도에 나의 가슴이 뛰는 것은 아닐 테지?

아마도 조금 전의 미카엔의 뜨거운 눈길에 나의 심장이 달구어져 이런 괴이한 반응을 보이고 있는 모양이다.

다가오는 그의 얼굴에 나는 눈을 감았다. 미카엔은 이런 나의 모습에 의외라고 생각했을지도 몰랐다. 아니, 어쩌면 당연하다고 생각하고 있을지도 몰랐다. 하지만 나는 지금 나의 모습에 스스로가 제정신이 아니라고 생각하고 있었다.

곧, 나의 입술에 부드러운 감촉이 느껴지기 시작했다. 내가 그의 키스를 아무 저항 없이 받아들이는 것은 오늘이 처음일 것이다.

예전 같았으면 그를 뿌리쳤을 나였지만 지금은 왠지 그럴 수가 없었다. 알 수 없는 기묘한 마법에 걸린 듯한 바닷가, 그리고 서서히 꺼져 가는 태양이 마지막 축복을 하듯 붉은 황금빛 가루가 뿌려지는 이곳에 내 자신이 취해 버렸는지 미카엔이 나에게 깊은 키스를 할 때까지도 나는 그를 뿌리치지 못했다.

그러다 미카엔의 행동이 더욱 대담해져 있었을때 나는 그제야 퍼뜩 정신을 차리며 그를 밀어내었다. 오늘따라 나는 왜 이리 뒷북치는 행동을 하는지… 잠시 정신이 나갔던 모양이었다. 아니면 이곳의 마법이 나에게 옮았던지. 설마 내가 분위기를 많이 타는 성격은 아니겠지?

아무튼 그는 나를 놓지 않고 끌어안은 상태에서 입을 열었다.

"라비스, 나의 정비가 되어줘. 나의 곁에서 로히얀스를 함께 바라보고, 로히얀스 인들의 왕비가 되며, 그리고… 내가 평생 너만 바라보며 사랑할 수 있도록 다시 나의 아내가 되어줘."

지금까지 나를 왕비로 맞는 것을 포기하지 않고 있는 미카엔… 이것은 미카엔과 나에게 연결되어 있는 운명과 인연의 끈이 순리대로 이어져 가고 있다는 뜻이 될까?

프레야 왕비의 일기장을 읽고 나는 더욱 운명론자가 되어 있었다. 십몇 년 후 본래 라비스의 죽음 후 내가 이 육체의 주인이 될 거라는 것을 미리 예견한 셀레나의 예지에 내가 생각할 수 있는 것은 무엇이겠는가.

"좋아요, 폐하. 폐하의 정비가 되겠어요."

나의 말에 미카엔은 기쁜 표정을 지으며 나의 이마와 눈에 입을 맞추고는 입을 열었다.

"고맙다, 라비스. 그리고 둘이 있을땐 예전처럼 미카엔이라 불러. 난 너에게서 나의 이름을 듣는 것이 좋으니깐. 자이라스 국에 대한 몇 가지 문제를 해결하는 대로 너를 왕비로 맞을 것이다. 동대륙에서 가장 아름답고 행복한 신부로 만들어줄 거야."

미카엔의 대단한 포부를 들으며 나는 생각했다. 왕비의 일기장. 내가 읽었던 부분, 거기가 끝은 아닐 거다. 나는 그 일기장의 뒷부분을 읽을 방법을 찾아야겠다고 생각하며 운명이 예비되어 있었든, 아니면 내가 이 세계로 오게 된 계기가 보이지 않는 존재에 의해 조작되어 있는 것이든 여기서 주저앉지 않고 그것을 알아내야 하겠다고 생각했다.

Change Of Destiny 제7장
왕비의 일기장

 왕비의 일기

 나의 침실 창문 사이로 아침 햇살이 새어 들어오고 있었다. 창문 밖에서 비둘기들의 구우구우거리는 소리도 들려왔다. 평화로운 기운이 도는 아침이었지만, 나의 침실 안은 그다지 평화롭지가 못했다.
 이맘때 즈음이면 루이스와 나의 전쟁 아닌 전쟁이 시작되기 때문이었다. 물론 매일 내가 굴복하는 결과를 맞지만 그래도 어김없이 나는 그 다음날 아침이면 루이스의 힘을 잔뜩 빼놓고는 했다.
 "라비스님! 어서 일어나세요!"
 "싫어! 오늘까지는 휴가잖아? 날 가만 내버려 둬!"
 빠득!
 '헉! 이게 무슨 소리지?'
 문득 이를 가는 소리에 나는 오한을 느끼며 한쪽 눈을 살짝 떠서 나를 내려다보고 있는 루이스를 바라보았다. 그러자 힘줄 몇 개 돋은 얼굴로 나를 노려보고 있는 루이스의 커다란 얼굴이 나의 눈에 들어왔다.

절로 꼬리가 내려지게 만드는 그녀의 모습에 나는 더 이상 버티다가는 뭔가 커다란 일을 당할 것 같다는 불길한 예감을 하고는 눈물을 머금고 자리에서 일어났다.

내가 그렇게 일어나자 루이스는 만족스런 미소를 지어 보이며 입을 열었다.

"호호, 라비스님, 어서 일어나셔서 몸단장을 하세요. 오늘은 중요한 만남이 있답니다."

"중요한 만남이라니?"

나는 그녀를 쏘아보며 그렇게 말하다가 뭔가 그녀의 외모가 달라진 것 같다는 것을 깨닫고는 눈을 동그랗게 떴다.

"어? 그러고 보니, 루이스, 요즘 어디 아픈 곳이 있어? 그 넓적하던 얼굴이 반쪽이 되었어."

"넓적하던 얼굴이 반쪽이 되었다니, 호호, 저로서는 반가운 일이군요. 사실 요즘 제가 악몽에 시달리고 있는데 그 탓인지 살이 조금 빠지는군요. 아무튼 그것은 심각하고 중요한 일이 아니니 그냥 넘어가고… 정말 중요한 일은, 오늘 꽤 좋은 두 집안에서 청혼이 들어왔다는 거예요. 두 청년을 오후에 각각 다른 시간에 이곳으로 오게 해두었으니, 라비스님은 아름다운 모습으로 단장을 하고 계세요. 이제 라비스님도 나이가 드셨으니 얼른 결혼을 하셔야죠. 휴~ 이젠 폐하와의 결혼도 물건너갔고… 이젠 이 수밖에 없군요."

'청혼이라니? 봄은 젊은 남자들이 레이디들에게 청혼을 하는 계절인가? 왜 이렇게 나의 귀에 결혼에 대한 얘기가 많이 들리는지… 앗! 그러고 보니 어제 나는 미카엔의 청혼을 받아들였잖아?'

그러다 어제저녁 바닷가에서 있었던 일이 생각나자 나는 고개를 좌우로 흔들어대었다. 인정하고 싶지 않지만 미카엔… 역시 그는 보통 녀석이 아니었다. 연애 감정 면에 대해서는 거의 마음을 닫고 사는 나를 홀릴(?) 정도면… 흐음, 아마도 그가 마음만 먹는다면 순결한 여신관도—이곳의 신관들은 신만을 모시며 결혼은 하지 않는다—단박에 홀리지 않을까, 하는 망령된 생각도 들었다.

물론 그는 어제의 그 묘한 바닷가를 이용한 것이지만 어쨌든 수단과 적절한 타이밍을 잘 이용한다는 것 역시 하나의 능력이었다. 그렇다면, 그 수단은 그 바닷가이고 적절한 타이밍은 일몰 순간인 것인가? 그것만은 아닌 듯한데… 아마도 나에게 있는 그를 생각하는 마음을 밖으로 이끌어내기 위해 그는 어쩌면 오랜 시간을 기다리며 나의 마음을 움직이게 했을지도 몰랐다.

나 역시 미카엔이 인내심이 대단한 녀석이라는 것을 알고 있었다. 그는 조급하지 않은 적절한 자제력과 기다림, 그리고 보이지 않는 보살핌으로 나를 위해주었다. 그것으로 인해 나는 그에 대한 신뢰와 믿음을 갖게 되었고 나 역시 그가 소중하다는 것을 더욱더 깨달을 수 있었기 때문이다.

미카엔의 이러한 방식은… 예로 들자면, 영화나 음악과 같은 예술작품을 들 수가 있다. 초반 부분부터 클라이막스까지는 계속 절정을 이끌어내기 위한 잔잔함과 그 모든 것을 준비하는 시간을 갖다가 클라이막스 부분에 가서는 터뜨리듯이 그 절정을 이끌어내어, 그것을 감상하는 이에게 감동을 주는 것.

'그래서 미카엔이 그렇게 바닷가에서 분위기를 잡았던 것일까? 그가 나에게 자신의 어린 시절을 얘기하고 분위기를 한껏 조성한 것도…….'

나는 피식 웃고 말았다. 남자였던 적도 있었던 나였던 터라, 남자의 심리를 잘 아는 셈이 되는 내가 미카엔의 마수(?)에 넘어가게 되다니… 역시 과거가 어찌 되었든, 나는 현재 여자로서의 행동과 반응을 어김없이 나타내고 있는 것이다. 영혼은 육체의 지배를 받는다라는 공식을 내가 몸소 체험함으로써 알게 된 것이다. 그래서 나의 영혼이 라비스의 모습으로 변색되었던 것일까?

나는 허탈해지기도 하고, 미카엔에게 넘어간 내 자신이 한심하게도 했지만, 나는 미카엔에게 분명 말했었다. 그의 정비가 되기로…….

그렇게 혼자 생각하고, 웃고 있는 나를 의아하게 바라본 루이스가 나에게 입을 열었다.

"라비스님? 무슨 생각을 그렇게 하세요? 내가 방금 말한 것 들으셨어요?"

"루이스, 그 약속 취소해. 그들이 만약 나와의 혼인 문제로 얘기가 오가게 된다면 그들은 폐하의 미움을 사게 될 테니깐."

"아! 그럼… 라비스님, 폐하와 다시 잘되신 건가요?"

나의 말에 루이스의 눈이 커다랗게 떠졌다.

저녁때 나는 다시 프레야 왕비의 일기장을 꺼내 들었다. 내가 읽었던 부분의 페이지를 넘겨 나는 그 일기장의 백지를 한동안 내려다보았다. 하지만 여전히 글자는 나타나지 않았다.

마음이 답답해진 나는 창가로 가서 하늘에 떠 있는 달을 바라보았다. 달이 무척 밝았다. 달빛이 은은하고 매우 고와서 나는 답답해진 마음이 조금은 정화되는 느낌이었다.

'대체 저 일기장을 읽는 방법이 따로 있기라도 하는 것일까? 아니면 저 부분이 저대로 끝인 것까?

나는 일기장에 마법이라도 걸려 있는지 눈여겨보았으나 걸려 있는 마법 같은 것은 찾아내지 못했다. 아마도 내가 마법력이 부족해서 마법이 걸려 있더라도 찾아내지 못하는 모양이었다.

나는 킬린에게 도움을 요청할까 생각했으나 이러한 것은 섣불리 보여 주어서는 안 될 것 같았다. 물론 미카엔은 더욱더 안 되었다. 그 역시 일기장에 쓰여져 있는 내용을 보고는 무슨 생각을 할지 모르는 일이었다.

나는 창틀에 몸을 기대며 상념에 잠겼다.

내가 이 세계로 온 지 거의 일 년… 내가 초여름 즈음에 이곳으로 왔으니 일 년이 조금 안 되는 시간이었다. 그동안 나에게는 많은 변화가 있었다. 정령들을 만나고 미카엔을 만나고 마법을 익히고… 그동안 힘들었던 적이 많았지만, 그 시련과 함께 나에게는 많은 발전이 있었다고 생각했다.

지금 나에게는 나의 힘을 악용한다면 나라를 어지럽게 만들 수 있을 정도의 능력이 있었다. 강한 정령에 기본 마법력이 바탕이 되어주고, 두 나라의 왕성 안에서 배워왔던 왕실에 대한 그 모든 것으로 말이다.

많은 시련으로써 성장한 내 자신과 길러진 판단력, 그리고 나의 힘이자 강한 조력자들인 정령들……

나는 어쩌면 미카엔의 옆 자리인 왕비 직위에서 그와 동등한 눈으로 여기 로히얀스를 바라볼 수가 있을지도 모른다고 생각되었다. 그의 종속자로서가 아닌, 그와 비슷한 위치에서 그와 비슷한 시각으로서 말이다. 물론 아직 미카엔에게 내 자신은 턱없이 부족한 면이 많지만.

"하아……"

나는 깊은 한숨을 내쉬고는 다시 침대로 걸어갔다. 그리고 침대 위에 놓여진 일기장을 바라보는데.

"앗!"

내가 펼쳐 놓은 그 페이지에 어느새 글자가 나타나 있었다. 나는 긴장된 모습으로 그 일기장을 들어 새로이 나타난 왕비의 일기를 읽기 시작했다.

「오늘은 미카엔이 다섯 번째로 맞는 생일이다. 그 아이는 내가 인전한 인간 아이… 그것으로 인해 미카엔이 드래곤으로서의 몇 가지 능력을 물려받게 되었지만, 나는 그 아이를 볼 때마다 놀라곤 한다.

이제 다섯 살 먹은 저 조그만 몸 안에는 아직 각성되지 못한 엄청난 마력이 잠재되어 있어서 이 정도라면 사정을 모르는 다른 드래곤들은 이 아이가 폴리모프한 드래곤이라 착각할 수도 있으리라 생각된다. 하지만, 아무리 드래곤이라 해도 우리들은 몇백 년이라는 기나긴 유년기를 보내고 저 정도의 마력을 갖게 되는데… 미카엔은 이제 다섯 살이다.

나는 미카엔을 황태자로 내세워야겠다고 생각했다. 하지만 걸리는 건 지금 백합궁에 있는 국왕의 총애를 받는 측실 하나와 그녀의 두 왕자이다.

356년 12월 5일 아나테스 씀.」

나는 일기장을 내려놓았다. 프레야 왕비… 그녀는 비록 유희 중에 낳은 자식이지만 미카엔에게 나름대로의 모성애를 가지고 있었다. 그나저나 미카엔에게 배다른 형제가 있었는 줄은 몰랐다.

그러다 나는 미카엔의 측실이 되기 위해 처음 왕성으로 와서 프레야 왕비를 만나고 난 후, 장미궁의 시녀인 '타냐'에게 들었던 내용이 기억났다.

그녀의 말로는 프레야 왕비 말고 다른 측실들이 있었지만 모두 병약하여 일찍 세상을 떠났다고 했었다. 그녀의 말에 나는 잠시 갸웃하긴 했었지만 그냥 그대로 넘어갔다. 그런데 백합궁에 머물던 전 측실이라…….

그리고 보니 백합궁의 서재에는 이상하리만큼 마법이나 드래곤에 관한 책들이 많았다. 솔직히 측실의 별궁 서재에서는 그러한 내용의 책들은 그다지 어울리지 않는 것들이었다.

'그렇다면 그 측실은 왕비가 드래곤임을 알고 있었다는 말이 되는 것인가?'

나는 왕비에게 제거되었을 측실들과 사라진 왕자들에 대한 것들이 궁금하긴 했지만, 다시 일기장을 들어 다음 페이지를 넘겼다. 그러자 다시 백지가 나의 눈에 들어왔고 나는 글자가 생기기를 잠시 기다리다가 한숨을 내쉬고는 일기장을 서랍에 넣었다.

그리고 그 다음날.

나는 평상시처럼 비서실에 출근하여 그동안 쌓인 업무를 보기 시작했다. 아직 미카엔은 나를 왕비로 맞겠다는 말을 공식적으로 선언하지 않은 모양이었다. 아직 왕성이 조용한 것을 보면.

"잘 쉬었어요?"

내가 자리에 앉자 카이슨이 나를 발견하고는 다가와 그렇게 인사를 하였다.

"네."

참으로 멋없는 대답. 그냥 한 음절로 끝나 버리는 나의 대답에 카이슨은 피식 웃더니 곧바로 업무에 관한 본론를 꺼내었다.

"어제 루젠다르에 심어진 첩자에 의해서 들어온 소식인데요, 곧 전쟁이 있을 거랍니다."

그의 말에 나는 눈을 동그랗게 떴다.

"전쟁이라니요? 또 루젠다르가 로히얀스를 넘보고 있대요?"

"아니요. 루젠다르가 이번에 넘보고 있는 나라는 인페르디아입니다. 저번에 자객에 의해서 인페르디아 국왕이 살해되고 나서 그의 동생이 왕위에 올랐었잖아요? 그 뒤로 인페르디아 내부에서는 많은 혼란이 있었던 모양입니다. 결국 그렇게 나라가 어지러우면 그 주변에 있는 루젠다르와 같은 나라들은 그 혼란에 빠져 약해진 나라를 노리게 되는 법이죠."

그의 말에 나는 고개를 끄덕였다. 내가 인페르디아 왕을 죽인 후 키리아는 인페르디아와 잡고 있는 손을 뗀 모양이었다. 대신에 엔카루스와 손을 잡고 자이라스 국을 꿀꺽한 것이다.

"그렇다면 루젠다르는 이제 신생국이나 마찬가지인 자이라스와 손을 잡았겠네요."

"네, 그렇죠. 뿐만 아니라 요즘 자이라스는 무섭게 성장하고 있는 모양입니다. 그 엔카루스라는 사람, 무서운 인물인 듯싶군요."

"네, 정말 무서운 사람이지요. 뿐만 아니라 마족인 '키리아'라는 여자도 무서운 존재예요. 그녀는 여기저기 붙으면서 동대륙에 있는 모든 나라들에게 많은 영향을 주고 있잖아요?"

나는 이번 일에 대해서 머리를 굴리기 시작했다. 만약에 엔카루스가 조종하고 있는 자이라스가 루젠다르와 함께 인페르디아를 무너뜨리면 둘은 사이좋게(?) 인페르디아를 나눠 먹을 것이다. 물론 루젠다르는 나중에 자이라스의 뒤통수를 칠 생각을 가지고 있을지도 모르지만 키리아가 그것을 가만두지 않을 테고, 이것을 기회로 자이라스는 동대륙에서 무시 못할 나라로 거듭나게 될 듯싶었다.

그렇다면······.

내가 거기까지 생각하고 있는데, 스미스 비서관이 나를 부르는 소리가 들려왔다.

"라비스, 폐하께서 부르시네."

그의 말에 나는 미카엔의 집무실로 향했다. 요즘은 생각할 것이 너무 많아서 머리가 아팠다.

"폐하, 부르셨습니까?"

집무실 안에 들어섰을 때는 마침 몇몇 대신들이 미카엔과 대화를 마치고 나오고 있었다. 그들 중 군무 대신과 재무 대신이 섞여 있는 것을 보니… 흠.

그들이 다 나가자 미카엔은 쇼파에 그대로 앉은 채로 조용하게 입을 열었다.

"앉아, 라비스."

그의 말에 나는 미카엔 맞은편 자리에 앉으며 조심스럽게 말을 꺼냈다.

"이번에 폐하는 인페르디아를 도와주실 모양이죠? 저 많은 대신들이 우르르 나가는 것을 보면 폐하는 전쟁에 참여하실 의향이 있는 것 같은데……."

"맞아. 나는 인페르디아에게 약간의 원군을 보내줄 생각이야. 인페르디아가 무너지게 된다면 간신히 유지되고 있던 이곳 동대륙의 균형이 깨어지고 말지. 루젠다르와 자이라스가 커지는 것은 막아야 해. 특히 자이라스는……."

"자이라스가 더욱 성장하기 전에 초반에 잡는 방법은 어떨까요?"

나는 조금 생각에 잠겼다가 그에게 그렇게 다시 입을 열자 미카엔은 미미한 미소를 지어 보였다.

"물론 그런 방법도 있지만 그것은 매우 힘든 방법이 될 거야. 그리고 우리에게는 적이 자이라스 하나가 아니야. 지금은 균형을 유지할 때야. 그리고 아직 전쟁의 기운만 있을 뿐 전쟁이 당장 일어나는 것은 아니니깐. 그전에… 나는 너를 왕비로 맞을 것을 선언할까 하는데."

나를 왕비로 맞는 선언을 하겠다라… 분명히 많은 충돌이 있을 듯했다. 나는 하급 귀족의 신분인 데다가 크로시벨 남작은 자신을 뒷받침해 줄 만한 세력도 없었고, 도와줄 귀족들도 없었다.

아무리 국왕이 자신의 의지를 밀고 나간다 하더라도 그것에 반대할 귀족들이 많을 테니 왕실은 이내 혼란스러워질 것이다. 나로 인해서 귀족들이 서로 자신의 의견을 주장하느라 시끄러워지는 것은 싫었고, 그것으로 인해 미카엔이 많은 신경을 빼앗기는 것은 싫었다.

그렇다면 내가 해야 할 일은……

"미카엔"

나는 그의 이름으로 불렀다. 그러자 미카엔은 나의 황금빛 눈동자를 바라보며 내가 그 다음 하게 될 말을 기다렸다.

"그 선언을 하기 전에 저를 왕실 부수석 마법사로 임명해 주세요. 그리고 전쟁이 터지면 저를 군사를 통솔하는 수뇌들 중 한 명으로 임명해 주세요."

저들이 감히 반대하지 못하도록 기를 꺾을 만한 왕비로서의 자질과 능력을 모두에게 보여주어야 할 것이다.

그 후로 며칠……

나는 왕실 부수석 마법사로 임명되어 킬린의 바로 밑에서 일하게 되었다. 왕실 마법사들을 이끄는 부수석의 자리에 있는 것이기 때문에, 나는 여러 가지 배워야 할 일도 있었고 부수석 마법사로서의 직분에 대해서도 익숙해지느라 계속 바빴다.

물론 내가 이렇게 부수석 마법사 직위에 임명된 것에 대해 중신들의 반대는 생각보다 적었다. 그 이유는 예전에 8서클 마법사이니 어쩌니 했던 나의 소문도 영향이 있었겠지만, 수석 마법사인 킬린이 나를 인정하였기 때문에 대신들은 나의 이러한 직위를 모두 수긍한 것이다.

나는 아멘시타를 루젠다르 수도로 보내고 키리아가 있는 자이라스는 좀 더 기운을 감추는 것과 잠입에 능숙한 리엔시타를 수도로 보냈다. 뭔가 정보들을 꾸준히 얻기 위해서였다.

그리고 미카엔은 내가 전쟁에 참여하는 것을 아직도 허락하지 않고 있었다. 키리아가 관여하고 있을지 모르는 이번에 일어나게 될 전쟁에 나를 보내는 것이 심히 우려되는 모양이었다. 하지만 나는 그에게 떼를 쓰다시피 하며 지금 나의 의지를 꺾지 않고 있는 중이다.

과연 누구의 고집이 이기게 될까.

내가 미카엔에게 왕실 부수석 마법사가 되겠다고 말한 것은 군사를 이끄는 우두머리가 되는 것에 더 수월해지기 위해서였다. 그냥 비서관에서 덜컥 군사를 이끄는 수뇌급 우두머리 중 하나의 직위에 오르는 것보단 군사력과 깊은 관계가 있는 왕실 마법사를 이끄는 부수석 마법사에서 군사를 이끄는 우두머리로 임명되는 것이 트러블이 덜 생길 것이기 때문이었다.

나는 모든 일을 마치고 나서 침실로 돌아가 정령들의 보고를 기다릴 겸 마법력 증진에 힘썼다. 이제는 4서클 레벨의 마력도 완전해진 편이었다. 그리고 빙계 계열 마법은 5서클도 무난히 발현시키기도 했다.

하지만 빙계와 상반되는 속성인 화염계는 저번 파이어 링의 실패처럼… 여전히 전반적으로 불안정했다. 역시 한 우물만 파야 할까? 파괴력 면에서는 전격 계열이 가장 효과가 크긴 했지만, 이건 너무 어려웠다. 스펠 캐스팅 시간도 너무 오래 걸리고… 그래서 전격 마법 스펠을 완성하려고 애를 쓸 때마다 나의 머리는 쥐가 났다. 으으…….

나는 머리를 식힐 겸 침대에 누웠다가 문득 그동안 잊고 있었던 일기장에 대한 생각을 떠올렸다.

나는 벌떡 자리에서 일어나 서랍을 열어 일기장을 꺼내 들었다. 그리고 그것을 조심스레 펼쳐 들었다. 이번에는 별로 기다림 없이 글자가 스르 나타났다.

그동안 며칠 일기장을 펼쳐 보지 않았더니 이번에는 기다렸다는 듯이 글자가 나타나는 것이었다. 이것을 읽는 방법은 따로 있는 것이 아니라 적당한 날짜가 지나면 저절로 알아서 글자가 나타나는 모양이었다. 정말 웃기는 일기장.

'설마, 누가 천천히 일기를 감상해 주기를 바래서 이러한 특수 효과가 일기장에 걸려 있는 것은 아니겠지? 프레야 왕비가 그런 별스런 취미를 가지고 있는 것은 아닐 테고……'

나는 하던 잡생각을 접고는 일기장에 몰두했다.

「오늘은 정말 우울하다. 내가 이렇게까지 우울했던 적이 있었던가? 성인이 되어 첫 유희 때의 설레임 후로는 나는 감정을 잊고 살았다. 오늘 셀레나가 죽으면서 나에게 한 가지 유언을 남겼다. 왠지 가슴 아프게 느껴지는 유언을……

한 영혼이 이토록 불쌍하게 보였던 적은 없었다. 나는 싫더라도 셀레나의 유언을 들어주어야 했다. 그것은 한 고귀한 존재의 강한 의지… 그 강한 의지가 곧 운명이 된다.

나는 오랫동안 고뇌를 해야 했다. 이번에 피하게 되면 다음번에도 계속될 운명이라면……

그리고 보니 200여 년 전의 일이 생각난다. 그녀의 본래 이름인 크리스티나와 메로킨, 키리아, 그리고 나의 일이.

362년 6월 24일 아나테스 씀.」

나는 입술을 살며시 깨물었다. 셀레나… 셀레나의 본래 이름이 '크리스티나'라는 것인가? 그러다 나는 한 가지 사실을 깨닫고는 얼굴이 하얗게 질렸다. 6월 24일… 이 날짜는 내가 현실 세계의 옥상에서 실수로 투신한 날이었다. 셀레나가 죽은 날과 내가 이곳으로 오게 되는 날과 이상하게 일치했다.

나는 다음 장을 넘겼다. 손이 금단 현상에 걸린 것처럼 마구 떨렸다.

내가 페이지를 넘기자 누렇게 변색된 백지에서 다음 일기가 서서히 나타났다. 하지만 다음 일기는 매우 짧았다.

「오늘 나는 키리아의 봉인을 나의 손으로 풀어주었다. 그녀는 나를 원망하고 있을 것이다. 죽도록…….

365년 9월 18일 아나테스 씀.」

나는 다시 다음 장을 넘겼다. 다시 백지가 나오고 더 이상 글자는 나타나지 않았다. 나는 그것을 조용하고 침착한 태도로 덮었다. 그리고 나는 얼마 전에 루이스가 다시 새로 가져온 셀레나의 초상화를… 벽에 걸려 은은한 미소를 짓고 있는 셀레나의 얼굴을 바라보았다.

마음을 편안하게 만드는 부드럽고 인자한 미소… 지금의 나의 모습과 너무 흡사하지만, 그녀는 화려한 느낌의 나의 외모와는 달리 성숙하고도 부드러운 인상을 가지고 있었다.

마치 폭풍 속 한가운데의 고요함을 지나는 것처럼 나는 차분한 얼굴로 초상화를 바라보며 미세하게 몸을 떨었다. 그러다 나의 차분한 느낌이 드는 무표정한 얼굴이 곧 분노로 바뀌었고 들고 있던 일기장에 힘이 거세게 가해졌다.

"젠장!!"

나는 욕설을 내뱉으며 난폭한 몸짓으로 일기장을 초상화가 있는 곳으로 집어던졌다. 그러자 그 일기장은 셀레나의 초상화 한가운데에 탁! 소리를 내며 부딪히고는 일기장의 수많은 페이지들이 거칠게 펄럭이며 바닥으로 떨어졌다.

이 정도의 충격이면 책의 종이들은 찢기고도 남을 듯한데, 그 일기장은 무슨 마법이 걸려 있는지 내가 그렇게 집어던졌음에도 불구하고 전혀 찢기지 않았다.

눈물이 다 났다. 깨물은 나의 입술에서는 붉은 피가 살짝 스며 나왔다.

"대체 뭐야? 셀레나, 당신은 대체 뭐냐구? 나에게서 원하는 것이 뭐야?!"

나는 소리를 질렀다. 화가 났다. 왠지 이용당한 것 같아서… 내가 왜 하필이면 그 날짜에 투신하게 되었을까? 나는 옥상 아래로 떨어지기 직전에 갑작스런 현기증이 들었던 것이 문득 생각났다. 그것은 단순히 높은 곳에서 아래를 바라본 탓으로 어지러움증이 든 것이라 생각되었는데, 그것이 아닐 수도 있었다.

그리고 내가 그렇게 아래로 떨어짐과 동시에 어떻게 이곳으로 영혼만 이동해 올 수 있었는지… 아멘시타가 하필 그때에 나를 발견하여 이끌어 올 수가 있었는지… 모든 것은 우연이 아닐 수도 있었다. 의도된 우연

내가 너무 과민하게 생각하는 걸까?

나는 눈물도 났지만 배신감도 들었다. 그동안 꿈속에서 잠깐씩 셀레나를 볼 때마다 나는 행복감이 들고는 했었는데…….

"라비스님!"

루이스가 나의 침실로 들어오면서 나의 이름을 외쳤다.

"그 이름 외치지 마! 기분 나빠! 나가! 나 혼자 있고 싶어. 흑!"

나는 그렇게 외치고는 침대에 얼굴을 묻고 본격적으로 울기 시작했다. 루이스가 계속 나의 곁에서 나를 달래는 듯하였으나 나는 그녀의 목소리는 그다지 귀에 들어오지 않았다.

셀레나는 200년 전에도 존재했다. 그리고 프레야 왕비뿐만 아니라 키리아하고도 연관을 가지고 있었다.

그녀는 무엇 때문에 미의 여신으로도 숭배되고 있는 셀레네스의 이

름을 비슷하게 사용하고 있는 것일까? 셀레네스와 셀레나, 미의 여신으로서 또 다른 이름인 크리시아나와 크리스티나……

그녀가 셀레네스 당사자인 것일까? 그렇다면 나는 반은 신의 몸을 가지고 있다는 셈이 되는데, 어째서 나는 아무런 신성력도 가지고 있지 않고 디바인 파워 역시 흉내도 낼 수 없는 것일까?

만약 셀레나가 여신이라면 왜 절친한 친구인 프레야 왕비에게 자신의 신분을 밝히지 않았는지 의문이었다. 프레야 왕비는 셀레나의 본래 이름이 크리시아나가 아닌 그저 크리스티나로 알고 있었다.

그렇다면 셀레나와 셀레네스는 동일 인물이 아니라는 것일까?

정말 알 수가 없었다.

한참을 침대에 엎드려서 훌쩍대던 나는 문득 나를 달래고 있는 루이스의 얼굴을 바라보았다. 그러자 그녀는 자상한 미소를 나에게 지어 보이며 어린애들에게 말을 거는 듯한 어투로 입을 열었다.

"귀엽고 아름다운 아가씨가 오늘은 왜 이렇게 기분이 안 좋은지 이 루이스에게 말해 주면 안 될까요? 혼자서 우는 것도 좋지만, 그건 너무 측은해 보이잖아요? 자~ 말해 봐요, 라비스님."

"흑! 귀엽고 아름다운 아가씨라니? 루이스도 닭살 돋아. 게다가 그 말투는… 내가 어린애가 된 기분이잖아. 훌쩍."

"호홋, 그럼 라비스님은 어린애가 아니셨나요? 전 이제까지 라비스님은 어린아이인 줄 알았답니다."

"히잉~ 날 놀리다니. 난 지금 농담할 기분이 아니란 말야."

나는 손으로 눈가의 물기를 닦으며 그녀에게 말했다. 그러자 루이스는 한숨을 내쉬며 나를 끌어안고는 나의 등을 토닥였다. 그녀의 품은 정말이지… 넓다랗고 푹신(?)했다.

"무슨 일인지는 모르겠지만 우울한 마음이 있다면 지금 풀어버리세요. 울고 싶으면 마음껏 우세요. 라비스님, 저는 다른 것은 다 좋은데 라비스님이 혼자서 울고 계시는 모습은 정말 가슴이 아파요. 라비스님은 어렸을 적부터 혼자서 울고는 했었죠. 이제는 그런 모습을 별로 보이시지 않아서 내심 안심했었는데, 라비스님은 여전히 어린아이셨군요."

루이스에게서 자상함과 어머니와 같은 따스함이 느껴졌다. 그녀의 말대로 나는 어린아이가 되어 그녀의 품에서 훌쩍거리며 울기 시작했고, 분노로 인한 눈물에서 루이스에 대한 고마움과 경직되었던 마음이 풀어져서 나온 눈물로 나는 어린아이같이 울었다.

내가 이렇게 누군가에게 기대서 마음 놓고 눈물을 흘려본 적이 있었던가? 지금 내가 루이스에게 보이고 있는 행동은 하나의 어리광이었다. 어린 시절에도 이런 식으로 누군가에게 어리광을 부려본 적이 없었던 나는, 지금의 내가 놀랍게도 느껴졌지만 지금은 이대로 좋았다. 이런 식으로라도 나의 마음을 풀지 않으면 나는 무척 괴로울 테니.

한동안 그렇게 그녀의 품에서 훌쩍대던 나는 졸음이 밀려오기 시작했다. 마음이 한결 평안해지는 것을 느낀 나는 눈을 반쯤 감고는 졸리운 듯한 목소리로 입을 열었다.

"루이스, 고마워… 루이스도 알고 있지? 내가 루이스를 어머니처럼 생각하고 있다는 거. 내가 가장 믿는 사람은 루이스야."

다음날 나는 평소와 같은 모습으로 왕실 부수석 마법사임을 증명하는 화려한 문양이 수놓아진 흰색 로브를 입고, 왕실 마법사들이 모여 있는 연구실로 출근을 했다.

왕실 마법사들은 비서관 못지 않게 할 일이 많았다. 이들은 기본적으로 왕성을 지키는 역할도 했지만, 전쟁 시에는 그들만의 능력으로 국가의 전력에 꽤 중요한 힘이 되었다. 물론 마법사들은 지속적으로 직접 전투에 참가한다기보다는 중간 중간에 보강하는 역할만 하지만, 그것만으로 꽤 중요한 힘이 되었다.

그리고 왕실 마법사들은 나라 안에 있는 모든 마법 아카데미와 마법 협회를 관리하기도 하는 관리의 업무도 하고 있었으며, 유능하고 젊은 마법사 인재들을 양성하는 일도 했다. 물론 마법을 연구하는 일은 기본적으로 하고 있는 일이었다.

이곳 로히얀스는 아스탄샤와는 다르게 왕실 마법사가 되는 것이 마법사로서는 가장 큰 영광이었다. 그래서 마법 아카데미를 졸업한 자들은 왕성으로 들어오기 위해 여러 가지 테스트를 받곤 하는데, 그러한 테스트를 하는 것이 수석 마법사나 부수석 마법사였다.

그렇다면 부수석 마법사 직위에 있는 나에게 심사 위원의 자격이 주어지는 셈이었다.

'설마, 내가 나보다 높은 마력을 지닌 녀석을 테스트하게 되는 불상사는 없겠지?'

그렇게 나는 부수석 왕실 마법사로서 여러 가지 임무를 수행하기도 했지만, 카이슨하고도 지속적으로 만나서 현재 전쟁 기운이 돌고 있는 루젠다르와 인페르디아에 대한 정보를 교환하기도 했다.

내가 전쟁에 참전하게 될 경우 미리미리 대처 방안을 생각해 두기 위해서였다.

하지만 궁성 내부에서 시녀들이나 시종을 비롯한 떠들기 좋아하는 이들은 내가 이렇게 카이슨을 만나는 것에 대해 이상한 시각으로 바라보고는 떠들어대어 나는 또 다른 새로운 스캔들에 한숨을 내쉬어야 했다.

처음에는 왜 이렇게 나에게서 스캔들이 자꾸 터져 나올까 의아하기도 했었지만 궁성 생활에 익숙해진 지금은 어느 정도 이러한 상황이 이해가 갔다.

그것은 내가 국왕의 총애를 한 몸에 받고 있는 존재이기 때문이었다. 그만큼 귀족들이나 궁성 사람들의 이목과 관심을 많이 받고 있는 나였기 때문에, 사람들은 내가 젊은 누군가를 지속적으로 만난다 하면 민감하게 반응들을 하는 것이다.

이것 때문에 나는 본의 아니게 바람둥이로 소문이 나기도 했었다. 그리고 미카엔을 꼬드긴 주제에 남자들을 홀리고 다닌다는 등… 많은 비난을 받기도 했었다. 물론 그러한 비난은 미카엔을 흠모하는 시녀들의 입에서 나온 것은 두말하면 잔소리이다.

정말 한숨이 나오는 일이었다.

미카엔은 이러한 나에 대해 어떻게 생각할까? 아마도 이제는 그러려니 하겠지만 그래도 기분은 그다지 좋지는 않을 것이다.

그나저나 그런 일들도 꽤나 골치 아픈 일들 중 하나이지만 요즘 나는 왕비의 일기장에 모든 신경이 가 있었다. 이것 때문에 동대륙에서 다시 돌고 있는 전쟁의 기운에 대해서도 많이 생각할 겨를이 없었다.

나는 지끈지끈 아파오는 머리를 누르며 킬린에게 일찍 쉬어야 하겠다고 말하고는 침실로 돌아갔다. 하지만 그곳 역시 골치 아픈 일이 기다리고 있었다.

크로시벨 남작의 여동생이라는 한 귀부인이 찾아와 나를 기다릴 겸 나의 침실 안에서 루이스와 차를 마시고 있는 것이었다. 크로시벨 남작의 여동생이라면… 지금 나에게는 고모가 되는 것이었다.

나로서는 생전 처음 보는 아줌마가 고모가 되니, 정말 우스운 일이었다. 남작과 닮은 짙은 갈색 머리를 한 그 귀부인은 나를 보자마자 다짜고짜 호들갑을 떨며 아는 체를 했다.

"호호홋~ 라비스, 많이 컸구나. 어쩜 이렇게 더 예뻐질 수가 있니? 2년 전에 보고 못 봤는데 몰라보게 예뻐졌구나. 예전에도 예뻤지만 지금은 눈이 부실 지경이야."

"네, 하하하······."

나는 식은땀을 삐질삐질 흘리며 겸연쩍은 웃음을 지었다. 이러한 상황에는 어떻게 대처해야 할지… 정말 난처하다. 나 역시 호들갑을 떨며 맞장구를 쳐야 할까?

"정말 그렇죠? 라비스님은 작년 이맘때부터 정말 예뻐지더라구요. 지금의 라비스님은 마치 미의 오오라를 풍기고 있는 느낌이랄까요?"

그 귀부인의 호들갑에 루이스가 대신 나서서 맞장구를 쳐주었다. 그러자 귀부인은 눈을 반짝반짝 빛내며 본격적으로 수다 모드에 돌입하였다.

"그건 혹시 폐하의 사랑을 받고 있어서 그런 것이 아닐까? 로히얀스에서 라비스를 모르는 사람이 없을 정도로 라비스는 유명해. 폐하의 사랑을 받는 유일한 소녀라고. 호홋~ 곧 라비스가 왕비가 될 거라는 소문도 은연중에 떠돌고 있지."

그녀의 말에 나는 몹시 민망해졌다. 미카엔의 사랑을 받고 있어서 예뻐진 거라니. 엑!

'예전 라비스의 모습은 지금의 모습보다는 그 아름다움이 덜했나 보지?'

하긴, 예전에도 루이스가 나보고 갈수록 예뻐진다고 말하긴 했었다. 나는 그렇게 스스로의 외모에 대해 심각하게 생각에 잠겨 있는데, 그 고모라는 귀부인은 나에게 눈길을 돌리며 입을 열었다.

"사실 내가 이렇게 라비스를 찾아온 것은… 오랜만에 라비스를 보러 온 이유도 있지만 부탁할 것이 있어서야. 라비스도 어렸을 때 고모부를 한 번 본 적이 있지? 너에게 꽤 자상하게 대했었잖니? 넌 폐하의 총애를 받고 있으니 이 정도의 부탁은 들어줄 수가 있을 거야. 네 고모부에게 왕실 관직 중 적당한 자리를 좀 만들어주겠니?"

결국 이 아줌마는 나를 찾아온 목적이 이러한 부탁을 하기 위해서였던 것이다. 나는 한숨을 나직이 내쉬고는 그녀에게 정중하게 입을 열었다.

"죄송하지만 저에게는 그러한 권한이 없습니다, 고모님. 지금의 저는 폐하의 애첩이 아니라 폐하를 모시고 있는 충성스런 신하일 뿐입니다. 그저 그분의 마법사일 뿐이지요. 그런 부탁이라면 전 들어줄 수가 없으니 돌아가세요."

그러자 그 귀부인의 얼굴은 보기 싫게 구겨졌다. 사실 고모와 조카의 관계라면 꽤 가까운 혈연관계가 되었는데, 그녀는 이러한 가까운 혈연관계에도 불구하고 이렇게 내가 냉정하게 단 한 번에 거절할 줄은 몰랐는지 그녀의 얼굴은 기분 상한 기색이 역력했다.

"그래, 알았다. 결국 너는 그녀와 꼭 닮았구나. 항상 미소 짓는 아름다운 얼굴이지만 냉정하기 짝이 없지. 네 아버지가 왜 그렇게 메마른 인간이 되었는지 너는 혹시 알고 있니? 이만 가보아야 하겠구나."

그녀는 그렇게 의미심장한 말을 나에게 하고는 침실을 나갔다.

저 여자의 말이 대체 무슨 말일까? 나는 루이스의 얼굴을 바라보았다. 그러자 약간 어두운 표정을 하고 있던 그녀는 내가 눈길을 주자 얼굴 표정을 풀고는 나에게 입을 열었다.

"라비스님, 그냥 적당한 자리를 내어주시지 그러셨어요? 그래도 고모 되시는 분인데. 게다가 라비스님의 믿을 만한 손발이 될 수도 있는 거잖아요? 라비스님의 주위에는 지금 라비스님의 편이 거의 없다는 것을 염두에 두세요."

"글쎄, 난… 별로 외척을 끌어들이고 싶은 생각이 없어. 내가 끌어들인 외척들이 미카엔의 시야를 막는 걸림돌이 될 수도 있으니깐. 루이스, 이거 알아? 예전에 누군가가 말한 것인데… 폐하의 약점은 바로 나라고 하더라. 완벽하신 폐하이지만, 그는 분명 나와 깊이 관련된 외척들에게는 그다지 냉정한 모습을 보이지 않을 수도 있어. 어쨌든 나의 손발이 될 조력자들은 나의 친구들로 족해."

나는 그렇게 말하고는 나의 전용 마차로 그 고모 되는 귀부인을 저택까지 정중히 모시도록 루이스에게 명했다. 어찌 되었든 그녀는 크로시벨 남작의 여동생이며 나의 고모 되는 여자이기 때문이었다. 비록 일언지하에 그녀의 부탁을 거절하기는 했지만, 아버지의 여동생 되는 그녀를 박대할 수는 없었다.

나는 침대에 걸터앉아 왕비의 일기장을 꺼내 들었다. 이것을 읽을 때마다 큰 충격을 받곤 했던 나는 심호흡을 하며 어떠한 내용이 있어도 충격을 받지 말아야겠다고 다짐을 하며 일기장을 펼쳐 들었다. 그리고는 내가 읽었던 부분의 다음 페이지를 넘겨 백지 안에 글자가 나타나기를 기다렸다. 어젯밤에 일기를 읽었으니, 오늘은 그 다음 일기가 나타나지 않을 수도 있었다. 하지만 이러한 나의 예측과는 달리 이번에도 백지로 된 누런 종이에서는 글자가 금세 스르르 나타났다.

「오늘 루젠다르에서 미카엔의 사절단이 돌아왔다. 외교 사절로서 다녀온 보고를 나에게 하는 미카엔의 얼굴은 많이 상심한 듯해 보였다. 아마도 라비스가 자신을 떠난 것을 상심해하는 것이겠지. 나는 왠지 웃음이 나왔으나 상심해하는 아들의 심정을 생각해서 일부러 근엄한 모습을 보였다.

이 일을 계기로 미카엔은 뭔가 깨달을 수 있지 않을까, 나는 생각했다. 그리고 미카엔이 이런 일로 너무 흔들리지 않고 스스로 라비스가 자신에게로 돌아올 수 있게끔 현명한 판단과 행동을 하기를 바랬다. 그나저나 나는 미카엔이 저렇듯 한 여자로 인해 근심하는 모습이 왜 이렇게 유쾌하게 다가오는지 모르겠다. 아마도 나는 어머니로서 실격인 모양이다.

374년 7월 29일 아나테스 씀.」

프레야 왕비에게 이러한 면이 있는 줄은… 항상 근엄하고 차가울 정도로 엄격한 모습만 보여주었던 프레야 왕비였던 터라 조금 의외였다.

나는 나직한 실소를 터뜨리며 다음 장을 넘겼다. 그러자 여전히 백지가 나왔고 나는 조금 기다렸다. 하지만 글자가 나타나는 것은 별로 기대하지 않았다. '또 며칠쯤 기다려야 하겠지' 하며 생각하고 있던 나는 또 다음 일기가 스르르 나타나는 것을 보며 눈을 동그랗게 떴다.

「오늘은 오랜만에 느긋한 기분으로 미카엘과 차를 마시며 대화를 나누다가 환상의 섬인 시리어스 섬에 대해 얘기를 나누게 되었다. 어디서 우연하게 들었는지, 나에게 시리어스 섬에 대해 호기심을 보이며 물어오는 미카엘.

문득 200여 년 전의 일이 떠오른다. 그 당시 '크리스티나'라는 이름을 사용하고 있던 셀레나는 나에게 한 가지 부탁을 했었다. 자신이 만들어낸 시리어스 섬에 몇 가지 마법을 걸어주기를 부탁한 것이다. 시리어스라는 이름의 환상의 섬… 왠지 재미있을 것 같다는 생각에 나는 그녀의 부탁을 들어주었다.

셀레나는 그때 무슨 이유로 그러한 환상의 섬을 만들었던 것일까. 나는 다시 생각해 보았다. 나에게도 말 못하는 무언가 비밀스런 진실이 있는 듯하지만 나는 아직까지도 그녀를 이해할 수가 없다.

374년 8월 23일 아나테스 씀.」

셀레나가 환상의 섬을 만들었다니… 나는 일기장에 쓰여진 또 다른 충격적인 내용에 숨이 턱 막히는 것을 느끼며 심호흡을 해 보였다. 그리고 흥분되는 나의 감정이 차분해지도록 내 스스로를 다스리며 천천히 머리를 굴려보았다.

그녀는 자신의 딸이 열일곱이 되는 해에 영혼이 뒤바뀌게 될 거라는 것을 예지하고 있었다. 셀레나가 시리어스 섬을 만들어낸 의도는 무엇일까.

나는 셀레나가 하고 있던 예지의 내용이 생각보단 꽤 구체적인 것이 아닐까 생각해 보았다. 그녀는 나를 괴롭히고 있던 자아 정체성 문제까지 미리 예측하고 있었을지 모르겠다고 생각했다. 나는 시리어스 섬에서 겪었던 일로 자아 분열, 그리고 자아로 인한 혼란을 고친 셈이었기 때문이다.

시리어스 섬에서 나는 이도현으로서의 내 자아뿐만 아니라, 라비스로서 느끼고 생각하며 행동하는 나의 모습도 내 진정한 자아임을 인정하며 깨달았었다. 이도현이자 다시 새로 태어난 이도현으로서의 라비스… 그것이 나의 모습임을 그곳에서 비로소 인정했었다.

시리어스 섬에서 두 가지 모습으로 분리되어 나에게 나타났었던 나의 허상들인 아시와 아인의 모습을 나는 잠시 떠올렸다.

어쩌면 한 영혼이 새로이 뒤바뀐 육체로 인해 적응하지 못하고 자아 문제로 혼란을 겪는 것은 당연한 일인 듯하지만, 그것을 구체적으로 예지하고 나의 문제에 대한 해결책으로 그러한 환상의 섬까지 만들어낸 것은 실로 놀라운 일이었다.

게다가 200여 년 전부터 자신의 딸이 겪게 되는 혼란까지도 예지를 통해 그렇게 예비를 하고 있었다는 것은, 정말 대단한 예지력… 보통 인간들로서는 하기 힘든 일이었다.

나는 더 이상 충격받을 여지도 남아 있지 않았던 터라, 매우 허탈해하며 일기장을 덮었다. 그리고는 힘없이 침대에 털썩 누워 눈을 감았다.

이젠 셀레나가 여신일 거라는 생각이 더욱 강하게 들었다. 시리어스 섬이라는 환상의 섬까지 만들어낼 정도면…….

　신계에서 추방당해 인간계에서 인간의 모습으로 살게 된 불운한(?) 여신이라… 그나저나 신들도 죽음을 맞이하던가? 그녀가 만약 여신이라면 죽은 것이 아니라 어딘가에서 존재하고 있을지 모르는 일이었다. 아! 그렇지는 않겠군.

　만약 그녀가 지금까지 살아 있다면 그녀는 그렇게 생전에 미리 예비책을 만들어놓을 필요 없이 나에게 뭔가 일이 닥칠 때마다 그 즉시 뭔가 도움을 주었을 것이다. 그렇다면 그녀는 지금은 이 세상 사람이 아니라는 것이 확실한데…….

　그러면 이러한 가정을 해볼 수가 있다.

　셀레나는 여신이었지만 신계로부터 추방당한 그 순간 완벽한 인간이 되어 인간계로 떨어져 살다가 수명이 다해서 죽었다? 흐음, 그것도 불완전한 가설이다.

　그녀가 만약 인간의 몸이 되었다면 어떻게 시리어스 섬 같은 대단한 환상을 만들어낼 수 있었으며, 엄청난 예지력을 보이고, 200여 년이 넘는 긴 세월을 살 수 있었을까.

　나는 머리가 복잡해지는 것을 느끼고는 고개를 좌우로 흔들다가 리엔시타의 기운이 느껴지는 것을 깨닫고는 고개를 들었다.

　"리엔?"

　내가 그렇게 입을 열자 곧 리엔시타의 모습이 내 눈앞에 나타났다. 투명하게 모습을 드러낸 그녀의 모습은 역시 정령답게 순수한 아름다움이 느껴졌다.

　"라비스, 드디어 루젠다르가 움직이기 시작했어. 곧 전쟁이 터질 것 같아. 아멘시타가 알려온 사실이야. 그런데 자이라스에 있는 키리아와 그 일당들은 너무 조용해서 약간 걱정이 돼."

곧 전쟁이 터질 것 같다라… 그렇다면 나는 빨리 미카엔과 담판을 지어야 했다. 전쟁이 일어나기 전에 나는 전쟁에 참전하는 것을 그에게 허락 맞아야 하기 때문이었다. 내가 한 번 키리아에게 붙잡혀 독까지 당했던 경험이 있어서인지 미카엔은 이번만큼은 나 못지 않게 고집이 대단하였다.

나는 리엔시타에게 칭찬과 독려하는 몇 마디를 해준 뒤, 다시 자이라스로 보내고 나서 미카엔이 있는 집무실로 향했다. 하지만 집무실로 갔던 나는 다시 국왕의 접견실로 향해야 했다. 집무실에 시립한 시종의 말에 의하면, 지금 미카엔은 인페르디아의 사신을 접견하고 있다고 했다. 인페르디아 사신이 무슨 공물 같은 것을 바치러 왔다고 했는데, 그 공물들은 갑진 보화들도 있었지만 여자들도 상당수가 끼어 있다는 것을 그 시종은 나에게 귀띔을 해준 것이다.

여자라… 그것도 상당수라니… 미카엔도 하렘 같은 것을 만들 생각인가?

결국 호기심이 동했던 나는 접견실까지 찾아가고 말았다. 솔직히 미카엔에게 바쳐진 여자들이 얼마나 예쁜지 얼마나 많은지 따위가 궁금해서 접견실로 향하는 것은 절대로!! 아니었다.

나는 접견실 문을 지키는 기사에게 급한 일이 있음을 둘러대고는 접견실 안으로 들어섰다. 그러자 사신으로 보이는 몇몇 인페르디아 인이 눈에 들어왔는데 그중 한 남자가 미카엔에게 바칠 여러 가지 선물들에 대해서 열심히 설명하고 있었다.

이들은 미카엔이 원군을 보내주기로 약속한 그 일 때문에 그 대가로 이렇게 선물들을 보내온 모양이었다. 그런데 그 선물 중에 여자들이 끼는 이유는…….

그들의 문화적 특징에 있었다.

인페르디아는 여성의 신분이 한심할 정도로 낮았는데, 그 심각함을 대충 설명하자면……

여자들이란 직위가 높은 자들의 노리개, 그리고 자식을 낳아줄 도구 등등이었다. 그로 인해 인페르디아의 왕실은 아름답고 신분이 낮은 여자들을 종종 선물용(?)으로 금은보화 대신 쓰기도 했었다.

그리고 보니 예전에 내가 인페르디아 왕을 암살하기 위해 그에게 접근했었던 일이 생각난다. 지금도 생각하면 몸서리가 쳐지는 일이었지만 그렇게 여자들의 권리를 인정해 주지 않는 나라이니 왕이란 작자가 생각할 수 있는 것은 뻔하였다.

"라비스!"

열몇 명 정도 되어 보이는 인페르디아의 소녀들을 쭈욱 훑어보고 있는데 미카엔이 나를 발견하였는지 이름을 부르며 손짓을 해 보였다. 가까이 오라는 뜻이었다.

결국 나는 그에게 다가가서 그의 옆에 서 보였다.

"오늘쯤에 네가 나를 찾아올 거라 생각하고 있었어. 분명 네 주장을 펼치러 온 것이겠지?"

그의 말에 나는 눈을 동그랗게 떴다. 그러자 그는 빙긋 웃어 보이며 입을 열었다.

"후훗… 나도 너만큼 소식은 빨라. 이왕 온 김에 인페르디아가 보내온 선물들을 같이 감상할까?"

그는 그렇게 말하고는 고개를 다소곳이 조아리고 있는 소녀들에게 눈길을 주고는 그녀들을 살폈다. 나 역시 그녀들에게 눈길을 주며 그에게 무미건조한 목소리로 물었다.

"…시중들 여자들인가요?"

"응."

"흠… 그렇군요."

"저들 중 맘에 드는 소녀가 몇 명 있긴 하지만, 라비스가 직접 다섯 명 쯤 골라."

그의 말에 나는 눈을 가늘게 떴다.

"제가요?"

그러자 미카엔은 나에게 눈웃음을 지어 보이며 고개를 끄덕여 보였다. 본인을 시중들 여자들을 나보고 고르라니. 무슨 속셈인지… 정말 흥미다!

나는 인페르디아 소녀들에게 가까이 다가가서 천천히 훑어보았다. 그리고는 그들 중 미모도 별로인데다가 성격도 안 좋아 보이는 소녀 다섯을 골랐다.

"다 골랐어요. 마음에 드세요? 제가 보기에는 이 소녀들이 참 예뻐 보이는데."

"흠… 그래? 내가 보기에는 나머지 소녀들이 더 예뻐 보이는데, 네가 저 소녀들이 마음에 든다니… 뭐, 상관은 없지."

미카엔은 어깨를 으쓱해 보이며 그렇게 말하고는 시종장으로 보이는 한 나이 든 시종에게 명했다.

"디킨스, 오늘부터 저 다섯 명의 소녀들을 라비스의 시녀로서 교육시키도록 해."

그가 그렇게 시종에게 명하자 나는 동그래진 눈으로 그를 바라보았다. 나는 그가 저 소녀들을 자신의 측실들로 삼으려는 것이 아닌가 생각했었는데…….

미카엔은 나의 이러한 눈길을 느꼈는지 나를 바라보고는 의미 모를 웃음을 던졌다. 헉! 뭐, 뭐야? 저 웃음은…….

나는 미카엔을 노려보았다. 내가 질투로 인해서 이러한 행동을 보인 것은 정말정말 절대로 아니었다. 그저 미카엔이 얄미워서 그런 것인데… 나의 이러한 마음을 미카엔에게 알리고 싶지만, 그러한 발언을 하면 나만 부끄러워진다.

보나마나 내가 질투를 해서 별로인 소녀들을 고른 것이라 생각할 텐데…….

미카엔은 다시 사신들에게 눈길을 주고는 그들에게 입을 열었다.

"인페르디아 왕께 고맙다는 말을 전해주십시오. 그리고 저 소녀들은 마음에 드는 다섯 명의 소녀들만 받을 것이니 그렇게 알고 나머지는 고국으로 돌아가도록 해주셨으면 합니다. 그럼 이만 피곤하실 테니 편안히 쉬시길 바랍니다. 여러분들의 침실은 디킨스가 안내해 드릴 것입니다."

미카엔은 외국의 사신에 대한 예우를 갖추어 그렇게 말을 마치고는 옥좌에서 몸을 일으켰다. 그리고 나를 바라보며.

"라비스, 나에게 할 말이 있지? 왕실 부수석 마법사가 이번 전쟁에 참전하게 되는지의 여부에 대해 논의할 겸 우리 잠시 산책이나 할까?"

Change Of Destiny 제8장

인페르디아 전쟁

인페르디아 전쟁

"꼭 전쟁에 참전해야 하겠어?"

미카엔의 물음에 나는 걷던 걸음을 멈추고 그를 바라보며 입을 열었다.

"네. 미카엔이 왕비로 맞으시려는 저를 진정으로 생각하신다면 제가 이번에 참전하도록 허락해 주세요. 그것이 저와 미카엔, 로히얀스를 위하는 일이에요. 저의 신변을 걱정하시는 거라면 그다지 걱정하실 필요는 없어요. 저에겐 라센샤르를 비롯한 강한 정령들이 있잖아요?"

나는 그의 허락을 얻어내기 위해 온갖 설득을 해야 했다. 처음에는 그냥 왕비가 되지 않겠다는 협박 아닌 협박을 써볼까 했었으나, 미카엔에게 그런 유치한 협박이 통할 리가 없으니… 나는 바다의 정령인 라센샤르의 이름을 은연중에 강조하며 미카엔을 안심시키는 말을 했다.

게다가 내가 참전하는 것이 진정 나를 위하는 일이 되지 않겠냐는 말은 미카엔에게는 꽤나 호소력있는 설득의 말이었다. 그가 나를 꽤나 위한다는 것은 잘 알고 있었다.

내가 그저 수많은 중신들의 거센 반대에 미카엔의 보호만을 바라며 얌전히 있다가 미카엔의 힘으로 왕비 자리에 억지로 오른다면, 나는 수많은 귀족들의 불만을 받게 될 것이다. 그건 미카엔의 위신과 그를 상징하는 로히얀스의 위신이 깎이는 일이 될 뿐만 아니라, 정작 당사자인 나 자신이 왕비로서 평탄치 못한 여정을 시작하는 것이다.

미카엔도 그 점은 잘 알고 있을 것이다. 다만 그가 걱정하는 문제는 키리아… 나 역시 그것을 알고 있었기에 라센샤르를 들먹인 것이다.

"물론 나도 네가 모두의 축복을 받으며 왕비의 자리에 오르길 바래. 하지만 알 수 없는 불안감이 너를 붙잡게 만드는군."

"미카엔, 약속하도록 하지요. 저에게 그럴 만한 능력이 있는지는 모르지만 전 이번 인페르디아 전쟁에서 여자 영웅이 되어 돌아오겠어요. 무슨 일이 있더라도 미카엔의 이름과 내 자신의 이름을 빛내 보이겠어요. 그리고… 무사히 돌아와서 로히얀스의 왕비가 될 것을 제 이름과 내 본연의 영혼을 걸고 맹세하겠어요."

미카엔은 이제 더 이상 황태자가 아니었다. 옥좌를 지키는 로히얀스의 상징.

혹여 나에게 무슨 일이 생긴다고 해도 그는 저번처럼 나랏일을 팽개치고 나를 위해 그의 자리를 떠나올 수는 없을 것이다.

그 다음날 나는 국왕의 이름으로 이번 전쟁의 참모들 중 하나로 임명이 되었다. 그래서 곧 닥칠 전쟁에 대한 회의를 하는 비밀 군 회의에 나 역시 참석하게 되었는데, 그 회의에 참석하고 있던 다른 참모들을 비롯한 군사들과 기사들을 이끄는 지휘관들은 모두 놀라움과 황당함을 감추지 못했다.

국왕의 전 측실이 군사를 이끄는 중요한 요직인 참모로 임명될 줄은 몰랐던 것이다. 노골적으로 놀라움을 표하는 그들에게 나는 싱긋 웃어주고는 침착한 태도로 자리에 앉았다.

우선 내가 할 일은 저들을 제압하는 것… 그래야 나는 이번 전쟁의 영광스런 종결자가 될 수 있을 것이다. 저번 인페르디아 왕을 암살하여 허무하게 전쟁을 종식시킨 경우와는 천지 차로 다를 것이니 나는 측실의 이미지를 단숨에 묻어버릴 만한 군사 참모로서의 카리스마와 통솔력이 필요했다.

전쟁 종결자… 이번에도 전쟁의 종결자는 내가 될 것이다.

"허허! 기가 막히는군요. 크로시벨님께서 군사 수뇌들 중 하나로 임명이 되시다니… 대체 폐하께서는 무슨 생각을 하고 계시는 건지."

나이 지극한 참모장의 말이었다.

"글쎄요. 폐하께서 무슨 생각을 하고 계신지는 감히 저희들이 알 수 없겠지요. 하지만 폐하께서는 현명하신 분이시니, 뭔가 현명한 결단을 내리셔서 저를 여러분들의 동료로서 보내신 것이 아닐까요? 그레이 참모장님을 비롯한 여기 계신 모든 분들은 폐하의 그 비범하심에 한 치의 의심도 갖지 않으셨으면 합니다."

침착한 미소를 은은히 띠며 나는 참모장에게 분명한 목소리로 말했다. 내 말의 요지는 미카엔이 나를 참모로서 그냥 결정한 것이 아니라는 것이다. 미카엔이 나를 참모로 임명할 정도로 나에게 능력과 힘이 있음을 은연중에 저들에게 심어주었다.

그리고 '저를 여러분들의 동료로서 보내신 것이 아닐까요? 라는 발언을 하여 예전에 왕실에서 돌았었던 나에 대한 소문을 상기시켜 주었다. 마스터 마법사, 국왕의 숨은 실력자, 제2의 프레야 왕비 등등… 그 명칭도 많았지만 국왕의 숨은 실력자로서 이들을 감독할 겸 이곳에 왔다는 것을 저들이 멋대로 오해하게끔 하는 것이다.

아무튼 내가 그렇게 말하자 참모장을 비롯한 군사 관리들은 더 이상 토를 달지 못했다. 나는 이러한 결과에 만족하며 자리에 앉아 있는 한 기사를 바라보았다. 아! 저 남자가 누군지 생각났다. 지브린 록펠러… 왕실 에제크 기사단의 부단장이었는데, 그새 단장으로 승진한 모양이었다.

에제크 기사단은 내가 미카엔의 측실로서 왕성으로 들어가게 될 때 나를 호위하던 기사단이었다. 그때 엔카루스가 이끄는 마법 도적단에 의해 많은 피해를 보았었던…….

나는 그에게 눈인사를 건네었다. 그러자 그는 약간 당황한 모습으로 나에게 고개를 조금 숙여 보였다.

"흠, 흠! 어쨌든 크로시벨님은 이번 전쟁의 기운에 대해 어떻게 파악하고 계신지 약간의 조언 말씀을 해주시겠습니까?"

그레이 참모장이 다시 나에게 입을 열었다. 저것은 분명… 나를 테스트하는 질문일 것이다.

"이번 전쟁은 저희 로히얀스와 많은 관련이 있어요. 루젠다르와 동맹을 맺은 자이라스를 조정하는 세력이 모두 로히얀스와 인연을 갖었던 이들이지요. 그만큼 우리는 여러 가지로 조심해야 할 것들이 많이 있을 겁니다. 그들은 모두 이곳 로히얀스의 왕성에 대해 많은 것을 알고 있기에 전략 면에서도 우리를 대비한 무언가를 치밀하게 세웠을 거예요. 지금 그들은 자이라스에서 조용하게 지내고 있지만 보이지 않는 곳에서 은밀하고 위험한 계획을 세우고 있을지 모르는 일입니다. 우리는 비록 인페르디아의 원군으로서 인페르디아가 무너지지 않게 약간의 도움만 주는 입장이라 하지만 이번 기회에 앞으로 로히얀스의 화근이 될 그들을 뿌리 뽑아야 합니다."

"흐음……."

"쿨럭……!"

끄덕끄덕.

나의 발언에 이 회의장에 있던 이들의 반응들이었다. 그냥 헛기침 한번 하는 이가 있는 반면, 인정할 것은 인정할 줄 아는 이들은 고개를 가만히 끄덕여 보였다.

"뿌리 뽑는 것도 좋지만 너무 나서다가 오히려 일을 그르치게 되는 것은 아니오?"

누군가가 나섰다.

"물론 너무 나서다가는 일을 그르칠 수가 있지요. 하지만 우리가 꼭 나서서 설칠 필요가 있을까요? 이번 기회에 우리는 인페르디아를 도와주는 척을 하며 인페르디아가 그 위험 세력을 직접 쓸어버리도록 하는 것이죠. 우리는 인페르디아가 그들 세력을 쓸어버리는 데에 약간의 도움만 주면 됩니다."

나의 말에 회의장의 분위기가 술렁거렸다.

"그럼 크로시벨님께서는 뭔가 계책이라도 가지고 계시는 겁니까?"

그레이 참모장이 무겁게 입을 열었다.

"네."

"……!"

"……."

"……?"

내가 그렇게 간단히 대답만 하고는 입을 다물자, 그레이 참모장을 비롯한 이들은 모두 애가 탄 모습을 보였다. 어서 말하라는 재촉 어린 시선을 나에게 던졌으나, 나는 모르는 척 그들의 눈길을 무시하고는 방긋방긋 미소만 지었다.

결국 참모장이 그들의 무언의 재촉을 대표해서 나에게 입을 열었다.
"그 계책이 무엇인지 크로시벨님의 고견을 듣고 싶군요."
'고견이라고 말할 것까지는… 쑥스럽게시리.'
나는 참모장에게 다시 한 번 화사한 미소를 지어 보였다. 그가 마음에 들었기 때문이다. 참모장이라면 꽤 높은 직책인데도 불구하고 그는 결코 권위적이거나 하지는 않았다. 그는 나를 비롯한 여기에 있는 모든 이에게 예를 갖추어서 말하였고, 그 누군가를 무조건 무시하거나 의견을 묵살하지도 않았다.
아마도 미카엔이 사람을 제대로 임명한 듯했다. 그래서 나는 나도 모르게 흐뭇해진 미소를 그에게 짓고 말았다. 에구… 내가 나이 든 사람에게 흐뭇해하는 미소라니!
하지만 그 참모장을 비롯한 군사 관리들은 나의 이러한 미소를 곡해하여 받아들였다. 아마도 국왕의 숨은 실력자인 내가 참모장을 인정하는… 다시 말해, 좋게 평가한 모양이라 지레짐작한 것이다. 내가 국왕의 숨겨진 눈과 귀라면… 이 모든 상황이 국왕의 귀로 들어가게 될 터, 저들이 갑자기 몸가짐을 똑바로 하는 것들이 나의 눈에 들어왔다.
총애하는 애첩으로서가 아니라 숨은 실력자로서의 간언이라면 국왕은 백 퍼센트 그 말을 믿을 것이고 받아들일 것이기 때문이었다.
쯔쯧, 비록 의도한 상황이지만 나는 한숨 섞인 헛웃음이 나오려 했다. 어쨌든, 참모장이 나에게 질문을 했으니 나는 대답을 해야 했다.
"여러분들은 키리아라는 마족을 기억하고 계시겠지요? 그녀는 지금 자이라스를 배후에서 조종하고 있는 존재 중 하나입니다. 하지만 그녀는 엔카루스라는 로히얀스의 반역 죄인과 손을 잡기 전에 인페르디아 왕의 뒤를 봐주고 있었죠. 현 인페르디아 국왕의 형이 되는… 그녀와 손을 잡았던 인페르디아 왕은 누군가의 손에 의해 암살이 되었습니다.

전 그 혐의를 키리아에게 씌울 작정입니다."

"흠, 그건 괜찮은 생각인 듯하지만 그것 역시 쉽지 않을 텐데요. 게다가 요즘 같은 경우는 소문을 퍼뜨릴 만한 첩자들도 활동하기 어려운 실정입니다."

"훗, 그건 염려하시지 않으셔도 됩니다. 저에게는 믿을 만한 조력자가 있는데, 그들에게 그 일을 맡길 생각입니다."

그러자 군사 지휘관 중 하나인 한 기사가 놀라며 입을 열었다.

"그럼 크로시벨님께서는 그 일을 능히 해낼 만한 유능한 조력자가 있단 말입니까?"

그의 말에 나는 고개를 끄덕이며 하던 말을 다시 이었다.

"네, 하지만 더 이상은 여러분께 자세히 말씀드릴 수가 없군요. 전쟁이 터지기 직전까지 저는 그 일을 마무리할 것이니, 여러분들은 저를 믿으시고 그 후에 결과를 기다려 주세요. 이것은 개별적인 전략에 불과하니 여러분들은 계속 진행하고 있던 군사 작전들을 수행하세요. 만약 제가 이번 일을 성공시키지 못할 시에도 전혀 방해받지 않고 각자 임무를 수행하셨으면 합니다."

"그럼… 크로시벨님을 믿어보도록 하겠습니다. 하지만 곧 있으면 전쟁이 터질 것인데 시간이 너무 촉박한 것이 아닐까 생각되는군요."

그레이 참모장은 나의 계획을 수락하는 말을 하며 그것에 대한 약간의 근심을 나타내었다.

"물론 시간이 약간 촉박해서 성공률이 조금 떨어지긴 하지만 저는 최선을 다할 것입니다. 그리고 전 정보 수집에 능한 편이지요. 참모장님께서 책사(策士)로서 저를 자주 활용해 주셨으면 합니다."

나는 그에게 부탁하는 말을 잊지 않았다. 책사(策士)란 보이지 않는 곳에서 계책을 안출해 내는 존재. 나는 우선 그에게 인정을 받고는 나중에 전면전이 있을 경우 그에게 선봉 지휘관의 자격을 받아내야 하겠다고 생각했다.

그렇게 회의를 마치고 나오다가 나는 한 시녀와 마주치게 되었다. 그녀는 나를 기다리고 있었던 듯 왕실 마법사들의 연구실로 가는 길목에서 서 있다가 나를 보더니 꾸벅 인사를 해 보였다.

"라비스님이시죠? 저는 폐하의 두 번째 측실이신 아사벨라님을 모시고 있는 시녀인데, 아사벨라님의 명을 받고 왔습니다."

"아사벨라? 무슨 명을 받고 왔지요?"

"아사벨라님은 라비스님을 잠시 만나고 싶어하십니다. 잠깐 시간을 내어 저와 로터스 궁으로 가시지요."

로터스 궁이란 국왕이 머무는 중앙 궁성에 딸려 있는 별궁들 중 하나였다. 중앙 궁성 근처에는 작은 별궁들이 모두 10개 정도가 모여 있는데, 이 별궁들은 국왕의 측실들이 머무는 궁이었다. 물론 이 별궁들은 왕비가 머무는 장미궁하고는 비교도 되지 않았지만, 그래도 꽤 화려하고 멋진 건축물들이었다.

로터스… 그리고 보니 로히얀스 왕성에서 존재하는 모든 별궁들은 모두 꽃 이름으로 되어 있었는데, 로터스라면 연꽃이라는 뜻이었다. 아사벨라는 원래 있던 아카시아 궁에서 국왕의 별궁인 로터스 궁으로 그 거처를 옮긴 모양이었다.

어쨌든 나는 아사벨라를 만나러 로터스 궁으로 향했다. 그리고 시녀의 안내를 받으며 응접실로 들어섰다.

"오랜만이야. 이번에는 군사 참모로 임명되었다며?"

"으응… 넌 그동안 잘 지냈어?"

"훗, 나야 그동안 못 지낼 이유가 없지. 앉아."

아사벨라는 멸문한 집안에 국왕의 총애를 잃은 신세 처량한 측실의 신분이 되었으나 여전히 태도는 오만하였고 차림은 화려하기 짝이 없었다.

나는 솔직히 그녀에게 여러 가지로 미안했다. 우선 그녀가 국왕의 총애를 잃은 것과 집안이 그렇게 풍비박산이 난 것은 근원적 원인이 나에게 있었기 때문이다. 내가 없었더라면 그녀는 미카엔에게 진실된 사랑은 못 받더라도 측실로서 어느 정도의 총애는 받았을 것이다.

게다가 내가 아니었다면 엔카루스는 권력에 탐을 내고 있더라도 그것이 도가 지나쳐 자신의 아버지를 이용하여 반정까지는 일으키지 않았을지도 몰랐다.

"나에게 할 말이 있지?"

"그래. 내가 너를 만나자고 한 것은 너에게 나에 대한 빚을 갚으라는 말을 하기 위해서야."

"너에 대한 빚?"

내가 그렇게 반문을 하자 그녀는 고개를 끄덕였다.

"이번 전쟁에 나의 오빠가 연관되어 있다는 거, 나도 알고 있어. 넌 이번 전쟁에 참여하게 될 테지? 만약 오빠를 만나게 되면 오빠를… 최악의 순간에서 벗어날 수 있도록 네가 도와줘. 오빠가 포로로서 잡히게 된다면 그가 도망갈 수 있도록 도와주고, 더 이상 불에 뛰어드는 불나방과도 같은 행동은 하지 않도록 네가 이끌어줘. 이건 부탁이 아니라 네가 갚아야 할 빚이야."

내가 갚아야 할 빚… 그 말이 맞긴 했다. 나는 아사벨라에게 갚아야 할 빚이 있었다. 그녀가 나로 인해 불행해졌다고 해도 과언이 아니었다. 게다가 저번에 엔카루스에게 잡혀 있었을 때 그녀가 나를 탈출시켜 주었던 적도 있지 않은가? 하지만 엔카루스를 도와주는 것… 이것은 나로서는 난감한 요구이다.

엔카루스에게 도움을 준다는 것은 반역 죄인이자 나라의 화근을 도와주게 되는 것이었고 잘못하면 일을 그르치는 우를 범하게 되는 것이었다.

나는 잠시 갈등을 하였다. 나 역시 그녀의 부탁을 거절하고 싶지는 않았다. 엔카루스가 그토록 극단적인 행동을 하는 것은 '나' 라는 존재가 그 불씨였기 때문이다. 그렇게 엔카루스는 그 한 개의 불씨로 인하여 자신에게 주어진 평범한 삶뿐만 아니라 주위 사람들의 파멸을 불러일으켰다.

게다가 엔카루스가 지금 자이라스에 만족하지 않고 저렇듯 자신의 힘을 키우기 위해 수단을 가리지 않는 것은 그가 로히얀스를 노리고 있다는 것… 이러한 그의 행동들은 정말 아사벨라의 말대로 불속으로 뛰어드는 불나방과도 같은 행동이었다. 그것은 결국엔 불행한 자신의 파멸로써 이어질지도 모르는 일이었기 때문이다.

그렇지 않다면 무너지게 될 존재는 미카엔이 되겠지만… 미카엔은 무너지지 않을 것이다.

나는 지금 상황이 너무 안타까웠다. 나를 사랑하는 그 누군가가 나로 인해 불행해지는 것은 정말 슬픈 일이다. 왜 그렇게 한 가지에 집착을 갖고 그것으로 인해 자신이 불행해져야만 할까?

엔카루스는 내가 미카엔의 여자가 되었을 거라고 생각하고 있을 것이다. 그래서 나를 비롯한 로히얀스까지 미카엔이 가진 것을 빼앗기 위해 그는 자신의 소중한 것마저도 희생하였을 것이다. 그것은 어긋난 인연과 그의 굴절된 감정으로 빚어진 또 하나의 비극이었다.

나는 깊은 한숨을 내쉬며 아사벨라에게 입을 열었다.

"아사벨라, 내가 너에게 빚을 졌다는 거… 나도 인정해. 하지만 네 요구는 완벽히 받아들일 수가 없어. 너도 나의 입장을 이해하리라 생각해. 대신 너에게 이것 한 가지만은 약속할게. 만약 그와 마주치게 된다면 그가 가지고 있는 잘못된 집착을 버리도록 설득을 해볼게. 하지만 그를 풀어준다거나 목숨을 구해준다는 약속은 못하겠어."

"훗, 의외로 솔직하네. 난 네가 성의없는 약속을 하지 않을까 생각했었거든. 오빠를 설득해 준다라… 과연 오빠를 설득하는 것이 가능할지 모르겠지만, 좋아. 그것으로 만족해야 하겠지. 그리고… 넌 정말 별스런 애야. 내가 너라면 폐하께 정비로 맞아달라고 말했을 텐데… 귀족들의 반발 따위 무시하고 폐하의 총애로서 얻은 힘으로 강압적으로 그들을 눌렀을 텐데, 너는 그렇게 사서 고생을 하다니."

아사벨라는 나에 대해 꽤 많은 것을 알고 있었다. 그녀의 주변에는 왕실에 관련된 정보를 수집하는 유능한(?) 시녀가 많은 모양이었다. 어쨌든 나는 희미한 미소를 지어 보이며 그녀에게 말했다.

"아사벨라, 강압적인 힘으로 그들을 누르면 당장은 내가 편할지도 몰라. 하지만 한 나라의 왕비로서 나는 진정한 나의 신하들을 만날 수가 없게 되겠지. 그들은 거짓으로 나의 앞에 고개를 조아리는 것이니깐. 그것은 나를 사랑해 주시는 폐하께도 폐를 끼치는 것이 되겠지. 어쩌면 지금 나의 행동은 너무 강직할 수도 있겠지만 나는 지금의 내 의지를 믿어. 나의 의지대로 폐하와 그의 나라 로히얀스를 위해 나는 행동할 거야."

그러자 아사벨라는 그녀의 오만해 보이는 눈을 내리깔았다. 그리고 잠시 침묵을 지키다가 그녀는 나직하게 입을 열었다.

"넌 언젠가 왕비가 되겠지? 폐하께서 너를 왕비로 맞으시려 한다는 것을 나는 알아. 폐하께서 이제껏 왕비를 맞지 않으시고 모든 혼담들을 물리치는 것을 보면 알 수 있지. 모두가 대충 짐작하고 있을 거야. 네가 왕비가 될 것이란 것을. 훗~ 너에게 미리부터 잘 보여야 할까?

폐하의 총애를 받는 것은 이젠 물 건너갔으니, 왕비의 총애라도 받아야 하지 않겠어?"

아사벨라는 그렇게 말하며 나에게 웃어 보였다. 그녀가 나에게 이렇듯 사심없는 웃음을 보인 적이 있던가? 나 역시 덩달아 웃어 보였다. 아사벨라는 옹졸한 여자는 아니었다. 차가운 면과 오만한 성격을 가지고 있어서 그렇지, 저번에 미카엔이 그녀의 부모를 처형한 것에 대해 증오심 같은 것은 가지고 있지 않았다. 미카엔으로서는 그것이 정당한 행동이었다는 것을 그녀도 인정한 것이다.

아사벨라는 다시 나에게 입을 열었다.

"네가 왕비가 되는 거, 인정해 줄게. 호호~ 폐하의 정비가 될 여자는 나의 인정이 필요하거든. 만약, 세리아라는 그 빨강 머리가 왕비 자리에 올랐다면 난 그녀를 두고두고 괴롭혔을 거야. 착하고 얌전하긴 하지만 아둔한 죽은 황태자비에게 했던 것처럼 말이야."

그녀의 말에 나는 휘둥그레진 눈으로 그녀를 바라보았으나 그녀는 마치 농담하듯 가볍게 말하며 웃어넘겼다.

그날 약간 늦은 오후.

나는 침실에서 마법서를 읽고 있었다. 마법이란 것은 어느 정도의 수준에 올라서지 않는 이상 조금만 긴장을 늦추어 마법을 익히는 것을 게을리 하면 금세 그 능력이 퇴보하게 된다.

만약 오랫동안 마법에 손을 놓고 있으면, 4서클 레벨의 마법을 사용하던 마법사도 2서클 레벨의 기본 마법 스펠 완성하는 방법도 잊게 되어 마력이 충분하여도 스펠 캐스팅 시간이 늦어지게 되는 것이다.

그렇게 책을 읽던 나는 문득 고개를 들어 나의 근처에 앉아 뭔가 바느질을 하고 있는 루이스를 바라보았다. 언제나 나의 곁에서 시녀들이

나 왕실에 대해 항상 조잘대던 그녀가 요즘은 눈에 띄게 말이 없어져 갔다. 게다가 그 얼굴도 갈수록 수척해져 가서 나는 정말 걱정이 되었다.

"루이스."

"네, 라비스님."

"요즘 정말 아픈 곳 없어? 왜 그렇게 말라가? 정말 요즘은 루이스답지 않아. 악몽을 심하게 꾸는 것도 정말 걱정이 되고… 가끔가다가 루이스는 멍한 표정을 짓기도 해."

"호호… 걱정 마세요. 저번에 의사가 아무 이상이 없다고 했었잖아요."

며칠 전부터 수척해 가는 루이스를 걱정한 나는 왕실 소속 의사를 불러 그녀를 진찰하게 하였으나, 그녀의 몸은 아무런 이상이 없었다. 결국 나는 그녀에게 뭔가 근심거리가 있는 것인가 생각하여 그녀에게 꼬치꼬치 캐물었지만, 루이스는 그런 것은 전혀 없다며 딱 잘라 말하고는 했었다.

나는 한숨을 나직하게 내쉬고는 그녀에게 다시 입을 열었다.

"루이스, 피곤해 보이는데 일찍 쉬어."

그렇게 그녀를 자신의 방으로 보내고 나서 다시 책을 읽는 데에 몰두를 하는데 리엔시타가 홀연히 모습을 드러내었다.

"라비스."

요즘같이 전쟁이 곧 터지기 직전인 때에는 리엔시타에게서 수시로 보고를 받아야 했다. 요즘은 이상할 정도로 잠잠한 키리아이지만 나는 그녀의 행동을 계속 주시했다. 물론 고위 마족인 키리아에게서 완벽하게 자신의 기운을 숨길 수 없었던 리엔시타는 그녀를 직접 관찰하는 것이 아니라 수도에서 도는 소문과 그 주변 인물을 탐색하는 것으로 키리아 일당의 행동을 살피는 것이었으나 키리아는 요즘 너무 잠잠했다.

그에 비해 엔카루스는 자신의 마법 도적단 일원들을 꾸준히 훈련시키고 있는 모양이었다. 마법 도적단 일원들은 엔카루스를 따라 자이라스까지 가서 그를 섬기고 있는 것을 보면 그 충성심과 의리가 대단한 것 같았다.

그러다 나는 문득 마리에 대한 것을 이제껏 신경 쓰지 않고 있었다는 것을 깨달았다.

"리엔, 마리는 요즘 뭐 하고 있지?"

"아! 맞아. 마리도 있었지. 그녀는 별로 눈에 띄지 않아. 그녀가 키리아의 제자로서 이번 일에 가담한 것은 알겠는데, 엔카루스의 마법 도적단 일원들도 그녀에 대해 제대로 모르는 것 같아. 그녀는 거의 행동을 안 하는 모양이야."

"흠, 그래? 하지만… 마리 역시 위험 인물이니, 그녀에 대한 것도 자세히 알아봐 줘. 그리고… 돌아가는 길에 라센샤르를 불러줘. 리엔, 너에게 힘든 일을 계속 부탁해서 정말 미안해. 그리고 고마워."

그러자 리엔시타는 나에게 활짝 웃어 보였다. 그녀는 나의 이러한 작은 감정의 표시에도 매우 기뻐하곤 하였다.

"난 전혀 힘들지 않아. 오히려 나의 능력을 이렇게 잘 활용해 주는 라비스가 고맙게 느껴지는걸. 그러니까 나에게 미안해할 필요는 없어."

역시 정령들은 맹목적인 경향이 있었다. 순수한 존재인 그들에게는 한 번 정해진 감정 외에 다른 감정이 끼어들 여지가 없는 모양이었다.

어쨌든 나는 리엔시타를 보내고 나서 라센샤르를 기다렸다. 그녀를 인페르디아로 보내 첩자 역할을 하게끔 명하기 위해서였다. 라센샤르라면 정령의 기운을 완벽히 감추고 인간 행세를 할 수 있을 것이다.

그 후로 다시 며칠이 지나갔다. 그동안 라센샤르를 통하여 인페르디아의 수도에 헛소문을 퍼뜨리기도 하고, 몇 번의 군 회의를 갖으며 바쁘게 하루하루를 보내야 했다.

이번 전쟁의 수뇌급들은 여전히 나를 인정하지 않는 모습을 보였으나 처음의 노골적으로 무시하던 태도는 많이 누그러져 있었다. 게다가 내색은 하지 않고 있지만 인페르디아의 수도에 그러한 헛소문을 퍼뜨린 것을 아주 손쉽게 한 나에게 내심 놀라움을 갖고 있었다.

칭찬할 것은 그냥 솔직히 칭찬해 주면 좋을 텐데…….

그리고 마리에 대한 것을 리엔시타에게서 보고를 받았는데… 그녀는 지금 자이라스에 없는 모양이었다. 그녀의 행방을 자이라스에서 찾을 수가 없었던 것이다. 그렇다면 마리는 어디에 있는 것일까? 아마도 키리아와 뭔가 부딪힘이 있었지 않을까 나는 생각해 보았다.

마리가 비록 키리아의 제자라 하지만, 그녀에게는 키리아에 대한 존경심이나 동료 의식 같은 것은 전혀 가지고 있지 않았다. 그래서 키리아는 마리를 자신의 편으로 묶어놓기 위해 엔카루스를 사랑하도록 그녀에게 묘약 같은 것을 먹였을 것이다.

그렇지 않다면 또 한 가지 가정을 해볼 수가 있었다. 마리는 어쩌면 이곳 로히얀스로 다시 건너왔을 수도 있다. 만약 그것이 사실이라면 나는 빨리 그녀의 행방을 알아야 하는데… 하지만 내가 뭔가 조치를 취하기도 전에 인페르디아 전쟁은 터지고 말았다.

어느 날 저녁 아멘시타를 통하여 루젠다르의 군대가 움직이기 시작했다는 소식을 접한 나는, 이 사실을 모두에게 알리고 군대 출진 문제에 대해 군 회의를 소집하였다.

"내일 아침 일찍 우리도 움직여야 하지 않겠습니까? 벌써 루젠다르가 움직이기 시작했는데, 이러다 인페르디아가 무너지고 나서야 출병할 생각입니까?"

국왕의 근위 기사단장인 리아드 기마 참모는 주먹으로 테이블을 탕탕 치며, 자신의 성질 급한 성격을 단적으로 보여주고 있었다. 그런 그의 모습에 나는 싱긋 화사한 미소를 지어 보이며 입을 열었다.

이곳에서도 어김없이 미소 작전을 쓰는 나는, 나의 이러한 미소들이 성질 급한 무관들을 조금이나마 누그러뜨려 주고 있다는 것을 잘 알고 있었다.

"리아드님, 설마 그럴 리야 있겠습니까? 저는 인페르디아를 무너지기 직전까지라면 몰라도, 무너지게는 놔두지는 않습니다. 지금 당장은 그들에게 힘을 실어주어야 하니까요."

그러자 리아드 기마 참모는 눈을 가느다랗게 뜨고는 나를 쏘아보았다. 인페르디아에 헛소문을 퍼뜨린 것으로 그레이 참모장에게 인정을 받은 나는 그의 책사이자 참모로서 어느 정도 주도권을 부여받게 되었다. 그리고 리엔시타를 통하여 인페르디아와 접전이 일어나게 될 지역의 지형들을 모두 자세한 지도로 그렸는데, 그것으로 인하여 나는 군대 수뇌들에게 나의 정보 수집 능력을 한 번 더 인정을 받게 되었다.

지금까지 첩자들에게 의지해서 작성한 지도들은 그 한계가 있었기 때문이었다.

"그게 무슨 말입니까?"

"말 그대로입니다. 인페르디아는 지금 무너져서는 안 되죠. 입술이 없으면 이가 시린 법. 그들이 망하면 우리도 망하게 되지요. 내일 새벽같이 군을 집결시키도록 합시다. 집결지는 루젠다르와 로히얀스의 국경 지역인 세젠느 강 근방이 좋을 것 같군요."

"어째서 인페르디아 국경 근방인 접전 지역이 아닌 그곳을 집결지로

정하는 것입니까? 크로시벨님은 우리가 인페르디아를 도와야 하는 원군의 입장으로 군사를 출병한다는 것을 망각하신 모양이군요."

리아드 기마 참모는 나에게 무슨 경쟁 심리라도 있는지, 아니면 여자에게 휘둘리는 것은 용납할 수가 없는 것인지 그렇게 나를 깎아내리기 위해 물고 늘어졌다. 그런 그를 보며 나는 빙긋 미소를 지어 보였다.

"제가 세젠느 강의 근방으로 군사들을 집결시키는 이유는 예전에 내가 미처 써먹지 못한 아주 좋은 전략을 써먹기 위해서입니다."

나는 그동안 정령들을 통해 알아낸 여러 가지 정보와 지형의 요건들을 모두 종합하여 이번 전쟁에서 로히얀스가 이득을 볼 전략을 머리 속에 세워두었던 것을 이들에게 말했다. 그리고 내가 말한 이 전략은 그레이 참모장을 비롯한 몇몇 모사가들인 군사 수뇌들에 의해 채택이 되었다.

그렇게 군사를 움직이는 문제에 대해 여러 가지를 논의하고 난 다음 나는 밤이 깊어서야 겨우 나의 침실로 돌아갈 수가 있었다. 그렇게 침실로 발걸음을 하던 나는 중간중간 멈칫거렸다. 그 이유는······.

오늘 밤 이후로는 미카엔을 만날 기회가 얼마간은 없을 것이기 때문이었다. 내일 새벽같이 떠나게 될 나였던 터라, 로히얀스를 떠나기 전에 그의 얼굴을 보고 인사는 하고 싶었다. 하지만 늦은 시각에 그를 찾아가는 것도 그렇고··· 이런 여자다운 생각을 하는 내 자신에게 적응도 되지 않는지라, 나는 국왕이 머무는 침실 쪽으로 발걸음을 향하다가 다시 돌리기를 몇 번을 반복하였다.

'제길··· 내가 뭐 하는 짓이지? 한심하긴······.'

요즘은 너무 바빴던 이유도 있지만 비서관으로서의 업무를 그만둔 이후로는 미카엔과는 업무상으로도 만날 기회가 적어졌다. 그래서 그런지 자꾸만 얼굴이라도 보고 싶은 생각이 들었지만 차마 발걸음은 떨어지지가 않았다. 가서 할 말도 없고… 어색하기도 하고… 갑자기 그를 찾아가서 그가 왜 찾아왔냐고 물으면 보고 싶어서 만나러 왔다는 말은 정말 못하겠고… 그것은 쑥스러운 차원을 넘어서 민망하기도 하였다.

그냥 잠시 헤어짐의 이별 인사를 하러 왔다고 말하는 것도 우스웠다. 이러한 고민을 다 하다니! 그사이 나는 퍽이나 소심해진 모양이었다.

그렇게 혼자서 복도 안을 왔다리 갔다리 하며 아닌 밤중에 방황을 하던 나는 결국 나의 침실로 걸음을 옮겼다. 내가 왜 지금 미카엔이 보고 싶은지 스스로 이해가 가지 않았지만, 그가 보고 싶은 것으로 고민을 하는 내 자신도 이해가 가지 않았다.

예전에도 그랬던 것처럼… 나는 누군가와 떨어지게 되어서야 그리움 같은 것을 느끼는 성격인 모양이었다. 평소에는 잘 모르다가 막상 헤어진다거나 헤어져 있어야 그 누군가가 그리워지는 바보 같은 성격…….

예전에 미카엔을 떠나 아스탄샤에 있었을 때도 이렇듯 그를 그리워했던 것이 생각이 났다. 한번은 제이크가 엿보기 마법을 가르쳐 주어 그것으로 미카엔의 얼굴만 잠시 보려다가 그에게 들킬 뻔한 적도 있지 않은가.

웃음이 나왔다.

나는 터덜터덜 걸으며 침실로 향하다가 누군가가 나의 침실 근처 복도에서 벽에 등을 기대고 서있는 것이 눈에 들어왔다.

"미카엔."

그를 알아본 나는 눈을 동그랗게 뜨며 그의 이름을 불렀다. 그러자 미카엔은 나를 보며 살짝 미소를 지어 보이더니 나에게 다가왔다. 그가 나를 기다리고 있었다니, 놀라움도 놀라움이었지만 이상하게 그가 너무 반가워서 눈가가 물기로 촉촉해질 지경이었다.

"피곤하겠군. 잠꾸러기 아가씨가 여지껏 잠을 안 자고 있으니……."

"여긴 웬일이세요?"

"내일 로히얀스를 떠나게 되겠지? 혹시 있을지 모르는 전쟁의 위험에서 너를 보호할 행운의 축복을 하러 왔지."

"훗, 행운의 축복이라니요? 미카엔이 신관이라도 되는 줄 아세요?"

그러자 미카엔은 나직하게 웃으며 답변을 했다.

"물론 신관은 아니지만 네가 로히얀스를 떠나기 전에 이렇게 너에게서 왕이 아닌 미카엔으로 만날 기회는 오늘 밤밖에 없는데, 이런 나의 어설픈 변명 정도는 그냥 모른 척 넘어가 줄 수도 있잖아?"

과연 어설픈 변명일까? 나는 피식 웃어 보이며 약간 새침한 듯한 표정을 지어 보였다. 내가 이러한 모습을 보이다니! 정말 적응이 안 된다. 게다가 지금까지 그를 보고 싶어했던 나인데, 이렇듯 그러한 감정을 숨기고 새침한 모습을 보이다니… 여자들은 다 이런가? 나는 스스로 나의 행동에 신기해하였다.

"흐음… 그렇군요. 그럼 저에게 축복을 해주세요. 어떤 방법으로 축복을 할 건데요?"

"가장 좋은 축복의 방법은… 아마도 네 입술에 키스를 하는 것이겠지."

"에엑!"

그의 발언에 나는 잽싸게 뒷걸음질을 치며 경계의 눈빛으로 그를 바라보았다. 그러자 미카엔은 웃음을 터뜨리며 나에게 말했다.

"농담이야. 그렇게까지 온몸으로 거부의 뜻을 표하다니… 기분은 나쁘지만 그래도 놀리는 재미는 있으니 봐주지."
 "쳇~ 농담 맞아요? 축복의 방법이 너무 퇴폐적이에요."
 "라비스, 키스가 퇴폐적이라니? 그건 신성한 거야. 흠… 좋아! 네 이마에 키스를 하는 것은 괜찮겠지?"
 미카엔은 그렇게 말하며 나에게 다시 다가왔다. 그리고 나를 살짝 끌어안아 속삭이듯 말했다.
 "사랑하는 나의 아름다운 소녀 라비스가 인페르디아 전쟁에서 승리의 여신이 되어 돌아오기를… 은빛의 빛무리들이 너를 감싸며 파괴의 힘을 지닌 하늘의 손이 너를 보호하기를… 죽음과 어둠의 힘은 너를 비껴가고 수많은 이들의 빛이 되어 나의 곁으로 돌아오기를."
 그가 말을 마치자 나는 그에게 어떤 신의 이름으로 축복을 하는 거냐고 물으려 했다. 그러나 내가 그렇게 입을 열기도 전에 미카엔은 나를 조금 더 안쪽으로 당기더니 나의 입술에 축복의(?) 키스를 하였다.
 설마 이마와 입술을 혼동했었다는 식의 변명은 하지 않겠지?

 다음날 나는 전쟁에 참전하는 왕실 마법사들을 이끌고 군사 집결지인 세젠느 강 근방으로 마법진을 이용해 공간 이동을 하였다. 가까운 곳에 주둔해 있던 군대들은 속속들이 이곳 세젠느 강 근방으로 도착하고 있었다.
 로히얀스 군들을 기다리며 나는 멀리 보이는 세젠느 강을 바라보았다. 정말 아름다운 강이었다. 이번 전쟁으로 인해 저 깨끗하고 순결해 보이는 세젠느 강을 더럽혀야 할지도 모른다고 생각하니 문득 가슴이 아파졌다. 그렇게 되면 리엔시타에게 정말 미안했다.
 다른 정령들에 비해 더욱 순수한 면을 보이는 리엔시타… 아마도 세젠느 강이 저렇듯 순결했기에 리엔시타 역시 순결할 수가 있었을 것이다.

작은 실바람이 나의 황금빛 머리카락을 살며시 휘날리게 하였다. 나는 청명한 하늘을 올려다보며 이곳 동대륙에도 하루빨리 평화가 찾아오기를 기원하였다. 곧 6월이 다가온다. 내가 이곳으로 온 시기가 6월이었으니… 시간이 참 빠르게 지나간다고 생각되었다.

나는 이곳으로 집결한 모든 부대들에게 나의 뜻을 전하였다. 작은 흐트러짐이라도 용납하지 않을 것임을. 그리고 일장 연설로써 그들의 흥분을 고조시켰다. 아직 적들은 눈에 보이지 않고 전투의 기미도 보이지 않건만 군사들은 그 사기가 하늘을 찌를 듯했다.

나는 일부러 철통같은 군율을 이들에게 적용시키며 그들을 흥분시켰다. 그리고 수뇌급들이나 알고 있어야 할 우리의 거짓 목적… 루젠다르가 인페르디아를 치고 있는 동안 우리는 루젠다르의 뒤를 칠 것이란 것을 군사들에게 은근하게 퍼뜨렸다. 그렇게 되면 혹시 이곳 어딘가에 끼어 있을 첩자들의 귀에 그 내용이 들어가게 될 것이고, 그 첩자들은 루젠다르 측에 이 사실을 알려 그들을 긴장하게 만들 것이다.

아마도 당장에 이곳으로 달려올 테지…….

나는 수도에 있는 주력 부대들과 기사단들까지 이곳으로 도착하기를 기다리며 이곳의 분위기를 조성하였다. 그렇게 며칠…….

우리의 부대들이 모두 도착했을 무렵… 루젠다르 측의 군사들도 드디어 그 모습을 드러내었다. 그리고 그들은 화살에 이곳 참모장에게 보내는 편지를 묶어 이곳으로 날려 보냈다. 물론 그 화살은 멀리 나아가게끔 마법을 건 특수 화살이었다. 그 편지의 내용은 이랬다.

「이곳에 군대들을 주둔하는 저의가 무엇이오? 그대들은 인페르디아에게 원군을 보낼 목적으로 군사를 출병한 것으로 알고 있는데, 로히얀스는 나라 간의 약속 따윈 우습게 여기는 그런 형편없는 나라였소? 우리 루젠다르는 그대들이 만만하게 볼 상대가 아님을 현명한 그대들이라면 잘 알고 있을 것이오. 만약 그대들이 이곳에서 군대를 철수시킨다면 그대들의 작은 요구쯤은 들어줄 것이니… 불필요한 피는 흘리지 말도록 합시다.

　　　　　　　　　　루젠다르 군 참모장 루시페로 카닐.」

나라 간의 약속을 우습게 여기는 것은 루젠다르 역시 피차일반인 것을… 저들은 모르는 것인가? 필요할 때만 나라 간의 신용을 운운하며 우리를 자극하는 말을 하는 내용에 그레이 참모장은 답장을 썼다.

「우리가 원하는 것은 루젠다르의 수도요. 그 요구를 들어준다면 군대를 철수시키겠소.

　　　　　　　　　　로히얀스 군 참모장 릿스 그레이.」

루젠다르의 수도를 원한다라… 아주 시건방진 답장이었다. 아마도 이 답장을 받고 루젠다르 측은 이를 갈 것이다. 수도를 원한다는 얘기는 나라를 통째로 원한다는 말과 다를 바가 없었다. 이것은 다른 의미의 선전 포고였다. 루젠다르 측은 우리가 수를 쓴다고 여기기도 하겠지만, 이렇듯 철통같은 기세로 선전 포고를 하는 우리를 그냥 두고 볼 수만은 없을 것이다.

나는 저들이 강을 건너서 우리 쪽으로 공격을 해오기를 바랬지만, 루젠다르 군은 그러한 성급한 짓은 하지 않았다. 이 정도의 도발에 넘어가지는 않는 것이었다.

그래도 상관은 없었다. 나는 이런 것까지 예상하고 있었으니. 나는 포병들과 몇몇 마법사들에게 계속 루젠다르를 들쑤시도록 명하였다. 루젠다르가 조금이라도 틈을 보이면 금세 강을 건너 루젠다르를 침범할 것처럼 굴어, 저들이 긴장을 늦추지 않게 하였다. 그러자 처음엔 그다지 많지 않았던 루젠다르 군이 조금씩 그 수가 불어나기 시작했다. 루젠다르의 주력 부대가 이곳으로 배치되기 시작한 것이다.

하지만 몇 번의 도발에도 루젠다르 군은 강을 건너오지 않았다. 저들도 참 어지간한 녀석들이었다. 하긴, 세젠느 강은 굉장히 넓고 깊은 강이었기 때문에 이곳으로 넘어오는 동안 우리들이 치사한 공격을 하지 않을까, 하는 조바심이 들었을 것이다.

결국 나는 리엔시타에게 이곳을 맡기고 미리 선발해 둔 특수 부대와 왕실 마법사들로 이루어진 마법사 부대만을 이끌고 아주 비밀리에 로히얀스의 진지(陣地)를 이탈하였다. 우리 측 일반 군사들도 우리가 빠져나간 것을 알아채지 못하도록 말이다.

그리고 아멘시타의 도움을 받으며 아무도 눈치 채지 못할 만한 지름길을 골라 빠르게 이동하였다. 인페르디아와 루젠다르, 자이라스 동맹군의 접전이 일어나는 곳으로 가서 인페르디아가 무너지지 않게 우리는 도와야 했다.

세젠느 강 근방에서 어느 정도 멀리 지나온 우리는 이동할 마법진을 만들었다. 왕실 마법사들의 도움을 받아 인페르디아 접전 지역 근방으로 좌표를 잡은 다음, 모두가 한꺼번에 이동할 대대적인 마법진을 발동시켰다.

사실 이런 마법진을 발동시키려면 엄청난 양의 마나가 움직이게 된다. 그렇게 되면 루젠다르 측에 있을 마법사들이 알아챌 가능성이 있었기 때문에 우리는 특정 거리를 이렇듯 떨어져 와서 마법진을 그려

발동시켜야만 했다.

"라비스님, 정말 우리가 이길 수 있을까요?"

이동하기 전 왕실 마법사 중 하나가 나에게 걱정스레 입을 열었다.

"물론 우리는 이길 수 있을 거예요. 걱정 마세요."

나는 미소를 지어 보이며 그에게 태연하게 말했지만 사실은 크나큰 부담감으로 속이 새카맣게 탈 지경이었다. 많은 목숨들이 나의 손에 달려 있기 때문이었다. 만약 내가 실패하면 나는 수많은 이들을 죽음으로 몰아넣게 될 것이다.

나는 바싹 마른 입술을 혀로 축이려 했지만, 입 안마저 말라 있었다. 다리도 후들후들 떨려왔지만, 다행히 펑퍼짐한 로브로 인하여 그런 모습은 감추어졌다. 그러나 나의 안색은 그다지 좋지 못했는지 근처에 있던 왕실 마법사 중 한 명이 나에게 나직하게 속삭였다.

"라비스님, 용기를 가지십시오. 우리는 라비스님을 믿습니다. 만약 이곳 전쟁터에서 죽게 되어도 저는 자랑스럽게 생각할 것입니다. 전 라비스님의 지휘 아래에서 이렇게 나라를 위해 싸울 수 있다는 것이 너무 자랑스럽습니다. 라비스님을 위해서라면 저는 목숨도 바칠 각오가 되어 있습니다."

"그렇게 생각하신다니 고마워요."

비록 나직한 음성이었지만 그의 결연한 의지가 실린 말에 나는 눈물이 핑 돌았다. 하지만 눈물을 흘리는 그런 약하고 한심한 모습을 보일 수는 없었다. 마법사답지 않게 혈기가 넘쳐 보이는 그 젊은 마법사에게 나는 조금은 여유를 되찾은 미소를 지어 보였다.

곧 우리들은 마법진으로 인페르디아 접전 지역으로 공간 이동을 하였다. 그리고 현재 자이라스와 전투를 벌이고 있는 인페르디아를 도와 첫 번째 전투를 벌였다.

루젠다르 군들의 상당수가 현재 세젠느 강 유역에 있는 지금, 우리는 단시간에 인페르디아와의 협공으로 자이라스를 무너뜨려야 했다. 루젠다르 군이 이곳으로 몰려오면 우리는 힘들어지게 된다.

 원래 군사력만을 따지자면 인페르디아는 자이라스보다는 훨씬 우위에 있었다. 하지만 자이라스에 있는 마족 키리아로 인하여 인페르디아는 자이라스를 무너뜨리는 것이 쉽지 않았던 것이다.

 하지만 인페르디아는 헛소문으로 인하여 키리아에게 악감정을 가지고 있었기에, 그녀를 비롯한 자이라스를 무너뜨리기 위해 필사적이 되었다. 인페르디아 군사들은 자신들의 왕을 암살한 키리아를 처단해야 된다는 애국심으로 불타고 있었다.

 그런 그들을 보며 나는 로히얀스뿐만 아니라 인페르디아 사이에서도 영웅이 되어보는 것도 좋은 방법이 될 것 같다는 생각이 들었다. 내가 직접 키리아를 처단함으로써 인페르디아 군들이 로히얀스에 대해 경외감을 갖게 하는 것은 우리로서는 여러 가지 이득이었다. 만약 이번 일이 인페르디아 국의 백성들 사이에서도 소문이 퍼진다면 인페르디아는 로히얀스의 정신적 속국이 되는 것도 기대할 수 있었다.

 나는 바다의 정령 라센샤르를 불러들였다. 그리고 그녀를 통하여 나는 직접 키리아를 상대해야겠다고 마음을 먹었다. 물론 나 혼자 그녀를 상대하는 것은 아니었다. 왕실 마법사들이 나의 보조를 해줄 것이고, 특수 부대들이 왕실 마법사들을 엄호할 것이다.

 바다의 정령 라센샤르는 거대한 수룡의 모습으로 우리들 앞에 모습을 드러내었다. 투명한 푸른빛의 드래곤 모습을 한 라센샤르는 실제 드래곤만큼이나 그 위압감이 대단하였다. 그렇게 갑자기 라센샤르의 등장으로 인하여 내가 이끄는 부대들뿐만 아니라 인페르디아, 자이라스 군사들 모두 기절할 듯 놀라며 입을 다물지 못했다.

그들의 이러한 반응을 흡족하게 바라보며 나는 아젠샤르까지 불러내었다. 그리고 아젠샤르의 바람의 힘에 나의 목소리를 실어 힘있게 외쳤다. 그러자 나의 목소리는 마치 확성 스피커를 단 것처럼 사방으로 널리 또렷하게 퍼졌다.

"키리아! 모습을 드러내어라! 나 라비스 크로시벨이 로히얀스와 인페르디아를 대표하여 너를 처단하러 왔다!"

내가 취할 수 있는 온갖 폼을 잡아 어울리지 않는 위엄과 카리스마를 보이며 저들의 관심을 이끌었다. 이렇게 전쟁터에서 주목을 받게 되면 그만큼 위험 부담이 커지지만, 나는 목숨을 담보로 도박을 하였다. 평소 나의 무모한 성격이 여기서도 잘 드러나는 셈이었다.

하지만 나는 이런 식으로 관심들을 이끌 수밖에 없었다. 그래야 이 모든 이들에게 나의 멋진 모습을 보여줄 수 있을 것이니. 나를 따르는 부대들은 내가 이렇게까지 나올 줄은 몰랐는지 모두 눈이 휘둥그레졌다. 괜스레 미안해지는 나였다.

내가 관심을 받는다는 것은 저들 역시 관심 집중이 되는 것이기 때문이었다. 여기 전쟁터에서 인기있어 봤자, 목숨을 지키는 일에서는 아무런 득이 되지 않았다.

나는 내심 초조해졌다. 나를 따르는 이들이 이런 나를 원망하면 어쩌나, 하고 말이다. 하지만 그들의 반응은 이런 나의 걱정과는 달리 오히려 기세 등등해진 모습을 보였다. 그리고 자이라스 군들은 라센샤르의 모습과 전쟁터 전체를 뒤흔드는 나의 목소리에 기가 질린 모습을 하였다. 또한 인페르디아 군들은 여전히 놀라워하는 모습이었다. 물론 그 놀라움은 굉장한 능력의 원군이 나타남에 대한 놀라움이었다.

어쨌든 내가 바란 것은 바로 이것… 기선 제압이다. 초반 전쟁터의 승패는 군사들의 사기와 지휘관의 능력, 그리고 기선 제압이었다. 어차피 나는 단시간 내에 자이라스를 무너뜨리는 계획을 가지고 있었으니 이런 초반의 제압은 아주 중요하였다.

나중에 가서는 군사들 수와 지형, 그리고 보급 등등이 중요한 역할을 하겠지만 지금 중요한 것은 현재의 상황이었다.

"호호호, 난 또 누군가 했더니… 로히얀스 반쪽 도마뱀의 애첩이었구나. 그래도 꽤 능력있는데? 쓸 만한 정령 하나를 더 달고 있으니… 기꺼이 상대해 주지."

반쪽 도마뱀 애첩이라니… 말을 해도 그런 식으로 하다니! 이미지 깎인다. 나를 따르는 이들의 의아해하는 얼굴들이 나의 눈에 들어왔다. 반쪽 도마뱀이란 말을 하프 드래곤과 연관 지어서 미처 생각하지 못하는 저들… 게다가 미카엔이 하프 드래곤임을 알지 못하는 저들이, 내가 미카엔과 반쪽 도마뱀 사이에 양다리를 걸치고 있는 것이 아닌가로 오해하는 불상사는 부디 없었으면 했다.

곧 키리아가 있는 쪽에서 무서운 마력이 느껴졌다. 나는 마른침을 꿀꺽 삼키며 불의 정령 샤르까지 불러내었다. 왕실 마법사들은 실드를 준비하는 듯 마법 스펠들을 중얼대었다.

자이라스 군과 인페르디아 군 모두 서로 싸우는 것을 잠시 멈추었다. 뭔가 대격돌을 예감한 것이다. 그들은 휘말리지 않기 위해 뒤로 물러났다.

키리아는 마계로부터 뭔가를 소환하는 모양이었다. 라센샤르는 키리아의 소환술이 이루어지기 전에 그녀를 제압하려는 듯 공격을 시도하였으나, 키리아의 주위에는 수십 명의 검은 로브를 걸친 흑마녀들이 그녀를 보호하고 있었다.

키리아는 그동안 흑마법에 뛰어난 흑마녀들을 이끌어 모아왔던 모양이었다. 게다가 그녀들 역시 마력들이 높아 보였다. 키리아만 상대해도 어려운데 그녀들까지 끼어 있으니, 어려운 싸움이 될 듯했다. 결국 나는 라센샤르에게 많은 기대를 할 수밖에 없었다.

"크르르르……."

음성만 들어도 꽤나 무서운 존재일 듯하다. 키리아에 의해서 소환된 존재는 머리가 세 개 달린 거대한 마룡이었다. 나를 비롯한 많은 이들의 얼굴이 창백해졌다. 그냥 마룡도 힘이 드는데, 머리가 세 개씩이나 달린 마룡이라니!

'그렇다면 설마 브레스도 동시에 세 군데에서 쏟아져 나오지는 않겠지?'

나는 그렇게 불길한 생각을 하는데 진짜로 마룡의 첫 번째 머리의 입에서 브레스가 쏟아져 나왔다.

"헉!"

그러자 왕실 마법사들은 마룡의 브레스에 대항하여 몇 겹의 거대한 실드를 펼쳤고 간신히 그 브레스를 막았다. 그러나 연이어서 마룡의 두 번째 머리의 입에서도 브레스가 쏟아져 나왔다. 젠장! 키리아가 마룡 종류의 마물을 불러낼 것이라 예상은 했었지만, 머리가 셋 달린 괴물을 소환할 줄은 정말 미처 몰랐다. 일이 이런 식으로 꼬이다니!

아무튼 두 번째 브레스에 왕실 마법사가 친 실드는 점차 깨어져 갔고, 아젠샤르는 바람 속성의 실드를 펼쳐 우리를 보호하였다. 그러나 또다시 세 번째 브레스가 연이어 쏟아져 나와 우리는 정신을 차릴 수가 없었다. 거의 동시에 세 번의 브레스가 쏟아져 나오니… 우리가 있는 실드를 제외한 모든 곳은 황폐화가 되었고 마법과 브레스 앞에서는 무력한 군사들은 도망가기 바빴다.

아젠샤르의 실드는 두 번째 브레스는 막았지만 세 번째까지는 버티지 못했다. 곧 라센샤르가 마룡을 공격하였지만, 마룡이 이미 쏟아낸 브레스까지 회수할 방법은 없었다.

아젠샤르의 실드가 뚫리며 그 사이로 우리에게 쏟아지는 브레스를 보며 왕실 마법사들은 다시 실드를 칠 스펠을 캐스팅하려 했지만, 미카엔처럼 용언으로써 단시간 내에 마법을 발현시킬 수 없었다. 나는 예전에 미카엔이 준 실버 반지의 힘을 받아 미리 스펠을 외워두었던 빙계 속성의 커다란 실드를 쳤다. 하지만 나 혼자서 드래곤의 위력에 필적하는 마룡의 브레스를 막을 수는 없었다.

내가 한 개의 실드를 발현시킨 것으로 인하여 잠시 안도를 하였던 우리들은 곧 깨어지는 나의 실드 사이로 쏟아져 들어오는 불길에 눈을 질끈 감았다. 더 이상 우리를 보호할 실드는 없었다.

실드를 펼치는 능력이 있는 정령은 아젠샤르와 리엔시타였는데, 리엔시타는 현재 세젠느 강에 있었고, 아젠샤르의 실드는 이미 깨어졌으니… 그 찰나와 같은 순간에 다시 실드를 형성하는 것은 무리였다.

그나저나 같은 물의 정령인데 리엔시타에게 있는 방어 능력이 왜 라센샤르에게는 없는지… 라센샤르 역시 샤르처럼 파괴의 능력만 있는 모양이었다.

어쨌든 나와 왕실 마법사들은 모두 예상치 못한 마룡의 세 번 연속적인 브레스에 절망감을 맛보아야 했다. 하긴 한 번의 브레스를 막아낸 것도 대단한데… 세 번의 브레스를 막아내는 것은 같은 드래곤 족이 아니라면 정말 힘든 일이었다.

이렇게 황당하게 전쟁터에서 짧은 생을 마감할 줄은 누가 알았을까.

나는 눈을 질끈 감은 채 브레스로 인하여 맞게 될 죽음을 기다렸으나 약간의 시간이 지나도 별다른 반응이 없었다.

"……?"

나는 눈을 뜨고 상황을 살폈다. 그러자 나와 로히얀스 부대들 주위로 거대한 은빛 실드가 생겨나서 저 브레스를 간단히 막아주고 있는 것이 눈에 들어왔다. 그것은 빙 계열의 실드였다.

그뿐만 아니라, 마룡이 있는 장소에 치지직거리며 엄청난 섬광을 뿌리는 라이트닝 필드가 마룡뿐만 아니라 키리아와 흑마녀들에게까지 피해를 주고 있었다.

라이트닝 필드란 전격 계열 중에서도 꽤나 광범위한 공격력을 가진 상위 마법이었다. 한 장소에 번개들이 번쩍거리며 커다란 데미지를 주는 마법.

나는 눈을 동그랗게 떴다. 마룡의 누런 피부가 시커멓게 탄 것이 눈에 들어왔다. 마룡이 요동을 쳐서 우리가 서 있는 땅이 지진이 일어난 듯 심하게 울렸다. 라센샤르가 이 기회를 놓치지 않고 마룡을 퇴치하는 모습이 보였다.

곧 왕실 마법사들의 흥분한 목소리들이 나의 귀를 강타했다.

"오오~ 과연 라비스님이십니다. 저 끔찍한 브레스를 간단하게 막아내시다니!"

"라비스님께서 우리를 살리시고 저 마룡에게 반격까지 하시다니! 정말 대단합니다."

무지 감격해하는 그들의 목소리에 나는 정신을 차렸다. 그리고 이 상황이 벌어진 이유를 곰곰이 생각하다가 로히얀스로 떠나오기 전 미카엔이 나에게 축복한답시고 했던 말이 떠올랐다.

"사랑하는 나의 아름다운 소녀 라비스가 인페르디아 전쟁에서 승리의 여신이 되어 돌아오기를… 은빛의 빛무리들이 너를 감싸며 파괴의 힘을 지닌 하늘의 손이 너를 보호하기를… 죽음과 어둠의 힘은 너를 비껴가고 수많은 이들의 빛이 되어 나의 곁으로 돌아오기를."

은빛의 빛무리들이 나를 감싼다는 말은 아마도 빙계 실드인 듯싶었고, 파괴의 힘을 지닌 하늘의 손이란 전격 계열 공격 마법이었다. 그렇다면 마지막 구절인 죽음과 어둠의 힘이 나를 비껴간다는 것은 흑마법에 대한 방어일 듯싶었다. 이 모든 마법들은 내가 위험에 닥칠때 저절로 발현이 되는 모양이었다.

'정말 눈물나네. 진짜 축복의 말이었잖아?'

미카엔이 나에게 했던 말은 용언이었다. 나의 몸에 엄청난 마법을 한 번에 세 가지나 걸어주었던 것이다. 정말 대단한 녀석……

죽다 살아난 나였던 터라 미카엔에 대한 감동스러움이 배로 컸다. 어쩌면 나는 그의 축복대로 수많은 이들의 빛이 되어 그에게 돌아갈 수 있을 듯했다.

참으로 힘든 전투가 다음날 새벽까지 계속되었다. 마법사들은 마력이 고갈되어 갔고, 피투성이의 병사들은 체력이 다해 매우 지친 모습을 보였다. 정령들 역시 지쳤다. 라센샤르를 비롯한 나의 정령들은 키리아의 마룡을 물리치고 키리아에게 공격을 가했지만, 아직까지 전투의 결말이 나지 않고 있었다.

그러다 어느 순간 자이라스 군들이 퇴각하는 모습들이 보였다. 우리는 힘을 내어 그들을 쫓았다. 인페르디아 군은 도망가는 자이라스 군사들을 무참하게 베었다. 나 역시 말을 타고 자이라스 군을 쫓았는데, 가끔가다가 우리 군에 의해 베어 떨어진 적군의 팔이 보이기도 했고, 도망가다가 넘어져 달리는 말에 의해 짓이겨지는 적군들도 보였다. 구토증이 밀려왔지만 나는 그런 것에 신경 쓸 겨를이 없었다.

그러다 나는 불현듯 한 가지 생각이 떠올랐다. 예전에 읽었던 책들 중 병법에 관한 것에서 이러한 내용이 있었다. '퇴각하는 군사들은 끝까지 쫓지 말라'. 복병이 있음을 한번쯤 의심해 보아야 한다는 의미였다. 그리고 이러한 내용도 있었는데 '도망가는 적에게 살길을 열어주어라'. 궁지에 몰린 쥐가 고양이를 무는 법. 만약 살길을 조그맣게 열어줄 경우에는 그 한 가지 희망을 향해 달아나느라 죽자 살자 공격을 하지 못한다는 뜻이었다.

하지만 나는 저들을 단시간 내에 전멸시켜야 했다.

'그래도 너무 깊숙이 쫓아 들어가는 것은 위험해!'

나는 달리는 것을 멈추고는 병사들에게 외쳤다.

"그만 퇴각해!"

그러나 이미 피로 흥분한 저들은 나의 목소리를 듣지 못했다. 아니, 제정신이라 해도 나의 목소리는 듣지 못했다. 지금은 그야말로 혼란 그 자체였기 때문이었다.

결국 나는 다시 아젠샤르의 바람의 힘으로 목소리를 실어 병사들에게 외쳤다.

"그만 퇴각하란 말이야!!"

내가 그렇게 쩌렁쩌렁하게 외치는 순간 갑자기 내 주위의 공기가 싸늘해지더니 급속한 속도로 안개가 끼기 시작했다. 그것도 핏빛 안개가 말이다. 안개에서 피비린내가 났다.

"허억! 이건 뭐야?"

우리가 들어온 곳은 어느 숲이었는데, 그다지 울창한 숲은 아니었으나 안개가 껴서 시야가 흐려지니 나무들과 풀들로 인하여 앞에 걸리적거리기 시작했다.

당황한 나는 스스로 침착해지기 위해서 입술을 살며시 깨물었다. 그리고 더듬더듬 이곳을 빠져나가기 위해 말을 모는데 그때 누군가가 나의 몸을 홱 잡아당기는 것이 느껴졌다.

"아앗!"

"조용히 해!"

"헉! 에, 엔카……?"

나를 잡아당긴 이는 엔카루스였다. 그는 나를 자신의 말에 옮겨 태우고는 어디론가 방향을 잡고 말을 몰았다.

"어떻게 된 거야? 내가 여기 있는 것은 어떻게 알았어? 지금 한 치 앞도 보이지 않던데?"

"넌 지금 수많은 이들의 표적이 되었어. 이 안개는 키리아가 누굴 희생시켜서 그 피로 만들어낸 거야. 이 안개는 마법도 통하지 않는 기이한 안개이지. 시야를 가릴 뿐만 아니라 기운도 완벽히 감추어주거든. 너와 네 아군들은 여기서 아무것도 보지 못하겠지만, 자이라스 군은 너를 비롯한 네 군사들을 볼 수 있을 거야. 너는 저들 시야에 노출된 것 한 가지로서 표적이 된 거지. 내가 너를 찾아낸 것처럼 너를 죽이려는 자들도 너를 찾아낼걸?"

그는 엄청 빠르게 말하며 급하게 말을 몰려 하였으나, 그의 말이 끝남과 동시에 어디선가 공격이 가해졌다. 결국 엔카루스는 그의 검을 뽑아 들어 공격을 막았다.

챙~!

그리고…….

"저 금발 계집이 지휘관이다! 죽여! 엔카루스! 뭐 하는 짓이야?!"

키리아의 목소리가 들려왔다. 나는 갑자기 돌변한 상황에 머리가 어지러워졌다. 하지만 나는 침착하게 머리를 굴려보러 애를 썼다. 마법도 통하지 않는 기이한 안개라… 시야뿐만 아니라 기운까지 감추어지는 거라면 정령들도 나를 보호하지 못한다. 키리아는 그것을 노렸을 것이다.

이 안개는 또 하나의 결계라고 말할 수 있었다. 나는 혹시나 하여 정령의 이름을 불러보았지만 응답이 없었다. 제길! 그렇다면 나는 안개지역을 빠져나가 정령의 도움을 받아야 했다.

카앙!!

시시각각 다른 음향으로 검들이 부딪히는 소리가 났다. 예전에 한 번 본 적이 있었던 엔카루스의 흑색 검이 미미하게 빛을 발했다.

검신 자체가 순수한 흑색인 검… 아마도 특이한 금속으로 만들어진 검인 듯했다. 게다가 검에서 오묘한 빛깔의 빛이 은은하게 발하다니. 왠지 아름답게 느껴졌다.

"어서 비켜라! 나는 엔카루스 아모르다!"

엔카루스는 우리를 막는 군사들에게 외쳤지만, 그 군사들은 뭐에 홀렸는지 엔카루스의 말을 듣지 않고 계속 무차별 공격을 했다.

안개의 핏빛이 더욱 짙어졌다. 피비린내도 더욱 진동하였고 기분 나쁘고 끈적끈적한 기운이 더욱 짙어졌다. 이것은 머리 속을 어지럽게 만들었다. 아마도 키리아가 누군가를 더 희생하여 이곳의 안개를 짙게 한 모양이었다. 그런데 키리아는 누구를 희생하여 이런 기이한 안개를 만들어냈을까?

"지독하군. 자신을 따르는 흑마녀들을 희생시킬 생각을 다 하다니."

묻지도 않았는데 나의 의문에 답하듯 엔카루스가 혼잣말로 중얼거렸다.

엔카루스는 무더기로 쏟아져 오는 군사들을 사정없이 베어 넘겼다. 그의 검이 사방팔방으로 휘둘러질 때마다 군사들은 볏단 쓰러지듯 픽픽 쓰러져 갔다. 물론 과장된 표현일 수도 있겠지만 나의 눈에는 그렇게 보였다. 정말 놀라운 실력이었다. 물론 그는 지금 필사적으로 검을 휘두르고 있는 것이지만 말이다.

그런데 더욱 대단한 것은 그의 검이 제대로 닿지도 않았는데 군사들이 베어진다는 것이었다. 저것은 무슨 조화인지… 검과 검술에 대해서 지식이 전무한 나로서는 알 도리가 없었다.

혹시 마법을 쓰는 검사라서 그런가? 그것도 아닌 듯했다. 지금 이곳은 마법은 안 통한다고 하니…….

"윽!"

엔카루스가 낮은 신음을 토해냈다.

그가 아무리 뛰어난 실력을 가지고 있다 하더라도 그는 혼자였고 한 개의 검으로 방어없이 공격만 하는 것이었기 때문에 엔카루스 역시 공격을 받아 자잘한 상처가 나기 시작했다. 그리고 그 상처들은 격렬한 움직임으로 인하여 벌어져 피가 끊임없이 새어 나왔다. 하지만 나는 계속 안전할 수 있었다. 그의 품에 완벽히 감추어져 있으니.

나의 공격 수단을 모두 잃은 지금 그에게 의지하게 된 나는… 정말 그에게 미안했다. 어째서 나 같은 것을 목숨 걸고 구하려는지… 물론 전쟁은 그가 키리아와 손을 잡고 주도하여 일으킨 것이지만 어쨌든 지금 나는 그의 도움을 받고 있는 것이다.

군사들이 더욱 무더기로 몰려왔다. 아직까진 엔카루스는 잘 싸우고 있었지만, 갈수록 힘이 부치는지 호흡이 거칠어졌다. 이럴 줄 알았으면 나도 검술을 익혀두는 건데.

그러다 뒤쪽에서 검이 날아와 엔카루스의 어깨를 베었다. 붉은 피가 허공으로 치솟았지만, 엔카루스는 자신이 상처를 입은 것을 모르는 것인지 앞으로 달리며 방해꾼들을 처단하는 것에 열중했다.

"엔카! 이러다 죽겠어!"

"바보 같으니! 누가 이런 곳에 오라고 했어? 얌전히 그 자식 옆에나 있을 것이지!"

그 자식 옆이라니… 미카엔을 말하는 것인가? 엔카루스는 아마도 내가 이곳에 직접 오게 될 줄은 몰랐을 것이다.

오늘따라 왜 이렇게 나를 눈물나게 만드는 인간들이 많은지… 오늘따라 왜 이렇게 일이 꼬이는지… 울고 싶다.

엔카루스의 손 놀림이 둔해졌다. 그만큼 적에게 받은 상처들은 많아졌다. 나 때문에 자신의 군사들에게 공격을 받는 위치에 놓이게 되다니… 정말 미안했다. 키리아는 결국 엔카루스까지 죽일 셈인 모양이었다. 하긴, 그녀로서는 이것이 막다른 길이니 자신의 협력자라 해도 봐줄 수가 없었을 것이다.

"조금만 견뎌줘, 엔카. 안개를 벗어나면 무사할 수 있어."

"정말… 바보 같군! 내가 원하는… 것은 이런 것이 아니었는데… 여자 하나 구하려고 이런 바보 같은 짓을… 하다니. 제길!"

엔카루스의 얼굴이 창백해져 갔다. 곳곳에 베인 상처와 오른쪽 어깨의 상처에서는 아직도 피가 흘러나오고 있었다. 그의 피로 인하여 나까지 축축이 젖었다. 그럼에도 불구하고 그는 계속적으로 롱 소드를 휘둘렀으니… 굉장히 많은 피를 흘렸을 것이다.

"나 때문에… 미안해! 흑!"

"…더 이상은 힘들겠어."

엔카루스는 더 이상 검을 휘두를 힘이 없는지 자신의 애검을 스르르 놓았다. 그리고 나를 몸으로 감싸며 계속 말을 달렸다. 어느 정도 자이라스 군의 손길에서 벗어나게 되자 이젠 화살들이 쏟아져 날아왔다. 그러다 화살이 말의 엉덩이에 와 박히게 되었고 우리는 낙마하여 아래로 굴렀다.

근처에 있는 자이라스 군사가 우리에게 달려들었다. 엔카루스는 나를 밀어내고 그와 맞섰지만 아까 검을 놓아버려 그에겐 무기가 없었다. 게다가 혼절 직전까지 피를 흘렸으니 그가 제대로 싸울 능력은 없었다.

"크헉!"

그 군사의 장검이 엔카루스의 배를 관통하였다.

"이 나쁜 자식!"

나는 분노하며 그 군사의 뒤쪽으로 달려가 근처에 있던 커다란 돌멩이로 그를 내려쳤다.

퍼억!

그리고 엔카루스를 흔들며 그의 이름을 불렀지만 그는 의식을 잃었는지, 아니면 숨이 끊어졌는지 미동도 없었다.

나는 눈물을 흘리며 그 자리를 떠나 달렸다. 그렇지 않으면 나까지 적들의 칼집이 되고 말 테니. 곧 나는 안개 지역을 벗어날 수 있었다. 조금만 더 달렸다면 엔카루스는 무사할 수 있었는데…….

"아젠!!"

찢어지는 듯한 목소리로 아젠샤르를 부른 나는 바람으로써 이곳의 안개를 걷어내게끔 하였다. 정령의 힘은 마법이 아니라 자연을 이용한 힘이니, 이곳의 안개를 충분히 걷어낼 수 있을 것이다.

곧 돌풍이 몰아쳤다. 나의 분노하는 마음이 정령에게까지 옮아져 갔는지 바람은 매서웠다.

커다란 돌풍으로 인해 핏빛 안개가 걷혀져 갔다. 나는 그 광경을 눈물을 삼키며 바라보다가 라센샤르를 불렀다. 그리고 그녀에게 키리아를 처단할 것을 명하였다.

"와아아아~!"

우리 쪽 군사들이 보이기 시작했다. 지금 들리는 것은 누구의 함성인지 모르겠다. 이제껏 안개로 인하여 속수무책 당하고 있던 우리 동맹군은 다시 바뀐 판도로 자이라스 군을 징벌하기 시작했다.

그렇게 전투는 태양이 다시 떠오를 때까지 계속되었다. 태양이 어둠을 밀고 다시 세상을 밝히는 것처럼 우리는 자이라스 군을 무너뜨렸다.

나는 엔카루스의 시신을 찾기 위해 숲을 뒤졌지만 쉽게 찾을 수가 없었다. 시신이라도 찾아서 로히얀스의 땅에 그를 묻어주고 싶었는데, 그것마저도 해줄 수가 없게 되었다. 그러다 나는 엔카루스가 떨어뜨렸던 흑색 검을 발견할 수가 있었다. 피들이 말라서 잔뜩 달라붙어 있어 매우 지저분해져 있었다.

엔카루스의 피로 인해 붉은빛으로 물든 로브 자락의 끝을 살짝 들어 다시 걸음을 옮겼다. 키리아를 처단하고 있을 라센샤르에게로 향하기 위해서였다. 피비린내가 나의 후각을 마비시켜 더 이상 역한 냄새로 고통은 느껴지지 않았으나, 참혹한 군사들의 시신이 나를 고통스럽게 했다.

"우욱~!"

헛구역질을 하며 눈물을 흘렸다. 이런 나의 모습은 참으로 꼴불견이었지만, 오늘 죽어간 많은 이들로 인해서 나는 가슴이 아팠다. 저들은 모두 누군가의 평범한 남편이나 아들이었을 텐데… 오늘 전쟁으로 인해 어딘지 모를 땅에서 누군가의 손에 의해 그 육체는 참혹하게 식어 갔을 것이다.

그러다 나의 눈은 커다랗게 뜨여졌다.

"엔카~!!"

피투성이의 엔카루스가 라센샤르와 맞서고 있는 것이 눈에 들어왔다. 그가 나를 발견하고는 미소를 지었다.

"라비스, 나를 두 번 죽게 할 셈이야? 저 괴물 같은 정령 좀 치워줘."

"라비스! 키리아의 농간에 속지 말아요!"

"아까 내가 너를 구했잖아? 이번에는 네가 나를 구해!"

"라비스! 속지 말아요!"

라센샤르의 외침과 엔카루스의 목소리가 뒤섞여서 들려왔다. 나는 참혹해 보이는 엔카루스의 모습에 눈물을 흘리며 그에게 다가갔다. 엔카루스가 미소를 지었다. 그 미소가 왠지 간교해 보인다.

"엔카, 정말 미안해… 흑! 네 불행은 나로 인한 것이지? 그래서 더 미안해……."

라센샤르의 파괴를 담은 힘이 엔카루스에게로 쏟아져 왔다.

"라센샤르! 그만 해!"

그러자 라센샤르는 멈칫하였고 엔카루스의 의미 알 수 없는 미소가 더욱 짙어졌다. 나는 더욱 그에게 가까이 다가갔다.

"엔카, 다음에 혹시라도 다시 만나게 된다면 우리 이렇게 만나지 말자. 그리고 나를 향했던 너의 마음… 네가 마지막으로 남겨두고 간 네 마음… 그 마음만 받아둘게. 너에게 미처 못했던 이 말을… 하고 싶었어."

나는 약간 까치발을 들어 그의 입술에 살짝 입을 맞추었다. 그리고 들고 있던 엔카루스의 검에 힘을 주었다.

눈물을 흘리며 슬픈 목소리로 말하는 나의 모습에 잠시 홀렸는지 엔카루스는 멍하니 있다가 흠칫하였다. 감추어진 살기가 터지듯이 드러나는 것을 느꼈기 때문일 것이다. 하지만 이미 때는 늦어 있었다. 나는 엔카루스의 그 흑색 검으로 그의 심장을 향해 힘을 주어 찔러 들어갔다.

"카아악! 감히 네가… 네가……."

"잘가, 엔카. 그리고… 거짓 된 너의 모습에라도, 이렇게 마지막 인사를 하고 싶었어."

 엔카루스는 심장에 검이 박히게 되자 모습이 일렁이듯 흩어지기 시작했다. 그리고 본모습이 나의 눈에 드러나기 시작했는데, 역시나 키리아였다. 그녀는 분하다는 얼굴로 나를 노려보았지만 나는 눈물을 지우며 차가운 눈빛으로 그녀를 냉담하게 쏘아보았다.

 "키리아! 지옥에나 떨어져! 감히 엔카루스의 모습으로 나를 현혹시키려 하다니. 나로 인해 엔카루스가 두 번 죽는 것 같아서 마음이 아파!"

 키리아는 저주의 말을 하며 엔카루스의 검을 뽑아내려 했지만, 그것은 꼼짝도 하지 않았다. 그녀의 입에서 검은빛의 피가 흘러나왔다.

 "이대로 죽을 수는 없어! 난 이대로 죽을 수는 없어!! 네 따위에게 고위 마족인 내가… 크헉!"

 키리아의 모습이 점점 변해갔다. 하얗던 그녀의 피부는 어둡고 흉측하게 변해갔고, 그녀의 손톱은 길게 자라났다. 그녀의 길게 늘어진 머리카락들이 마치 뱀과 같이 꿈틀거리는 듯했다. 아마도 저것이 본래의 모습인 듯했다. 그녀의 발악이 계속 이어졌다. 뭔가 알아듣기 힘든 저주의 말이 끊임없이 그녀의 입에서 나왔다. 아마도 나를 죽이겠다는 내용인 것 같았다. 누군가의 저주를 듣는 것은 썩 기분 좋은 일이 아니다. 지독한 증오를 담은 그녀의 저주로 인해 소름이 끼쳤다.

 "이대로는 못 죽어! 널… 죽여 버려야 하는데… 가장 고통스러운 방법으로… 가장… 고통스러운 방법으로… 죽어야 해! 넌 그렇게 죽게 될 거야! 크크… 넌 그렇게 죽게 될… 거야!"

 그러다 그녀의 몸부림은 조금씩 멈추어갔다. 아마도 숨이 끊어진 모양이었다. 그녀의 마지막 말이 나를 굉장히 언짢게 했지만, 곧 나의 뇌리에서 지워 버렸다. 기분 나쁜 말은 금방 잊는 게 상책이다.

나는 그녀에게 다가가서 엔카루스의 검을 뽑아내었다. 그러자 의외로 쉽게 그 검은 키리아의 몸에서 빠져나왔다. 키리아의 시신은 내가 검을 빼낸 그 순간 순식간에 회색 빛 재로 화하였다. 어떻게 보면 허무한 죽음… 그 재들은 바람에 날려 어디론가 흩어지기 시작했다. 아마도 아젠샤르가 저 재들을 허공에 흩어버리는 모양이다.
"라비스, 루젠다르의 군대가 이곳으로 몰려오고 있어요."
나를 조용하게 지켜보던 라센샤르는 나직하게 입을 열었다. 루젠다르의 군대라… 지금은 너무 지친 상태라서 그들을 맞설 힘이 없다. 게다가 군사들도 계속된 전투로 많이들 지쳐 있었다. 하지만 우리 동맹군들은 자이라스 군들을 거의 전멸하다시피 한 상태였기 때문에 사기는 충분히 올라 있었다.
나는 곧 쓰러질 것 같은 몸을 억지로 반듯하게 하고는 근처에 있던 주인 잃은 말에 올라탔다. 그리고 다시 당당한 지휘관의 모습으로 돌아가 군사들을 정비하였다. 루젠다르 군들에게 흠잡힐 만한 모습은 보이지 말아야 했다.
그리고 또다시 라센샤르에게 명했다. 최대한 위압적인 모습을 루젠다르에게 보여주어 저들의 사기를 떨어뜨리고 겁을 주도록 하였다.
루젠다르 군들이 바로 우리 앞까지 도착하였을 때, 우리의 군사들은 조금도 지친 모습을 보이지 않았다. 물론 나를 비롯한 몇몇 지휘관들이 군사들에게 엄격한 군율을 적용하며 군사들을 정비한 까닭도 있었지만, 이번 전투에서 완벽한 승리를 한 것으로 인해 기쁨에 도취되어 우리의 군사들은 모두 당당하고 용맹한 모습들이었다.
"루젠다르 군들은 들어라! 자이라스 군들은 무너졌다. 자이라스 군의 지휘관들은 모두 처단되었고 특히 자이라스의 지휘관 중 하나인 고위 마족 키리아는 나의 손에 의해 처단되었다. 이곳은 너희가 도와야 할 자이라스 군이 없으니 일찌감치 항복을 하여 너희들 스스로의 목숨들을 보존하라! 루젠다르 군의 지휘관인 카닐 참모장은 현명한 판단을 할 것이라 믿는다. 우리는 너희들을 처단할 능력이 충분히 있으며, 너희들 뒤를 노리고 있는 세젠느 강에 있던 로히얀스 군들이 너희가 항복하지 않을 경우 우리와 함께 너희 루젠다르를 단죄할 것임을 명심하길 바란다!"

나는 아젠샤르의 바람의 힘에 목소리를 담아 루젠다르 군을 향해 위엄있게 외쳤다. 나는 키리아가 나에 의해 처단되었음과 세젠느 강에 로히얀스 군들이 많이 주둔해 있음을 저들에게 은근히 강조하여 항복을 유도하였다.

그러자 루젠다르 군들은 협상을 할 것을 제의해 왔다. 협상이라… 솔직히 저들의 항복을 끈질기게 요구하고 싶지만, 더 이상 피를 흘리게 되는 일이 생기는 것은 싫었다. 그래서 그 제안을 받아들여 며칠 뒤 동대륙 4국 대표들은 로히얀스 왕성에서 회담을 갖게 되는 것으로 이번 전쟁은 대충 마무리가 지어졌다.

물론 나는 루젠다르와 자이라스가 약속을 지키도록 하기 위해서 왕족 인질들을 요구해야 했다. 루젠다르에서는 왕자를… 그리고 자이라스는 그곳의 황태자를 말이다. 루젠다르의 왕자는 아마도 세젠느 강에서 주둔하고 있는 그레이 참모장이 이끌고 가게 될 것이다. 그리고 자이라스 황태자는 내 쪽에서 데리고 가게 된다.

우리는 인페르디아 왕성에서 잠시 머물며 인페르디아 왕과 회담을 가졌다. 그들은 스스로 로히얀스와 형제지국이 될 것임을 자처하였다. 물론 형 쪽이 로히얀스이고 동생 쪽의 나라가 인페르디아가 되었다.

그렇게 형제지국이 된 기념으로 우리는 몇 가지 조약을 맺었다. 아무래도 형 쪽의 나라가 유리한 내용의 조약임은 굳이 말할 필요가 없다.

그리고 며칠이 지나… 우리는 드디어 로히얀스로 돌아가게 되었다. 참으로 감개무량하다. 화려한 환송을 받으며 우리의 행렬은 인페르디아 국경까지 기쁜 마음으로 돌아가게 되었다.

나는 인페르디아가 내준 화려한 마차로 편안히 가다가 문득 창밖을 바라보았다. 그러다 조금 멀리 떨어진 곳에서 우리의 행렬을 바라보는 한 여인에게 무심코 눈길을 주게 되었는데, 그녀를 바라본 나는 경악한 얼굴을 하며 나직하게 한 이름을 중얼거려야 했다.

"셀레나……?"

나는 마차를 얼른 멈추게 하고는 마차에서 내렸다. 그리고 다시 그녀가 있던 쪽으로 눈길을 주었는데, 그녀는 그새 사라진 듯 모습이 보이지 않았다.

"아냐! 그녀일 리가 없어. 셀레나는 죽었잖아?"

내가 조금 닮은 사람을 잘못 본 것일 수도 있었다. 하긴 방금 본 여자는 셀레나와 너무도 흡사했지만 셀레나라고 단정하기에는 너무 젊었던 것 같았다. 많이 먹어봤자, 20대 초반으로 보였었는데…….

하지만 그 화려하고 진한 황금빛 머리카락과 미모는 그냥 닮은 사람이라고 말하기에는 뭔가 부족했다. 그런 외모는 결코 흔한 것이 아니었기 때문이다.

"라비스님, 무슨 일이십니까?"

나의 마차 근처에서 말을 몰던 왕실 마법사가 나에게 물어왔다.

"아무것도 아니에요."

나는 그렇게 말하고는 다시 마차에 올라탔다. 방금 보았던 그 여자… 여신관의 차림을 하고 있었다. 셀레나가 인페르디아에 있을 리도 없었지만 여신관이 되어 있을 리도 없었다. 역시 내가 잘못 본 듯하다. 단순한 금발이 햇빛에 반사되어 나와 같은 화려한 금발로 보였을 수도 있고…….

 그래도 왠지 찝찝한 아쉬움이 남는다. 이미 상당한 거리를 달려와 버렸으니 지금 그녀를 찾아본다고 해도 정령을 동원하여 한참을 찾아보아야 할 듯하다. 그건 조금 귀찮다. 지금 나와 나의 정령들은 모두 너무 지쳐 있어 무조건 쉬고만 싶었기 때문이었다.

 나는 옆에 놓여져 있는 엔카루스의 검을 바라보았다. 더러운 핏자국들이 말끔하게 지워진 엔카루스의 검은 순수한 흑빛으로 빛나고 있었다. 엔카루스의 유품… 이것만이라도 아사벨라에게 전해주어야 했다.

 엔카루스를 설득해 주겠다고 약속했었는데… 결국은 내가 그의 도움을 받게 되었고, 그를 죽음까지 몰고 간 셈이 되었다.

 가슴이 너무 아프다.

Change Of Destiny 제9장

떨어지는 꽃잎

떨어지는 꽃잎

로히얀스 왕성의 접견실.

이번 전쟁에 참여했던 모든 이들은 로히얀스의 국왕인 미카엔을 접견하여 그동안의 노고를 치하받았다. 그들 중에는 승진하는 이들도 꽤 있었는데, 나는 미카엔에게 승진 대신 작위를 부여받게 되었다. 작위는 백작이었다.

크로시벨 백작이라… 정말 뿌듯하다. 중신들도 크로시벨 가에 백작의 작위가 내려지는 것에 그다지 불만들은 없는 듯했다. 하긴 이 정도의 공을 세웠는데, 백작 정도의 작위를 하사받는 것은 당연한 일이었다.

미카엔은 우리가 이끌고 온 루젠다르와 자이라스의 왕족에게 최대한 예우를 해주었다. 지금은 비어 있는 왕자궁에 그들이 임시로 머물 수 있도록 해주었고 불편하지 않도록 시녀나 시종들을 붙여주었다.

그리고 그는 나를 따로 알현실로 불렀다.

"무사히 돌아와서 정말 기쁘다. 라비스, 네가 자랑스러워."

미카엔에게 자랑스럽다는 말을 듣게 되다니… 작위를 받는 것보다 더 뿌듯하다.

"내가 무사할 수 있었던 것은 미카엔의 축복이 있었기 때문이죠. 미카엔의 축복은 여느 신관들의 축복보다 더 감동스럽고… 효과도 탁월하더군요."

"그래? 그거 다행이군. 나의 축복이 효과가 있었다니… 라비스, 이리 가까이 와봐. 널 잠시 안아보아도 되겠지? 네가 떠나 있는 그동안 네 걱정으로 제대로 잠든 날이 없었어."

미카엔은 의자에 앉은 채로 나에게 손을 내밀었다. 그런 그를 보며 나는 잠시 머뭇거렸다. 정말 쑥스럽게… 아니, 부끄럽다고 해야 할까? 에엑! 내가 이런 반응을 보이다니… 이러니깐 아주 조신한 소녀가 된 것 같아 심히 쑥스럽다.

그러고 보니 나도 참 많이 변했다. 예전에는 이러한 것으로 인해 쑥스러워하지도 않았는데… 오히려 뻔뻔하기도 한 나였는데 이젠 얼굴도 진심으로 붉힐 줄 안다.

미카엔이 이런 나를 보며 빙긋 웃어 보였다. 그가 나의 속마음을 다 꿰뚫어 보고 있는 듯해서 기분이 나쁘기도 했지만, 나는 몸을 일으켜서 그에게 가까이 다가갔다. 그러자 그는 나를 자신의 무릎에 앉히고는 부드럽게 안았다.

"미카엔, 만약에 말이에요. 지금 제 모습이 이 모습에서 다른 모습으로 바뀌게 된다면 미카엔은 라비스로서 미카엔을 만났던 나를 알아볼 수 있어요? 지금처럼 저를 똑같이 대해주실 수 있어요?"

"왜 갑자기 그런 질문을 하지?"

"…아마도 미카엔은 저를 못 알아보겠죠? 훗… 그냥 한 번 물어봤어요."

"라비스, 넌 언제까지나 내가 사랑하는 라비스야. 내가 너를 못 알아보게 되는 일은 없어."

"그렇겠죠……?"

나는 잦아드는 목소리로 그렇게 말하며 미카엔에게 몸을 기댔다. 내가 왜 이런 질문을 미카엔에게 했을까? 이젠 내가 이 육체에 집착을 갖기 시작한 모양이다.

나의 침실로 돌아온 나는 시녀들의 호들갑스런 수다들을 듣고 있어야 했다.

"라비스님! 굉장해요~ 조금 전 폐하께서 공식적으로 라비스님을 왕비로 맞아들이는 것을 발표하셨어요!"

"꺄아~ 넘 멋져요! 그럼 라비스님이 왕비님이 되면 저희는 왕비 전하를 모시는 측근 시녀들이 되는 건가요?"

시녀들은 나보다 더 좋아했다. 하긴, 내가 왕비가 된다는 것은 나를 지속적으로 시중들어 온 그녀들 역시 승진한다는 것일 테니, 좋아하지 않을 수 없을 것이다.

나는 그녀들에게 적당히 미소를 지어보다가 문득 루이스가 보이지 않음을 깨달았다. 그녀라면 제일 먼저 달려와 이 사실을 알리며 가장 좋아했을 그녀인데, 몸이 많이 아프기라도 하는 모양이었다.

"그런데 루이스는 지금 뭐 하고 있지?"

"루이스님 말인가요? 아마 지금 바쁘실 거예요. 곧 있게 될 라비스님의 결혼 준비도 하셔야 되니까요. 호호."

결혼 준비로 바쁘다라… 그럴 수도 있겠다. 하지만 나는 그녀가 나에게 얼굴도 내비치지 않고 호들갑도 떨어주지 않는 것에 대해 약간 서운함이 느껴졌다.

나는 엔카루스의 검을 들고 로터스 궁으로 향했다. 아사벨라에게 직접 엔카루스의 이 유품을 전해주기 위해서였다. 나의 경호원인 에드가 나를 조용히 뒤따랐다.

"곧 여름이 오겠어."

"그렇겠군요……."

벌써 6월의 중순에 접어들었다. 곧 있으면 내가 이곳에 온 지 만 1년이 된다.

"아! 이곳에도 론티아 나무가 있었네?"

산책할 겸 걷다가 장미궁의 후원까지 발걸음을 하게 된 나는 후원의 가장 깊숙한 곳에 론티아 나무가 있음을 발견하고는 눈을 동그랗게 떴다. 아멘시타보다는 조금 어려 보이는 론티아 나무였다.

"론티아 꽃이 피어 있군요."

론티아 꽃… 나는 처음으로 보는 론티아 꽃의 아름다움에 넋을 잃었다. 조그맣게 핀 황금빛의 꽃들이 너무나 예뻤다. 그 빛깔들은 평범한 꽃들과는 달리 화려하고 순수한 황금빛이었다. 마치 나의 머리카락 색처럼……

그러다 그 꽃들이 질 때가 되었는지 몇 개의 꽃들이 바람에 날려 아래로 떨어지는 것이 눈에 들어왔다. 낙화(落花)하는 모습도 정말 아름다웠다.

"꽃이 지게 되면… 보통 나무들은 열매를 맺지 않아?"

"물론 그렇지만 론티아 나무들은 꽃이 진 후에 열매를 맺지 않습니다. 론티아의 열매는 천 년에 한 개 열리는 아주 희귀한 열매이니까요."

"그래?"

나는 그렇게 론티아 나무 앞에서 약간의 시간을 지체한 후, 로터스 궁으로 다시 발길을 돌렸다. 아사벨라가 어떤 반응을 보일지 걱정이 되었다.

"그 검, 언제 한 번 본 적이 있습니다. 그거 엔카루스 아모르의 검이지요?"

"으응. 알아보네?"

"훗… 예전에 그 검을 든 엔카루스와 상대해 본 적이 있었으니깐요. 그때 제 롱 소드가 두 동강이 났었죠."

"그랬었나?"

기억 날 듯하다. 예전 엔카루스가 왕성으로 측실로서 들어가는 나를 납치하기 위해 마법 도적단을 이끌고 공격을 했었는데, 에드는 그때 나를 구사일생으로 구해 왕성까지 무사히 갈 수가 있었다.

"그 검이 라비스님의 손에 있는 것을 보니, 엔카루스는 뭔가 안 좋은 일을 당한 모양이군요."

"응. 그는 인페르디아 전쟁터에서 수많은 군사들의 시신들과 함께 차갑게 식어갔을 거야. 나는 지금 그의 여동생 아사벨라에게 그의 유품인 이 검을 전해주러 가는 길이야."

"안 됐군요. 그가 만약 올바른 길을 걸었다면 훌륭한 기사나 검사가 될 수 있었을 텐데… 그는 얼마든지 정당하게 출세를 할 수 있었는데, 왜 그렇게 스스로 파멸의 길을 걸었는지 모르겠습니다."

"글쎄, 그는 너무도 위험한 꿈을 꾸고 있었던 탓이겠지……."

나는 로터스 궁의 응접실에 들어섰다.

"아사벨라……."

그녀에게 말을 꺼내기가 어렵다. 무슨 말을 어떻게 해야 그녀가 상처를 덜 받을까? 하지만 아사벨라 역시 짐작은 하리라 생각되었다. 지금 나의 손에는 엔카루스의 검이 들려 있으니.

아사벨라는 한동안 말이 없었다.
"아사벨라, 이 검은……."
"그냥 놓고 나가… 네가 설명 안 해도 아니깐, 그냥 나가……. 지금은 네 얼굴 보고 싶지 않아! 넌 곧 왕비가 되겠지? 이거 하나만은 명심해! 지금 네가 얻은 행복은 누군가의 불행을 딛고 얻게 된 행복이라는 것을. 내 모습이 초라하지? 나에게 이제 남은 건 없으니깐! 그렇다고 날 동정할 생각은 말아. 난 초라하지 않아. 언젠가는 이곳 로히얀스에서 폐하 말고 누구도 나를 무시하지 못하게 될 테니깐!"
"난 너를 동정하지 않아. 아사벨라, 넌 초라하지 않아. 나의 눈에는 지금의 네 모습은 당당해 보이는걸. 넌 폐하의 부인 중 하나잖아? 나 역시… 폐하께 어울리는 여자가 되기 위해 정말 많이 노력했어. 아사벨라, 지금의 당당하고 강한 모습… 거짓이 아니길 바래. 그저 남에게만 보이기 위한 당당함이 아니라 네 스스로의 강함에서 나오는 당당함이길 바래. 이제 그만 가봐야 하겠어. 내가 주제넘는 말을 한 것이 아닐까 모르겠다. 아! 그리고 넌 엔카의 여동생이잖아? 그를 위해서 눈물을 흘려줘. 오빠의 죽음에 대해 슬퍼하는 것은 결코 초라한 모습이 아니니깐."
나는 그렇게 말하고는 자리에서 일어났다. 그리고 아사벨라의 눈에서 눈물이 맺히는 것을 마지막으로 보고는 응접실을 나왔다. 왠지 기분이 씁쓸했다.
그 후로 며칠 나는 왕비가 되기 위한 몇 가지 수업과 인페르디아 전쟁 후의 회담에 대한 것으로 바쁘게 지냈다.
루젠다르와 자이라스의 대표인 국왕들이 로히얀스 왕성으로 도착해 회담을 갖게 되는 그날 아침, 나는 여느 때와 마찬가지로 게으름을 피우며 침대에서 미적거리고 있었다.

"라비스님, 일어나세요! 오늘은 일찍 일어나신다고 하셨잖아요?"
누군가가 나를 깨우기 시작했다.
"루이스, 5분만……."
내가 아침마다 읊는 멘트… 매일같이 읊는 말이면서도, 어째 그 내용이 변함이 없는 것인지. 곧 있으면 루이스의 과격한 방법이 나에게 동원될 것이다. 하지만 나에게 들려온 것은……
"라비스님, 전 루이스님이 아니라 아나예요. 어서 일어나세요."
"아나?"
나는 눈을 떴다. 예전에는 루이스가 매일 나를 깨우러 왔었는데, 이제는 그녀의 모습이 좀처럼 보이지 않는다. 가끔 그녀의 모습을 보게 되어도 그녀는 나에게 시녀로서 딱딱한 모습만을 보여주어 나를 종종 서운하게 하였다. 내가 뭔가 그녀에게 잘못했던가?
"왜 루이스가 안 왔지?"
"글쎄요, 루이스님은 라비스님을 깨우는 것이 너무 힘들다면서 대신 저를 보내셨는데… 생각보단 금방 일어나시네요."
그녀의 말에 나는 시무룩한 표정을 지어 보였다. 그녀를 친엄마처럼 여기고 있었는데, 그런 사소한 것에서 나는 그녀에게 서운함이 느껴졌다. 내가 유일하게 어리광을 부릴 수 있는 존재는 루이스였는데, 왜 요즘은 예전같이 대해주지 않는 것인지…….
"호호. 라비스님, 서운하신 모양이군요. 너무 서운해하시지 마세요. 루이스님은 요즘 라비스님의 결혼 문제로 너무 바쁘시고 몸도 별로 좋지 않으셔서 라비스님께 그렇게 신경을 많이 쓰시지 못하는 걸 거예요."
아나는 나를 위로하듯 말하였으나, 나는 루이스가 마음에 걸렸다. 뭔가에 시달리고 있는 것처럼, 하루하루 수척해 가며 말수도 없어져 간다. 무슨 고민거리가 있길래.

　나는 그녀와 허심탄회하게 마음을 터고 대화를 나누거나, 그녀를 유명한 무녀들이나 주술사에게 보이고 싶었지만, 아직 그럴 여유가 없다. 나의 결혼식 겸 왕비 즉위식이 끝나고 나야 그녀에게 관심을 가질 수 있을 것 같았다.

　나는 왕실 부수석임을 증명하는 화려한 문양이 수놓아진 흰색 로브를 입고 회담실로 발걸음을 향했다. 인페르디아 전쟁을 승리로 이끈 지휘관이었던 자격으로서 나는 그 회담에 참석할 자격이 있었다.

　회담실로 들어서기 전 미카엔이 재상에게 뭔가 말을 듣고 있는 것이 눈에 들어왔다. 나는 그에게 국왕에게 하는 예로서 인사를 해 보였다. 사석에서는 그에게 미카엔이라 이름을 부르는 나였지만 공석에서는 나와 미카엔은 엄연히 국왕과 신하의 관계에 있었다.

　미카엔이 나에게 부드러운 눈웃음을 던졌다. 이제 와서 새삼스레 깨닫는 것이지만, 미카엔의 눈웃음은 정말 매력적이었다. 웬만한 여자들은 모두 녹여 버릴 듯한… 아름다움을 광적으로 신봉하는 프리실라 여왕 같은 경우면 진작에 넘어가 버렸을 그런 눈웃음이다.

　나는 재빨리 눈을 내리깔며 그의 눈길을 피했다. 에구구… 이놈의 심장이 말을 안 듣는다. 이러다 귀 밝은 미카엔의 귀에 나의 심장 소리가 들리면 어쩌려구… 그건 창피하다.

　"흠, 흠……."

　미카엔과 나 사이에서 도는 심상치 않은 기류 중간에 끼인 재상은 헛기침을 해 보였다.

　어쨌든 회담은 시작되었다. 우선 자이라스 대표 측과의 회담이 우선적으로 이루어졌는데, 본격적인 말발의 싸움과 신경전이 오고 가기 시작했다.

미카엔은 자이라스의 국왕을 비롯한 대표들에게 은근히 협박을 가하며 그들에게 몇 가지를 요구하였는데…….

자이라스의 왕은 국왕이라는 칭호를 사용하지 못하는 것과 주요 대신들은 로히얀스 출신으로 임명되는 것들 등등이었다. 이것은 완벽한 로히얀스의 속국이 될 것을 요구하는 내용이었다.

아마도 자이라스 국왕은 선택의 여지가 없을 것이다. 애당초 그에게는 힘이 없었으니. 자이라스를 움직이고 있었던 것은 엔카루스와 키리아였었다. 그들이 없는 지금 그에겐 아무런 힘이 없다. 그는 엔카루스의 부하로서 대리자에 불과했던 것이다. 국왕이라는 명칭은 허울 좋은 엔카루스의 변명과도 같은 것.

자이라스와의 회담이 성공적으로 이루어지고 그 다음날은 루젠다르와의 회담이 이루어지게 되었다. 루젠다르와는 회담 분위기가 꽤 팽팽하게 이루어졌다. 그들에게는 몇 가지 불리한 조약을 체결해야 했는데, 그들은 몇 번을 팅기고 몇 번을 버티다가 결국은 굴욕적인 조약을 체결하고 말았다.

인페르디아와 자이라스가 로히얀스의 밑에 있는 이 시점에 저들로서는 끝까지 버틴다는 것은 무리였다.

동대륙의 역사가 로히얀스에게로 기울게 되는 순간인 회담이었다. 그들은 굴욕적인 모습으로 우리가 인질로 데리고 있던 왕자를 데리고 그들의 나라로 돌아갔다.

이번에 체결한 조약의 내용과 이 관계가 언제까지 유지될지는 모르지만, 어쨌든 지금은 미카엔의 나라 로히얀스가 날개를 펼치게 되는 순간이 된 것이다.

그렇게 모든 일이 매듭 지어지고 미카엔과 둘만 남게 되었을 때 그는 나에게 입을 열었다.

"앞으로 이틀 후면 라비스가 나의 정식 아내가 되겠군. 지금까지도 많이 기다려 왔지만 앞으로의 이틀이 너무 길게 느껴지는걸."

그의 말에 나는 그렇지 않아도 커다란 눈을 더욱 크게 뜨며 그에게 물었다.

"이틀 후라고요? 너무 서두르는 거 아니에요?"

"라비스, 이틀 후가 너무 빠르다고 생각하나? 그 정도로 나를 애태웠으면 충분해."

"그래도 너무 후닥닥 해치우는 것 같아서 좀 그래요."

"그래서 불만인 건가, 라비스?"

"……."

"……?"

"…아니요."

근엄한 표정을 지으며 나를 집요하게 바라보는 미카엔의 눈길에 나는 그가 바라는 대답을 하였다. 물론 그가 이렇게 나에게 근엄한 듯한 표정을 짓고 있어도 그 표정 뒤에는 그의 장난기가 숨어 있다는 것을 나도 알고 있었지만, 이럴 땐 그에게 모르는 척해야 한다.

그나저나 이틀 후면 며칠이지? 나는 머리 속으로 날짜 계산을 해보았다. 요즘은 날짜 가는 것도 무뎌져서 오늘이 며칠인지도 한참을 생각하곤 했다.

오늘이 23일이니 이틀 후면 25일이다. 6월 25일… 이거 우연인가? 이곳에 온 지 만 1년이 지나고 난 다음 결혼식을 하게 되는 셈이었다. 그러다 미카엔이 분위기를 잡는 것이 눈에 들어왔다. 저것은 또 미카엔이 나에게 로맨틱한 뭔가를 하려 한다는 징조…….

"아! 미카엔~ 우리 달 구경해요. 오늘은 날이 맑아서 별도 많이 떴을 거예요."

나는 벌떡 일어나서 그에게 외쳤다. 에구… 이제는 그에게 튕기는 것도 거의 습관이 되어버렸다.
"쳇, 할 수 없군. 좋아, 달 구경이나 해야지. 라비스가 하자는데."
미카엔은 할 수 없다는 듯이 그렇게 말하고는 자리에서 일어났다. 약간 투덜대는 듯한 말투… 이럴 땐 그도 평범한 청년 같다. 아니, 소년 같아 보인다. 앳된 기색이 아직 얼굴에 많이 남아 있었고 아름다운 얼굴이라 어떤 면에서는 소년 같은 느낌도 들었다.
"자아~ 가실까요? 나의 예비 신부 아름다운 레이디?"
미카엔은 나보고 팔짱을 끼라는 듯이 팔꿈치를 살짝 들어 보였다. 그의 그런 모습에 나는 웃음이 났다. 물론 행복한 웃음… 나는 그에게 팔짱을 끼며 그에게 답변을 해 보였다.
"킥, 좋아요~ 나의 예비 남편(?) 멋진 미카엔."
"앗! 라비스, 네가 그런 발언을 하다니… 좀 의외인데? 멋진 미카엔이라니… 듣기 나쁘지 않군. 한 번 더 말해 봐~ 네가 그러니깐 정말 신기해."
"싫어요. 방금 제가 말한 닭살스런 발언으로 인해서 받은 타격이 크다구요."
정말 스스로도 놀랍다. 내가 이런 발언을 미카엔에게 하다니… 하지만 나는 미카엔이 너무 좋았다. 그의 웃음소리가 좋았고 그의 눈길이 좋았다.
나는 미카엔에게 헤헤 웃어 보였다. 그러자 미카엔은 나의 이마를 콩 하고 살짝 때렸다. 그의 꿀밤에 나는 맞은 이마를 문지르며 그를 노려보았지만 미카엔은 이런 내가 귀엽다는 듯이 웃어 보였다. 쳇!
그러다 나는 문득 이러한 생각이 들었다.
미카엔과 나… 언제까지 이렇듯 행복할 수 있을까.

행복한 동안은 불안하다. 행복의 대가로 불행이 찾아올까 봐.

다음날 나는 수많은 귀족들의 알현 요청에 시달려야 했다. 내가 왕비로 즉위하게 되는 것을 축하한다는 명목 아래 나의 눈에 들기 위해 그들은 값진 선물들을 싸들고 나를 알현하기 위해 저 구석 지방에서부터 허겁지겁 올라오곤 했다.

물론 나는 그들의 선물은 받지 않았다. 그 값나가는 선물들을 받았다가는 그들에게 발목을 잡히게 되는 것이기 때문이었다. 내가 받은 것만큼 나 역시 그들이 바라는 뭔가를 해주어야 하는데, 그들이 바라는 것은 뻔하였다.

그리고 즉위식과 결혼식이 이루어지는 신전 측에서는 야단법석이 일어났다. 미카엔이 결혼 발표를 하자마자 날짜를 너무 급하게 잡아서 그들은 여유있게 준비할 시간이 부족했던 것이다.

보통 국왕의 결혼식은 나라 안에서는 화려하고도 가장 큰 행사라고 할 수 있었다. 그런데 그런 것을 미카엔이 후닥닥 해치우려 드니 신관들은 지금쯤 아마도 울상을 짓고 있을 것이다.

나는 시녀들과도 실랑이를 벌여야 했다. 나를 성가시게 구는 저 귀족들을 피하여 침실에서 꼼짝 않고 있었는데, 이제는 시녀들이 나를 못살게 굴었다.

"라비스님, 내일 있게 될 결혼식에 가장 아름다운 신부가 되시려면 오늘부터 미리미리 준비를 하셔야……."

"무슨 준비를 해? 귀찮아."

"전신 마사지를 왜 안 하시겠다는 거예요?"

"창피해."

결국 나는 플라이 마법을 써서 창밖으로 빠져나갔다. 시녀들의 기막

혀하는 모습들이 눈에 들어왔지만, 나는 저들이 너무 피곤하였다. 루이스만큼이나 완강한 성격들의 소유자였다. 나는 중앙 궁성의 지붕에서 자리를 잡고 앉아 시원하게 불어오는 바람을 쐬었다.

로히얀스 왕성이 눈에 훤히 들어왔다. 나는 중앙 궁성 중에서도 제일 높은 지붕에 자리하고 있었기 때문이다. 왕성 안이 시끌벅적하다. 전체적으로 들뜬 분위기였다.

로히얀스는 축제 분위기로 접어들고 있었다. 로히얀스 인들은 국왕의 결혼식을 축하하는 의미에서 로히얀스의 전통 음식들을 해 먹으며, 로히얀스 왕성에 그들의 소박한 축하 선물들을 바쳤다. 그중에서는 젖소나 돼지, 닭까지 선물로 끌고 오는 농부들도 있어 로히얀스 왕성은 그야말로 난장판에 처치 곤란까지 이르게 되었다.

그런 모습들을 보니 나는 절로 미소가 지어졌다. 그리고 내가 미카엔을 사랑하는 것처럼, 그의 나라 로히얀스에 대한 애정이 마구 솟아오르는 것이 느껴졌다.

그리고 또 하루가 지나 드디어 결혼식 날이 되었다. 오늘은 긴장이 되어서 그런지 평소와는 다르게 일찍 눈이 떠졌다.

막상 결혼식 날이 되니깐 기분이 싱숭생숭해지고 묘했다. 나는 침대에 앉은 채로 잠시 멍하니 있었다. 그러자 그동안 안 하던 잡념들이 다시 떠오르기 시작했다.

'이대로 괜찮을까? 미카엔의 아내, 로히얀스의 왕비, 이곳 세계의 존재가 되어 살아도 나는 이대로 괜찮은 걸까?'

그렇게 거부하던 운명이었는데, 이젠 그 운명이 한 방향으로 일사천리 흘러간다. 이도현이었던 나… 이도현으로서 살던 세계… 내가 그것을 붙잡으려 얼마나 노력했던가? 그 노력이 자아 분열이라는 결과로 나타나 나를 괴롭혔었다.

그리고 그것은 지금 여기까지 오게 된 나의 길을 조금씩 늦추었다. 이것이 나의 운명이었는데… 이 나의 운명은 도대체 누가 정한 걸까? 예전 왕비의 일기장에서 본 구절이 생각난다.

「한 고귀한 존재의 강한 의지… 그 강한 의지가 곧 운명이 된다.」

　그 고귀한 존재란 운명의 신이 되는 걸까, 아니면 특정인의 강한 의지를 말하는 것인가.
　내가 예전에 로히얀스 왕성을 탈출해서 미카엔을 피해 아스탄샤까지 갔었던 기억이 났다. 그렇게 가출하였음에도 불구하고 나는 또다시 아스탄샤 왕성으로 들어가게 되었다. 그때 나는 이런 생각을 했었다.
　그렇게 자꾸 왕성을 맴돌게 되는 것은, 분명 나의 운명은 왕실과 깊은 인연이 있는 듯하다고. 그러니 가출해 나와서도 왕실과의 인연을 못 벗어나고 그렇게 또다시 아스탄샤 왕성 안으로 들어가고, 결국은 이렇게 로히얀스 왕성으로 돌아오게 되는 것이 아니겠는가.
　나의 운명이 왕실과 깊은 인연이 있다는 것을 조금 더 면밀히 살피면 로히얀스 왕실의 상징인 미카엔을 들 수가 있었다. 그렇다면 나의 운명은 미카엔과 관련되어 있다는 말…….
　나는 고개를 가로저으며 이상한 쪽으로 확대되어 가는 나의 상념을 지웠다. 그러다가 한 가지 생각이 불현듯 떠올랐다.
　셀레나는 라비스가 행복해지길 원했다고 했다. 지금 나는 그녀가 셀레네스가 아닐까 추측하고 있다. 그녀가 만약 여신이라면 일기장에 나온 구절과 연관시켜 생각해 볼 수가 있었다.
　고귀한 존재의 강한 의지… 그 고귀한 존재란 여신인 셀레나이고 그 의지는 라비스가 행복해지는 것. 그 행복의 조건이 미카엔이 되겠고…

그렇다면 셀레나는 나와 미카엔이 이루어지게끔 그 모든 것을 꾸몄다는 것인가? 머리가 아파온다. 그런데 하필이면 왜 미카엔과 이루어져야 했을까? 그리고 그녀가 만약 여신이라면 본래 라비스가 죽을 운명이라는 것을 알고 있으면서 왜 그녀가 죽도록 내버려 두었는지, 그리고 왜 다른 세계에서 존재하는 나를 이끌어오도록 조작했는지 이해가 가지 않는다.

또한 그녀는 나와 미카엔이 서로 사랑하게 될 것이라는 것을 어떻게 확신하였는지… 정말 의문투성이다.

나는 그동안 잊고 있었던 왕비의 일기장을 꺼내 들었다. 그리고 그것을 펼쳐 들어 백지인 일기장에 글자가 나타나기를 기다렸다. 그런데 그때.

"어머. 라비스님, 오늘은 일찍 일어나셨네요."

나를 깨우는 담당이 된 시녀인 아나가 침실로 들어왔다. 마침 일기장에서 스르르 글자가 나타나고 있었지만 나는 한숨을 내쉬며 그것을 덮고 아나에게 입을 열었다.

"아나, 나라고 매일 늦게 일어나는 줄 알아? 나도 가끔은 일찍 일어난단 말야. 너무 그렇게 신기하게 보지 말라구."

"호홋, 알았어요. 목욕물을 준비해 드릴게요."

그렇게 시작된 아침은 여러 시녀들에 의해 아름다운 신부의 모습으로 꾸며지기 시작했다. 왕실 재단사가 맞춘 새하얀 웨딩드레스를 입기 위해 나는 코르셋으로 허리가 잔뜩 조여져야 했고, 미용 담당 시녀에 의해 신부 화장을 해야 했다.

그리고 화려하고 여성스러운 머리 모양을 하고 하얀 드레스에 어울리는 다이아몬드 액세서리를 걸쳤다. 마지막으로 굽이 높은 비단 구두를 신고 나는 전신 거울을 바라보았다.

그러자 아름답다는 표현을 넘어서서 위압적으로 느껴지는 나의 외모가 눈에 들어왔다. 새하얀 드레스의 테두리 선에 나의 머리카락 색과 조화를 이룬 금사로 수놓아진 기하학적인 문양들이 고귀함과 화려함을 연출하였고, 적당하게 파져 드러나는 나의 가느다란 목 선과 부드러운 곡선으로 이어지는 나의 어깨 선에는 하얀 피부에 너무 잘 어울리는 투명한 다이아 목걸이가 빛을 내고 있었다.

그리고 드레스의 풍성한 치마가 나의 가느다란 허리를 더욱 강조하여 더욱 여성스러운 느낌이 들게 하였다.

나는 황금빛 눈동자로 나의 모습을 그렇게 직시하다가 눈을 감아버렸다. 눈이 정말 부담스럽다. 나의 외모에서 풍겨져 나오는 미의 오오라가 나의 눈을 마구 찌르는 것 같았다.

옆에서 시녀들이 쉴 새 없이 감탄하는 목소리들이 들려왔다. 에휴~ 내가 이렇게 모습을 화려하게 꾸미는 것은 이번 한 번뿐이 될 것이다. 어디 심장 떨려서 거울도 제대로 쳐다보겠는가.

이런 외모는 자랑하고 싶은 생각이 든다기보다는, 오히려 남들에게 감추고 싶다는 생각이 든다.

"라비스님, 이제 나가셔야 할 시간입니다."

에드가 궁성 밖에 마차가 준비되어 있음을 알리러 왔다.

"응, 알았어."

나는 그렇게 답하며 에드를 바라보았는데 그가 나의 모습을 애써 외면하는 모습이 눈에 들어왔다. 몽롱한 눈길로 장차 왕비가 될 나의 모습을 뚫어져라 바라보는 불경죄(?)를 범하고 싶지 않은 모양이다. 저 심정… 나도 이해가 간다. 베일이라도 쓰고 가야 하나?

나는 다음부터는 화장 따윈 절대 하지 말아야 하겠다는 다짐과 함께 침실을 나서며 심호흡을 하였다. 오늘 정말 긴장이 된다. 결혼식이 이렇게 긴장되는 일이었나.

그때 루이스가 찻잔을 들고 나에게 다가왔다.

"라비스님, 긴장되시는 모양이네요. 이거라도 드시고 가세요. 론티아 꽃잎 차입니다. 긴장 완화에 아주 좋아요."

"아아, 고마워, 루이스."

나는 그녀에게 기쁜 듯이 미소를 지어 보이며 그 찻잔을 받아 들었다. 그동안 나에게 딱딱하게 굴던 루이스였지만 그래도 나를 생각해 주는 것은 루이스밖에 없다는 생각이 들었다. 긴장을 하는 나를 위해 론티아 꽃잎 차까지 준비하는 것을 보면······.

나는 그것을 한 모금 마셨다. 그러자 따뜻한 기운이 나의 몸 안으로 들어가면서 긴장이 조금이 풀어지는 듯했다. 미리 꿀을 탔는지 차 맛도 약간 달콤했다.

나는 홀짝대며 차를 마시고 있는데, 루이스가 몸을 미세하게 떠는 것이 눈에 들어왔다.

'몸이 많이 안 좋은 건가?'

나는 그녀를 걱정하며 빈 찻잔을 그녀에게 내주었다. 그러자 루이스는 말없이 빈 잔을 받아 들었다.

시녀들을 대동하고 궁성 밖으로 나가자, 궁성 밖에는 화려한 마차가 대기하고 있었다. 그리고 나의 행렬을 호위하기 위한 근위 기사단들이 나를 기다리고 있었는데, 그 모습들이 모두 늠름해 보였다.

근위 기사단의 단장인 리아드 경이 나에게 다가왔다. 그는 인페르디아 전쟁 때 기마 참모였던 성질 급한 기사다.

"모시게 되어 영광입니다. 마차에 오르시지요."

그때 군 회의장에서는 나를 은근히 무시하는 태도를 보이던 그였는데, 지금은 거의 왕비를 대하는 듯한 깍듯한 모습이었다.

나는 그에게 우아하고도 화사한 미소를 지어 보이며 고개를 살며시 끄덕이고는 마차에 올라탔다. 곧 내가 탄 마차는 출발하였고 창조신을 모시는 신전으로 향하기 시작했다. 오늘은 하늘도 정말 맑았다. 아마 날씨도 오늘을 축복하는 모양이었다.

오늘 이후로 나는 로히얀스의 왕족이 될 것이며, 미카엔의 정실 아내가 될 것이다. 왠지 실감이 나지 않는다. 미카엔이 새하얀 드레스를 입은 나의 모습을 보고 어떠한 표정을 지을까 궁금해진다. 나는 혼자 피식 웃다가 마차 창문 밖으로 까마귀 한 마리가 날아오는 것이 눈에 들어왔다.

웬 까마귀가……?

까악!

그 까마귀는 듣기 싫은 울음소리를 내며 내가 탄 마차 위로 사뿐히 내려앉았다. 그러자 나를 호위하던 한 기사가 검을 휘둘러 그 까마귀를 쫓아내었다.

푸드득~!

그 까아귀는 까악거리며 기사의 검을 피해 어디론가 날아가 버렸고, 다시 아무 일 없이 나의 행렬은 신전 쪽으로 향했지만 왠지 불길한 징조로 느껴져 기분 나빠졌다.

하지만 나는 곧 찝찝한 기분을 털어내었고, 나를 태운 마차는 어느덧 신전 앞에 도착하였다. 나는 기사들의 호위를 받아 신전 안으로 들어갔다. 그리고 예식이 이루어지는 홀 안으로 들어가니 그곳에서는 나를 기다리고 있었던 듯, 내가 안으로 들어서자마자 소년 소녀 혼성으로 이루어진 신관들이 경건한 성가를 부르기 시작했다.

가사를 보아하니 나를 축복하기 위한 성가인 듯했다. 듣기가 정말 좋았다. 그들의 축복으로 인해 오늘은 더욱 축복받은 날이 될 것만 같았다.

거대한 홀의 양 옆에는 수백 명에 달하는 귀족 참석자들이 있었고, 가운데에는 붉은 융단이 쭉 깔려 있었다. 그리고 저 끝에는 예복을 입은 미카엔이 나를 기다리고 있었던 듯 서 있었다.

이렇게 미리 준비된 결혼식은 내가 등장하면 예식이 곧바로 시작되는 모양이었다. 나는 당황하던 기색을 감추고는 미카엔 쪽으로 걸음을 옮겼다. 결혼이라는 거, 이렇게 진행되던가? 내가 결혼을 해봤어야지. 물론 측실이 된 적은 있었지만…….

내가 알고 있는 결혼식이란 신부 측 아버지가 신부를 신랑에게 넘겨(?)주는 방식인 것 같은데, 이곳은 그렇지는 않은 모양이었다. 수많은 눈길들이 나를 향하고 있어 나는 무지 떨렸다.

나를 바라보고 있는 미카엔의 눈길이 멀리서도 느껴졌다. 나는 눈을 들어 미카엔을 바라보았다. 그때 나의 시야가 문득 일그러져 보였다. 현기증인 것인가? 나는 미간을 살짝 찡그리며 몸이 휘청거리지 않도록 노력했다.

나의 다리도 후들거려 오는 것이 느껴졌다. 하지만 나는 너무 긴장하여 떨리는 것이라 단정하고는 침착해지기 위해 애를 썼다. 왕비가 되는 것인데… 만인 앞에서 우아해 보여야 한다.

나의 몸은 미세하게 떨렸다. 이상하게 몸에서 한기가 느껴진다. 여름 감기에 들 징조인 듯하다. 그러다 나는 귀족들 틈에서 자리하고 있는 루이스를 발견하였다. 나는 그녀에게 희미한 미소를 지어 보였으나 루이스는 나에게 표정없는 얼굴만 보여주었을 뿐이었다. 내심 서운하다. 나의 결혼식에 무엇보다 기뻐해 줄 존재는 루이스일 거라 생각했는데…….

냉정한 아버지만 있는 라비스로서의 나에게는 진심으로 기뻐해 줄 존재는 루이스뿐인데… 너무 서운하다.
　곧 미카엔이 있는 곳까지 도착하자 그는 나에게 근심 어린 얼굴로 나직하게 속삭였다.
　"얼굴이 창백해 보여, 라비스."
　"괜찮아요……."
　나는 그를 안심시키기 위해 미소를 지으며 말했지만, 나의 목소리는 이상하게 가냘프게 들려왔다. 금방이라도 꺼질 듯한 가냘픈 나의 목소리는 애처로움마저 느껴졌다.
　우리 앞에 서 있던 대신관으로 보이는 화려한 신관복의 노인은 한 여신관이 고급스러운 상자 하나를 들고 오자, 그 상자 안에서 번쩍이는 왕관 하나를 꺼내 들었다. 그것은 국왕이 쓰는 것과는 달리 여성스러운 느낌이 강한 작은 왕관이었다.
　신관들은 몇 가지 까다로운 절차를 밟으며 왕관을 우선 미카엔에게 수여하는 행동을 했는데, 나는 그 모습들을 지켜보는 것이 너무 힘들게 느껴졌다. 지금은 이상하게도 이렇게 서 있는 것만으로도 너무 괴로워서 곧 쓰러질 것만 같았기 때문이었다.
　체온이 내려가는지 나는 여름이라는 계절에도 불구하고 극심한 추위를 느꼈고 호흡이 매우 가빠지는 것을 느껴야 했다.
　'빨리 끝냈으면… 어서 쉬고 싶어…….'
　나는 그렇게 생각하며 후들거리는 다리로 억지로 몸을 지탱했다. 그리고 갑작스레 나타나는 나의 괴로움을 내색하지 않으려 노력했다. 결혼식 날 신부가 인상을 구기고 있는 것은 그다지 보기 좋은 것이 못되기 때문이었다.
　미카엔은 왕관을 받아 나의 머리에 씌워주었다. 나의 즉위식은 신관이 아니라 국왕이 직접 왕관을 씌워주는 것으로 이루어지는 모양이었다.

"라비스……?"

미카엔이 나를 걱정스레 이름을 부르는 것이 어렴풋하게 들려왔다. 그는 바로 나의 앞에 서서 나를 부르고 있는데 그의 목소리는 아주 희미하게 들려왔다. 나의 몸 일부들이 차갑게 식어가는 듯 차가워지는 것이 느껴졌다. 이상하다. 뭐가 문제인 거지?

더 이상 서 있는 것이 힘들다. 미카엔의 아내로서 더 이상 품위를 유지하는 것은 더 이상 무리였다. 나는 입술까지 깨물며 버티던 것을 마침내 허물며 그 자리에서 쓰러졌다.

챙강!

금속으로 된 물건이 딱딱한 대리석 바닥에 떨어지는 소리가 들려왔다. 나의 왕관이 아래로 떨어지는 소리였다. 그 음향은 고요한 신전 내의 홀 안에서 불길하게 울려 퍼졌다.

미카엔은 재빨리 쓰러지는 나를 붙잡았고, 나는 그의 품에 안겼다.

"라비스!"

미카엔이 사색이 되어 나의 이름을 불러대었지만, 나는 그에게 대답하기도 힘들었다. 나의 육체가 서서히 식어갔다. 나의 생명이 뭔가에 의해 죽어가는 것이다. 그 무언가가 나의 육체를 지속적으로 마비시켜 갔다. 그것이 나의 신체의 기능들을 멈추게 하였다.

미카엔은 신관들을 부르며 나를 치유하게 하려 했으나, 나의 상태를 살피던 신관들은 고개를 가로저었다.

"왕비 전하께서는 독을 당하신 듯합니다. 이미 독이 온몸으로 퍼져 있습니다. 이것은 신성력으로도 어쩔 수가 없습니다, 폐하. 저희는 외상만 치유가 가능하니……."

나는 그 와중에서도 생각해 보았다. 내가 누구에게 독을 당한 것인지… 그러다 아까 아침에 루이스에게 차를 건네받아 마신 것이 기억이 났다. 설마······.

 설마, 루이스가 나에게 독을 먹일 리는··· 그럴 리가 없다. 루이스는 나를 친딸처럼 생각하고 있는데 그럴 리가 없다.

 나는 루이스가 있는 쪽으로 눈길을 주었다. 그러자 뭔가 혼란스러운 듯한 얼굴로 나를 바라보는 루이스의 모습이 눈에 들어왔다. 그녀의 안색이 창백해져 있었다. 그녀가 뭔가를 부정하듯 고개를 거칠게 가로저었다.

 나는 그녀를 슬픈 눈으로 바라보았다.

 '루이스, 아니지? 아니지? 루이스가 그럴 리가 없잖아? 나는 루이스를 믿었는데··· 루이스를 나의 친엄마와 같이 생각했었는데··· 루이스는 아니지?'

 나는 맘속으로 그녀에게 말하며 그녀를 바라보았다. 나의 눈가에서는 루이스에 대한 배신으로 받은 상처로 눈물이 흘러내렸다. 그러자 뭔가 혼란에 빠진 듯한 그녀의 눈빛이 번뜩하는 듯하더니, 그녀가 갑자기 소리를 지르기 시작했다.

 "아아악! 라비스님! 내가 라비스님을··· 아악! 안 돼! 라비스님! 라비스님!"

 그녀가 미친 듯이 외치며 나에게 다가오려 했지만, 근처에 있던 호위 기사들이 그녀를 붙잡았다. 루이스가 발버둥을 쳤다. 그녀는 나의 이름을 부르며 울부짖었고 나에게 다가오기 위해 발악을 하였으나, 기사들에게 묶여 그 자리에서 버둥대는 모습이 되었다.

 그런 그녀의 모습에 나는 죽음이 다가오는 고통 속에서도 가슴이 찢어지는 듯했다. 너무나 고통스럽다. 미카엔은 나를 의사에게 데리고 가려 했지만 나는 그를 만류했다.

 "미카··· 엔, 늦었어요······. 이젠··· 나, 미카엔··· 에게 할 말··· 이 있어요……. 미카엔… 사랑해요……. 미안… 해요… 처음부… 터 사랑했는… 데, 그걸… 일찍… 알았더… 라면…….”

"라비스! 라비스, 넌 죽으면 안 돼! 이대로 떠나면 널 용서하지 않을 거다! 라비스, 뭐가 늦었다는 거냐?! 넌 죽지 않아! 누구도, 누구도 널 데려가지 못해! 사신이라고 해도 감히 너를 나에게서 데려가지 못할 거다!"

미카엔의 은보랏빛 눈동자에서도 눈물이 맺혔다. 그의 눈물이 나의 얼굴 위로 떨어졌다. 그가 울다니. 미카엔이 나를 위해 눈물을 흘리고 있다. 그가 눈물을 흘리니깐 이상하다. 미카엔… 울지 말아요.

미카엔이 나를 안고 있는 팔에 힘을 주었다. 그렇게 놓지 않으려는 듯 힘을 주어 나를 안고 있으면 사신이 과연 나를 피해갈까.

나의 몸 안에 퍼져 있는 독물들이 나의 육체를 서서히 죽여갔다. 뜨겁게 돌던 피는 차갑게 식어가고, 조금 전까지만 해도 기운차게 뛰던 나의 심장은 느리게 가냘프게 뛰었다. 금방이라도 사그라질 듯.

죽음이 지척까지 다가온 것이 느껴졌다. 나는 너무 슬프다. 왜 가장 행복한 날에 가장 믿고 사랑하는 존재에게서 죽임을 당해야만 할까. 너무 슬프고 괴로워서 내 영혼이 갈갈이 찢기고 멍들 것만 같다.

키리아가 마지막으로 했던 말이 생각난다.

"이대로는 못 죽어! 널… 죽여 버려야 하는데… 가장 고통스러운 방법으로… 가장… 고통스러운 방법으로… 죽어야 해! 넌 그렇게 죽게 될 거야! 큭큭… 넌 그렇게 죽게 될… 거야!"

가장 고통스러운 방법… 그녀는 그렇게 죽어가며 나를 저주하더니… 정말 나는 그녀의 말대로 고통스럽게 죽어가고 있다. 이것처럼 고통스럽고 괴로우며 슬픈 죽음도 있을까? 내가 믿었던 존재에게서 죽임을 당하며, 가장 축복받은 날 내가 사랑하는 존재에게 가장 큰 상처를 안겨주어야 하는데… 이대로는 너무 슬퍼서 죽고 싶지가 않다.

나의 볼로 눈물이 쉴 새 없이 흘러내렸다. 미카엔은 뒤늦게 다가와서 나를 의사에게 데려가려는 이들을 뿌리쳤다. 아무도 나를 건드리지 못하게 하려는 듯.

나는 미카엔을 바라보며 힘들게 입을 떼었다. 그에게 본래 나의 이름을 가르쳐 주고 싶다. 라비스라는 이름은 내가 본래 주인이 아니니…….

"미카엔… 기억해… 주세요. 난… 라비스… 가 아니고, 도현…….''

거기까지 말한 나는 뭔가 나의 머리 속에서 되살아나는 것이 느껴졌다. 뭔가 잊혀졌던 기억이… 살짝 벌린 나의 입술이 미세하게 떨렸다. 나의 동공이 크게 열렸다. 그러다 나는 죽음의 문턱이 가까이 옴을 느꼈다. 나의 숨이 끊어지기 전에 그에게 말해야 하는데… 그에게 말해야…….

"…아, 미카엔… 나는 미카… 엔을 만… 나러 온, 나의 영… 혼은 셀…….''

하지만 나의 숨은 거기서 끊어졌다. 그에게 이것만은 말하고 싶은데… 나는 미처 하고 싶은 말을 다하지 못하고 내가 사랑하는 그의 품에서 마지막 숨을 내쉬고 눈을 감았다.

나의 이름을 울부짖는 미카엔의 목소리를 들으며.

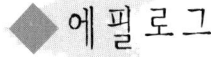 에필로그

황금빛 꽃들이 떨어진다.
그들의 화려함이
짧은 순간으로 막을 내리는 것은
누가 정한 것일까.

눈물을 감춘 바람이
그 꽃잎들을 조용히 흩어버린다.

론티아의 작은 꽃잎들.

잠시의 만남들을 기억하며
그들이 맞이한 마지막 순간을 슬퍼하며
우리 모두는 기원한다.

또다시 순결한 모습으로
피어날 수 있기를.

 에필로그

경건한 창조신의 신전 안······.
미카엔은 이제는 싸늘하게 식어버린 라비스를 안고 있었다. 새하얀 드레스를 입은 너무도 아름다운 신부··· 이미 숨을 거둔 그녀의 모습이지만 여전히 아름답다. 아름다운 그녀가 이제는 싸늘한 시신이 되어 있다는 것이 미카엔은 믿기지가 않았다.
조금 전에 숨을 거둔 시신 같지 않게 라비스의 시신은 너무도 차다. 그래서 미카엔은 더욱 가슴이 아프다.
신관들을 비롯한 홀 안에 있던 이들은 자신의 국왕인 미카엔에게 조심스레 말을 걸었지만, 미카엔은 한동안 아무런 말도 못 듣는 듯 라비스만 끌어안고 눈물을 흘리고 있었다. 라비스가 숨을 거둔 순간 미카엔이 외쳤던 처절한 울부짖음이 아직도 신전 안에 남아 있는 듯했다.
그들은 죽음을 맞이한 왕비보다는 자신의 국왕을 걱정하였다.
미카엔은 그렇게 하루가 다 지나갈 때까지도 라비스를 꼬옥 안은 채 그녀를 놓지 않았다. 신관들의 말로는 라비스는 아주 기이한 독에 당했다고 했다. 그 독은 육체에 치명상을 입혀 숨을 끊는 것이 아니라 그저 피를 차갑게 만들고 심장을 멈추게 하여 멀쩡한 상태에서 서서히 차갑게 식어가게 만드는 그런 독이라고 했다.

슬픈 연인…….

미카엔과 라비스는 행복한 연인이 될 축복받은 날에 가장 불행한 연인이 되어 그들을 바라보는 이들로 하여금 눈물짓게 하였다.

그 시점에 한 소녀가 밖에서 신전 건물을 바라보고 있었다. 로브의 후드를 깊게 눌러쓴 소녀였다. 그래서 그녀의 모습은 자세히 보이지 않았으나 그녀의 호박색 눈동자만은 언뜻 보였다.

"너만은 행복해질 수 없지, 라비스. 넌 엔카루스를 죽게 만들었어. 네가 아니었으면 그는 죽지 않았을 거야. 내가 가만둘 줄 알았어? 호호. 네 낭군은 내가 겪는 고통을 똑같이 느낄 테지. 잘 가라구, 라비스 크로시벨."

그녀는 그렇게 중얼대다가 어디론가 발길을 돌렸다. 바람이 거세게 불었다. 조금 전까지만 해도 바람 한 점 없는 청명한 날씨를 보였는데 지금은 이상하게 바람이 거세고 하늘은 금방이라도 비를 내릴 듯 우중충했다.

마리는 이런 급변한 날씨에 의아해하며 그녀의 갈 길로 갔다. 그녀가 증오하는 한 인물에게 앙갚음을 했으니, 이젠 그녀의 갈 길로 가는 것만 남은 것이다. 그녀는 결심했다. 비록 정상적인 방법으로 엔카루스를 사랑하게 된 것은 아니지만, 어쨌든 그녀가 사랑하는 엔카루스의 결실이었던 자이라스를 꼭 다시 일으키고 말 것이라고.

바람이 통곡이라도 하는 듯하다. 누군가의 죽음을 슬퍼하기라도 하는 듯.

라비스의 침실.
그녀의 침대 위에는 왕비의 일기장이 놓여 있었다. 라비스가 미처 서랍에 넣어두지 못한 일기장이다. 아까 라비스가 보지 못한 일기의 내용은 도대체 무엇이었을까? 그 내용은 이러하다.

「오늘은 달빛이 유난히 차게 보인다. 창문 사이로 새어 들어오는 달빛을 바라보니, 셀레나가 죽기 전 나에게 했던 말이 생각이 난다.
'아나, 너 일기 쓰는 거 좋아하지? 너에게 부탁 하나 할게. 네가 쓰는 일기장에 이런 말 좀 넣어줘. 1년을 넘기면 영혼의 그릇을 잃게 된다고' 였다.
1년을 넘기면 영혼의 그릇을 잃게 된다니… 그녀는 왜 나의 일기장에 그러한 구절을 넣기를 부탁했을까? 그녀는 정말 알 수 없는 아이다. 나는 내내 잊고 있던 그 구절을 이제야 생각해 보며, 그녀가 했던 말을 나의 일기에 적는다. 그리고 나는 나의 일기장에 한 가지 마법을 걸었다. 나의 일기장은 셀레나만 볼 수 있도록 말이다. 물론 그녀가 이 일기장을 보게 되지는 않겠지만 그래도 그녀를 제외한 누구든 나의 일기장을 볼 수 없게 만들었다.
셀레나가 보고 싶다. 불쌍한 나의 친구.

374년 8월 25일 아나테스 씀.」

이것이 라비스가 마지막으로 보려던 일기장의 내용이었다.
끼익.
라비스의 침실로 누군가가 들어왔다. 라비스의 시녀 아나였다. 그녀는 프레야 왕비의 애칭과 같은 이름을 가지고 있었다. 어떻게 보면 우연 아닌 필연.

아나는 침대에 놓여진 왕비의 일기장을 발견하였다. 이제는 주인없는 방이 된 침실. 아나는 하루 종일 울어서 퉁퉁 부어 붉어진 눈으로 그 일기장을 집어 들었다. 그리고 펼쳤다.

"이게 무슨 책이지?"

아나는 일기장을 훑어보았지만 그녀에게는 모두 백지만 보였다. 아나는 고개를 갸우뚱하며 그 일기장을 품에 안았다. 어쨌든 이것은 그녀의 주인이었던 라비스의 물건이었다.

아나는 그 일기장을 품에 안고 자신의 방으로 돌아갔다.

그리고 며칠 후 로히얀스 왕성의 지하 감옥에서는 한 여인의 시체가 나왔다. 그녀는 라비스의 유모 루이스였다. 그녀는 감옥 안에서 혀를 깨물어 자살한 듯 입에 피를 흘린 채 발견되었다.

지하 감옥의 간수장의 말로는 루이스는 그날 이후 매일같이 미친 듯이 통곡을 하였다고 했다. 그리고 어느 날 조용해서 가보니 그녀는 싸늘한 시체가 되어 있었다고 했다. 그 간수장은 루이스가 왕비 전하를 살해한 범인이지만 참으로 안된 여자라고 혀를 쯔쯧 찼다.

라비스가 만약 계속 살아 있었다면 그녀는 여느 귀부인들보다 더 떵떵거리며 살 수 있었는데 왜 그런 짓을 저질러 이렇게 불행을 자초했는지 이해가 가지 않는다며 그의 동료들과 함께 잡담을 나누었다.

한동안 축제 분위기였던 로히얀스 왕성은 찬바람이 돌았다. 누가 이런 비극을 만들어냈을까?

라비스의 시신은 영구 보존 마법이 걸려 유리관에 넣어진 채, 우선적으로 왕성 안에 모셔지게 되었다. 그런데 어느 날 그 라비스의 시신은 도둑을 맞았는지 감쪽같이 사라졌다. 미카엔은 모든 인력을 동원하여 라비스의 시신을 찾게 하였으나, 그들은 끝내 라비스의 시신을 다시 찾지 못했다.

　라비스의 시녀 아나는 시신이 도둑맞은 그날 우연하게 그녀를 보았다. 라비스와 같이 황금빛의 머리카락을 가진 아름다운 여인… 라비스보다는 약간 나이가 많아 보였지만 라비스로 착각되어질 만큼 그 외모는 닮아 있었다.

　아나는 순간 라비스가 다시 살아난 것이 아닌가 하였으나 그녀가 다시 눈을 부비고 그녀를 보았을 때는 그녀의 모습은 사라져 있었다. 아나는 생각했다. 아마도 헛것을 본 것이라고.

◆ 외전

 엔카루스가 라비스를 처음 만났을 때!

　적당한 길이의 부드러운 흑발을 가진 스물을 갓 넘은 한 청년이 오늘따라 더욱 히스테릭한 여동생의 하소연을 듣고 있는 중이었다.
　햇빛에 그을려서 그런지 그의 피부는 그의 여동생보다 약간 어두운 편이었다. 하지만 잡티가 없는 꽤나 매끄러운 피부를 가지고 있었기에 남자다운 매력을 풍기고 있었다.
　"전하께서 이번에 또 측실을 들이신다니! 이대로는 안 돼! 게다가 그 시녀들의 말로는 그 남작의 딸은 정말 미인이라는데, 아마도 전하의 총애가 그녀에게로 옮아갈 거야! 정말 싫어!!"
　결국 그의 여동생 아사벨라는 테이블에 놓여 있던 찻잔을 냅다 던졌다. 그리고 엔카루스… 그는 그런 여동생의 모습을 무덤덤한 표정으로 별 관심 없게 바라보고 있었다.
　"남작이라면 저번에 몇 번 혼담이 오갔다고 하던 크로시벨 가?"
　"그래!"

"음… 크로시벨 가의 영애라면 무척 얌전하고 교양있는 숙녀라고 들었는데?"

"흥! 얌전하고 교양? 웃기는 소리야! 어제 시녀가 말하기를, 그녀가 황태자궁에서 사고를 쳤대! 자살 소동을 피웠다나? 결국 2층에서 볼썽 사납게 뛰어내렸는데 전하께서 그녀를 받아주셨나 봐! 그럴 줄 알았으면 전하를 더 붙잡고 있는 건데… 그랬으면 그녀는 그대로 2층에서 떨어져서 어디가 부러지든 했을 거 아냐?"

아사벨라는 독기 어린 악담을 하며 자신의 화를 삭였다. 엔카루스는 문득 흥미가 동했다. 크로시벨 가 남작의 딸이라… 훗, 황태자궁에서 자살 소동을 피웠다는 것을 보면 그녀는 황태자의 첩이 되는 것이 싫어서 그러한 돌발 행동을 했던 것이 아닐까 생각했다.

"오빠! 그녀를 없애줘! 그녀가 왕성 안으로 들어오기 전에! 오빠에게도 내가 전하의 총애를 받는 것이 더 이득이 될 거 아냐?"

솔직히 그녀의 그러한 청을 들어주는 것은 꽤나 귀찮은 일이었지만 엔카루스는 크로시벨 가의 남작 딸이 어떠한 여자인지 한번쯤 보고 싶다는 생각이 들었다. 뭐, 별 볼일 없는 여자라면 그대로 죽여 버리면 그만이었으니깐.

결국 엔카루스는 적당한 날을 잡아 크로시벨 가의 담장을 넘었다. 자정이 훨씬 지난 으슥한 밤. 그는 온통 검은 빛깔 일색의 차림으로, 사전에 알아둔 라비스 크로시벨이라는 소녀의 침실 창문을 바라보았다.

어두운 침실 안에는 미미한 불빛이 새어 나오고 있었다. 아마도 촛불 하나 정도는 켜둔 모양이었다.

"설마 이 시간에 깨어 있을 리는 없겠지."

그는 플라이 마법 스펠을 나직이 외운 다음 창문 가로 몸을 띄웠다.

그리고 조심스럽게 창문을 열었다. 그녀가 깨어나면 귀찮아질 테니.

역시 방 안은 어두웠지만 이미 어둠에 익숙해져 있었기에 그는 그다지 어둠에 장애를 받지 않았다. 한 개의 촛불이 화장대 앞에 놓여 있었고 침대는 방의 가운데에 놓여 있었다. 침대의 앞부분이 벽면에 붙어 있었고 레이스가 달린 커튼이 참으로 공주틱하게 꾸며져 있었다.

굉장히 부드러워 보이는 얇은 천이 침대를 전체적으로 가리고 있었다. 엔카루스는 그 침대로 가까이 다가갈 때까지도 그녀가 침대에 없음을 눈치 채지 못했다. 발자국 소리를 죽이고 숨소리를 죽이며 그녀가 누워 있을 침대에 신경을 몰두했다.

왠지 두근거리는 느낌마저 들었다.

그가 거의 침대 곁으로 다가갔을 무렵, 그는 침대에 그녀가 누워 있지 않다는 것을 깨달았다. 그제야 침대로 몰두하고 있던 신경을 주위로 분산시켰다. 그러자 옷장 옆에서 아주 미세한 기척이 느껴졌다.

"훗! 벌써 알아챈 건가?"

엔카루스는 실소를 하며 입을 열었다. 자신의 침입을 재빠르게 알아채고 저렇게 어설프게나마 몸을 숨기고 있다는 것은… 그래도 보통 아가씨가 아님을 인정해 주어야 할 것 같았다.

"거기에 숨어 있는 거 다 알아, 라비스 크로시벨. 이제 그만 나오시지? 난 숨박꼭질 같은 것은 취미없으니깐 말야."

그는 그렇게 말하며 좀 더 그녀에게로 가까이 다가갔다. 하지만 그가 이렇게 말하면서 가까이 다가감에도 불구하고 그녀가 있는 곳에서는 별다른 기척이 없었다. 제법 자신을 다스릴 줄 아는 소녀인 듯했다.

"말을 안 듣는 아가씨이군! 라이트(Light)."

그는 어둠 속에서 몸을 숨기고 있는 그녀를 보기 위해 빛을 밝혀야만 했다. 그는 짧은 스펠을 나직이 외우고는 마법 시동어를 외쳤다. 그러자 그의 손에서 조그만 빛 덩어리가 생겨나며 어둠이 가시고 옷장 옆에서 겁에 질린 눈을 한 소녀가 눈에 또렷이 들어왔다.
 그 소녀의 커다란 두 눈이 더욱 동그랗게 떠져 깜빡거리고 있었다.
 미인이라는 말은 들었지만 라비스의 모습을 본 엔카루스는 숨죽인 한숨을 내쉬어야만 했다. 단순히 미인이라는 말로만 그녀를 표현하기에는 뭔가 부족할 정도였다.
 "누, 누구세요?"
 그녀의 붉은 입술이 살짝 열리더니 가느다랗지만 그녀의 외모와 정말 잘 어울리는 예쁜 목소리가 흘러나왔다.
 "흠, 복장을 보니 집이라도 가출할 생각이었나 보지?"
 그녀는 사이즈가 맞지 않는 남성용 여행복을 입고 있었고, 등에는 작은 배낭이 메어져 있었다. 아마도 현 상황을 보아하니 집을 나갈 모양새인 듯했다. 엔카루스는 그녀의 침실을 무단으로 침입한 불청객이었지만 어이없는 웃음이 나오는 것은 어쩔 수 없는 일이었다.
 "할 수 없군. 사실 난 오늘 너를 납치하러 온 것인데, 네 스스로 가출할 참이었다면 더욱 잘된 일이야."
 "네?"
 엔카루스는 그녀를 자신의 저택으로 데리고 가기로 마음먹었다. 그래서 그녀가 황당해하는 반문을 하든 말든 자신의 의지를 그녀에게 밝혀 보였다.
 "이렇게 짐까지 싸들고 있다면, 간단하네? 나가자! 내가 너를 데려가 줄 테니깐."
 그리고는 버둥거리는 그녀를 어깨에 메고는 침실을 빠져나왔다.
 "으아아악~!!!"
 별로 매력적이지 못한 그녀의 비명 소리. 엔카루스는 얼른 그녀의 입을 막았지만 이미 때는 늦어 있었다. 조금 높은 곳에서 뛰어내렸다고 이렇게 무식하게 소리를 지르다니! 엔카루스는 문득 짜증이 치밀었다. 곧 그녀의 비명 소리가 귀찮은 놈 하나를 끌어들였기 때문이다. 부드러운 빛의 짧은 갈색 머리를 한 녀석이 그녀를 구하려는 듯 따라붙었다.

엔카루스는 그녀의 손을 붙잡고 귀찮은 일에 휘말리지 않기 위해 뛰었지만 그녀는 뜀박질 하나 제대로 못하는지 이내 넘어지고 말았다. 결국 그녀의 이름을 부르며 따라붙던 녀석에게 따라잡히고 말았고, 엔카루스는 그를 상대해야만 했다. 엔카루스는 잡아먹을 듯 노려보는 그의 눈길을 담담히 받아내었다.

"넌 누군데 라비스님을 납치해 가는 거냐?"

그의 살기가 느껴졌다.

"납치라니! 뭔가 오해를 한 모양이군. 난 사랑하는 나의 연인 라비스가 원하는 대로 같이 사랑의 도피를 한 것뿐이라구!"

엔카루스는 즉석에서 한 가지 시나리오를 만들어냈다. 그것은 황태자의 측실이 되기 싫어 한 외간 남자와 사랑의 도피를 하는 미모의 소녀와 정체 불명의 남자.

본인이 생각하기에도 우스웠지만 지금 상황으로썬 이것이 제일 제격이었다. 곧 벙쩌하는 저들의 눈길이 느껴졌으나 엔카루스는 그들의 눈길에 미소로써 답했다. 일이 의외로 재미있게 된 것 같았다. 엔카루스는 지금 상황에 흥미를 느끼며 앞으로의 시나리오가 어떻게 풀릴지, 사랑의 도피행을 하는 주인공 역을 하는 저 소녀는 자신의 역을 잘해낼 수 있을지 정말로 기대가 되었다.

"사, 사랑의 도피라니? 거짓말 마라!!"

"호오! 자신의 주인에 대한 믿음이 매우 강하시군. 하지만 이거 실망시켜서 어쩌나? 내 말은 모두 사실인데… 정 못 믿겠다면 라비스에게 직접 물어보지 그래?"

"에드, 그, 그게 그러니깐… 저기…….."

당황한 라비스, 그리고 그녀에게 진실을 말하기를 요구하는 '에드'라는 남자. 하지만 라비스는 당황한 기색을 얼른 감추지 못하여 에드라 불리운 남자는 의혹의 빛을 띠었다. 이들의 반응에 더욱 재미를 붙인 엔카루스는 자신이 그녀의 애인임을 확인시켜 줄 만한 발언을 하였다.

"라비스! 뭐 하는 거야? 설마 이대로 황태자의 후궁이 되고 싶다는 것은 아니겠지?"

엔카루스의 말에 라비스는 휘둥그레진 눈으로 그를 올려다보았다. 동그랗게 떠진 황금빛의 눈동자가 엔카루스는 문득 아름답다고 생각되었다. 그런데 처음엔 약간 놀란 빛을 띠었던 라비스의 눈동자는 뭔가 슬픔에 젖은 듯한 빛을 해 보았다. 자신만의 고민이나 슬픔에 빠진 듯하였다.

"라비스… 왜 그렇게 슬픈 얼굴을 하고 있는 거지? 그리고 무얼 망설이는 거야?"

그는 그렇게 말하고는 그녀의 귓가로 입술을 가져가 낮게 속삭였다.

"여기서 무사히 빠져나가고 싶으면 내가 하는 대로 가만히 있어."

그리고는 입술에 자신의 입술을 가져갔다. 사랑의 도피행이라는 제목의 시나리오를 성공적으로 이끌어내기 위한 행동이었다. 라비스는 엔카루스가 얼굴을 가까이 가져가도 무슨 일이 벌어질지 미처 못 깨달은 듯 의아한 얼굴을 하였다. 그 모습을 보며 엔카루스는 생각했다. 순진한 아가씨이라고.

곧 그녀의 부드럽고 촉촉한 입술이 느껴졌다. 사실 초면인 그녀에게 이런 짓을 하는 것은 무척 실례라고 할 수 있었기에—물론 그녀의 침실을 침범한 것도 실례지만—그냥 하는 척만 하려 했지만 그녀의 입술이 닿자 엔카루스는 자신도 모르게 그녀와의 키스에 빠져 들어갔다.
 그런데도 라비스는 의외로 담담하게 연기를 해내었고 엔카루스는 그녀를 순진한 아가씨라고 생각했던 것을 고쳐먹어야만 했다. 그리고 엔카루스는 문득 불길함을 느껴야만 했다. 미카엔의 측실로서 예정된 그녀에게 자신이 대책없이 빠져들게 될지도 모른다는 것을······.
 그런 일이 있은 후.
 엔카루스는 그녀가 미카엔의 측실이 될 것을 막으려 노력을 하였지만 결국은 그의 부인 중 하나로 되어버린 그녀를 바라보아야 했다.
 그녀가 미카엔의 측실로서 국왕에 의해 공표되던 그날. 크리스털 궁에서 열린 연회에서 봤던 그녀는 무척 아름다운 모습이었지만, 엔카루스는 굳어진 얼굴로 그녀를 쏘아보는 자신의 모습을 감출 수가 없었다.
 그는 왠지 화가 치밀었다. 자신의 마음을 처음으로 앗아간 그녀는 너무도 아름다운 모습으로 황태자라는 녀석의 첩이 되어 있었던 것이다. 정식 부인도 아닌 첩으로 말이다. 미카엔은 모든 걸 다 가진 녀석이었다. 누구도 도전 못할 힘과 권위를 비롯한 모든 것을 말이다. 그런데 이제는··· 부인도 있음에도 불구하고 그는 자신이 사랑하게 된 아름다운 소녀인 라비스마저 손에 넣었다.
 "이럴 줄 알았으면 그때 크로시벨 가로 가지 말았어야 하는 건가."
 만약 그날 라비스와 그런 일이 없었다면··· 이미 미카엔의 부인이 되어 있던 상태에서 라비스를 처음 보았다면, 그는 미카엔이 가진 것과 더불어 그녀를 빼앗겠다는 생각은 아마도 하지 않았을 수도 있었을 것이다.
 그저 '라비스'라는 아름다운 소녀는 그의 가슴 깊은 곳에서 묻혀져 갔을 것이다. 빛 바랜 첫사랑의 추억이 되어서 말이다.

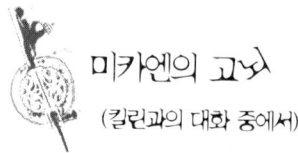

미카엔의 고사
(킬린과의 대화 중에서)

중앙 궁성의 한 응접실.
다른 화려한 방들과는 달리 이곳은 고급스러워 보였지만 뭔가 허전하다는 느낌이 들 정도로 실내의 모습이 심플하였으며 간소하였다. 복잡하고 요란한 것보단 심플하고 깔끔한 것을 더 선호하는 미카엔의 취향이 이 방에도 잘 나타나 있는 셈이었다.
이 응접실 안에는 고급스러워 보이는 푹신한 소파가 중앙에 놓여 있었는데, 그 소파에 미카엔과 수석 마법사인 킬린이 마주앉아 있었다. 그들 사이에는 나무 재질로 만들어진 테이블이 있었는데, 그 위에는 체스보드가 놓여 있었다.
흑과 백의 정사각형 모양이 그려진 전형적인 체스보드의 모양이었다. 약간 다른 점이 있다면 이곳 세계의 체스보드는 칸 수가 더 많다는 것이다.
미카엔은 윗부분이 주교의 모자 모양으로 되어 있는 백색 체스의 말을 가만히 움직였다. 그러자 킬린은 한참을 고민하는 듯한 기색을 보이더니 흑색의 위저드 말에 손을 가져갔다. 그리고 나서 미카엔이 방금 움직인 비숍 말인 주교 모자 모양의 말을 밀어냈다.

"훗, 역시 직업이 마법사라 그런지 위저드의 말을 잘 쓰는군. 하지만 이것으로 끝이야."

미카엔은 룩(Rook:장기로 따지면 차(車)에 해당)을 움직여 킬린의 위저드 말을 밀어냈다. 미카엔은 킬린에게 비숍 말을 내주고 위저드를 잡은 것이다. 비숍 말은 먹음직스런 미끼라고나 할까? 체스보드에서 비숍은 중요한 말이었지만, 위저드 말을 주로 쓰는 킬린으로서는 위저드 말을 잡혀 오히려 큰 손해를 입은 셈이었다.

킬린의 주름살 가득한 얼굴은 살짝 일그러졌다.

"으음… 폐하, 한 가지 묻고 싶은 것이 있는데……."

"무엇인가?"

"폐하는 요즘 무슨 생각을 하고 계신지 정말 모르겠습니다. 중신들의 재촉에도 불구하고 왕비를 맞으시는 일을 늦추시는 것도 그렇고, 라비스님의 측실 신분을 풀어주신 것도 저로서는 폐하의 심중을 헤아리기가 정말 어렵군요."

킬린은 체스를 두다 말고 미카엔에게 그렇게 질문을 했다. 사실 그는 미카엔의 응접실로 올 때 체스를 두려는 목적이 아니라 미카엔과 허심탄회하게 대화를 나누려는 것이 목적인 듯싶었다.

"킬린, 킬린은 내가 어떻게 했으면 하지?"

미카엔은 킬린의 말에 오히려 질문을 하며 진지한 표정을 지어 보였다. 정작 진지한 표정을 지었어야 할 체스를 놓을 때는 가벼워 보이는 표정이더니…….

"폐하는 라비스님을 사랑하시고 계시겠지요. 그렇다면 폐하는 그분을 해방시켜 드리지 말았어야 합니다. 그분을 왕비로 내세우고자 하는 마음을 가지고 계시다면 그분을 측실의 신분인 상태에서 얼마든지 왕비로 내세우는 자신의 의지를 밀고 나가실 수 있었습니다. 그런데 왜 그분을 포기하시는 것도 아니면서 이러한 어정쩡한 상태로 방치하고 계시는 거죠? 폐하는 드높은 위치의 왕이십니다."

킬린의 말에 미카엔은 살짝 웃어 보였다. 그리고는 체스보드에 놓여진 킹 옆에 놓인 퀸의 말을 가만히 만지작거렸다.

"라비스는 얼마 지나지 않아 이곳의 왕비가 될 거야. 그리고 나의 여자가 될 것이지. 그녀 스스로의 의지로 말이야."

"그게 무슨 말씀이신지……?"

킬린은 미카엔의 말이 알쏭달쏭하다는 듯이 미간을 좁혔다. 그러자 미카엔은 더욱 짙어진 웃음을 보이며 그에게 입을 열었다.

"그녀를 왕비로 무리없이 만들기 위해서는 어차피 중신들의 애간장을 태워야 해. 그들에게 라비스만이 왕비가 될 수 있음을 인식시켜 주는 것이 낫겠지. 나는 들어오고 있는 모든 혼담을 다 물리치고 있으니깐. 그리고……."

미카엔은 거기까지 말하고는 눈을 내리깔았다. 그의 긴 은빛 속눈썹이 응접실 안의 촛불에 의해 반사되어 은은한 빛을 발했다. 촛불의 빛에 의해 생긴 음영이 미카엔의 단아한 이목구비에 드리워져 그 모습이 더욱 뚜렷해져 보였다.

"내가 그녀를 적당히 사랑했다면 어쩌면 그녀를 강압적인 방법으로 취했겠지. 처음에 나는 그러려고 했으니깐. 하지만 이젠… 그 마음이 바뀌었어. 나는 그녀의 껍데기만 원하는 것이 아니라 그녀의 영혼까지 완벽하게 나의 것으로 만들고 싶어졌거든. 그러자면 나는 기다려야 해. 그녀가 진정으로 나를 원하게 될 때까지. 그것 때문에 많은 자제심이 필요하긴 하지만."

그의 말을 들은 킬린은 잠시 침묵을 지켰다. 그리고 무겁게 입을 열어.

"라비스님께서 만약 폐하를 원하시지 않는다면… 그땐 어쩌시렵니까?"

"흠, 글쎄. 그렇지는 않을걸. 후훗… 라비스 덕분에 내가 조금 힘들어지긴 했지만 그래도 나는 그녀에게 고마워해야 할 것 같아. 그녀는 내가 왕으로서 필요한 인내심과 자제력이라는 자질을 어김없이 길러주고 있으니깐."

미카엔은 그동안 많은 생각을 해야 했다. 그리고 라비스의 성격을 다시 한 번 생각해 보며 그녀가 자신을 바라보고 있으면서도 왜 거부하고 기대지 않으려 하는지 그녀의 입장에서 이해해 보려 노력했다.

사실 그것은 정말 어려운 일이었다. 이제까지 미카엔은 누군가의 입장이 되어 생각하고 이해해 보려 했던 적이 한 번도 없었기 때문이다.

얼마 전 라비스가 자신의 청혼을 받아들이지 않은 그날, 그는 그녀의 측실 신분을 풀어주었다. 그리고 그녀를 더 이상 여자로 보지 않겠다는 다짐까지 했었다. 그 당시에 그는 라비스에게 화가 나기도 했고, 그녀를 정말 이해할 수가 없었기 때문이다.

하지만 라비스를 그저 한 사람의 신하로서만 대하는 것은 결코 가능한 일이 아니라는 것을 날이 갈수록 가슴 깊이 깨달아야만 했다.

결국 그녀를 포기해야겠다는 것마저 여의치가 않게 된 미카엔은, 문득 그녀가 지금 스스로 서기를 원하고 있을 거라 생각되었다. 그녀가 특별한 이유도 없이 왕비 자리를 거절하고 어쩌면 힘들 수도 있는 관리직을 택한 것을 보면… 결론은 그러했고, 지금까지 라비스가 벌여왔던 일들……

그것만 생각해 보아도 그녀는 한 번도 자신에게 기대려 하지 않았고 스스로 해결하려 했다. 그것은 지금 라비스가 한 자리에 머물고 싶어 하지 않는다는 것이다.

미카엔은 라비스가 자신을 구하기 위해 마계로 사람들을 몽땅 끌고 왔었던 것이 생각났다. 그때 자신의 아버지를 잃은 충격과 슬픔, 분노로 인해 자제력을 잃었던 탓으로 라비스에 대해 배려를 하지 못하고 그녀에게 화를 냈었다.

그리고 잠시 마계의 한 동굴에서 달이 떠오르기를 기다리고 있었을 때, 라비스는 뭔가 상처를 입었는지 자신에게 약간 딱딱해진 행동을 보였었다. 호칭 하나만 보아도 알 수가 있었다. 그때까지 자신을 미카엔이라 잘만 부르던 그녀는 갑자기 미카엔에서 전하로 호칭을 바꾸어 부른 것이었다.

지금까지 라비스는 자신의 이름을 부르지 않고 있었다. 미카엔은 그 순간이 조금 마음에 걸렸다. 그때 라비스는 뭔가 심적으로 미묘한 변화를 일으켰으리라 생각되었다.

어쨌든 그녀를 돕는 일이 오히려 그녀의 자존심에 상처 입히는 일이라는 것을 깨달은 미카엔은 라비스가 어디서 무엇을 하는지 언제나 신경을 곤두세우고 있는 대신에 간섭을 하지 않기로 결심했다.

그저 그녀를 지켜보기로 한 것이다. 언제나 그녀 나름대로 노력을 하는 라비스를 보며 그녀가 원하는 대로 미카엔은 그녀가 스스로 성장하는 모습을 지켜보기로 마음먹었다.

그때 킬린의 목소리가 다시 들려왔다.

"폐하, 자고로 여자란 자신을 내어준 이에게 그 마음이 기울기 마련입니다. 그렇게 힘들게 기다릴 필요 없이 이대로 밀고 나가서도 상관은 없을 듯합니다만."

"아니, 그렇지 않아. 라비스는 다르거든. 내가 만약 강압적으로 그녀를 취한다면 라비스는 오히려 나에게서 멀어지고 말 거야. 그리고 나는 그녀가 상처를 입는 것이 싫어. 그녀를 잃는 것은 더욱 싫고."

황태자비의 죽음

"전하, 왜 저는 전하의 아이를 가질 수가 없는 것이죠? 전 몸은 약하지만 아이는 충분히 가질 수가 있어."

가냘퍼 보이는 한 붉은 머리의 여인이 자신의 남편 되는 은발의 청년에게 따지듯 입을 열었다.

황태자비로서 그의 아내가 된 지 벌써 3년이 넘어가지만 세시아는 그녀의 남편 미카엔의 아이를 임신할 수가 없었다. 공작가의 큰딸로 태어나 왕실과 정략 혼인을 맺은 후… 황태자비로서 교육을 받고 얼굴도 모르는 미래의 남편을 위해 어린 시절을 다 보낸 그녀였던 터라, 세시아는 그동안 묻어두고 내색하지 않았던 자신의 불만을 이렇게 터뜨릴 수밖에 없었다.

처음에는 아이를 가질 수 없는 것이 자신에게 문제가 있어서 그런 것이 아닌가 했었지만 그것 역시 아닌 듯했다.

"세시아, 아이를 갖는 것은… 조금 더 나중에, 내가 후계자 문제에 대해 결정을 내릴 때에 가져도 늦지 않아."

"왜죠? 어째서 지금은 안 되는 거죠? 전하는 저에게서 후계자를 원하시지 않는 거죠? 전하의 첫 번째 소생이 왕위 계승권을 가지게 될 가능성이 높아지게 되니… 저에게서 첫 소생을 일부러 보려 하시지 않는다는 것을 저도 알아요."

세시아가 결국은 눈물을 흘리며 그에게 말하자 미카엔은 그녀를 부드럽게 감싸 안고는 달래듯 가볍게 토닥였다.

세시아에게 미카엔은 정말 다정한 남편이었다. 열일곱 살에 왕성에 시집온 후 스무 살인 지금까지 세시아는 늘 다정한 모습을 보여주는 미카엔에게 감사하는 마음을 가졌다. 하지만 그는 자신에게 다정하게 대할 뿐… 그 이상은 아니었다.

세시아는 미카엔의 품에 묻었던 고개를 들어 미카엔의 입술에 자신의 입술을 살며시 가져갔다. 그의 부인이 된 지 3년이나 되었음에도 불구하고 지금 행동은 정말 세시아로서는 부끄럽기도 했지만 그녀는 그만큼 미카엔을 사랑했다. 자신을 다 내어주어도 좋을 만큼.

그 시각 무렵 아사벨라는 자신의 애꿎은 입술을 잘근잘근 씹고 있었다. 지금 미카엔이 세시아의 거처에 있다는 것을 시녀에게 보고받고 난 그녀는 내내 기분이 언짢았다.

달이 떠오른 지 한참 되는 이 시각에 미카엔이 그 거처에 있다는 것이 너무도 화가 났다. 미카엔이 한동안 빠져 있었던 라비스도 그를 떠나가 있는 지금, 아사벨라에게는 지금이 기회였다.

떠나가 있는 사람은 금방 잊혀질 테니 이제 유일한 장애물이 된 황태자비만 없으면 그녀는 미카엔의 총애뿐만 아니라 그의 정비가 될 수도 있을 것이다.

라비스가 떠나고 미카엔은 한동안 실의에 빠져 있었다. 그런 그를 위해 아사벨라가 해야 할 일은 그가 하루빨리 라비스를 잊도록 하는 것이었다. 그래서 아사벨라는 자신이 믿을 만한 시녀들을 시켜서 왕성 안에 여러 가지 소문을 퍼뜨렸었다.

그것은 라비스가 어떤 남자와 눈이 맞아 함께 도망을 갔다는 내용이었다. 그동안 미카엔이 라비스에게 빠져 있던 내내 아사벨라는 그가 라비스에게 멀어지도록 여러 가지 수단을 써야 했었다.

솔직히 라비스는 정말 아름다웠다. 그래서 그녀를 아무도 모르게 흠모하는 기사들이나 관리들이 많음을 아사벨라는 잘 알고 있었다.

그 점을 이용하기로 마음을 먹은 아사벨라는 라비스의 작은 사소한 행동에도 트집을 잡아 여러 가지 스캔들을 시녀들을 통해 일으켰다. 그리고 그것으로 인해 미카엔이 조금씩 흔들리는 모습을 아사벨라는 지켜보았다.

어제는 미카엔이 한 시종을 단칼에 베었다고 했다. 그것은 아사벨라 자신이 퍼뜨린 소문인, 라비스가 어떤 남자와 눈이 맞아 도망을 갔다는 내용이 근원적 원인이 된 것이다. 사실 아사벨라 역시 미카엔이 괴로워하는 모습이 안타깝기도 했었다. 하지만 그녀는 이런 치사한 방법을 써서라도 그의 사랑을 얻고 싶었다.

아사벨라는 그렇게 세시아와 밤을 보내고 있을 미카엔을 생각하며 한 가지 독한 결심을 했다. 그것은 황태자비인 세시아를 제거하는 것. 물론 그녀는 황태자비에게 악감정은 없었지만 라비스도 없는 이때에 그녀를 제거하고 라비스를 못 잊는 미카엔을 위로하며 그의 사랑을 얻는다면 아사벨라는 왕비 자리까지도 넘볼 수가 있을 것이라 생각했다.

아사벨라는 세시아의 몸이 허약하다는 점을 이용하기로 했다. 조금씩 조금씩 말려 죽이는 것.

결국 생각한 한 가지 방법은 황태자비의 시녀 하나를 매수하여 그녀가 매일 즐겨 마시는 마카렐스 산 홍차에 약을 타도록 시키는 것이다. 수많은 종류의 독 중에서 거의 독의 분류에 끼지도 못하는 아니스의 가루로써. 이것은 아니스라는 흑마녀가 개발해 주로 사용했다는 중독성이 강한 가루이긴 하지만 독성은 거의 없었다.

하지만 아니스의 가루는 미미한 독성이나마 몸에 축적되는 성질이 있어 꾸준히 일정 기간 복용을 하면 그것에 중독되어 몸의 면역이 매우 약해지게 된다. 물론 아주 건강한 사람은 이러한 아니스의 가루가 소용이 없었지만 몸이 허약한 세시아에게는 아주 적격인 약품이었다. 또한 그것은 다른 독과는 달리 그것에 중독된 사람에게 독성이 검출되지 않아서 완전 범죄로써는 아주 그만이었다. 아사벨라는 그 아니스의 가루를 사용하기로 했다.

그녀는 자신의 오빠인 엔카루스에게 부탁하여 그 가루를 구했다. 마법 도적단을 이끌고 있는 그라면 아니스의 가루쯤은 비밀리에 구할 수 있었기 때문이다. 그렇게 구한 아니스의 가루를 시녀를 통해 매일같이 황태자비의 홍차에 타도록 지시했다.

나중에 세시아가 죽게 되어도 미카엔은 이러한 사실을 알지 못할 것이다. 우선 이것은 마법을 쓴 계략이 아닌 데다가 독성이 검출되지 않는 독성이 아주 미미한 아니스의 가루를 꾸준히 쓴 것이었고, 그는 지금 라비스로 인하여 세시아에게 그다지 많은 신경을 쓰지 못할 것이기 때문이었다.

그리고 세시아는 몸이 원래 허약하니 그것이 악화되어 숨을 거두었다고 하면, 미카엔을 비롯한 사람들은 그다지 의심을 하지 않을 것이다.

그 후로 그렇게 몇십 일 동안 그녀는 황태자비의 홍차에 지속적으로 아니스의 가루를 탔다. 그것으로 인해 황태자비는 점점 더 건강이 악화되어 갔고 의사들은 황태자비의 건강이 악화되는 이유를 뚜렷히 밝혀내지 못하고 있었다.

그리고 미카엔이 아스탄샤에게 원군을 청하기 위해 아스탄샤로 떠나기 며칠 전에 황태자비는 결국 목숨을 거두었다.

미카엔은 황태자비의 죽음에 대해 무척 상심해하였다. 그로서는 그녀가 조강지처였고 라비스를 만나기 전 3년 동안 나름대로 정을 준 여자였기 때문이다. 물론, 그것이 진심 어린 사랑이 아니라 단순한 애정이라 할지라도.

시녀로부터 그녀의 죽음 소식을 들은 아사벨라는 자신이 계획한 일이 성공적으로 이루어졌음에도 그다지 기쁘지가 않았다.

비록 자신이 꾸민 일이었고 그녀를 죽음으로 이르게 한 장본인이 바로 자신이었지만, 생각보다 많이 상심해하는 미카엔의 모습을 보자 아사벨라도 가슴이 문득 아파졌다. 그리고······.

어떻게 보면 남편의 진정한 사랑을 받지 못한다는 점에서 황태자비와 아사벨라는 같은 처지였었다. 막상 그녀의 죽음 소식을 접한 아사벨라는 자신이 저지른 행동에 약간 후회감이 들었다. 하지만 이미 지나간 일.

"세시아, 나를 원망하지 마. 원망할 거면 네 운명을 원망하도록 해."

아사벨라는 자신의 사악한 면모를 자신의 가슴속에 묻으며 죽은 황태자비를 동정했다.

[제3권 끝]

체인지 1부를 끝내며

체인지를 통신 연재했던 6개월은 저에게 뜻깊은 시간이었습니다.
체인지의 프롤로그를 올린 그 순간부터, 아마도 쉬지 않고 달려왔었던 듯합니다.
거의 매일같이 체인지 한 편 한 편을 올리면서 정말 중도에 그만두고 싶을 만큼 힘든 적이 많았지만, 제 글을 읽어주시는 독자 분들이 늘어가는 것을 보면서 저는 나름대로의 기쁨과 보람을 느꼈습니다.
지금은 처음의 설레임과 열정이 조금은 식어버린 듯하여 아쉽지만, 저는 이 글을 퇴고하면서 그때의 순간들을 기억하며 그 순간들이 정말 소중하다는 생각을 해봅니다.
처음부터 지켜봐 주시고 격려해 주셨던 분들에게 감사드립니다.

2001년 12월의 눈 내리는 어느 날 새벽.

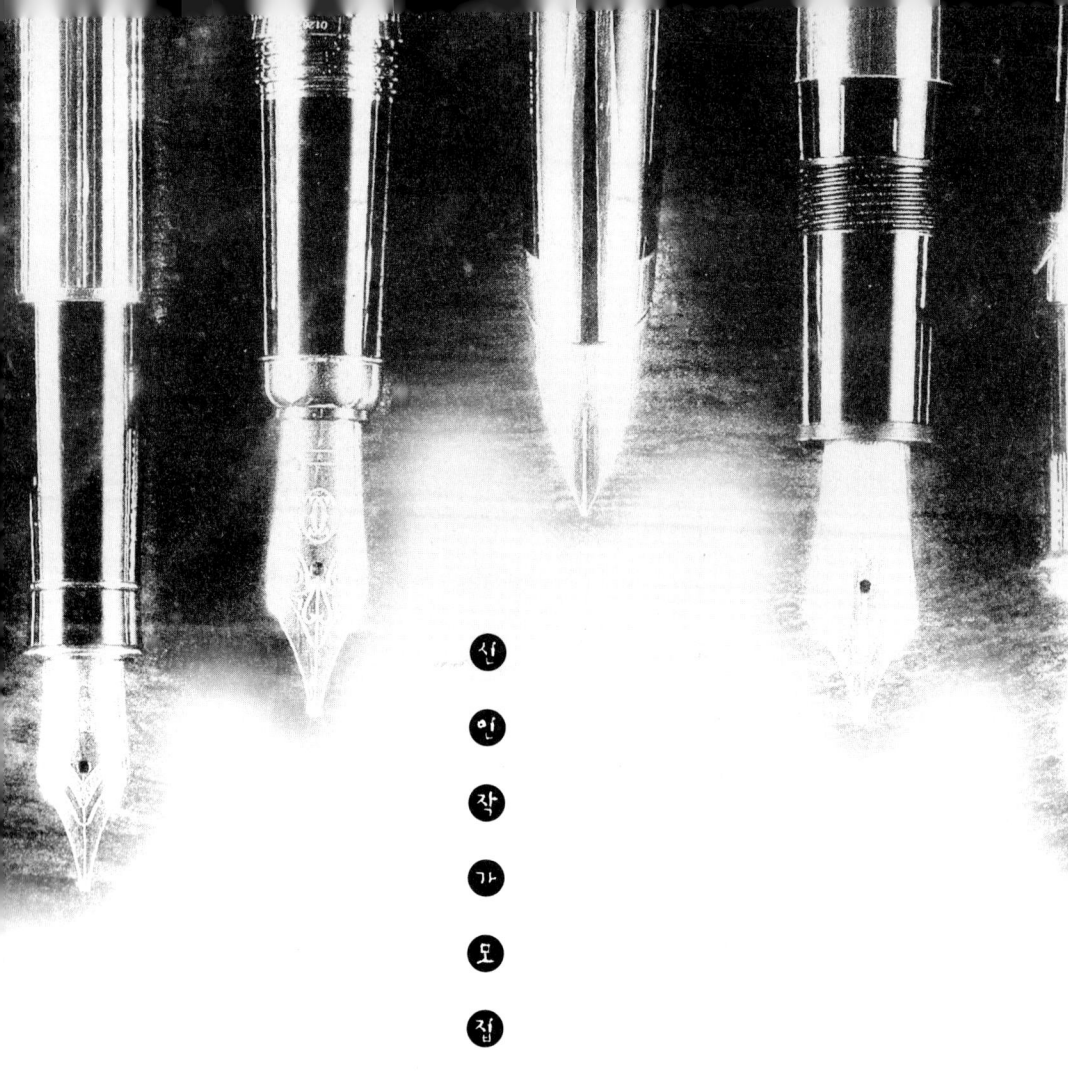

신인작가모집

시작이 반이라고 했습니다.
작가의 길에 대한 보이지 않는 벽을 과감히 깨뜨리십시오!
청어람은 작가 지망생 여러분들의
멋진 방향타가 되어드리겠습니다.

저희 도서출판 청어람에서는
소설 신인 작가분들을 모집합니다.
판타지와 무협을 사랑하시는 분들의 많은 참여를 바랍니다.
소정의 원고(A4용지 150매)를 메일이나 우편으로 보내주시면
검토 후 출판 여부를 알려드리겠습니다.

주소:경기도 부천시 원미구 심곡1동 350-1 남성B/D 3F 우편번호420-011
TEL:032-656-4452 · **FAX**:032-656-4453
http://www.chungeoram.com
e-mail:chungeoram@chungeoram.com